KB117298

수용소군도

수용소군도 ❻

Архипелаг ГУЛАГ

알렉산드르 솔제니찐 기록문학 김학수 옮김

1918~1956
문학적 탐구의 한 실험

ARHIPELAG GULAG III
by ALEXANDRE SOLJENITSYNE

이 책은 실로 꿰매어 제본하는 정통적인 사철 방식으로 만들어졌습니다.
사철 방식으로 제본된 책은 오랫동안 보관해도 손상되지 않습니다.

수용소군도 총목차

제6부

유형

제1장

자유 시대 초기의 유형

아마 인류는 감옥보다도 유배를 먼저 생각했을 것이다. 부족에서 추방하는 것 역시 유형의 일종이었다. 익숙한 환경과 장소에서 격리된 인간의 생활이 괴롭다고 하는 것은 일찍이 알려진 사실이다. 아니, 설사 주위가 동토가 아니라 풍요한 녹지라 하더라도, 모든 것이 일시적이고 비현실적이며, 모든 것이 잘못되고 어색하게 느껴진다.

러시아 제국에도 유형의 채택은 역시 뒤늦지 않았다. 유형은 알렉세이 미하일로비치 황제의 통치 시대인 1648년에 제정된 법에 의해 정식으로 인정되었다. 그러나 그 이전인 16세기 말엽에도, 법은 없었지만 사람들을 유형 보내곤 했다. 황제의 분노를 산 까르고뽈의 사람들, 그 후에 우글리치의 사람들, 드미뜨리 황태자 살해의 목격자들이 유배되었다. 시베리아도 이미 우리의 것이니까, 광대한 영토가 있어서 얼마든지 유배할 땅이 있었다. 이리하여 1645년까지 1천5백 명 정도의 유형수가 있었다. 또 뾰뜨르 대제는 사람들을 수백 명 단위로 유배시켰다. 이미 말한 바와 같이 옐리자베따 여제는 사형을 시베리아 영구 유형으로 바꾸었다. 그러나 이 시점에서 유형의 의미가 약간 바뀌어서, 유형은 자유로운 거주뿐만 아니라

도형(徒刑)도 의미하게 되었다. 1822년에 제정된 유형수에 관한 알렉산드르 법령이 이런 잘못된 의미를 정착시켰다. 따라서 19세기의 유형에 관한 통계 숫자에는 도형도 포함되어 있다고 생각하지 않으면 안 될 것이다. 19세기 초엽에는 매년 2천 명에서 6천 명이 유형을 받았다. 1820년부터는 방랑자들(요즘 말로 〈기생충〉 같이 무위도식하는 사람들)도 유배하게 되어서, 어떤 해에는 새로 유형을 받은 사람의 수가 1만 명에 달했다. 1863년에는 대륙에서 떨어져 있던 무인도 사할린이 유형지로 수용되었기 때문에, 유형의 가능성이 더 확대되었다. 19세기 전반에 걸쳐서 〈50만 명〉이 유형에 처해지게 되었으며, 19세기 말엽에는 30만 명의 유형수가 있었다.[1]

세기말에는 유형에 관한 법률이 점차 다양화되었다. 보다 가벼운 유형도 나타나게 되었다. 예를 들어, 〈두 개의 주(州) 이상 떨어진 곳으로의 추방〉이라든가, 〈국외로의 추방〉이라는 것까지[2] 나타났다(이것은 10월 혁명 후와 같은 비정한 형벌이라고는 생각되지 않았다). 〈행정 추방〉도 보급되어, 재판에 의한 추방을 적절하게 보충해 주었다. 하지만 추방 기간은 정확한 숫자로 명시되어 있으며, 종신 유형도 진정한 의미에서의 종신은 아니었다. 『사할린섬』에서 체호프가 쓰고 있듯이, 유형을 받고 나서 10년이 지나면(만일 〈긍정적인 생활 태

---

1 여기에 나오는 숫자는 세묘노프짠샨스끼의 저서인 유명한 『러시아』 제16권(「시베리아의 서부 지방」)에서 취한 것이다. 이 저명한 지리학자뿐만 아니라 그의 형제도 끈기 있고, 헌신적이며, 자유로운 활동가였고, 그들은 우리나라에서 자유사상을 표현하는 데 크게 공헌했다. 혁명 때 그의 모든 가족이 망해 버리고, 형제 중 한 명이 라노프강 변 저택에서 총살되고, 저택은 불에 타고, 드넓은 정원의 나무들도, 오솔길에 있던 보리수와 미루나무도 모두 잘리고 말았다.

2 P. F. 야꾸보비치, 『추방된 자의 세계에서』.

도〉 ─ 그 기준은 명확하지 않지만, 체호프의 증언에 의하면 널리 적용되었다고 한다 ─ 였다면 6년 후에) 유형수는 농민의 신분을 인정받고, 자기 출생지 이외의 어디에도 갈 수 있었다.

제정 러시아 시대 최후의 세기인 19세기 유형의 특징은, 〈개인 중심주의〉였던 것이다. 당시로서는 당연한 것으로 받아들여졌으나, 지금의 우리로서는 특이한 것으로 생각된다. 재판에 의해서든, 행정 처분에 의해서든 유형은 개별적으로 결정되었으며, 집단은 결코 고려 대상이 되지 않았다.

세월이 지나면서 유형의 조건도 변하고, 그 엄격함도 달라져서 여러 세대의 유형수가 우리한테 여러 가지 증언을 남겨 주었다. 유형수의 호송은 엄격했으나, P. F. 야꾸보비치와 똘스또이가 저술한 바에 의하면, 정치범들이 호송단에 들어 있을 경우 호송대원들이 형사범들〈에게도〉 친절하게 대해 주었기 때문에, 형사범들은 정치범의 존재를 높이 평가했다고 한다. 몇십 년에 걸쳐서 시베리아의 원주민은 유형수들을 냉대하고 적대시해 왔었다. 그들한테는 제일 나쁜 토지가 할당되고, 제일 어렵고 임금이 싼 작업이 주어져서 농민들은 자기의 딸을 그들과 결혼시키지 않았다. 낙인이 찍히고, 누더기를 입고, 굶주림에 지친 그들은 도적단을 만들어 약탈을 했다. 그러나 그 때문에 원주민들과의 대립이 심해질 뿐이었다. 그러나 1870년대부터 차츰 증가하는 정치범들은 달랐다. 역시 F. 꼰이 쓴 것에 의하면, 야꾸뜨인은 정치범들을 환영하여 의사, 교사, 혹은 권력에서 자기를 지키는 방법을 가르쳐 주는 사람으로 크게 기대를 가졌다. 정치범들이 유형지에서 어떤 조건에 있었는지는, 그 속에서 많은 학자들이 나왔다는 것으로 알 수 있다(그들은 유형에 처해졌을 때부터 학문을 시작한 것이었

다) — 향토 연구가들, 민속학자들, 언어학자들,[3] 자연 과학자들 외에도 사회 평론가들이나 문예가들도 나왔다. 체호프는 사할린에서 정치범들을 만나지 못했고, 그들에 대해서 아무것도 쓰지 않았다.[4] 그러나 이르꾸쯔끄로 유배 간 F. 꼰의 예를 들어도, 그는 『동방 평론』이라는 진보적 신문사에서 일하게 되었고, 그 신문에는 나로드니끼, 인민의지파 사람들, 마르크스주의자들(끄라신)이 투고했던 것이다. 그곳은 보통의 시베리아 도시가 아니라 주요 도시였으며, 유형수에 관한 법률에 의하면, 그곳에는 정치범들을 살게 해서는 안 되었다. 하지만 그들은 그 도시에서 은행이나 상회에 근무했고, 교편을 잡고, 정기적인 면회일에는 현지의 지식인들과도 접촉했던 것이다. 또 유형수들은 옴스끄의 지방 신문 『스텝 지방』에 러시아의 어느 검열에서도 통과할 수 없는 기사를 실었다. 즐라또우스뜨의 파업 참가자들을 위하여 옴스끄의 유형수들은 신문을 내고 있었다. 또한 유형수들 때문에 끄라스노야르스끄도 급진적인 도시가 되어 버렸다. 그리고 미누신스끄의 마르찌야노프 박물관 주위에는 행정 제재로부터 자유로운 동시에 존경받는 유형수들의 활동 모임이 생겼다. 그들은 어떤 방해도 받지 않고, 탈옥수들(특히 당시는 도망치는 것이 쉬웠다고, 이미 쓴 바 있다)을 위해 은신할 집의 전국망을 만들었을

---

3 딴보고라스, V. I. 요헬손, L. Y. 시쩨르베르끄.

4 법률 지식이 적었기 때문에, 아니 그것보다도 그 당시의 시대정신에 따라, 체호프는 사할린으로 가는 것을 출장이라는 형식의 수속도 하지 않았고, 근무상의 어떠한 서류도 준비하지 않았다. 그럼에도 불구하고, 자기가 멋대로 생각한 유형수들과 도형수들의 실태 조사를 실시할 것을 허락받고, 형무소 관계의 서류 열람까지 허락받았다! (우리 나라의 실상과 비교해 보자! NKVD의 허가서 없이, 수용소 소굴을 조사해 보자!) 그에게 유일하게 허락되지 않은 것은 정치범들과의 접촉이었다.

뿐만 아니라, 공식적인 미누신스끄의 〈비떼〉 위원회[5]의 활동도 지도했던 것이다.[6] 체호프는 사할린에서의 형사범 유형수들의 규율을 언급하면서, 그 규율이 〈가장 비열한 방법의 농노제〉로 변했다고 한탄했으나, 이 말은 아주 옛날부터 최근에 이르기까지 제정 러시아의 정치범 유형수한테는 적용되지 않는다. 20세기 초엽에는 정치범들에 대한 행정 추방이 러시아에서는 이미 형벌이 아니라 〈그 무력함을 증명하는 뒤떨어진 방법〉(구치꼬프)이 되었고, 형식적인 것에 불과했다. 스똘리삔은 1906년부터 그것을 완전히 폐지하려는 조치를 취했다.

그러면 라지셰프[7]의 유형은 대체 무엇이었던가? 그는 우스찌-일림스끼 오스뜨로프 마을에 2층 목조 건물을 사서(불과 10루블이었다), 거기에서 어린 아이들을 데리고, 그리고 아내를 대신한 처제와 함께 살았다. 그에게 〈일을 시키는〉 자도 없었고, 그는 뜻대로 생활하며, 우스찌-일림스끼 전역에서 자유롭게 이동할 수 있었다. 미하일로프스꼬예 마을에서의 뿌시낀의 유형이 어땠는지, 지금 그곳으로 견학하러 간 사람이라면 쉽게 상상이 될 것이다. 다른 많은 작가들이나 활동가들의 유형도 또한 같았다. 뚜르게네프는 스빠스꼬예-루또비노보로, 악사꼬프는 바르바리노(그 자신의 선택에 의해)로 유배되었다. 뜨루베쯔꼬이는 네르친스끄 형무소에서 아내와 함께 살았으며(그곳에서 아들을 낳았다), 몇 년 후 이르꾸쯔끄 유형지로 이송되었을 때는 큰 저택에서 살게 되었고, 외출용 마차가 있었고, 하인이 있었고, 아이들을 위해 프랑스인 가정

---

5 제정 러시아 시대 재무부 장관이었던 세르게이 비떼의 이름을 딴 위원회로, 산업 발전과 관련된 활동을 함 — 옮긴이주.
6 펠릭스 꼰, 『50년간』, 제2권, 「추방」.
7 러시아 급진적 민주주의 경향의 작가 — 옮긴이주.

교사들도 두었다(당시의 법사상은 〈인민의 적〉이나, 〈전 재산 몰수〉라는 개념까지 발전하지 않았다). 노브고로뜨로 유배된 게르쩬은 자기 군(郡)에서의 지위에 의하여 경찰서장의 보고를 받고 있었다.

유형의 이러한 관대한 처분은 사회적 지위가 높은 사람이나 유명인들에게 국한된 것이 아니었다. 20세기에 이르러 많은 혁명가들이나 프룬드당원들, 특히 볼셰비끼들이 그 은혜를 입었다. 이미 네 번의 탈옥 경험이 있는 스딸린이 다섯 번째로 볼로그다로 유배되었던 것이다. 바짐 뽀드벨스끼는 예리한 반정부 논문을 썼기 때문에 땀보프에서 사라또프로 유형을 갔다! 얼마나 혹독한 조치인가! 물론, 거기서는 아무도 그에게 싫다는 일을 시키지는 않았다.[8]

지금의 우리한테는 이러한 유형이 특권이 많은 것으로, 굶어 죽을 염려가 없는 것으로 보이지만 그래도 당시의 유형수들은 어려움을 느꼈다. 많은 혁명가들의 회상에 의하면 식사도, 난방도, 방도, 공부를 위한 〈대학〉도, 당내 논쟁의 시간도 충분히 보장되어 있는 형무소에서 아무도 아는 사람이 없는 유형지로 가서 혼자서 식사나 주거의 걱정을 하지 않으면 안 된다는 것은 대단한 고통이었다. 그런데 그러한 걱정을 하지 않아도 되었을 때에도, 그들의 설명에 의하면(예를 들어 F. 꼰), 사태는 훨씬 나빴다고 했다. 〈할 일이 없어서 생기는 괴로움…… 가장 두려운 것은 아무것도 할 일이 없다는 것이다.〉 그 때문에 어떤 사람은 과학에 몰두하고, 어떤 사람은 돈벌이를 시작하고, 어떤 사람은 장사를 하고, 또 어떤 사람은 절망

---

8 이 혁명가의 이름을 따서 많은 도시의 우체국이 개칭되었으나, 그는 〈노동〉에 얼마나 익숙지 않았던지 최초의 토요일 노동 봉사에서 물집이 생기고, 그 물집이 원인이 되어…… 감염으로 죽고 말았다.

하여 술을 마셨다.

그런데 어찌하여 할 일이 없었는가? 현지의 주민은 할 일이 없어서 괴로워하지도 않고, 밤이 되면 누워서 쉴 수 있는 것을 운 좋게 생각하지 않았던가? 그러므로 정확히 말하자면, 그러한 괴로움은 거주지가 달라지고 이때까지 익숙해진 생활 리듬이 흩어져서 뿌리가 끊기고 대인 관계가 단절되었기 때문에 생겼다고 하는 것이 옳을 것이다.

유형지에서 불과 2년이 지났을 뿐인데, 기자인 니꼴라이 나제즈진은 자유로의 지향을 상실하고 황제의 충복으로 변절하여 버렸다. 1727년에 베료조프에 유배된 난봉꾼 멘시꼬프는 그곳에 교회를 세우고, 현지의 주민과 세상의 헛됨에 대하여 이야기하고, 턱수염을 기르고, 서민적인 옷을 입고 다녔으나, 2년 만에 죽어 버렸다. 그리고 라지셰프는 왜 그렇게 자유롭고 편안한 유형을 괴로워하고, 왜 그것을 참을 수 없었을까? 후에 러시아에서 두 번째 유형의 위협이 있게 되자 그는 그 두려움에 자살하고 말았던 것이다. 또, 지상의 낙원이라 할 수 있는, 누구나 즐겁게 살 것 같은 미하일로프스꼬예 마을에 있었던 뿌시낀은 1824년 10월에 주꼬프스끼에게 보낸 편지에 이렇게 쓰고 있었다. 〈나를 구해서(즉, 유형에서 해방시켜 달라는 의미 — 솔제니찐), 솔로프끼의 요새나 수도원으로 보내 주시오!〉 그는 지사 앞으로 보내는 편지에도 유형을 금고형으로 바꿔 달라고 청원했으니까 단순한 말치레만은 아니었으리라.

솔로프끼를 알고 있는 우리로서는, 이런 말을 듣는 것은 아주 놀라운 일이다 — 미하일로프스꼬예 마을을 버리고 솔로프끼섬으로 가고 싶다고 원한 시인은 대체 어떤 충동에서, 어떤 절망적이며 무지한 상태에서 이런 말을 한 것일까?

그것이야말로 유형의 음울한 힘이며, 장소를 바꿔 발을 묶고 새로운 땅에서 살게 하는 두려움인 것이다. 그 힘은 이미 고대 지배자들도 알고 있었으며, 오비디우스 역시 체험했던 것이다.

공허하고, 절망적이며, 조금도 생활답지 않은 생활인 것이다…….

◆

영광스러운 혁명이 영구히 근절시키지 않으면 안 될 억압 수단의 목록 속에서 그 네 번째쯤 되는 곳에 물론 유형도 있었다.

그런데 아직 힘을 내지 못하는 혁명이 비틀거리는 발걸음으로 최초의 몇 발을 내디디면서, 유형이 없으면 안 되겠다는 것을 이해했다. 아마도 1년쯤, 아니 3년쯤은 러시아에는 유형이 존재하지 않았을 것이다. 그리하여 곧, 요즘의 말로 강제 퇴거, 즉 원하지 않는 인물의 강제 이주가 시작되었던 것이다. 국민 영웅이었으며, 후에는 원수까지 되었던 인물이 1921년 땀보프주에서 말한 것을 인용하겠다. 〈폭도들(빨치산이라고 해석하라) 가족의 《대규모 강제 이주》를 실시하도록 결정되었다. 그 전에 이주를 기다리는 가족들을 수용하기 위한 《대규모 강제 수용소》가 설치되었다.〉[9]

사람들을 어디로 호송하고 도중에 경비하거나 식사를 제공하거나 어디인가 정착시키거나 또다시 경비하는 대신에, 현장에서 총살시키는 손쉬운 방법 때문에 정기적인 유형의 도입은 전시 공산주의가 끝날 무렵까지 늦어졌다. 그러나 이미 1922년 10월 16일에 내정 인민 위원회 안에 〈사회적 위험 분

9 뚜하체프스끼, 「반혁명 폭동과의 투쟁」—『투쟁과 혁명』, 제7~8호, 1926년, p. 10. (괄호와 강조는 솔제니쩐)

자와 반소비에뜨 정당의 활동가들〉, 다시 말하면 볼셰비끼당 이외의 모든 당의 당원들을 위한 상설 〈강제 이주 위원회〉가 설치되었다. 게다가 일반적인 유형 기간은 3년이었다.[10] 이렇게 보면 이미 1920년대 초엽부터 유형을 다루는 기관은 그 익숙한 작업을 순조롭게 밀고 나간 것이다.

사실 형사범의 유형은 부활되지 않았다. 이미 교정 노동 수용소가 고안되어 그곳에 흡수되어 버렸기 때문이다. 그 대신 정치범의 유형은 어느 시대보다도 편리하게 되었다. 야당의 신문이 없었기 때문에 강제 이주는 공표되지 않았으며, 또 바로 옆에 있었던 사람들이나 유형수들을 잘 알고 있는 사람한테는 전시 공산주의의 총살이 만연한 후라서, 이 3년 동안의 느긋한 유형이 서정적인 교육 조치로밖에 보이지 않았던 것이다.

하지만 그렇게 친절하고 예방적인 유형에서 아무도 자기 고향으로 돌아가지 않았다. 만일 돌아갔다고 해도, 또다시 이내 체포되었던 것이다. 그곳에 끌려 들어온 사람들은 수용소 군도 속에서 선회 운동을 시작하여, 이윽고 부러진 마지막 호(弧)가 어김없이 구멍으로 들어가게 되었다.

모든 것을 선의로 해석하려는 인간의 버릇 때문에 권력의 의도를 곧바로 알 수 없었다. 마음에 들지 않는 사람을 단번에 절멸시키기에는 권력도 힘이 아직 모자랐다. 따라서 어떤 사람의 생명을 빼앗느니보다, 사람들의 기억에서 그 사람을 말살시키는 방법을 취하지 않을 수 없었다.

유형 제도를 부활하는 것은 쉬웠다. 한때 유형수의 호송단이 다녔던 길은 아직 사라지지 않고 남아 있었고, 시베리아, 아르한겔스끄, 볼로그다 등 유형지 자체가 그대로 남아 있는

---

10 『러시아 소비에뜨 연방 사회주의 공화국 강령집』, 제65권, 1922년, p. 844.

곳도 있었다. 사람들도 새로운 유형을 조금도 놀라워하지 않았다. (그렇지만 국가적인 사고는 여기서 머물지 않았다. 누군가의 손가락이 지구 육지의 6분의 1을 차지하는 이 나라의 지도를 연구한 결과, 광대한 까자흐스딴 지방이 소련에 편입되자 그 유형지는 대폭으로 확대되었다. 또 다름 아닌 시베리아 지역에서도 새로운 오지가 발견되었다.)

그러나 유형의 전통에서 방해가 되는 것도 있었다. 그것은 유형수들의 식객 기분이었으며, 나라는 그들을 양육해야 한다는 기분이었다. 제정 시대 정부는 유형수의 노동으로 국민 생산을 불린다는 것조차 허용하려 들지 않았다. 또, 직업적 혁명가들은 자기가 노동한다는 것을 굴욕으로 생각했다. 야꾸뜨에서는 한 사람의 유형수가 15제샤찌나(약 16헥타르)의 토지(지금의 집단 농장원의 65배)를 받을 권리가 있었다. 혁명가들이 그 토지를 경작하기 싫어하자, 야꾸뜨인들이 그 토지를 탐내어 혁명가들에게 차지료(借地料)를 지불하기로 하고, 식료품이나 말로 납부하였다. 이리하여 빈손으로 왔던 혁명가들은 곧 야꾸뜨인들의 채권자가 되었다.[11] 그 밖에, 제정 시대의 국가는 유형에 처한 자기들의 정적에 대하여 한 달에 12루블의 식비와 1년마다 22루블의 의복비를 지급했다. 레뻬신스끼가 쓴 것에 의하면,[12] 레닌도 유배되었을 때, 한 달에 12루블을 받고 있었다(절대 거절하지 않았다). 레뻬신스끼 자신은 단순한 유형수가 아니라 유형에 처하게 된 관리였기 때문에 16루블을 받았다. 그러나 F. 꼰은 지금에 와서 그 금액으로는 너무나 모자랐다고 주장하고 있다. 하지만 시베리아의 물가는 러시아 본토의 2분의 1에서 3분의 1밖에 되지 않았

11 펠릭스 꼰, 같은 책.
12 레뻬신스끼, 『전환기』.

던 것이 분명해서, 나라에서 유형수에게 지급하고 있었던 돈은 쓰고도 남을 정도였다. 예를 들면, 그 덕분에 레닌은 생활비를 벌어야 할 걱정도 없이, 만 3년간이나 혁명 이론에 전력을 소비할 수 있었던 것이다. 마르또프가 쓴 바에 의하면, 그는 5루블만으로 완전한 식사를 제공하는 주택을 빌리고, 나머지 돈으로 책을 사고, 일부는 탈주를 위해 저축했다. 무정부주의자인 A. P. 울라노프스끼의 말에 의하면, 그는 유형지에서 (뚜루한스끼 지방, 그는 그곳에서 스딸린과 함께 있었다) 처음으로 자유롭게 쓸 수 있는 돈을 얻었다. 그는 그 돈의 일부를 유형 도중에 알게 된 자유인 여인에게 보내주기도 하고, 처음으로 코코아를 사 마셔 보기도 했다. 이 지방에서는 철갑상어와 사슴 고기가 쌌고, 견고한 집의 집값이 12루블(한 달 식비!)이었다. 정치범 유형수는 아무것도 부족함을 느끼지 않았고, 〈모든〉 행정 유형수들도 식비와 의복비를 받고 있었다. 그들의 옷은 좋았다(돌아올 때도 좋은 옷을 입고 있었다).

특히 종신 유형지 정착민들(소련식 용어로 말하면 〈경범죄자들〉)은 돈을 지급받지는 못했으나, 나라에서 양가죽 외투를 포함해 모든 의복과 신발을 지급하였다. 체호프가 조사한대로, 사할린에서는 모든 정착민들에게 남자의 경우 2~3년, 여성의 경우 전 형기에 걸쳐서 무료로 나라에서 현물을 지급하고 있었다. 하루에 받을 수 있는 고기 양은 40졸로뜨니끄(즉, 2백 그램)였으며, 빵은 3파운드(즉, 〈1천2백 그램〉)로, 우리 나라 보르꾸따의 탄광에서 스따하노프 운동원이 150퍼센트의 노르마를 완수했을 때와 같은 양이다. (체호프가 본 바에 의하면, 그 빵은 제대로 구운 것도 아니었고, 나쁜 밀가루를 쓰고 있었다. 그러나 수용소에서는 그와 같거나, 그 이하였다!) 매년 그들은 양가죽 외투 한 벌, 농민 외투 한 벌, 몇 켤레의 신발을 지급받았다. 그리고 제정 시대의 국가는 유형수들의 생산을 유지하기 위해 그들이 만들어 낸 제품을 특별 가격으로 사들였다. (체호프는 사할린 식민지가 러시아로서는 완전히 무익한 존재며, 오히려 러시아는 사할린 식민지를 먹여 살려야 할 입장에 있다는 결론에 이르렀다.)

당연한 일이지만, 우리 소비에뜨의 정치범 유형은 이러한 불건전한 조건으로는 그 기초를 구축할 수 없었다. 1928년의 제2회 전(全) 러시아 행정 직원 대회에서 현행 강제 이주 체제의 미비함을 인정하고, 〈멀리 격리된 지방에 있어서의《식민지》형태의 유형을 실시하고,《부정(不定)》판결(즉, 무기한의 판결) 체계의 채택을 요구〉할 것을 결정했다.[13] 1929년부터는 유형을 〈강제 노동과 결부시키는〉 방향으로의 검토가 시작되었다.[14]

〈일하지 않는 자는 먹지 말라〉 — 이것은 사회주의의 원칙이다. 이 사회주의의 원칙에 의해서만이 소비에뜨의 유형이 성립되는 것이다. 그러나 다름 아닌 사회주의자들이 유형에서 무료로 식사를 제공받는 것에 익숙해져 있었다! 당장에 이 전통을 폐지하는 것을 두려워한 소비에뜨 국가는 정치적 유형수들에게 돈을 지급하기로 했다. 물론 모든 정치범들에게 주는 것은 아니고 〈반혁명 분자〉에게는 주지 않았으며 사회주의자인 〈뽈리뜨〉에게만 지급하기로 했다. 그들 중에서도 또 격차를 두었다. 예를 들면, 침껜뜨에서는 1927년에 매월 사회 혁명당들과 사회 민주당원들에게는 6루블씩, 뜨로쯔끼주의자들에게는 30루블씩(역시 동료며, 같은 볼셰비끼이

<hr>

13 국립 10월 혁명 중앙 고문서관, 컬렉션 4042, 목록 38, 문서 번호 8, pp. 34~35.

14 국립 10월 혁명 중앙 고문서관, 컬렉션 393, 목록 84, 문서 번호 4, p. 97.

기 때문에) 지급되고 있었다. 다만 이 돈의 가치는 제정 시대
와는 달라서 제일 작은 방이라도 한 달에 10루블이나 했고,
하루 20꼬뻬이까로는 식사하기에도 부족했다. 시간이 지나면
서, 조건은 차츰 엄격해졌다. 1933년경에 〈뽈리뜨〉들은 매월
6루블 25꼬뻬이까의 수당밖에 받지 못하게 되었다. 그런데
그해는, 나도 분명히 기억하고 있지만, 설익은 호밀 빵이 〈자
유 시장〉(즉, 배급 이외)에서 1킬로그램에 3루블이나 했다.
그리하여 사회주의자들은 외국어를 공부하거나 논문을 쓸 여
지가 없이 〈육체노동〉에 전념하지 않으면 안 되었다. GPU는
일하러 나간 사람들의 그 최후의 약간의 수당마저 즉시 빼앗
아 버렸다.

　그러나 아무리 일하려고 해도 유형수들은 그렇게 간단히
일할 수 없었다. 1920년대 말엽에는 실업 상태가 극심해서 일
자리를 얻는다는 것은 오점이 없는 경력을 가지고 있는 사람
들과 노동조합원들의 특권이었으며, 유형수들은 훌륭한 학력
이나 경력을 가졌더라도 그들의 경쟁 상대가 되지 못했다. 유
형수들은 또 사령부에 의해서도 속박당했다. 이 사령부의 허
가 없이는 어떤 기업도 유형수를 고용할 수 없었다(전에 유형
수였던 사람들은 좋은 일자리를 가진다는 것이 거의 불가능
했다 — 국내 신분증에 찍힌 도장이 문제가 되었다). P. S.의
회상에 의하면, 1934년에 까잔에서 절망에 빠진 교양 있는 유
형수 집단이 도로 포장 작업을 인수하였다. 사령부에서는 왜
이들을 남의 눈에 띄게 하는가, 하고 비난했다. 그러나 다른
일을 찾아 주지 않았기에, 그리고리 B.는 장교에게 대답했다.
「당신들은 무슨 〈재판〉이라도 준비하고 있지 않습니까? 만일
준비하고 있다면, 우리들이 돈에 매수된 증인으로 서는 것은
어떻습니까!」

식탁에 남아 있던 찌꺼기를 주어도, 먹지 않을 수가 없었다. 그래, 이렇게도 러시아의 정치범 유형이 타락했던가! 토론을 하거나 공인된 〈강령〉에 대한 항의서를 쓸 틈도 없었다. 무의미하고 무료한 시간은 어떻게 보낼까라는 고민은 떠오르지도 않았다……. 유일한 걱정은 어떻게 하면 굶어 죽지 않을까, 어떻게 하면 타락하여 밀고자가 되지 않을까 하는 것이었다.

오래된 노예 제도에 종지부를 찍은 나라에서 소비에뜨 정권이 수립된 처음 몇 년 동안, 정치범 유형의 자부심과 독립성은 구멍 뚫린 풍선처럼 땅에 떨어지고 말았다. 예전의 정권이 두려워했다는 정치범 유형수들의 힘은 허상에 지나지 않았다. 그 힘을 창조하고 지지했던 것은 나라의 〈여론〉뿐이었다. 그러나 그 여론이 〈조직된 의견〉으로 바뀌는 순간 그때까지 유형수들의 항의와 권리는 땅에 떨어져 버리고, GPU 요원들의 더러운 장화나 비정한 비밀 지령서에 짓밟혔다. (제르진스끼는 이러한 최초의 지령서들을 직접 작성할 수 있을 만큼 오래 살았다.) 이제는 사회를 향한 한마디도, 자기 소식도 전하지 못하게 되었다. 만일 유형에 처하게 된 노동자가 자기가 예전에 있던 공장으로 편지를 쓰고, 그 편지를 공표한 노동자가 있다면(레닌그라드의 바실리 끼릴로비치 예고신), 그 또한 유형을 받는 것이다. 유형수들은 그 수당이나 생활 수단뿐만 아니라, 일체의 권리까지 잃었다. GPU는 그들이 자유인으로 인정되었을 때보다도 훨씬 간단히 재구속도, 체포도, 호송도 할 수 있었다. 이미 아무런 제한도 없이, 마치 인간이 아니라 고무 인형을 다루는 듯했다.[15] 침껜뜨에서 했던 것처럼, 그

---

15 서구의 사회주의자들은 1967년에 이르러서야 겨우 〈소련과 《보조를 맞추는》 사회주의자가 되어서는 안 된다〉라는 것을 알게 되었지만 실은 40년에서 45년 전에 이런 결론에 도달할 수 있었다. 이미 그때 러시아의 공산당원들

들은 간단히 할 수 있었다 ── 느닷없이 〈24시간 내에〉 이곳의 유형지를 폐지한다는 발표가 있었다. 이 24시간 내에 해야 할 일은 하던 일을 내주고, 집을 정리하고, 가재도구를 처분한 다음, 짐을 꾸리고, 지시된 경로로 길을 떠나는 것이었다. 죄수들의 호송보다 별로 편하지 않았다! 유형수의 내일은 죄수만큼이나 불확실했다!

그런데 그것은 사회의 침묵과 GPU의 압력뿐만이 아니었다. 이들 유형수 자신은 대체 어땠을까? 당이 없는 당원들은? 입헌 민주당원에 대해 말하는 것이 아니다. 입헌 민주당원들은 이미 살아 있지 않고 전부 살해되었다. 그런데 1927년경이나 혹은 1930년경에, 사회 혁명당이나 혹은 멘셰비끼의 이름이 튀어나온다는 것은, 대체 어찌 된 일인가? 이 이름에 해당하는 활동가들의 무리는 전국 어디를 찾아봐도 없었다. 예전부터, 즉 혁명이 일어났던 해부터, 이 격동의 10년간을 통틀어 한 번도 그들의 정당의 강령은 재검토되지 않았다. 만일 이러한 정당이 어느 날 갑자기 부활했다 하더라도 지금의 사건을 어떻게 해석하며, 장차 어떻게 할지 알 수 없지 않겠는가? 모든 출판물도 그것을 과거의 일로밖에 취급하지 않았다. 그리고 살아남은 당원들은 평화로운 가정생활을 보내면서 자기의 직업에 종사하며, 자기의 예전의 정당에 대해서는 잊어버리고 있었다. 그런데 GPU의 비장한 명단은 지워지는 것이 아니다. 그리고 돌연 밤에 신호가 울려서 이들 집토끼들이 잡혀 와 여러 형무소를 경유하여, 예컨대 부하라와 같은 곳으로 호송되어 갔던 것이다.

이리하여 I. V. 스똘랴로프는 1930년에 그곳에 가서, 전국

은 러시아의 사회주의자들을 근절하기 시작하지 않았던가? 하지만 남이 앓는 치통은 모르는 법이다.

방방곡곡에서 모인 나이 많은 사회 혁명당원들이나 사회 민주당원들과 만났다. 일상생활을 빼앗긴 그들은 여기에서 지금 논쟁을 하거나, 정치 정세를 검토하거나, 해결책을 제안하거나, 〈만약 이렇다면〉, 〈만약 저렇다면〉 역사는 어떻게 전개되었을 것이라는 의견을 교환하지 않을 수 없게 되었다.

이렇게 그들은 모이게 되었으나, 당연히 정당으로서가 아니라, 침몰시키기 위한 표적이 되었다.

1920년대 유형수들의 회고담에 의하면, 당시의 가장 위세 있고 전투적이었던 정당은 시온 사회당뿐이었다. 시온 사회당은 강력한 청년 단체 〈하쇼메르〉와, 끄림반도에서 유대인의 농업 코뮌을 결성했던 합법적인 단체 〈헤할루츠〉를 가지고 있었다. 1926년에 그 중앙 위원회의 위원 전체가 투옥되어, 1927년에는 순진한 15세, 16세의 소년들과 소녀들이 끄림반도에서 추방되어 유배되었다. 그들은 뚜르뜨꿀과 그 밖의 조건이 나쁜 지방으로 보내졌다. 그것은 실제로 정당이었다 ── 일치단결하여 끈기 있게 자기의 정당성을 확인하는 사람들이었다. 그러나 그들의 목표는 모두 공통의 것이 아니고, 하나의 민족으로 팔레스타인이나 자기들의 땅에서 생활한다는 그들만의 것이었다. 당연한 일이지만 스스로 조국을 버린 공산당은 다른 정당의 좁은 민족주의를 인정할 수가 없었다…….[16]

16 조상의 토지를 재현하고, 조상의 신앙을 확립하며, 그리고 천년에 걸친 분산 상태에서 다시 그 땅에 집결한다는 시온주의자들의 극히 당연하고 고상한 의지는 유럽 민족의 일치된 지지나 지원을 호소해도 이상하지 않다고 생각되었다. 특히, 팔레스타인 대신에 끄림반도는, 시온주의의 이상에는 맞지 않았다. 이 지중해 연안 민족에게 제2의 팔레스타인으로서 타이가 지대 끝자락의 비로비잔을 선택할 것을 제안한 스딸린은 그들을 비웃은 게 아닐까? 혼자 비밀스럽게, 오랫동안 생각하는 습관이 있는 그로서는 이 부드러운 초대가 1953년에 예정된 유대인들의 강제 이주를 미리 실험했던 것인지도 모른다.

1930년대 초엽까지는 아직 유형수들의 상호 구제도 있었다(예를 들어 쉽게 일자리를 얻을 수 있었던 침껜뜨로 유배된 사회 혁명당원들, 사회 민주당원들, 무정부주의자들은 〈북방의〉 실업자인 동료 당원들을 위한 비밀 상호 구제 기금을 만들고 있었다). 또한 장소에 따라서는 공동으로 취사를 하거나 아기를 돌보며 자연스럽게 집회를 열거나 상호 방문을 했다. 또 유형지에서는 함께 노동절을 축하했다(고의로 10월 혁명 기념일은 무시했다). 그러나 1930년대가 전성기를 맞이하자, 모든 것이 사라졌다. 도처에서 보안 요원들이 매의 눈을 번뜩이기 시작했고, 유형수들의 모임을 감시하게 되었다. NKVD가 그들에게 〈조직〉의 의혹을 품고 〈다시〉 체포하지 않도록 유형수들은 서로 피하게 되었다(그러나 그들은 어쨌든 다시 체포되도록 되어 있었다). 이리하여 국가 유형의 테두리 안에서, 그들은 스스로 〈고독〉이라는 또 하나의 유형에 스스로를 빠져들게 했다(스딸린이 원했던 바로 그대로였다).

또 유형수들은 현지 주민들과 단절됨으로써 힘이 약해졌다. 유형수에게 우호적인 주민은 박해를 받았고, 규정을 어긴 주민은 다른 곳으로 유배되기도 했다. 청년일 경우에는 공산 청년 동맹에서 제명되기도 했다.

또 유형수들은 정당 간의 비우호적인 관계에 의하여 약화되었다. 정당 간의 불화는 소비에뜨 시대에 들어와서 시작되었고, 자기들 이외에는 정치범은 없다고 생각하던 뜨로쯔끼 주의자들이 많은 유형지에 나타나기 시작한 1920년대 중엽부터는 그 불화가 더욱 격화되었다.

1920년대의 유형수들은 사회주의자들뿐만이 아니었다. 아니, 사실 대부분이 사회주의와 관계없는 사람들이었다(그것은 해가 지나감에 따라서, 그렇게 되었던 것이다). 정당에 소속되어 있지 않은 지식인들이 흘러들었다. 그들은 신체제의 확립을 방해하는, 정신적으로 독립된 사람들이었다. 내전 시대부터 살아남은 〈과거의 지배자들〉도 있었다. 〈폭스트롯 때문에〉 유배된 소년들도 있었다.[17] 강신술사들도 있었다. 신비학자들도 있었다. 성직자들도 있었다. 이들은 처음에는 유형지에서도 미사를 올릴 권리를 가지고 있었다. 단순한 신자들도 있었고, 몇백 년 전부터 러시아인이 그렇게 부르게 된 〈농민〉들도 있었다.

그리고 모든 사람들이 그 보안 요원의 감시하에서 분산되고, 경직되어 갔다.

국민의 무관심한 태도로 약화된 유형수들은 탈주하려는 희망을 잃었다. 제정 시대 유형수의 경우, 탈주는 즐거운 운동의 일종이었다 ─ 스딸린은 다섯 번 탈주하고, 노긴은 여섯 번 탈주했다. 잡혔을 경우 총살이나 도형에 처하게 되는 일도 없고, 다만 즐거운 여행에서 돌아와 제자리에 돌아갈 뿐이었다. 그러나 경직되고, 고압적으로 변한 내무부는 1920년대 중엽부터 유형수들에게 같은 당의 연대 보증을 강요했다 ─ 동료 중 한 사람이 탈주하게 되면, 그 책임이 당원 전체에 있게 되는 것이다! 이제 자유로운 공기는 너무나 희박했고, 탄압은 점점 더 견디기 힘들어졌다. 최근까지 고고하고 당당했던 사회주의자들은 그 연대 보증에 찬성했다! 이리하여 그들은 〈스스로의 손으로〉, 스스로 당의 결정으로 〈탈주를 금지〉했던 것이다!

탈주를 한다고 해도, 대체 어디로 가겠나? 누구한테 탈주할 것인가? 숨겨 줄 〈사람〉이 어디 있다는 말인가?

이론에 뛰어난 활동가들은 이내 이런 것을 생각하게 되었

17 1926년. 시베리아, 빗꼬프스끼의 증언.

다 — 〈탈주하는 것은 시기상조다, 기다리지 않으면 안 된다. 《투쟁을 전개하기에는 시기상조다.》〉 즉, 여기서도 기다리지 않으면 안 된다는 것이다. N. Y. 만젤시땀이 지적했듯이, 1930년대 초에 체르딘스끄 지방에 유배된 사회주의자들은 완전히 저항을 중지하고 있었다. 그들은 피할 수 없는 죽음이 다가왔다고까지 느끼고 있었다. 그들의 유일한 현실적인 희망은 〈새로운 형기〉를 추가할 때 다시 체포되지 않고 바로 〈서명〉할 수 있으면 좋겠다는 것이다. 그렇게 되면, 검소하지만 지금까지 쌓은 생활을 계속할 수 있었던 것이다. 그들의 유일한 도덕적인 과제는 죽을 때까지 자기의 인간으로서의 존엄성을 지키는 것이었다.

우리는 부서지고 갈기갈기 찢긴 분자들이었지만 도형 수용소를 거쳐 강력한 단일체가 되었기 때문에, 한때 분명한 단일체였던 사회주의자들이 거꾸로 무방비한 분자로 흩어지는 것이 이상하게 느껴진다. 그러나 우리 시대에는 사회생활이 확대와 충만으로 향하고 있는 데 비하여 그들의 시대에는 억압과 축소로 향하고 있는 상태였다.

그리하여 우리 세대는 그들 세대를 비판할 수 없는 것이다.

또 유형수 사이에는 여러 격차가 있었다. 그것도 또 그들을 소외시키고 약하게 했다. 신분증을 갱신하는 기간에 차이가 있었다(어떤 사람은 매달 갱신해야 했다. 그것은 피곤하고 지루한 일이었다). 나쁜 부류로 떨어지지 않기 위하여, 각자가 규칙을 지키지 않으면 안 되었다.

1930년대 초까지는 가장 가벼운 형태의 유형, 사실상 유형이 아닌 〈결함 상태〉라는 것이 있었다. 이런 경우에 결함자는 정확히 하나의 거주지를 지정하는 것이 아니라, 몇 개 도시

중에서 자기가 〈결함 상태〉로 살고 싶은 도시를 선택했다. 하지만 일단 장소가 선정되면 그는 3년간 그곳에 못 박히는 것이다. 결함자는 GPU로 가서 정기적으로 확인을 받을 필요는 없었지만, 그 지역을 나가는 것도 허용되지 않았다. 실업 시대에는 직업소개소도 결함자에게는 직업 알선을 하지 않았다. 만일 본인이 어떠한 방법으로 일에 종사하고 있더라도, 해고하도록 고용주한테 압력이 가해지는 것이다!

〈결함〉은 핀과 같은 것이었다. 핀으로 해충은 못 박히고, 그런 상태로 자기의 본격적인 체포의 순번을 얌전히 기다려야 했다.

또 유형이 필요 없고, 유형이 있을 수 없는 진보적 체제에 대한 신념이 있었다! 사면에 대한 기대, 특히 10월 혁명의 빛나는 10주년 기념일을 기다렸다!

사면이 이루어졌다. 기대는 이루어졌다. 유형수들은 형기의 4분의 1(3년 중 9개월)이 감형되었다. 모두가 사면받지는 않았다. 그러나 거대한 〈카드놀이〉는 계속되어 3년 유형 후에, 정치 격리 형무소의 3년이 계속되며, 또다시 유형 3년이 계속된다. 따라서 유형 형기가 9개월이 단축되었다고 해서 생활이 편하게 되었다는 뜻은 아니다.

그러는 사이에 다음 재판 시기가 돌아오게 되었다. 무정부주의자인 드미뜨리 베네직또프는 또볼스끄 유형의 3년 형기가 끝날 무렵에 체포되고(1937년), 그때 절대적으로 정확한 죄목을 달았다 — 〈국채에 관한 악의적인 소문을 유포〉했다는 것이다. (5월이 되면 꽃이 피듯 정확히 매년 국채가 발행되는데 그것에 관해 무슨 뜬소문이 있을 수 있겠는가?) 또 하나는 〈소비에뜨 정권에 대한 불만〉이었다. (유형수는 당연히, 자기 숙명에 만족하지 않으면 안 된다!) 이러한 추악한 범죄에 대해서 어떤 판결이 났는가? 72시간 이내에 총살에 처하며, 이의 신청은 할 수 없다! (그의 딸 갈리나의 이름은 이 책에서 엿볼 수 있다.)

우리는 새로운 자유를 획득한 시대 초기의 유형에 대해 살펴보았으며, 그 유형에서 완전히 도망칠 수 있는 유일한 방법까지도 알게 되었다.

유형은 죽음을 선고받은 사람들이 사형이 집행되기 전에 멈추는 장소였다. 소비에뜨 시대 초기의 유형수들은 이 세상 사람이 아니라, 〈저세상〉으로 호출되기를 기다리고 있는 사람들이었다. 〈과거의 지배자〉와 일반 농민 중에서 현명한 사람들이 있어서, 그들은 이미 1920년대에 장래를 예측했다. 그들은 처음 3년간의 유형을 끝내고 만일을 위해 현지에, 예를 들어 아르한겔스끄에 남았던 것이다. 때로는, 그 덕분에 그들은 머리빗 틈에 걸려들지 않았다.

평화로운 슈첸스꼬예 마을의 유형, 혹은 뚜루한에서 코코아를 마시는 유형이 우리한테는 이렇게 되어 버렸다.

우리 나라에서는 오비디우스가 견뎌야 했던 슬픔보다 더 무거운 짐을 짊어져야 했다.

제2장

농민의 역병

이 장에서는 자질구레한 이야기를 하겠다. 1천5백만 명의 영혼에 대한 이야기다. 1천5백만 명의 생명에 대한 이야기다.

물론 교양이 없는 사람들이었다. 바이올린을 켜지 못하는 사람들이었다. 메이예르홀뜨가 누구며, 원자 물리를 공부하는 것이 얼마나 재미있는지 모르는 사람들이었다.

1차 대전의 전체 기간을 통틀어 우리 나라는 3백만 명의 생명을 잃었다. 2차 대전의 전 기간을 통해서는 2천만 명을 잃었다. (이것은 흐루쇼프의 계산이며, 스딸린은 불과 7백만 명으로 계산했다. 니끼따가 후했는가? 아니면 이오시프가 빠뜨렸는가?) 그들에게 바친 송가는 얼마나 많았던가! 얼마나 많은 탑과 영원의 불이 있었던가! 수많은 소설들과 시들! 사반세기에 걸친 소비에뜨 문학 전체가 이들 전사한 사람들이 흘린 피를 마시고 살았다.

그러나 우리 나라의 1천5백만 명의 농민들을 삼켜 버린 사악한 〈역병〉에 대해서 쓴 책은 하나도 없다. 그 역병은 무차별이 아니라, 러시아 민족의 등뼈를 이루는 농민들 중 조심스럽게 선별된 사람들을 죽음으로 몰아넣었다. 우리를 깨우는 나팔 소리도 없었다. 죽음에 쫓긴 이 사람들의 마차가 지나가

버린 시골길 교차로에는 3개의 작은 돌멩이도 놓여 있지 않았다. 오늘의 부정에는 그토록 민감한 인도주의자들도 당시에는 〈모든 것이 옳다! 그들은 그렇게 당해도 된다!〉라고 찬성하듯이 고개를 끄덕였다.

그것은 어둠에 파묻히고, 자료가 죄다 처분되었으며, 어떠한 소문도 근절되어 버렸다. 그래서 내가 수용소 관련 자료를 모으고 있을 때, 〈이런 이야기는 이제 많이 모아서 장소가 부족하니, 이제 됐어요!〉라고 친절한 사람들한테 거절할 때도, 농민들의 유형에 대해서는 조금도 모이지 않았다. 대체 누가 어디서 그런 이야기를 들려주겠는가?

나는 확신하고 있다. 이것을 쓰려면 한 장(章)이 아니라 한 작가의 한 권의 책으로도 부족할 것이다. 하지만 나는 이 한 장을 쓰기에도 충분한 자료를 가지고 있지 못하다.

하지만 나는 감히 펜을 들기로 했다. 나는 다만 표식이나 표적을 해 두고, 최초의 작은 돌을 놓는다는 기분으로 이것을 쓰고, 장차 그 위에 새로운 〈구세주의 전당〉이 건립될 것을 기대한다.

그것은 무엇부터 시작되었는가? 농민은 〈소부르주아〉라고 하는 도그마에서 시작되었는가? [그들의 이론에 의하면 〈소부르주아〉의 부류에 속하지 않은 자가 있는가? 그들의 매우 명확한 도식에 의하면 공장의 노동자들(프롤레타리아, 그런데 숙련공들은 제외된다)과 큰 기업주(부르주아) 이외의 모든 사람들, 즉 국민 전체인 농민들도 사무원들도 연예인도 조종사들도 교수들도 대학생들도 의사들도 모두가 이 〈소부르주아〉가 되는 것이다.] 혹은 일부 사람들을 강탈하여 다른 사람을 위협하려는 고도의 범죄적 계산에서 시작된 것인가?

1921년에, *끄릴렌꼬*는 고리끼 앞으로 서한을 보냈다. 자신이 죽기 직전, 고리끼가 망명하기 직전의 일이었다. 그 최후의 몇 통의 서한에서 농민에 대한 강도적인 기습이 이미 그 〈당시에〉 시작되었고, 1930년과 거의 같은 형식을 취했다는 것을 알 수 있다.

그러나 이런 어처구니없는 일을 하기에는 아직 힘이 부족했다. 그리하여 그들은 물러났다.

그렇지만 이런 생각은 결코 머리에서 떠나지 않았다. 그리고 1920년대를 통하여 〈꿀라끄(부농)! 꿀라끄! 꿀라끄!〉 하면서 기회 있을 때마다 공공연히 지적하며 비난하고 질타했다. 이 지상에서 〈꿀라끄〉와는 함께 살 수 없다는 도시 주민의 의식의 변화를 노렸다.

농민의 절멸을 목적으로 한 〈역병〉, 즉 절멸시켜야 할 사람들의 명단 작성, 그 재산 몰수나 강제 이주는 1929년에 시작되었다고 생각된다. 그러나 겨우 1930년 초에 이르러 현실로 나타난 일들이(이미 예행연습은 충분했다) 대중에게 발표되었다. 그것은 1월 5일의 전 소비에뜨 연방 공산당 중앙 위원회의 결의 속에 있었다. (당은 〈꿀라끄들의 착취 경향을 제한하는 정책에서, 계급으로서의 꿀라끄를 근절하는 정책으로 변경하기 위한 충분한 근거를 가지고 있다〉. 그리고 꿀라끄들을 곧장 집단 농장에 받아들이는 것은 금지되었다. 왜 그랬을까? 누가 설명 좀 해주겠는가?)

중앙 위원회의 결의에 따르며 순종하며 항상 찬성할 능력밖에 없는 중앙 집행 위원회와 인민 위원회도 주저하지 않고 1930년 2월 1일에 당의 의지를 법제화했다. 주(州)의 집행 위원에게 〈전 재산을 몰수하거나, 특정 주 또는 지역의 경계 밖으로 강제 이주시키는 방법을 포함한 모든 조치를 취하여(그러나 다른 방법은 없었다) 꿀라끄 박멸을 위해 투쟁할 것〉이 요구되었다.

다만 〈특정 주 또는 지역의 경계 밖으로 강제 이주시킨다〉라는 문구에서 우리의 〈도살자〉는 부끄러웠던 모양이다. 〈어디로부터 강제 이주시킨다〉라고 규정하였으나, 〈어디로 강제 이주시킨다〉라고는 규정하고 있지 않았다. 멍청한 사람이라면 그것을 30킬로미터만 더 가는 바로 이웃 지역으로 이해하게 되었을지도 모른다⋯⋯.

내가 아는 바로는, 〈꿀라끄 지지자〉라는 개념은 〈진보적 이론〉에는 전혀 없었던 것이다. 그러나 제초기가 풀을 베기 시작하자, 이 말이 없이는 아무것도 할 수 없다는 것을 알았다. 이 말의 가치에 대해서는 이미 설명한 적이 있다. 〈수집〉의 명령이 떨어지자, 소년단들이 각 농가를 돌면서 가난한 국가를 위하여 곡물을 모았다. 그리고 자신의 피와 땀의 결정인 곡물을 공출하지 않으면(물론 상점에서는 살 수 없었다) 곧장 〈꿀라끄 지지자〉가 되고, 그것으로 유형을 받고 만다.

아직 내전의 뜨거운 피가 식지 않았던 소비에뜨 러시아에 이 이름이 퍼지며, 훌륭히 누비고 다녔다! 이런 말이 퍼지자, 아무런 설명도 없었으나, 곧 이해되고, 매우 단순화되고, 조금도 생각할 필요가 없게 되었다. 내전 시대의 야만스러운 법 ─ 한 사람에 대해 열 사람을! 한 사람에 대해 백 사람을! ─ 이 부활되었다. (내가 생각하기에는 러시아적이지 않은 법이다. 러시아 역사에서 이런 것이 있었던가?) 〈활동가〉 한 명(그 대부분이 게으르고 떠버리였다. A. Y. 올레네프 혼자만의 회상이 아니다 ─ 꿀라끄 박멸 운동을 지도한 자는 도적들과 주정뱅이들이었다)에 대해 수백 명의 아주 근면하고, 농업 경영을 잘하는 현명한 농민, 러시아 민족을 떠받치고 있던 농민들이 근절되었던 것이다.

항의하는 소리가 들린다. 뭐라고? 지금 무슨 이야기를 하는 거요? 그럼 피를 빨아먹는 농촌의 〈착취자들〉은 어찌 되었나? 이웃을 착취하던 놈들은 어떻게 되었나? 놈들은 〈이 돈을 빌려줄 테니까, 너의 목숨과 바꾸자〉고 말하지 않았나?

수는 적었지만 착취자들도 분명히 그 속에 있었다. (그러나 모든 착취자들이 그 속에 있었는지는 모르겠다.) 아니, 거꾸로 질문하고 싶다. 착취자라는 것이 타고나는 것인가? 그 본성이 그렇게 했는가? 아니면 부와 권력이 인간을 타락시켰다는 일반적인 법칙에서 생긴 것인가? 인류나 계층의 〈정화〉라는 것을 그렇게 간단히 할 수 있는 것일까! 철제 빗의 촘촘한 빗살로 농민을 〈정화〉하고, 1천5백만 명의 생명을 희생시켜서 그 비정한 착취자들을 모조리 제거했다면, 대체 어떻게 지금의 집단 농장이나 지구 공산당 위원회의 지도자로 흉악하고 배가 나온 얼굴이 붉은 놈들이 있을 수 있을까? 외로운 노파들이나 약한 사람들을 무자비하게 학대하는 자들이 있을 수 있을까? 꿀라끄 박멸 운동을 전개하고 있을 때 어찌하여 〈이들의〉 흉악한 본성을 보지 못했을까? 어쩌면 이들은 그 〈활동가〉 출신이 아닐까?

은행 강도로 성장한 자[1]는 농민의 문제를 형제의 입장에서 혹은 전문가의 입장에서 생각할 수 없었다. 그는 다만 휘파람을 불어서 도적에게 신호를 보낼 뿐이다. 그 신호에 의하여 밀림이나 툰드라 지대로 수백만의 일꾼들이, 손에 물집투성이 농부들이 끌려갔던 것이다. 그들은 토지를 가지려고 소비에뜨 정권을 세운 사람들이며, 토지를 가지고서 그곳에 뿌리를 내리려는 사람들이었다. (〈땅은 그것을 경작하는 자의 소유

---

1 스딸린을 말함 — 옮긴이주.

가 된다.〉)

꾸반강 유역의 마을들, 예를 들어 우루삔스까야처럼 노인 부터 유아까지 〈한 사람도 빠짐없이〉 강제 이주(그 자리에는 귀환병들을 살게 했다)시켰다면 〈착취자〉라는 말은 공허해진다. 여기에서 우리는 〈계급 원칙〉을 분명히 알 수 있다. (알다시피 특히 이 꾸반 지방은 내전 때 백위군을 전혀 지지하지 않았으며, 재빨리 제니낀군의 후방을 교란시키고, 적위군과 접촉하려고 했었다. 그런데 갑자기 〈꾸반 지방의 태업〉이 일어났다니?) 또 농업의 중심지로, 수용소군도의 유명한 마을이었던 돌린까는 어떻게 생겼을까? 이 마을의 주민 〈모두〉는 독일인이었는데 꿀라끄라는 이유로 강제 이주되었던 것이다. 누가 누구를 착취했다는 것인지 도저히 알 수 없는 일이다.

또한 〈꿀라끄 박멸 운동〉의 원칙은 아이들의 운명을 조사해 보면 잘 알 수 있다. 예를 들면 마슬레노 마을 출신의 슈르까 드미뜨리예프의 경우(볼호프 근교의 셀리센스끼예 까자르미) 1925년에 아버지 표도르가 죽자, 집에는 열세 살이었던 그가 유일한 사내였으며 그 밖에는 모두 여자아이들이었다. 아버지가 남긴 집은 누가 맡는가? 그가 맡게 되었다. 그리하여 자매들과 어머니는 그를 따르기로 했다. 그는 가장으로서 밖에서는 어른으로 행세하게 되었다. 그는 훌륭하게 아버지의 일을 이어 가 1929년에는 곳간에 곡식이 가득 찼다. 그래서 꿀라끄가 되었다! 온 가족이 추방되었다!

아다모바슬리오즈베르끄가 모짜라는 소녀와 만난 감동적인 이야기를 들려주었다. 이 소녀는 우랄 지방의 유형지에서 무단으로 고향인 따루사 근교의 스베뜰로비도보 마을로 돌아왔다 ── 〈걸어서 2천 킬로미터를!〉 이것이 운동 경기라면 메달감이었다. 이 때문에 1936년 형무소에 투옥되었다. 초등학교 저학년인 그녀는 1929년에 부모와 함께 유형을 가, 영원히 공부할 기회를 빼앗겼다. 선생은 그 아이가 귀여워서 〈작은 에디슨 모짜〉라고 불렀다. 소녀는 공부를 잘했을 뿐만 아니라, 발명의 재능도 있었다. 그녀는 학교를 위하여 개울에 터빈을 만들기도 하고, 그 밖의 발명도 했다. 7년 후 그녀는 이미 손이 닿지 못하는 존재가 되어 버린 자기의 학교를 한번 보고 싶다고 생각했다. 그 때문에 이 〈에디슨〉은 형무소에 가고, 후에 수용소로 가게 되었다.

19세기에도 이런 운명을 겪은 아이가 있었던가?

꿀라끄 박멸 운동의 대상에는 반드시 〈제분소〉가 걸렸다. 그런데 제분소와 대장장이는 러시아 농촌의 가장 뛰어난 기술자가 아닌가? 예를 들면, 랴잔 지방 제분소의 쁘로꼬쁘 이바노비치 락쭌긴. 그가 꿀라끄로서 박멸되자, 그 사람 없이 맷돌을 너무 세게 돌리다가 제분소가 불타 버렸다. 종전 후, 사면되어 그가 자기 고향으로 돌아와 보니 제분소가 없어져서 마음을 안정시킬 수가 없었다. 락쭌긴은 허가를 얻어 스스로 맷돌을 만들고 전에 있던 장소에(반드시 그 장소여야 했다!) 제분소를 세웠다. 그것은 결코 자기를 위해서가 아니라 집단 농장을 위해서였다. 아니, 그것보다도 그 지방의 풍경을 더욱 아름답게 하기 위해서였다.

그럼 이번에는 마을의 〈대장장이〉의 차례다. 그가 어떤 꿀라끄인가, 이제 보기로 하자. 인사부가 좋아하듯이 우선 아버지부터 시작하자. 그의 아버지 고르제이 바실리예비치는 바르샤바 요새에서 25년간 군 복무를 하고, 아주 적은 돈을 저축했다. 25년간 군 복무를 한 이 사람은 토지를 가지지 못하게 되었다. 요새의 병사의 딸과 결혼한 그는 병역을 마치고 아내의 고향인 끄라스넨스끼군의 바르수끼 마을로 갔다. 마을 사람들한테 술을 사고 저축한 돈의 절반으로 마을 전체의 조세 미납금을 냈다. 나머지 절반으로 지주로부터 제분소를 빌렸다. 하지만 사업에 실패하여 무일푼이 되자, 말년에는 소몰이꾼이나 경비원으로 지냈다. 그에게는 딸이 여섯 명 있었고, 전부 가난뱅이한테 시집보냈다. 그리고 외아들의 이름은 뜨리폰이었다(이 가족의 성은 뜨바르도프스끼였다). 뜨리폰은 소년 시절에 잡화점에서 일했으나, 거기서 도망쳐서 바르수끼 마을의 몰차노프라는 대장장이의 대장간에 고용되었다. 1년간은 무보수로 일하고, 4년간은 조수로 일하고, 또 4년 후에는 제대로 대장장이가 되어 자고리예 마을에 집을 짓고 결혼했다. 그는 일곱 아이를 낳았다(그중의 하나가 시인 알렉산드르였다). 대장간에서는 돈을 벌 수 없었다. 아버지의 일을 장남인 꼰스딴찐이 도왔다. 그들은 새벽부터 해질 때까지 무쇠를 두들기고, 용접을 하여 하루에 5개의 멋진 도끼를 만들었다. 그런데 프레스와 고용인을 사용한 로슬라블의 대장간에서는 가격을 낮추고 있었다. 1929년까지 그들의 대장간은 여전히 목조 건물이었고, 말 한 마리와 때로는 송아지가 딸린 소 한 마리뿐이었다. 때로는 소도 송아지도 없었다. 그리고 사과나무 여덟 그루가 있었다. 이것이 이 착취자의 전 재산이었다. 농민 토지 저당 은행이 저당물의 영지를 월부로 팔고 있어서 뜨리폰 뜨바르도프스끼는 잡초가 무성한 빈터 11제샤찌나(약 12헥타르)를 샀다. 그 빈터를 〈역병〉의 해까지 줄곧 개척했다. 5제샤찌나를 개간했으나, 나머지는 잡초가 무성한 채로 있었다. 그런데 그들이 꿀라끄 박멸의 대상으로 선정된 것이다. 열다섯 가구가 마을 전체였다. 누군가를 선정해야 한다! 대장간에서의 수입을 불려서 적어 넣고 무리한 세금을 부과했다. 기한 내에 납부하지 않으면 너희 꿀라끄는 강제 이주시키게 된다!

통나무집 사이에 벽돌집이 있거나, 혹은 1층집 속에 2층집이 보이면 그것이 꿀라끄이다! 이놈아, 60분 내에 이주해라! 러시아의 농촌에는 벽돌집이나 2층집이 있어서는 안 되는 것이다! 동굴로 돌아가라! 지저분한 상태로 살아야 한다! 이것이 우리 나라의 위대한 개조 계획이었다. 이것은 역사에 유례가 없는 일이었다.

그러나 가장 중요한 비밀은 그것이 아니다. 때로는 잘사는 사람이 재빨리 집단 농장에 들어와서, 그대로 있는 예도 있었다. 반면에 가입 신청을 하지 않은 고집 센 가난뱅이는 강제로 이주되었다.

이것은 중요한 일이다. 아주 중요한 일이다! 문제는 〈꿀라끄 박멸〉이 아니라 집단 농장으로의 강제 가입이었다. 혁명에 의해 주어진 토지를 농민으로부터 빼앗고, 그 토지에 사람들을 농노로 묶으려면 죽음을 가지고 위협하는 것 말고는 다른 방법이 없었다.

이것은 제2의 내전이며, 이번에는 농민과 싸우는 내전이었다. 이것은 〈위대한 전환기〉, 또는 글자 그대로 〈위대한 단절기〉였다. 이 시기에 무엇이 두 동강 나서 끊어졌는지는 아무도 말하고 있지 않다.

그것은 러시아의 등뼈였다.

◆

우리가 불공평하게도 사회주의 리얼리즘 문학을 이야기를 들어주지 않은 것 같다. 사회주의 리얼리즘 문학 역시 꿀라끄 박멸 운동에 대해 묘사했고, 그것도 아주 풍부하게 묘사했다. 아주 멋있게, 마치 사나운 늑대 사냥이라도 하듯이 그렸다.

다만 그들이 묘사하지 않은 것은 이런 광경이다 — 마을들이 길게 이어져 있는데, 집집마다 창문이 전부 널빤지로 막혀 있는 광경이다. 마을 안을 걸어 보면 농가의 현관에 죽은 여인이 무릎 위에 죽은 아이를 껴안고 있는 것이 보인다. 혹은 담장 밑에 노인이 앉아서 빵을 구걸한다. 그 길을 되돌아올 때면 그 노인은 이미 송장이 되어 쓰러져 있었다.

그리고 사회주의 리얼리즘 문학에서는 이런 장면도 찾을 수 없었다 — 마을 소비에뜨 의장이 입회인으로 학교 선생을 데리고 농가로 들어서자, 안에는 노인과 노파가 침상에 누워 있었다. (그 노인은 예전에 찻집을 하고 있었다. 그것이야말로 착취자가 아니겠는가? 나그네들이 뜨거운 차를 반긴다고 대체 누가 말했던가?)「이 땀보프의 여우, 내려와!」의장이 권총으로 위협한다. 노파가 울기 시작하자, 의장이 더욱 위협하려고 천장에 발포했다(실내라서 대단한 굉음이 울렸다). 이 두 노인은 끌려가던 도중에 죽어 버렸다.

더욱이 꿀라끄 박멸 운동의 이러한 방법에 대해서는 한마디도 쓰지 않았다 — 까자끄인 남자들 전부를(돈 지방의 마을) 〈집회〉가 있다고 모아서 사방에서 기관총으로 포위하고, 전부 체포하여 강제 이주시켜 버렸다. 나머지 여자들의 강제 이주는 아무것도 아니었다.

착취자들이 감춰 두었던 곡식이 가득한 창고나 굴에 대해서 쓴 글이나 영화는 보여 주지만, 땀 흘려 이룩한 작은 재산, 가축, 집, 가재도구를 버리라는 명령을 받고 울고 있는 여자는 보여 주지 않았다. [가족의 누군가 살아남아 용케도 탄원이 이루어지고, 모스끄바에서 그들 일가를 중농(中農)으로 인정하여 부활할 수 있게 되어도, 고향으로 돌아와 보니 자기의 중농으로서의 재산이 없어진 것을 알게 되었다. 〈활동가들〉

이나 그의 아내들이 가져가 버렸던 것이다.]

관용 마차에 탈 때 소지할 수 있게 허락된 작은 보자기도 보여 주지 않았다. 이 재난이 닥쳐왔을 때, 뜨바르도프스끼의 집에는 고깃기름도 빵도 없었다. 겨우 이웃의 아이가, 큰 부자도 아닌 꾸즈마가 도와주고자 먹을 것을 가져다준 것도 사회주의 리얼리즘 문학에서는 알 수가 없었다.

어떤 사람들은 그 역병을 피하기 위해 도시로 도망쳤다. 때로는 말을 끌고 도망갔다. 하지만 그 무렵에는 말을 사는 사람도 없었다. 말 또한 역병이 되어, 가지고 있으면 꿀라끄가 되는 것이다. 그 때문에 말 장터에서는 주인이 자기 말을 기둥에 매어 놓고는 마지막 작별로 말의 코를 한번 쓰다듬어 주고 나서는 아무도 모르게 도망쳤다.

이 〈역병〉은 1929년에서 1930년까지가 한창이었다고 생각된다. 그러나 그 송장 냄새가 한동안 농촌의 상공에 떠 있었다. 1932년에 꾸반 지방에서는 탈곡한 밀을 한 톨도 남기지 않고 나라의 곡창으로 실어 갔고, 집단 농장원들에게는 수확 시기와 탈곡 시기에만 식사를 지급하고 있었다. 탈곡이 끝나자 식사가 나오지 않았다. 집단 농장에서는 노동의 보수로 곡물도 주지 않았다. 이런 경우 울부짖는 여인들을 어떻게 잠잠하게 하겠는가? 〈아직 꿀라끄가 남아 있는가?〉, 〈누구를 강제 이주시킬까?〉라고 위협하는 것이다. (꿀라끄를 제거한 초기 집단 농장이 어떤 상태였던가는 스끄리쁘니꼬바의 증언에서 알 수 있다 — 그녀가 투옥된 솔로프끼에서는 1930년에 일부 농촌 여자들이 검은 건빵을 고향에 소포로 보냈던 것이다!)

다음은 찌모페이 빠블로비치 오프친니꼬프의 경력이다. 그는 1886년생이며, 미호네프스꼬주 끼시끼노 마을(레닌스끼예 고리끼에서 멀지 않고 대로에 가까운) 출신이었다. 독일과의 전쟁에서 싸우고, 내전에도 참가했다. 전쟁이 끝나자, 고향에 돌아와 법령에 의하여 토지를 받고 결혼했다. 현명하고 학식도 있고 여러 경험도 쌓아서 손재간이 있는 사나이였다. 독학으로 수의사 지식을 가졌다. 그 지방에서는 호인으로 널리 알려졌다. 지칠 줄 모르고 일하여 훌륭한 집도 짓고 정원을 만들고 어린 망아지를 훌륭한 말로 키웠다. 그런데 그는 신경제 정책의 유혹을 받고 말았다. 토지 분배처럼, 찌모페이 빠블로비치는 이 정책도 믿고 있었다. 다른 한 농부와 공동 출자를 하여 조그마한 가내 공장을 만들어 싸구려 소시지를 만들기 시작했다. (40년 동안이나 농촌에서는 소시지를 먹지 못했는데 그 소시지 공장이 무엇이 나쁘다는 말인가?) 그는 소시지 공장에 사람을 고용하지 않고 직접 일했으며, 게다가 소시지는 공동 조합을 통하여 판매하고 있었다. 1925년에서 1927년까지 2년 동안 소시지의 생산을 계속하자, 그들이 큰 수입을 얻었으리라는 가상의 판단에 따라 무거운 세금이 가해졌다. (이 가상 수입은 재무 감독관들이 생각해 낸 것이었다. 그것이 그들의 일이었으니까. 그리고 또 스스로 아무 능력이 없는 〈활동가〉의 게으르고 시기심 많은 마을 놈들이 재무 감독관에게 과장하여 속삭였다.) 그래서 공동 출자자들이 소시지 공장을 폐쇄해 버렸다. 1929년에 찌모페이는 최초의 한 사람으로 집단 농장에 가입했다. 그 집단 농장에 자신의 훌륭한 말을 제공하고 소와 농기구 모두를 내놓았다. 집단 농장의 농토에서 전력을 다해 일하고, 집단 농장을 위하여 두 마리의 수송아지를 길렀다. 집단 농장이 붕괴되어 많은 사람들이 탈퇴했으나, 찌모페이한테는 이미 아이들이 다섯이나 되어서 탈퇴할 수도 없었다. 재무 감독관이 옛날 일을 나쁘게 기억하고 있었기 때문에 그는 여전히 유복한 농가로 간주되어(수의사

45

로 사람들을 돕기도 하여), 이미 집단 농장원이었는데도 여전히 무리한 세금이 부과되었다. 지불할 돈이 없자 집에 있는 넝마까지 가져가 버리기도 했다. 열한 살짜리 자식이 마지막 세 마리의 양을 몰래 데리고 나가서 밖에 숨기고 재산 명세서에 써넣지 않고 지냈으나, 후에 발각되어 몰수되고 말았다. 다시 한번 재산 명세서를 작성하러 왔을 때, 가난한 집에는 이미 아무것도 없었다. 그러자 뻔뻔스러운 재무 감독관들은 고무나무 화분을 명세서에 적어 넣었다. 찌모페이는 참지 못하고, 그들이 보는 데서 그 고무나무를 도끼로 찍어 버렸다. 그의 행위는 결국 다음과 같이 규정되었다. (1) 이미 자기 것이 아닌 국가에 귀속된 재산을 파괴했다. (2) 도끼로 반소비에뜨 선전을 했다. (3) 집단 농장 제도의 신용을 실추시켰다.

그런데 마침 그때 끼시끼노 마을의 집단 농장이 동요하여 이제 아무도 일하기를 원치 않았고, 신용하지도 않았다. 집단 농장원의 반이 탈퇴했다. 누군가 그 책임을 뒤집어쓰지 않으면 안 되었다. 그래서 집단 농장의 붕괴를 꾀하기 위해 가입한 열광적인 신경제 정책 지지자인 찌모페이가 마을 소비에뜨 의장인 소꼴로프의 결정에 의하여 꿀라끄로 박멸되게 되었다. 1932년이 지나 대량 강제 이주는 이미 끝났고, 아내와 6명의 아이들(그중의 하나는 아직도 젖도 떼지 못한 아기였다)은 이주되지 않았으나, 집을 빼앗겨서 밖으로 쫓겨나 버렸다. (1년 후, 가족은 자비로 아버지가 있는 아르한겔스끄에 겨우 도착했다. 찌모페이의 가족들은 모두 여든 살까지 장수했으나, 찌모페이는 이런 생활 탓으로 쉰셋에 사망하고 말았다.)[2]

2 이런 이야기는 우리의 주제와는 관계가 없지만, 그 시대를 이해하는 데는 도움이 된다. 마침 찌모페이는 아르한겔스끄에서도 〈비밀〉 소시지 공장에서 일하게 되었다. 이 공장에서도 두 사람의 일꾼밖에 없었지만, 다만 그 위에

1935년 부활절에도 빈한한 마을을 술 취한 집단 농장 간부가 돌아다니면서 개인적으로 농사를 짓는 개인 경영 농민들을 붙잡아 술값을 요구했다. 주지 않으면 〈꿀라끄로 박멸할 거야! 유배시킨다!〉라고 위협했다. 만약 당신이 개인 경영 농민이라면, 그들은 실제로 얼마든지 당신을 유배시킬 수 있었다! 이것이야말로 위대한 전환기의 실태였다.

아니, 다름 아닌 이 〈길〉을, 농민이 십자가를 짊어지고 지나간 이 길을 사회주의 리얼리즘의 작가들은 전혀 쓰지 않았다. 짐을 싣고 보내 버리면 그것으로 이야기는 끝나고, 3개의 별표를 찍었다.

따뜻한 계절에 짐마차로 호송되는 것은 운 좋은 경우였다. 때로는 혹한에 썰매로 호송되기도 했다. 게다가 젖먹이나 어린아이도 함께 있었다. 혹한과 눈보라가 뒤엉킨 1931년 2월에 한없이 이어 가는 마차가 호송대에 에워싸여, 눈으로 뒤덮인 스텝에서 나타나 꼬체네보 마을(노보시비르스끄주)을 지나서 또 눈으로 덮인 스텝으로 사라져 가는 것이었다. 실내로 들어가 몸을 녹이는 것도 호송대의 허가를 받아야 하며, 다른 마차가 기다리지 않게 하기 위해 아주 짧은 시간밖에 있지 못했다. (그 당시 GPU의 호송대 — 그 병사들은 지금도 살아서 연금을 받고 있을 것이다! 지금도 전부 기억하고 있겠지! 아

공장장이 있는 것이 달랐다. 찌모페이가 직접 운영했던 공장은 근로자에게 나쁜 영향을 준다고 폐쇄되었으나, 이 공장은 근로자들에게 알려지지 않도록 〈비밀〉이었다. 그들은 이 북방 지역의 지배자들이 먹기 위한 고급 소시지를 만들고 있었다. 여러 번 찌모페이 자신도 심부름으로 그 제품을 높은 울타리에 둘러싸인 주 공산당 위원회 서기인 아우스뜨린 동지의 저택(리프크네히트 거리와 춤바로프-루친스끼 거리가 교차하는 곳에 있었다)으로, 또 NKVD의 주 지부장인 세이론 동지한테도 배달했다.

니, 어쩌면 이제는 기억하지 못할지도 모른다······.) 그들 모두
는 계속해서 나름의 습지로 향했다. 모두 그 바닥이 없는 늪
지로 사라져 버렸다. 아이들 대부분은 도착하기도 전에 그 가
혹한 길에서 죽고 말았다.

　이게 바로 그 구상의 핵심이었다. 농민들과 더불어 농민의
씨까지 절멸시키는 것이다. 헤롯왕 이후로, 어떻게 유아에 이
르기까지 사람을 죽일 것인가를 설명할 수 있는 것은 〈진보적
이론〉뿐이었다. 그런 점에서 히틀러는 아직도 애송이였다. 그
러나 그는 운이 좋게도 살인용 독가스 덕으로 전 세계에 유명
해졌다. 하지만 우리 나라의 살인 방법에는 아무도 흥미를 느
끼는 사람이 없었다.

　농민들은 어떤 운명이 자기들을 기다리고 있는지 알고 있
었다. 다른 마을을 지나갈 때, 이제 혼자서 기어 내려갈 수 있
을 만한 아이들은 창문을 통해 도망치게 했다 — 부디 친절한
사람을 만나 살아가거라! 거지 노릇을 하더라도 생명을 부지
하거라! 우리와 함께 죽지는 말고.

　(아르한겔스끄에서는 기근이 심했던 1932년부터 1933년까
지 다른 가난한 아이들과는 달리 특별 이주자의 아이들에게
는 무료 학교 급식도 주지 않고, 의복 배급권도 주지 않았다.)

　〈집회〉에서 붙잡힌 까자끄인 아내들이 돈 지방에서 다른
열차로 호송되어 갈 때, 한 여인이 도중에 아이를 낳았다. 그
런데 그녀들에게는 하루에 물 한 컵밖에 주지 않았고, 3백 그
램의 빵도 매일같이 주지는 않았다. 의사의 도움은? 부탁해도
소용없었다. 그래서 어머니는 젖이 없어서 아이는 그만 죽고
말았다. 어디에 매장할 것인가? 두 호송병이 한 구간 동안 그
들의 찻간에 승차하여 달리는 열차의 문을 열고 작은 시체를
밖으로 던졌다.

[이 열차는 그들을 마그니또고르스끄의 거대한 건설 현장으로 이송했다. 남편들도 그곳으로 호송되었다. 흙을 파서 너희들의 막사를 지어라! 우리 나라의 서정 시인들이 마그니또고르스끄에서 노래하기 시작하면서, 그 시에 현실(?)을 반영하게 되었다.]

뜨바르도프스끼 가족은 마차로 옐냐까지밖에 호송되지 않았다. 다행스럽게도 이제 4월이 되었다. 거기에서 그들은 화물차에 타게 되었는데, 화물차 문은 자물쇠로 잠그고, 용변을 위한 양동이도 없고 바닥에 구멍도 없었다. 꼰스딴찐 뜨리포노비치는 처벌을 두려워하지 않고, 아니 탈주를 시도하여 형기까지를 각오하고 열차의 굉음이 심할 때를 골라서 식칼로 바닥에 구멍을 뚫었다. 식사는 사흘에 한 번, 큰 역에서 양동이에 수프를 가져왔다. 사실 그들의 여행은 불과 10일간이었다(북쪽 우랄 지방의 랼랴 역까지). 그 후는 또 겨울이 되어 수백 대의 썰매 대열을 만나며, 강의 얼음을 따라 숲으로 호송되었다. 그곳에는 뗏목 사공들을 위한 20인용 막사가 있었으나 실려 간 사람은 5백 명 이상이었으며, 도착한 것은 저녁 무렵이었다. 공산 청년 동맹이 그곳의 책임자였는데, 뻬르먀끄족 출신인 소로낀이 눈 위를 걸으며 말뚝을 박을 장소를 지적하면서 〈여기는 길이 날 곳이고, 여기에는 집이 세워진다〉라고 말했다. 이렇게 하여 빠르차 마을이 만들어졌다.

겨울밤 밀림 속에서 그들은 〈이제, 여기서 사는 거야!〉라는 말을 들었다 — 이런 잔혹한 이야기는 도저히 믿기 어렵다. 〈인간에게〉 어떻게 그럴 수 있을까? 그래, 가는 것은 낮이었는데 도착한 것은 밤이었다. 몇십만, 몇백만의 사람들이 노인들이나 여인들, 아이들과 함께 이렇게 호송되어 버려진 것이었다. 꼴라반도(아빠찌뜨)에서는 북극권의 어두운 겨울을 사람들은 내내 눈 속에 파묻힌 천막에서 보냈다. 물론, 볼가 유역의 독일인들은 여름에(1931년 여름이다. 1941년이 아니라, 1931년이다. 헷갈리지 말 것!) 열차로 물도 없는 까라간다의 스텝으로 호송되어 매일 같은 양의 물을 배급받으며 흙을 파고 집을 짓도록 명령받았다. 그리고 그곳에도 역시 겨울이 닥쳤다. (1932년 봄에는 이질과 영양실조가 발생하여 노인들과 아이들이 죽었다.) 까라간다 시내에는 마그니또고르스끄의 경우와 같이 채소 창고 비슷한 길쭉하고 낮은 막사가 합숙소로 세워졌다. 백해 운하에서는 호송된 사람들이 비어 있는 수용소 죄수들의 막사에 수용되었다. 볼가 운하 건설 때는 힘끼 바로 가까운 장소에 아직 수용소가 생기기 〈이전〉이었는데, 수로 측량이 끝난 직후에 사람들이 호송되어 왔다. 그들은 자동차에서 내리자마자 곡괭이로 땅을 파고 외바퀴 손수레로 흙을 운반하라는 명령을 들었다. (신문은 〈운하 현장에 기계가 수송되었다〉라고 보도했다.) 빵은 없었다. 자기들의 막사를 파는 일은 휴식 시간을 이용하여 파기로 했다. (지금 그곳에는 관광선이 모스끄바 사람들을 태우고 다닌다. 하지만, 그 바닥에도 사람의 뼈가, 그 흙 속에도 사람의 뼈가, 그 콘크리트 속에도 사람의 뼈가 파묻혀 있다.)

1929년에 〈역병〉이 가까이 다가오자 아르한겔스끄에서는 모든 교회가 폐쇄되었다. 이미 폐쇄하도록 돼 있었으나, 마침 〈꿀라끄로 박멸된 사람들〉을 수용할 필요가 생겼다. 유배된 농민들이 큰 강과 같은 무리로 아르한겔스끄를 지났기 때문에 시 전체가 하나의 커다란 중계 형무소처럼 되어 버렸다. 교회에 여러 층으로 침상을 만들었고, 난방용 장작이나 석탄은 없었다. 역에서는 농민들이 계속하여 가축 수송용 화물차에서 내리고, 개가 짖는 가운데 침울한 표정으로 교회를 향해 가고 있었다. (한 소년이 이 광경을 기억하고 있었다 — 어떤 농부가 목에 둥근 마구를 걸고 다녔다. 그는 강제 이주의 혼란한 가운데에서 무엇이 제일 필요한지 몰라 그것을 가지고 왔을 것이다. 낡은 축음기를 가지고 온 사람도 있었다. 카메라맨들이여, 이것을 촬영하면 어떨까!) 교회에서는 벽에 고정시키지 않았던 8단 높이의 널빤지 침상이 밤중에 쓰러져서 몇 가족이 그 밑에 깔려 죽었다. 그들의 비명 소리에 놀란 호송대가 달려와 교회를 포위할 정도였다.

이리하여 그들은 역병의 겨울을 보냈다. 목욕도 하지 못했다. 온몸에 부스럼이 번져서 고름이 났다. 발진 티푸스가 퍼졌다. 사람들이 자꾸 죽어 갔다. 그러나 아르한겔스끄의 주민들한테는 엄한 명령이 내려졌다 — 〈특별 이주자들〉(유형을 사는 농민들을 이렇게 불렀다)을 도와주어서는 안 된다! 죽어가고 있는 농부들이 거리를 배회하고 있었으나 그들을 집에 들여서는 안 되며, 식사를 제공하거나 밖으로 차를 가져다 줄 수도 없었다. 그런 짓을 하다가는 현지의 경찰한테 체포되어서 신분증을 빼앗기게 되는 것이다. 굶주려 신음하는 농부가 겨우 길을 걷다가 발부리가 채여서 구르는 순간 송장이 되어 버린 예도 있었다. 그러나 그런 시체를 거두어서는 안 된다 (제복을 입은 경찰뿐만 아니라, 사복 경찰들이 거리를 돌아다니며 유형수들에게 친절하게 하는 사람들을 체크했다). 바로 이 무렵에 이 근처에서 밭이나 가축을 가지고 있던 농민들 역시 강제 이주되었다. 한 번에 한 마을이 통째로 이주되었다. (이것도 역시, 누가 누구를 착취했다는 말인가?) 아르한겔스끄 시내의 사람들도 자기들이 강제 이주되지 않으려고 전전긍긍하고 있었다. 시체 곁에 멈춰서 그 얼굴을 들여다보는 것조차 두려워했다. (시체 하나가 GPU 건물의 바로 곁에 뒹굴고 있었으나 누구 하나 거두지 않았다.)

그들은 〈조직적으로〉 매장되었으며, 그것은 위생부가 하는 공적인 일이었다. 물론, 관에 넣지 않고, 볼로그다 거리에 있는 낡은 시(市) 묘지 가까이 있는 들에 공동으로 묘혈을 파고 매장했다. 묘비도, 아무것도 없었다.

그렇지만 이러한 모든 것이 아직 중계 형무소에 지나지 않았다. 딸라기 마을 건너에는 더욱 큰 수용소가 있어서 몇 사람이 목재 적재 작업을 했다. 그런데 누군가 통나무에 외국으로 보내는 편지를 교묘하게 새겨 넣었다. (그것은 농민에게 글을 가르친 탓이었다!) 그들은 그 작업에서 쫓겨났다. 그들의 갈 길은 더욱 먼 오네가호(湖)나 삐네가강, 또한 드비나강을 거슬러 올라가는 곳이었다.

우리는 수용소에서 〈태양보다 더 멀리 가지는 않을 테지〉 하는 농담을 했다. 하지만 이들은 더 멀리 보내졌다. 그곳에는 당분간 관솔불로 불 밝힐 만한 집도 없었다.

농민 유형의 특징을 살펴보면 소비에뜨 시대 전과 후가 다르다. 사람이 살고 있는 곳이 아니라, 짐승밖에 없거나 황무지처럼 원시적인 장소가 유형지가 되었다. 아니, 더욱 지독한 곳이었다. 원시 시대에도 우리 조상은 거주지로 물이 있는 곳을 선택했다. 인류가 발생한 이래, 어떤 종족이라도 다 그러했다. 그러나 체끼스뜨들은 〈특별 부락〉을 위해 돌로 된 경사지(삐네가강 수면에서 1백 미터 높은 경사지를 골랐으나, 그곳은 아무리 땅을 파도 물이 나오지 않고, 농작물이 뿌리를 내릴 수 없는 토지였다)를 선택했던 것이다(농민들은 거주지 선택권이 없었다). 3~4킬로미터 떨어진 곳에 아주 편리한 강변의 초지가 있어도 지령서에 의하면 그 근처에 거주시켜서는 안되게 되어 있다! 그 때문에 때로는 풀 베는 장소가 마을에서 몇십 킬로미터나 떨어져 있어서 건초를 배로 실어 날라야 했다. 때로는 아주 분명하게 〈곡식 재배를 금지〉하기도 했다(무엇을 심는가 하는 것은 체끼스뜨들이 결정하는 것이다). 도시에 살고 있는 우리한테는 또 하나 알 수 없는 일이 있었다. 그것은 가축이 있는 재래식 생활이란 어떤 것인가이다. 농민은 가축이 없이는 살아갈 수가 없다. 그러나 이제 이들 농민들은 다년간에 걸쳐 말과 소의 젖을 짜거나 사육해서는 안 되었다.

시베리아의 출림강에서는 꾸반 지방에서 온 까자끄인들의 특별 부락 주변에 가시철사를 두르고 마치 수용소처럼 망루까지 세웠다.

이 꼴사나운 일꾼들을 빨리 죽여서, 우리 나라에서 그들과 그들이 만드는 곡식이 사라져 버리도록 모든 필요한 수단과 방법을 다하고 있는 것처럼 보였다. 사실, 이와 같은 특별 부락은 많은 사람이 죽어서 소멸되어 버렸다. 그리하여 지금은 그런 부락이 있었던 곳에 우연히 들어간 사람은 조금씩 남은 막사를 뜯어 모닥불을 피우며, 여기저기에 뒹구는 해골을 발로 차며 걸어가게 될 것이다.

칭기즈칸조차 〈당〉이 인도하는 우리 명예로운 〈기관〉만큼 러시아의 농민들을 죽이지는 못했다.

여기에 바슈간에서 일어난 비극이 있다. 1930년에 1만 가족(당시의 가족 구성을 생각해 보면 6~7만 명이다)에 이르는 사람들이 똠스끄를 통과하여, 더욱이 겨울인데, 도보로 쫓겨가고 있었다. 처음에는 똠강을 따라 하류로, 그 후에는 오삐강을 따라 또 바슈간강을 따라 하류로 쫓겨 갔다. 줄곧 겨울에만 다닐 수 있는 길을 지나왔다(통과한 마을의 사람들은 집 밖으로 쫓겨 나와 근처에 뒹굴고 있는 아이나 어른의 시체를 모으게 했다). 바슈간강과 따라강 상류에서 그들은 늪지 가운

데에 있는 섬 같은 언덕에 내버려졌다. 〈그들에게는 식료품도 도구도 일체 주지 않았다.〉 눈이 녹자 바깥세상으로 통하는 도로가 사라져 버렸다. 남아 있는 것은 나뭇가지를 깔아 놓은 2개의 오솔길뿐이었다. 하나는 또볼스끄로 통하고, 또 하나는 오삐강으로 통했다. 양쪽 오솔길에는 기관총을 설치하여 기다리고 있었으므로, 아무도 그 덫에서 도망칠 수가 없었다. 사람들이 쓰러지기 시작했다. 절망적인 사람들이 기관총 사수들이 매복한 곳으로 가서 살려 달라고 애원했으나 그 자리에서 사살되고 말았다. 후에 강의 얼음이 녹은 뒤에 똠스끄의 생산 소비자 공동 조합(인쩨그랄소유즈)에서 밀가루와 소금을 실은 나룻배를 보냈으나 그 배는 바슈간강을 올라갈 수 없었다(이런 물자를 실은 것은 공동 조합의 전권 대표인 스따니슬라보프였다. 이 이야기는 그들한테서 들었던 것이다).

모두 다 죽어 버렸다.

들리는 말에 의하면 이 사건에 대해 그래도 조사가 있었고, 누군가 한 사람이 총살되었다고 했다. 그러나 나에게는 그 말이 그다지 믿기지 않았다. 만일 그것이 사실이라면 그럴싸한 비율이다! 그 내전 시대의 비율과 같았다 ── 이쪽 1명에 대해서 너희들은 1천 명이다! 너희들 6만 명에 대하여 이쪽은 1명이다!

그렇지 않고는 〈새로운 사회〉를 건설할 수 없는 것이다.

◆

그러나 여전히 유배된 사람들은 살아가고 있었다! 그들이 처한 조건을 생각해 보면 믿을 수가 없지만, 그래도 살아가고 있었다.

빠르차 마을에서의 하루는 꼬미-지란인 직장들의 몽둥이

에 얻어맞으면서부터 시작된다. 이 농민들은 이때까지는 스스로 일하러 나갔지만, 여기서는 직장들의 몽둥이에 쫓겨서 벌채 작업이나 목재 운송 작업에 나가지 않으면 안 되었다. 몇 달이나 신발과 의복을 건조시킬 수 없었고, 점차로 밀가루 배급은 줄어들었으나, 생산량을 높이지 않으면 안 되었다. 그리고 작업이 끝난 후의 저녁에만 자기 집을 지을 수가 있었다. 가지고 있던 옷이 죄다 낡아 버리면 삼베 주머니를 치마 대신 입거나, 바지로 만들어 입었다. 만일 그들이 모두 죽어 버렸다면 오늘의 많은 도시들은 없었을 것이다. 예를 들면 이가르까가 그렇다. 1929년부터 이가르까의 건설이 시작되어 그것을 완성한 자는 누구인가? 설마 북극 목재 산업 트러스트는 아니겠지? 아니다, 꿀라끄로 박멸의 대상이 된 농민들이 아닌가? 그들은 영하 50도의 혹한 속에서 천막 살림을 하면서 이미 1930년에 최초의 수출용 목재를 생산하게 되었다.

〈특별〉 부락에서 농민들은 규율 강화 수용 지점의 죄수들과 같은 생활을 하고 있었다. 그 주변에는 수용소 구내만 없을 뿐이었다. 부락에는 보통 병사 한 사람이 있어서 그가 모든 것을 단속했으며 어떠한 일이라도 금지하거나 허가하는 것은 그의 멋대로였다. 반항하는 자가 있으면 자기 혼자의 판단으로 누구든 사살할 수 있었다.

특별 부락이 놓여 있는 시민적 상황, 그리고 수용소군도와 피로 맺어진 연결은 그릇에 담긴 액체의 법칙에 의해 쉽게 설명이 된다. 보르꾸따 수용소에서 노동력의 부족이 생겼을 때 특별 이주자들이 그 부락에서 수용소 구내로 (다시 재판도 없이! 그 처분도 바꾸지 않고!) 옮겨 가는 것이다. 그리하여 그들은 아무 일도 없었다는 듯이 수용소 구내에 살면서 작업 구역으로 나가며, 수용소에서 나오는 야채수프를 먹었다. 다만

이 음식값을(또 경비나 막사에 들어가는 대금도) 자기 급료에서 지불했던 것이다. 그렇다고 해서 그들은 아무도 그런 것에 놀라지 않았다.

이리하여 이들 특별 이주자들은 가족과 떨어져서 죄수가 수용 지점에서 수용 지점으로 이동하듯이 마을에서 마을로 이동해 갔다.

때로는 불가사의하게 생각되는 우리 나라의 입법 제도의 변덕 때문에 1932년 7월 3일, 소비에드 연방 중앙 행정 위원회는 정령을 발표하여 그 속에 〈만일 사회적으로 유익한 노동에 종사하여(규율 강화 부락에서), 소비에드 정권에 대하여 충성스러운 태도를 가졌을 경우(즉, 병사나 사령관 혹은 보안 장교에 협력했을 때)〉, 박멸의 대상이 된 꿀라끄들의 권리를 5년 후에 회복해도 좋다고 규정하고 있었다. 그러나 이 정령은 멋대로가 아니면 충동적인 것이었다. 게다가 그 5년간이라는 기간은 수용소군도가 마침 경화하기 시작했을 때 끝났던 것이다.

게다가 규율의 완화를 도저히 실시할 수 없는 시대가 계속되었다. 끼로프 암살 사건이 일어났고, 1937년과 1938년이 오고, 1939년부터는 유럽에서 전쟁이 시작되고, 1941년부터는 우리 나라에서도 전쟁이 시작되었기 때문이었다. 그리하여 더 확실한 방법이 나타났다 — 1937년부터는 그 운이 나쁜 〈꿀라끄들〉이나 그 자식들을 특별 부락에서 뽑아서 〈제58조〉를 적용하여 수용소로 보냈다.

그리고 전쟁 중 전선에서 러시아인의 인력이 부족하게 되었을 때, 〈꿀라끄들〉에게 도움을 청하게 되었다. 그들의 러시아인으로서의 양심이 꿀라끄로서의 양심보다도 높았다는 것이다. 여기저기에서 규율 강화 부락이나 수용소에 있었던 그

들에게 신성한 조국을 지키기 위해 전쟁터로 나가지 않겠는
가 제의해 왔다.

그리하여 가게 되었다……

그렇지만 전부는 아니었다. 〈꿀라끄〉의 아들인 N. K.라는
사나이가 있었는데, 나는 그의 반평생까지의 경력을 쭈린[3]을
묘사하는 데 사용했으나, 그 후의 반평생은 사용할 용기가 없
었다. 뜨로쯔끼주의자들이나 공산당원들은 〈조국을 위하여
전쟁터로 나가게 해 달라고〉 아무리 요청해도 거절당했으나,
수용소에 있었던 그의 경우는 거꾸로였다. N. K.는 조금도 주
저하지 않고 수용소의 등록 배치부에 분명히 거절했다. 「제기
랄, 당신네들의 조국이니까 당신들이나 지키시오! 〈프롤레타
리아트에게는 조국이란 없소!〉」

그가 말한 것은 마르크스 이론에도 맞으며, 또 실제로 수용
소의 죄수는 어떠한 프롤레타리아트보다도 가난하고, 지위도
낮아서 권리를 가지지 못했다. 그러나 수용소 당국은 그것을
이해하지 못하고 N. K.한테 총살이라는 판결을 내렸다. 그는
2주간이나 〈최고 조치〉가 선고된 채 형무소에 갇혀 있었다.
하지만 그는 분노하여 감형의 탄원서도 내지 않았다. 그런데
저절로 변경되어 두 번째 10년 형을 살게 되었다.

때로는 툰드라나 밀림에 연행된 꿀라끄들이 그곳에 방치되
는 경우도 있었다. 죽이기 위해 데려왔으니까 등록할 필요가
있겠는가? 그곳은 인적도 없고 먼 곳이었으므로 병사를 남기
지도 않았다. 그리하여 결국 말도 쟁기도 낚시 도구도 엽총도
없이, 총명한 지도부로부터 놓여난 이 인내심 강한 근면한 종
족은 몇 자루의 도끼와 삽에 의지하여 ── 석기 시대보다 조금
편한 조건에서 ── 자기 생명을 지키기 위하여 무리한 싸움을

3 『이반 제니소비치의 하루』의 등장인물 ── 옮긴이주.

시작했던 것이다. 그리고 사회주의 경제 법칙과는 반대로 이 부락들은 살아남았을 뿐만 아니라, 점차 강해져서 풍요롭게 되었던 것이다.

오삐강 유역에, 배가 다니는 곳이 아니라 강의 지류 근처에 이런 부락이 있었다. 부로프는 소년 시절에 그곳에 가게 되어 그곳에서 성장했다. 부로프의 이야기에 의하면 전쟁이 가까워졌을 때, 모터보트가 지나가다가 그 부락을 발견하고 접근했다. 그 배에는 지역의 지도자들이 타고 있었다. 그들은 너희들은 어디에서 왔는가, 누구인가, 언제부터 살게 되었는가 물었다. 지도자들은 이 지방의 집단 농장에서는 볼 수 없었던 유복한 상태에 놀랐다. 그들이 떠나고, 며칠 후 NKVD의 병사들을 대동한 전권 대표들이 찾아와 다시 〈역병〉의 해와 같이 1시간 이내에 모든 것을 버리도록 명령했다. 사람들은 그 따스한 부락에서 작은 보자기만을 들고 벌거벗은 상태로 더욱 오지인 툰드라 지대로 쫓겨 가게 되었다.

이 이야기 하나로도 〈꿀라끄들〉의 본성이나 〈꿀라끄 박멸 운동〉의 본질을 알 수 있지 않을까?

만일 이런 사람들한테 자유롭게 살도록 허가하고, 자유롭게 발전하는 것을 허가했다면 그들은 대체 어떻게 되었을까!

종교를 믿는 사람들 ─ 언제나 박해받고, 언제나 유배되었던 이 사람들은 3백 년이나 일찍 〈당국〉의 증오스러운 본성을 간파하고 있었다! 1950년에 비행기 한 대가 뽀뜨까멘나야 뚠구스까 지방의 광대한 토지 위를 날고 있었다. 종전 후에는 조종사 양성이 한층 강화되어 20년 전의 조종사는 보지 못했던 것을 이 비행기 조종사는 보았던 것이다. 그는 밀림 속에서 여태껏 알려지지 않았던 거주 지점을 발견했다. 지도로 그 위치를 표시하여 보고했다. 그것은 밀림 깊숙한 곳으로 아주 먼 곳이었다. 하지만 내무부에게 불가능한 것은 없었다. 반년이 걸려서 겨우 그곳에 도착했다. 그곳에 살고 있던 사람들은 야루예보 지방의 신자들이었다. 모두가 고대하던 위대한 〈역병〉, 즉 농업 집단화가 시작되자 그들은 그 선의에 찬 정책을 피하여 온 마을이 멀리 밀림 속으로 사라져 버렸다. 그리하여 그곳에서 한 발짝도 밖으로 나오지 않고 생활했다. 다만 촌장 한 사람을 야루예보에 파견하여 소금이나 낚시나 수렵용 금속 도구나 기구를 사 왔다. 그 밖의 모든 것은 자급자족했다. 돈 대신에 촌장은 아마 모피를 가지고 갔을 것이다. 모든 거래가 끝나면 촌장은 뒤쫓기는 범인처럼 주위를 살피면서 시장에서 사라졌다. 이렇게 하여 야루예보 지방의 신자들은 20년간의 생활을 얻었던 것이다! 집단 농장의 20년간의 보잘것없는 생활 대신에 그들은 짐승들이 득실거리는 곳에서 인간다운 자유로운 생활을 20년 동안 보냈던 것이다. 그들은 모두 자기가 만든 옷을 입고, 자기가 만든 시베리아식 신발을 신고, 제법 풍족한 생활을 하고 있는 모습이었다.

집단 농장 전선에 벗어난 이 추악한 도망자들은 전부 체포되고 형법의 조항이 적용되었다. 그렇다면…… 무슨 조항인가? 국제 부르주아와의 관계? 사보타주인가? 아니, 제58조 10항 〈반소비에뜨 선전〉(!?)과 제58조 11항 〈조직〉이었다. (그들 중 많은 사람들이 후에 스텝 수용소의 제스까즈간 수용 분소로 보내졌다. 나는 그곳에서 이 이야기를 들었다.)

1946년에는 다른 신자들이 오지의 수도원에 있는 것을 우리 용감한 군대가 돌격해서(이번에는 박격포를 사용하여 조국 전쟁의 체험을 충분히 살렸다), 그곳에서 추방시키고 뗏목에 태워서 예니세이강 하류로 호송하였다. 그들은 뾰뜨르 대제의 시기에도 그랬지만, 스딸린 시기에도 불굴의 포로였다! 그들은 뗏목에서 예니세이강으로 뛰어들었다. 자동소총을 가지고 있던 우리 나라의 병사들이 물속에 있는 그들을 살해했다.

소비에뜨 군대의 병사들이여! 항시 전투 준비에 만전을 기하라!

아니, 파멸의 운명을 지닌 종족은 죽지 않았다! 유형지에서는 그들의 아이들이 태어나 세습적으로 그 특별 부락에 못 박히게 되었다. (〈자식은 아버지의 책임을 지지 않는다〉라는 말을 아십니까?) 외부의 처녀가 특별 이주자와 결혼하게 되면 그녀 또한 같은 농노의 신분이 되고, 시민권이 박탈되었다. 남자가 〈그런 여자〉와 결혼하게 되면 그도 역시 유형수가 되었다. 혹시 딸이 아버지한테 오게 되면 그녀가 이전에 특별 이주자가 아니었어도 그녀도 역시 특별 이주자가 되었다. 이러한 보충 덕분에, 수용소로 옮겨진 사람들로 인해 생긴 구멍을 메울 수 있었다.

까라간다와 그 주변의 특별 이주자들이 돋보였다. 그들의 수는 많았다. 그들의 조상은 우랄 지방이나 알타이 지방 공장에 〈영구히〉 못 박혀 있었다. 그와 동시에 그들도 까라간다의 탄광에 〈영구히〉 못 박히게 되었다. 그들을 어떻게 일을 시키든, 급료를 어떻게 지불하든 탄광의 주인들은 조금도 염려할 필요가 없었다. 소문에 의하면 그들은 농업 수용 지점 죄수들의 생활을 동경했다고 한다.

1950년대까지, 장소에 따라서 스딸린이 사망할 때까지 특별 이주자들은 국내 신분증을 가지지 못했다. 그리고 겨우 전쟁 때부터 이가르까의 특별 이주자들에게도 북극권 수당을 지급하게 되었다.

그런데 여기 역병과도 같은 유형을 20년 동안이나 살고 난

후 사령부의 감시에서 해방되어 소련의 자랑스러운 국내 신분증을 가지게 된 그들은 내면적으로나 외면적으로 어떤 사람이 되었을까? 그렇다! 우리 시민들과 조금도 다르지 않다! 노동자의 마을에서 교육받은 사람들, 노동조합 집회에서 볼 수 있는 사람들, 소비에뜨 군대에서 교육받은 사람들과 다를 것이 없다! 그들은 자신들의 나머지 용기를 내어 도미노 놀이를 즐겼다. 텔레비전 화면에 비치는 영상에 그들은 남들처럼 크게 끄덕였다. 때로는 남들과 함께 화를 내며 남아프리카 공화국을 비난하고, 혹은 쿠바로 약간의 원조 물자를 보내기도 했다.

만일 그렇다면 〈위대한 도살자〉에게 모자를 벗고 그가 제시한 지적인 수수께끼의 정당성을 인정해야 하지 않을까 — 인간의 마음을 간파하고 있는 그가 피와 흙을 짓이기기 시작하여, 결국 해마다 그것을 뒤집은 것이 옳았다고 인정해야 하지 않을까?

그는 도덕적으로 옳았다. 그에 대해 나쁘게 말하는 사람은 아무도 없었다! 어떤 사람들은 그의 시대가 〈흐루쇼프 시대보다도 더 살기 좋았다〉고 말한다 — 4월 1일 만우절에는 해마다 담배가 1꼬뻬이까 싸지고, 잡화는 10꼬뻬이까 싸졌다고 했다. 죽을 때까지 줄곧 그에게는 찬사와 찬가가 바쳐지고, 오늘날에도 그의 죄상을 폭로하지 못하게 한다. 당신의 펜을 멈추게 하는 것은 검열관만이 아니다. 상점의 점원도 열차의 승객도 당신의 입에서 튀어나오려는 악담을 막으려고 한다.

우리는 〈위대한 악당들〉을 존경하고 있는 것이다. 우리는 위대한 살인자들을 숭배하고 있는 것이다.

또한 그는 정치적으로도 정당했다. 그는 피와 흙을 짓이겨, 집단 농장을 단단하게 만들 시멘트를 만들었다. 사반세기 후에 농촌이 빈곤의 구렁텅이에 빠져도, 국민이 정신적으로 황폐해졌어도 그것은 문제가 아니다. 우리는 우주선을 쏘아 올릴 것이고, 계몽된 서구가 우리의 업적 앞에 무릎을 꿇고 말 것이니까.

제3장

유형지가 조밀해지다

농민 유형처럼 잔학하게, 사람을 오지로 보내고, 그처럼 솔직하게 절멸을 목적으로 하는 유형은 그 이전에도 그 이후에도 없었다. 하지만 다른 이유와 독자적인 법칙에 따라서 유형지는 해마다 조밀해졌다 ─ 유형 온 사람들이 많아져서 유형지의 인구는 조밀해지고, 유형수들의 조건도 더 나빠지게 되었다.

대체로 다음과 같이 시기를 구분할 수 있다. 1920년대의 유형은 수용소에 들어오기 전 일종의 예비적 단계였다. 이 시기에는 대부분의 사람들이 죽을 때까지 유형지에 있지 않고 곧 수용소로 옮겨졌다.

1930년대 중엽부터, 특히 베리야 시대가 시작되면서 유형지의 인구가 대폭적으로 불어난 탓인지(레닌그라뜨 한곳에서만도 얼마나 많은 인원을 공급했을지 생각해 보라!) 유형 제도는 〈제한〉이나 〈격리〉의 아주 충분한 형식으로서 독립된 제도가 되었다. 수용소 제도와 마찬가지로 이 제도도 전쟁 중과 전후에 그 규모를 확대하여 그 지위가 향상된 것이다. 이 제도는 막사나 수용소 구내의 건설비나 경비대 유지비도 필요로 하지 않았고, 많은 인원, 특히 부녀자를 수용할 능력이 있었다. (대규모의 중계 형무소라면 어느 곳이나 아이를 가진 여자 유형수 전용 상설 형무소가 있었으며, 그곳은 언제나 비어 있지 않았다.)[1] 유형 덕분에 〈본토〉의 어떤 지역에서도 단기간에 확실하고 완전한 정화를 할 수 있었다. 이러한 유형 제도는 점점 더 중요한 위치를 점하고, 1948년부터는 새로운 국가적 의의를 가지게 되었다. 즉, 〈쓰레기장〉이 된 것이다. 수용소군도의 폐기물을 버리고 그것을 본토로 되돌아오지 못하게 하는 저장소였다. 1948년 봄, 수용소에 다음과 같은 지령을 내렸다 ─ 약간의 예외를 제외하고 형기를 마친 〈제58조〉를 〈유형지에 석방〉할 것. 다시 말해서, 〈제58조〉를 그들이 속할 곳이 아닌 조국으로 가볍게 들어오게 하지 말고, 1명씩 호송병을 딸려서 수용소 위병소에서 유형지 사령부의 한 구역으로 옮기는 것이다. 유형은 어느 지역에 한정되어 있으므로 이들 지역이 모두 모여서 소비에트 연방과 수용소군도 사이에 위치하는 별개의 나라(설사 서로 중첩되어도)를 형성했다. 그곳은 더러운 땅이었으며, 그곳에서 본토로 가는 길은 없었다. 오직 수용소군도와 통하는 길뿐이었다.

1944년에서 1945년에 걸쳐서 유형은 점령하에 있는 해방 지구에서 특히 대량으로 인원을 보급받았고, 1947년부터 1949년에 걸쳐서는 서부의 공화국에서 보급받았다. 이 모든 흐름을 합하면, 심지어 농민들의 유형을 빼고도, 모든 민족의 형무소인 제정 러시아가 19세기 전반에 걸쳐 유형에 처한 50만 명이라는 숫자를 몇 배 혹은 몇십 배나 상회하는 것이었다.

---

1 남편들이 유배되었다고 해도, 아내들은 따로 유배되었다. 처벌을 받은 가족은 다른 장소로 유배한다는 지령서가 있었다. 그래서 끼시뇨프의 변호사 I. H. 고르니*끄*가 시오니스트라는 이유로 *끄*라스노야르스*끄*로 유배되었을 때, 그의 가족은 살레하르뜨로 유배되었다.

1930년대나 1940년대에 우리 나라의 시민은 어떤 범죄에 대하여 유형 혹은 강제 이주에 처하게 되었는가? (행정 관료들은 이 두 가지를 구분하면서 묘한 즐거움을 느꼈을 것이 분명하다. 그러나 많은 사람들이 이 두 가지가 제대로 구분되지 않았다고 언급한다. 신앙 때문에 박해를 받은 M. I. 보르도프스끼는 왜 자기는 재판도 받지 않고 유형을 가게 되었는지 이상하게 여겼는데, 이바노프 중령이 친절하게 이렇게 설명해 주었다. 〈재판이 없는 것은 그것이 유형이 아니라, 강제 이주이기 때문이야. 우리는 당신을 범죄자로 보지 않아. 그 증거로 선거권은 빼앗지도 않았잖아.〉물론, 그 권리야말로 시민적 자유의 가장 중요한 요소니까 말이다!)

가장 자주 일어나는 범죄는 쉽게 지적할 수 있다.

1. 범죄성을 가진 민족에 속해 있는 것(이 이야기는 다음 장에서 하겠다).
2. 이미 살아온 수용소의 형기.
3. 범죄성을 가진 환경에 있는 것(반항적인 레닌그라뜨, 서부 우끄라이나 혹은 발트해 연안 지방처럼 게릴라 활동이 심한 지방).

게다가 이 책 첫머리에 열거한 많은 흐름이 수용소로 그 지류를 뻗는 것 외에 유형지로도 지류를 뻗었다. 언제나 그 일부는 유형지로 향하고 있었다. 그들은 어떤 사람들인가? 통상 그들은 수용소에 들어간 사람들의 가족이었다. 그러나 전부 다 그 가족들은 아니고 그 가족들 이외의 사람들도 유형으로 유배되고 있었다. 액체의 흐름을 설명하기 위해서는 역학의 깊은 지식이 필요하며, 그것이 없으면 체념하고 도도히 흐르는 격류를 관찰하는 것 이외에 따로 방법이 없다. 이 경우에도 시대에 따라 어떤 사람들은 수용소가 아니라, 유형에 처하게 된 정황의 미묘한 차이를 우리가 연구할 수도, 기술할 수도 없다. 우리는 그저 관찰하고, 그런 사실을 확인할 뿐이다. 거기에는 만주에서의 이주자들도 있었다. 외국 국적을 가진 사람들도 간혹 있었다(소비에뜨 법에 의하면 그들은 유형지에서도 주위의 유형수들과 결혼할 수 없었다. 유형수라도 소비에뜨 시민임에는 틀림이 없으니까). 까프까스인들도 있었다(특히 그중에서도 그루지야인과는 아무도 만날 수 없었다). 중앙아시아 사람들도 있었으나, 그들은 포로가 되었음에도 불구하고 수용소 10년 대신에 불과 6년의 강제 이주밖에 처해지지 않았다. 전에 포로였던 시베리아 출신들도 있었다. 그들은 자기들 고향으로 돌아가도록 허락받고, 사령부에 등록을 하지 않고 일반 자유인과 다름없는 생활을 보내고 있었으나, 다만 그 지역에서 밖으로 나갈 수는 없었다. 유형지에서는 이 모든 사람들이 뒤섞여 혼연일체가 되어 있었다.

　나는 우연히 듣게 된 이야기나 입수한 편지에 의하여 이 글을 쓰고 있기 때문에 유형의 여러 형태나 그 상황을 모두 추적할 수는 없었다. A. M. A.가 편지를 보내 주지 않았다면 독자도 이 이야기를 알지 못했을 것이다. 1943년에 뱟까 지방의 한 마을에 그 마을의 집단 농장원이었던 보병 병사인 꼬주린이 징벌 부대에 끌려갔다거나 총살되었다고 하는 소식이 전해졌다. 그러자 6명의 아이가 있는 아내에게(큰딸이 열 살, 막내아들이 6개월이었고 아내의 언니 둘 — 둘 다 쉰 살쯤 되는 노처녀들 — 이 함께 살고 있었다) 〈집행관들〉(독자는 이미 이 말의 의미를 알고 있을 것이다. 이 말은 〈사형 집행인〉이라는 말을 부드럽게 바꿔 말하는 것이다)이 왔다. 그들은 이 가족한테 아무것도 팔 수 없게 했다(농가, 소 한 마리, 양 몇 마리, 건초, 장작 — 이 모든 것을 버리게 했다). 극히 약간의 짐을 든 9명을 썰매에 태우고 혹한 속에서 60킬로미터나 떨어진 뱟까(끼로프)로 호송했다. 도중에 동사하지 않은 것이 이상할 정도였다. 그들은 끼로프의 중계 형무소에 한 달 반 동안 억류된 후에 우흐따 근교의 작은 도기 공장으로 유배되었다. 거기에서 노처녀인 두 언니는 구정물 통만 만지다 둘 다 미쳐서 죽고 말았다. 아이들을 안은 어머니는 주위에 있던 현지 주민들의 도움(이러한 도움은 사상적으로도 잘못이고 비애국적이며, 아마 반소비에뜨적일 것이다) 덕분에 살아남았다. 성장한 자식들은 모두 군에 복무했고, 자주 말하듯이 〈군사적인 면에서도, 정치적인 면에서도 우등생〉이었다. 1960년에 그녀는 고향 마을로 돌아왔으나, 자기 집이 있었던 장소에는 통나무 하나도, 난로의 벽돌 한 장도 없었다.

이러한 이야기는 대조국 전쟁의 승리를 엮은 그런 목걸이에 넣어 장식해도 되지 않겠는가? 그러나 〈전형적〉이지 않으니까 엮어 넣을 수 없을 것이다.

그리고 〈조국 전쟁에서 불구자가 된 사람들의 유형〉은 도대체 어떤 목걸이로 엮어야 할까? 유형의 어떤 부류로 들어갈 것인가? 아니, 이런 것에 대해서는 우리는 거의 아무것도 모른다(알고 있는 사람은 그다지 없었다). 하지만 생각해 보라 — 종전 무렵에 찻집 근처의 시장이나 전차에 얼마나 많은 불구자들이, 게다가 아직 젊은 불구자들이 득실거렸던가. 하지만 어느 사이 그들의 수는 갑자기 줄어들었다. 그들도 또한 하나의 흐름이 되어 하나의 집단이 되었던 것이다. 그들은 어느 북방의 섬으로 유배되었다. 그들은 조국을 위하여 전쟁터에서 추한 모습이 되었기 〈때문에〉 유배되었다. 또 육상 경기의 각 종목이나 구기에서 우수한 성적을 올린 민족을 건전하게 하기 〈위해〉 유배되었던 것이다. 그곳에서 즉, 아무도 모르는 섬에서 이 불운한 전쟁의 영웅들은 당연한 일이지만 내륙과의 서신 왕래조차 허용되지 않고(가끔 편지가 오는 경우가 있었다. 그래서 이런 사실을 알게 되었다) 지내고 있었으며, 당연한 일이지만 아무리 일해도 빈약한 배급식이나 받으면서 버티고 있었다.

그들은 아마 지금도 그곳에서 여생을 보내고 있을 것이다.

소비에뜨 연방과 수용소군도 사이에 있는 유형 왕국인 거대한 예토(穢土)는 크고 작은 도시를 위시하여 촌락이나 잡초가 무성한 오지까지 포함하고 있었다. 유형수들은 되도록 도시로 갈 수 있기를 바랐다. 유형수의 생활은 도시가 편했다. 특히 일하는 데 편하다고 생각되었다. 아니, 어쩐지 그곳에서는 보다 인간적인 생활을 할 수 있을 것은 생각이 들었다.

유형 왕국의 수도는 아니지만, 그 중심 도시의 하나는 까라간다였다. 전면적인 유형 시대가 종식되는 1955년에 나는 이 도시를 방문한 적이 있었다(유형수였던 나는 사령부의 허가를 받고서 짧은 기간 동안 그곳을 방문했다. 나는 그곳에서 같은 유형수였던 여자와 결혼할 참이었다). 당시에 굶주린 이 도시 입구 근처에는 금방이라도 무너질 것 같은 역이 있어서, 그곳으로는 전차도 접근하지 않았다(지하에 파 놓은 갱도에 빠질 위험이 있었다). 그 역 옆에 있는 전차 종점 앞에는 정말로 상징적인 벽돌집이 서 있었는데, 그 벽이 허물어지지 않도록 비스듬히 세운 널빤지에 의지하고 있었다. 이 〈새로운〉 도시의 중심지에 있는 석벽의 돌에는 이렇게 새겨져 있었다 ─ 〈석탄은 빵이다〉(공업을 위하여). 그리고 사실 매일 여기 상점에서는 검은 빵을 팔고 있었다. 이것이야말로 도시 유형의 특전이었다. 그리고 언제나 잡역부를 위한 일이 있었고, 그것보다 나은 일도 있었다. 그런데 식료품 상점은 매우 빈약했다. 그리고 시장 좌판의 물건은 비싸서 접근할 엄두도 낼 수 없는 가격이었다. 시 인구의 4분의 3까지는 아니고, 그 3분의 2는 확실히 국내 신분증을 가지고 있지 않아서 사령부의 확인을 받지 않으면 안 되었다. 거리에서 옛 죄수들, 특히 에끼바스뚜스 수용소 시대의 면식 있는 사람들이 나를 불렀다. 이들의 유형수 생활은 어땠을까? 체포 — 형무소 — 수용소라는 파국을 경험한 후에는 누구나 자신의 학력을, 더욱이 경력을 증명할 수 없었기 때문에 직장에서는 냉대를 받고 급료도 다른 사람보다도 훨씬 낮았다. 어떤 경우라도 흑인이 백인과 같은 급료를 받지 못하는 것과 마찬가지였고, 불만을 말하면 해고되고 만다. 또 주택 문제도 매우 어려웠다. 유형수는 울타리가 없는 복도의 한구석에 살거나 어두운 저장실이나 창고에서 살았다. 이것도 개인의 셋방이니까 혹독한 집세를 지불해야 했다. 수용소에서 생기가 탈진된, 이미 중년에 접어들어 틀니를 한 여인들은 〈외출용〉 블라우스 한 벌과 〈외출용〉 구두 한 켤레를 가지는 것이 최대의 꿈이었다.

그리고 또 까라간다는 큰 도시여서 많은 사람들이 통근하는 데 꽤 시간이 걸렸다. 시의 중심부에서 직장이 있는 교외까지 전차로 1시간이나 덜컹거리며 가야 했다. 전차 안에서 내 앞에 더러운 치마에 찢어진 샌들을 신은 지친 모습의 젊은 여인이 앉아 있었다. 여인은 더러운 기저귀를 찬 갓난아이를 무릎 위에 올려놓고 있었는데 줄곧 졸고 있어 팔 힘이 빠지자 갓난아이가 차츰 무릎까지 흘러내려 밑으로 떨어질 것 같았다. 그러자 그때 〈애 떨어지겠네!〉 하고 주위의 사람들이 소리를 질렀다. 여인은 눈을 뜨고 아기를 꼭 껴안았으나 몇 분 후에는 다시 고개를 끄덕이고 마는 것이었다. 여인은 급수탑에서 야근을 하고, 낮에는 거리를 돌아다니며 새 신발을 찾았으나 어디에서도 찾지 못했다.

까라간다의 유형 생활이란 이런 것이었다.

내가 아는 바에 의하면 잠불이 생활하기에 훨씬 좋았다. 그곳은 까프까스 공화국의 풍족한 남부 지방으로 과일이 아주 쌌다. 그런데 도시가 작으면 작을수록 일을 찾기 어려웠다.

예니세이스끄라는 작은 도시의 예를 들어 보자. 1948년에 G. S. 미뜨로비치가 다른 죄수들과 함께 끄라스노야르스끄 중계 형무소에서 그곳으로 호송되어 왔을 때 호송대 중위는 힘찬 목소리로 모두의 질문에 답했다. 「일은 있을까요?」「물론 있고말고.」「주거지는 어떻습니까?」「있어.」 그런데 죄수들을 사령부에 인도하자 호송대는 그대로 돌아가 버리고 말았다. 그리하여 도착한 죄수들은 강변에 뒤집어 놓은 배 밑이나 시장의 처마 밑에서 밤을 새우지 않으면 안 되었다. 그들은 빵을 살 수도 없었다 ― 빵은 주민 명부에 등록된 사람한테만 팔았다. 새로 온 사람들은 아직 주민 등록을 하지 않았다. 그리고 어디서인가 살기 위해서는 집세를 물어야 했다. 이미 불구자가 된 미뜨로비치는 축산 기사였기 때문에 자기의 전문 직업을 원했다. 사령부는 좋은 생각이 떠올랐는지 지구 축산부로 전화를 걸었다. 「알겠어, 술 한 병만 주면 그곳의 축산 기사로 보내 주겠네.」

그곳은 〈태업을 하면 제58조 14항을 적용하여, 또 수용소로 되돌려 보낼 테야!〉 하는 위협도 없는 유형지였다. 같은 예니세이스끄에 관해서는 1952년의 증언도 있다. 그에 의하면 등록하는 날에 절망한 유형수들이 사령관한테 몰려가서 자기

70

들을 체포하여 다시 수용소로 보내 달라고 요구했다고 한다. 건장한 어른들도 그곳에서는 일을 해서 빵을 얻을 수가 없었다. 사령관은 모두를 쫓아내면서 말했다. 「내무부는 직업소개소가 아니야!」[2]

다음은 더욱 오지이다. 깐스끄에서 250킬로미터나 떨어진 끄라스노야르스끄 지방의 따세예보 마을의 이야기다. 그곳에는 독일인들이나 체첸인들, 인구시인들, 또 전에 죄수였던 사람들이 유배되어 있었다. 이 유형지는 새로운 장소도 아니고, 급히 생각이 나서 만들어진 곳도 아니었다. 가까운 곳에는 옛날에 족쇄나 수갑을 벼렸다고 하는 한달리라는 마을이 있었다. 그런데 만일 그곳에 무슨 새로운 것이 있다면, 그것은 막사 거리였고 그 막사의 바닥도 역시 흙이었다. 1949년에 그곳에 〈재복역자들〉이 왔다. 이미 저녁 무렵이었으나 그들은 자동차에서 내려 학교 운동장에 정렬했다. 밤이 늦어서 이들 노동력을 인수하기 위하여 위원회가 열렸다 — 내무부 지구 지부장, 임업 조합장, 집단 농장 의장 등등이었다. 그리고 이 위원회 앞에 〈10년〉의 수용소 생활로 쇠약해져 버린 환자들과 노인들이 끌려 나왔다. 그 대부분은 여자들이었다. 현명한 국가는 이러한 사람들을 위험한 도시에서 빼내어 밀림 개발을 위해 엄혹한 자연 속에 던져 버린 것이다. 이런 〈노동력〉을 보고 모두 인수하기를 거부했으나, 내무부는 억지로 맡겼다. 제일 쓸모가 없는 폐인들은 그 대표가 늦게까지 참석하지 않은 식염 제조 공장에 맡겼다. 식염 제조 공장은 우솔까강 변의

---

2 그는 자신에게 그런 의무가 있는지 몰랐다. 그리고 죄수들은 그런 의무에 대해 아는 것이 금지되어 있었다. 예를 들어 소비에뜨 형법 제35조에는 〈유형수에게 토지를 제공하든가 급료가 있는 일을 시키지 않으면 안 된다〉라고 되어 있다.

뜨로이쯔끄 마을에 있었다(여기도 역시 예로부터 유형지로, 이미 알렉세이 미하일로비치 황제 시대부터 종교인들이 여기로 유배되었었다). 20세기의 중엽인데, 그곳의 기술은 다음과 같았다 ─ 둥근 공터에서 말을 달리게 하여 그 힘으로 염수를 퍼 올려 네모난 프라이팬에 넣고 불을 피워서 소금을 얻는다(장작도 패야 했으며 이 작업은 노파들이 맡았다). 저명한 조선 기사가 그곳에 함께 있었는데 그는 자기 전문에 가까운 업무를 보게 되었다 ─ 그는 소금을 상자에 담는 작업에 종사하였다.

꼴롬나의 노동자인 예순 살의 끄냐제프가 따세예보로 왔다. 그는 이미 노동을 할 수가 없어서 걸식을 하고 다녔다. 때로는 친절한 사람들이 자기 집에 묵게 하거나 때로는 바깥에서 자게 해주었다. 불구자를 위한 시설에는 빈자리가 없었고, 병원에 입원했다가도 이내 퇴원당했다. 어느 겨울날, 그는 지구 공산당 위원회, 즉 노동자들의 당의 지구 위원회 현관에서 자다가 동사하고 말았다.

수용소에서 밀림의 유형지로 호송될 때(호송될 때의 조건은 다음과 같았다 ─ 영하 20도인데, 트럭의 덮개가 없는 짐칸에 탄 죄수들은 석방되던 때의 얇은 옷만 입은 채 이미 수명이 다된 조잡한 신발을 신고 있었다. 이에 비하면 호송병들은 모피 반외투와 따뜻한 펠트 장화를 신고 있었다), 죄수들은 자기들의 〈석방〉의 의미를 알지 못했다. 더 나아진 것이 없었다. 수용소에는 난방이 되는 막사가 있었는데, 거기는 작년 겨울부터 난방이 된 적이 없는 나무꾼의 움집이었다. 수용소에도 기계톱이 있었으니까, 여기에도 있을 것이다. 그 톱을 사용하지 않고는 어디에서나 부드러운 빵을 벌 수 없었다.

그 때문에 신참 유형수들은 잘못을 하게 된다. 1953년에 미끈하게 잘생긴 임업 조합의 차장 레이보비치가 왔을 때(예니세이강 유역의 수호부짐 지구의 꾸제예보 마을), 유형수들은 그의 가죽 외투와 그의 기름기가 흐르는 희멀쑥한 얼굴을 바라보며 머리를 숙이고 이런 실언을 했다. 「안녕하세요, 사령관님!」

그는 나무라듯 머리를 흔들었다. 「무슨 소리요. ⟨사령관⟩이라니. 나는 당신들의 동지요. 당신들은 이제 죄수가 아니란 말이오.」

유형수들은 한 움집에 모여서, 어두컴컴한 방 안에서 희미한 석유램프를 켜고 임업 조합 차장의 설명을 들었다. 그는 마치 관에 못을 박듯이 또박또박 이야기했다.

「이곳의 생활이 일시적이라고 생각하지 마시오. 당신들은 이제 여기서 ⟨영구히⟩ 있어야 하니까. 그러니까 빨리 일하기 바라오! 가족이 있다면 불러오고, 혹시 없으면 우물쭈물하지 말고 서로 결혼해요. 집을 짓고, 아이를 낳으란 말이오. 집을 지을 때와 소를 살 때는 융자 제도를 이용할 수 있소. 동지들, 일합시다. 일을! 국가는 우리의 목재를 필요로 하오!」

그러고 나서 ⟨동지⟩는 전용 승용차를 타고 가버렸다.

결혼할 것을 허락한 것은 하나의 특전이었다. 레쯔의 회상에 의하면 꼴리마 지방의 가난한 마을마다, 예를 들어 야고드노예 근교에는 내륙으로 이주를 허가받지 못한 여자도 있었지만, 내무부는 결혼을 금하고 있었다. 가족을 가진 사람한테는 주거를 제공하지 않으면 안 되었기 때문이었다.

그런데 결혼이 허락된 것이 반드시 조건 완화는 아니었다. 1950년부터 1952년에 걸쳐서 까자흐스딴의 북부 지방에서는 일부 사령부가 유형수를 그 토지에 붙잡아 놓기 위해서 신참 유형수들에게 ⟨2주 이내에 결혼을 하지 않으면, 더욱 오지 사막으로 쫓아 버리겠다〉라고 협박했다.

흥미 있는 것은 많은 유형지에서, 농담하기 위해서가 아니라 정말 수용소 용어인 〈일반 작업〉이라는 용어가 사용되었다는 점이다. 그 작업은 수용소에서와 똑같았다. 즉, 생명을 빼앗는, 견딜 수 없는, 그러나 피할 수 없는 무리한 작업이었다. 〈자유 고용인〉이 된 유형수들의 노동 시간은 단축되었다고는 하지만 가는 데 2시간(탄광이나 숲으로), 돌아오는 데 2시간이 걸리면 그 노동 시간의 길이는 수용소의 경우와 그다지 다를 것이 없다.

고참 노동자 베레조프스끼는 1920년대에는 노동조합의 지도자였으며, 1938년부터는 유형 10년, 1949년부터는 수용소 10년에 처해진 사나이였다. 그는 내가 보는 데서 수용소의 배급 빵에 그리운 듯 키스하면서 수용소에서는 반드시 빵이 나오니까 여기서는 고생할 필요가 없다고 기뻐했다. 그가 유형지에 있었을 때는 돈을 가지고 매점에 가서 빵을 사려고 할라치면 선반에 빵이 놓여 있음에도 불구하고 〈빵이 없다!〉라고 말하는 뻔뻔스러운 점원에게 쫓겨나는 일이 적지 않았다. 그런데 현지 사람이 오면 그 빵을 팔았던 것이다. 빵뿐만 아니라 연료의 경우에도 똑같았다.

이와 같은 경우를 뻬쩨르부르끄의 고참 노동자 찌빌꼬도 말하고 있었다(어디서나 사람들은 불친절했다). 그의 이야기 (1951년)에 의하면 유형 후에 〈특수 노동 수용소〉에 들어가서 그는 자신을 처음으로 인간으로 자각하게 되었다 ─ 12시간을 일하고 수용소 구내로 돌아오면 후에는 무엇을 해도 자유였기 때문이었다. 유형에서는 아무리 보잘것없는 자유 고용인이라도 그에게(그는 경리계였다) 무상으로 잔업을 시킬수가 있었다. 저녁에도 휴일에도, 아니 어떤 작업이라도 자기를 위해 시킬 수 있었다. 유형수는 다음 날 해고되지 않기 위해서는 그 작업을 거절할 수 없었다.

유형지의 〈특권수〉가 된 유형수의 생활도 결코 쉬운 것은 아니었다. 잠불주(州)의 꼬끄-쩨레끄로 이송된 미뜨로비치는 (여기서의 그의 생활은 이렇게 시작되었다 — 그는 동료와 함께 창문도 없는 분뇨가 가득한 당나귀 외양간에서 지냈다. 그들은 분뇨를 한쪽 벽으로 치우고 바닥 위에 풀을 깔고 잤다) 지구 농업부에서 축산 기사의 자리를 얻었다. 그가 〈성실하게 근무하려고〉 하자, 당 지도부에 있는 자유인의 비위를 거스르게 되었다. 집단 농장 가축의 무리 속에서 지구의 하급 간부가 초산을 마친 암소를 끌고 와서 그것을 어린 암소와 바꾸고, 두 살짜리 암소를 네 살로 등록하라고 미뜨로비치한테 지시했다. 미뜨로비치가 면밀하게 확인하자, 집단 농장이 목초를 먹여서 돌보고 있는 소들 중에서 그 집단 농장에 속해 있지 않은 몇 마리의 소가 있는 것을 발견했다. 이것은 지구 공산당 위원회 제1 서기, 지구 집행 위원회 의장, 재무 감독부장 또 경찰 간부들이 〈개인적〉으로 소유하고 있는 소인 것이 판명되었다. (이렇게 까자끄 공화국은 요령껏 사회주의로 들어갔던 것이다!) 그들은 〈그 소들은 등록하지 마!〉라고 그에게 지시했다. 하지만 그는 등록했다. 죄수나 유형수가 준수해야 할 묘한 소비에뜨 준법 정신에 의해 그는 지구 집행 위원회 의장이 잿빛 송아지 모피를 입고 있는 데 대하여 항의까지 했던 것이다. 그 때문에 그는 해고되었다 — 그러나 이것은 그들의 싸움의 시작에 지나지 않았다.

어쨌든 그 지구의 중심지는 유형지로는 그다지 나쁜 곳이 아니었다. 유형의 실질적인 어려움은 전혀 자유롭지 않은 모습의 마을, 문명의 끄트머리에 있다는 데서 비롯되는 것이다.

다시 A. 찌빌꼬의 이야기로 돌아가자. 그는 1937년부터 있었던 서부 까자흐스딴주의 〈자나 뚜르미스〉 집단 농장에 대해 다음과 같이 이야기했다(『신생활』지상에). 유형수들이 도착하기 전에 기계 트랙터 공급처의 정치부가 현지 주민들에게 〈뜨로쯔끼 분자들과 반혁명 분자들이 오고 있다〉라고 선전하며 경계심을 촉구했다. 위협을 느낀 주민들이 인민의 적과 관계했다는 죄상을 덮어쓰는 것이 두려워 신참 유형수들에게는 소금 한 줌도 나누어 주지 않았다! 전쟁 중에는 유형수들에게 빵 배급권도 주지 않았다. 우리의 필자는 집단 농장의 대장간에서 8개월 동안 일하고, 그 보수로…… 밀 1푸드[3]를 받았다. 그 밀은 까자끄 지방의 돌을 잘라서 만든 절구로 빻은 것이다. 거기서 그는 NKVD 지부로 가서 — 형무소에 투옥하거나, 지구의 중심부로 이주시켜 달라고 요구했다. (현지 주민은 어떻게 생활하는가? 하는 의문을 가진 사람이 있을지도 모르지만, 그들은 보통으로 생활하고 있으며…… 아니, 이미 익숙해져 있을 것이다……. 게다가 양도 염소도 소도 있고 천막도 식기도 있으니까 어떻게 되겠지.)

집단 농장에서의 유형수는 어디서나 마찬가지로 물품을 제공받지 못했다 — 나라에서의 지급품도 없었고, 수용소의 배급 빵도 없었다. 집단 농장은 유형지로는 가장 두려운 곳이었다. 아니, 마치 수용소와 집단 농장 중 어느 쪽이 더 어려운가를 실험하는 것은 아닐까?

여기, 끄라스노야르스끄 중계 형무소에서는 신참 유형수들을 〈판매〉하는 경우가 있어서 그중 한 사람인 S. A. 리프시쯔도 팔려고 내놓았다. 〈구입〉하려는 사람들은 목수를 찾고 있었으나, 중계 형무소 측은 법률가와 화학자(리프시쯔)를 데

<hr>

3 중량 단위 16.38킬로그램 — 옮긴이주.

려간다면 목수 한 사람을 주겠다고 하더니, 또 나이 들어 병든 여자도 덤으로 같이 보냈다. 그리하여 영하 25도의 비교적 따뜻한 날에 그들은 트럭의 덮개도 없는 짐칸에 태워져 더 깊은 곳에 있는, 불과 30호밖에 되지 않는 마을로 호송되었다. 그곳에서 법률가와 화학자가 대체 무엇을 한단 말인가? 우선 선금으로 감자, 양파, 밀가루가 담긴 자루 하나를 받았다. (이것은 훌륭한 선금이다!) 일을 하게 되면 내년에는 현금도 받게 될 것이다. 당면한 일은 눈에 깔린 대마를 파내는 일이었다. 처음에는 짚을 넣어 깔개를 만들 만한 삼베 주머니도 없었다. 충격을 받아서 이런 집단 농장에서 내보내 달라고 했다. 그러나 안 된다고 했다. 유형수 한 사람당 집단 농장이 형무소 관리국에 120루블이나 지불했다는 대답이었다(1952년의 일이다).

아, 어떻게 다시 수용소로 돌아갈 수는 없을까……!

하지만, 유형수의 생활이 집단 농장보다도 국영 농장에서 훨씬 편할 것이라고 생각하는 독자가 있다면 그것은 잘못이다. 여기 수호부짐 지구 민제틀라 마을의 국영 농장의 경우가 있다. 막사가 나란히 있고 철조망은 없으니까 호송병이 없는 죄수 수용소라는 느낌이다. 그곳은 국영 농장이었지만, 현금은 전혀 없었다. 처음부터 유통되고 있지 않았다. 다만 의미 없는 숫자만 쓰여 있었다 — 한 사람당 9루블(스딸린 시대의 돈으로). 그리고 그 사람이 얼마나 많은 죽을 먹었는가, 지급된 솜옷 상의는 얼마며, 그 주거비는 얼마인가 등등도 적혀 있었다. 그것을 전부 빼면, 유형수의 수입은 하나도 없고, 국영 농장에 오히려 빚을 지게 된다. A. 스또찌ㄲ의 회상에 의하면 이 국영 농장에서는 2명의 유형수가 더 이상 견딜 수 없어서 목을 매어 자살했다고 한다.

(이 스또찌끄는 대단한 공상가며, 스텝 수용소에서 영어를 공부하다 겪은 불운한 체험으로도 교훈을 얻지 못했다.[4] 이러한 유형지에 있으면서도 그는 어떻게든…… 헌법이 보장하고 있는 소비에뜨 연방 시민의 교육의 권리를 실현하려고 했던 것이다! 그리하여 〈공부하기 위해〉 끄라스노야르스끄시로 보내 달라는 신청서를 냈다. 그때까지 아마 유형 왕국도 알지 못했을 이 유형수의 신청서를, 과거에 지구 공산당 위원회 서기였던 국영 농장 의장은 그냥 거절했을 뿐만 아니라 선언적인 결정을 했다. 〈누구든지, 언제까지나, 스또찌끄에게 공부하는 것을 허락해서는 안 된다!〉 그런데 기회가 찾아왔다 ─ 끄라스노야르스끄 중계 형무소가 각 지구에서 유형수 목수들을 모집했다. 스또찌끄는 전혀 목수도 아니었지만 응모하여 끄라스노야르스끄시로 가서 도적들이며 술주정뱅이들과 함께 기숙사에서 살며 거기에서 의과 대학에 입학하기 위한 수험 공부를 시작했다. 그는 높은 점수를 얻어 입학시험에 합격했다. 자격 심사 위원회의 면접까지는 아무도 그의 서류를 조사하지 않았다. 면접 때 〈전쟁터로 나갔고…… 그리고 돌아와서……〉까지 말했으나, 그다음은 목이 메어서 소리가 나오지 않았다. 〈그다음에는?〉 〈그 후에…… 저는 투옥되어…….〉 스또찌끄가 겨우 속삭이자 위원회 사람들이 긴장했다. 〈하지만 저는 이미 《형기를 다 마쳤습니다! 저는 출소했습니다!》 저는 높은 점수를 땄습니다!〉 스또찌끄는 간청했다. 그러나 소용이 없었다. 베리야가 실각한 해였음에도 말이다!)

멀리 가게 될수록 생활이 어려워지고, 오지로 가면 갈수록 인권은 무시되었다. 전에도 언급한 껜기르 수용소 수기 중에서 A. F. 마께예프는 2개의 수용소의 형기 동안에 뚜르가이 사

4 제5부 제5장 참조.

막에 있는 먼 목장으로 쫓겨 간 〈뚜르가이의 노예〉 알렉산드르 블라지미로비치 뽈랴꼬프의 이야기를 쓰고 있다. 그곳의 모든 권력은 까자끄인 집단 농장 의장이 잡고 있어서, 조국의 사령부로부터도 아무도 살피러 오는 사람이 없을 정도였다. 뽈랴꼬프는 양들과 함께 창고에서 짚을 깔고 그 위에서 잤다. 그의 직분은 의장의 4명이나 되는 아내의 노예였으며 그들의 가사를 돕고 요강 시중까지 들었다. 그러면 뽈랴꼬프는 어떻게 하면 좋을까? 탄원하기 위해 그 먼 목장에서 나올 것인가? 하지만, 타고 갈 것도 없었고, 나온다고 해도 〈탈주 시도〉가 되어서 유형 20년에 해당한다. 그 목장에 러시아인은 아무도 없었다. 몇 달이 지나, 겨우 러시아인 재무 감독관이 왔다. 그는 뽈랴꼬프의 이야기를 듣고 놀라서 그의 탄원서를 지구 위원회에 가지고 갔다. 그러나 그 탄원서는 소비에뜨 정권에 대한 악질적 중상이라고 간주되어 뽈랴꼬프에게 새로운 수용소 형기가 가해졌고 그는 1950년대를 행복하게 그 형기를 껜기르 수용소에서 보냈다. 그는 거의 석방된 기분이었다······.

그러나 이 〈뚜르가이의 노예〉가 겪었던 일이 유형수 중에서도 가장 불행한 경우였다고는 확신할 수 없다.

유형은 수용소에 비하여 생활이 안정되어 있어, 말하자면 가정에 있는 것과 같은 느낌 때문에(좋든 나쁘든 거기에 줄곧 살고 있으면 호송되어 갈 걱정도 없다) 이점이 있었다고는 단언할 수 없다. 호송이 아니라도 사령관에 의한 설명할 수 없는 무자비한 이주 명령이나, 유형 지점이나 지구 전체가 느닷없이 폐쇄되는 일은 언제나 일어날 수 있었다. 회고담에 의하면 그러한 경우는 여러 시대 여러 장소에서 있었던 일이다. 특히 전쟁 중에는 경계심이 제일이었다. 따이빠끄 지구로 유배된 자 전원은 12시간 이내로 짐을 쌀 것! 그리고 젬베찐스끄 지구로 이동할 것! 가난했지만 그토록 소중한 생활의 터전과 가재도구를 모두 버리지 않으면 안 된다. 설사 비가 새는 지붕의 집을 죄다 수리했어도, 버려야 한다! 모두 다 버려야 한다! 벌거숭이로 걸어야 한다! 죽지 않으면 살아갈 수 있다!

보기에는 풀어진 것 같아도(모두 대열을 지어서 걷지 않고 사방으로 다니며, 정렬장으로 모이지도 않고, 인사할 때도 모자를 벗지 않고, 야간에 밖에서 자물쇠를 걸지도 않는다) 유형에는 특유한 〈규율〉이 있었다. 장소에 따라서 그 규율이 완화 또는 강화되었으나 전면적인 완화가 시작된 1953년 이전까지는 어디서나 그 규율을 느낄 수 있었다.

예를 들어 대부분의 지방에서 유형수들은 사령부를 통하지 않고는 민간 관계의 탄원서를 소비에뜨의 어떤 관청에든 낼 수 없었다. 그리고 그 탄원서를 해당 부서로 돌리거나, 아니면 그 자리에 유보하는 것 모두가 사령부의 권한이었다.

만일 사령부의 장교로부터 어떤 호출이 있다면 유형수는 하고 있던 어떤 작업이나 어떤 일이라도 당장 그만두고 출두하지 않으면 안 되었다. 그러한 실정을 알고 있는 사람이라면 유형수가 사령부 장교의 개인적인(자기를 위한) 부탁을 거절할 수 없다는 것을 이해할 수 있을 것이다.

사령부 장교들의 지위나 권한은 수용소 장교들보다 조금 부족한 정도였다. 아니, 오히려 번거로운 일은 적어서 더 좋은 점도 있었다 — 수용소 구내도 없고, 경비도 탈주자의 체포도, 작업하러 데려가는 일도, 수많은 죄수들에게 식사나 의복을 지급하는 일도 없었다. 한 달에 두 번 등록을 확인하거나, 가끔 과실을 범한 자가 나왔을 때는 〈법률〉에 의한 수속만 하면 족했다. 그들은 포악하고, 게으르고, 이기적인 놈들이며(사령부의 소위는 2천 루블의 월급을 받고 있었다), 따라서 그 대부분은 악당들이었다.

소비에뜨 유형지에서는 진실한 의미에서의 〈탈주〉는 그다지 많지 않았다. 유형지 주변에는 그와 별로 다를 바 없는 상태에 있는 현지의 〈자유인들〉이 살고 있어서 설사 탈주가 성공하더라도 대단한 자유를 얻을 수는 없었기 때문이다. 그것은 탈주가 쉽게 망명으로 이어지는 제정 시대의 유형과는 그 사정이 근본적으로 달랐던 것이다. 그리고 탈주에 대한 처벌은 상당히 무거웠다. 탈주에 대한 판결은 특별 심의회가 했다. 1937년까지는 수용소 5년이 최고 형기였지만, 1937년 이후에는 10년이 되었다. 전후에는 어디에도 발표되지 않았지만, 새로운 법률에 따라 그 형기를 정확히 적용하게 되었다. 즉, 유형지에서의 탈주에 대하여는 〈도형 20년!〉 그것은 지나치게 잔혹했다.

현지의 사령부는 무엇이 탈주인지, 어느 것이 탈주가 아닌지, 유형수가 넘어서는 안 되는 출입 금지의 경계선은 어디로 지나고 있는지, 그가 나무를 하거나 버섯을 따러 갈 수 있는지, 그 모든 것을 제멋대로 해석하여 결정하고 있었다. 예를 들어, 하까시야 자치주의 구리 광산이 있는 마을 오르조니끼제프스끼에는 이러한 규정이 있었다 ─ 위로(산 쪽으로) 가게 되면 그것은 단지 규율 위반으로 수용소 5년에 해당하는 행위지만 아래로(철도 쪽으로) 가면 탈주가 되며, 도형 20년에 해당되는 것이다. 정착된 이 규율은 용서할 수 없으리만큼 유연했다. 구리 광산 당국의 폭거에 의해 절망적인 상태가 된 아르메니아인 유형수들이, 당연한 일이지만 사령부에서 유형지를 떠나도 된다는 허가를 얻지 못한 채 당국의 폭거를 호소하기 위해 지구의 중심지로 나왔을 때, 그 〈탈주 시도〉에 대하여 그들 전부가 수용소 6년 형을 받았다.

이렇게 사정을 전혀 모르고 유형지를 떠나면 그것은 대부분의 경우에는 탈주로 간주되었다. 그것은 우리 나라의 야만적인 제도를 도저히 이해하지 못하는 노인들이 하는 짓이었다.

여든 살이 넘은 어느 그리스인 노파가 전쟁이 끝날 무렵에 심페로뽈시에서 우랄 지방으로 유배되었다. 전쟁이 끝나 자식이 심페로뽈시로 돌아오자 노파는 당연히 자식한테로 가서 그의 곁에서 조용히 지내고 있었다. 1949년에 노파가 이미 여든일곱이 되었을 때, 그녀는 체포되어 도형 20년의 판결을 받아(87+20=?) 오제르 수용소로 호송되었다. 잠불주에 살던 또 다른 그리스인 노파의 이야기가 있다. 꾸반 지방에서 그리스인들이 강제로 이주되었을 때에 그녀는 어른이 된 두 딸들과 함께 이주되었으나, 셋째 딸은 러시아인과 결혼했기 때문에 꾸반 지방에 남게 되었다. 그 노파는 유형지에서 살다가, 죽을 때는 셋째 딸한테로 가기로 했다. 이것은 〈탈주〉이므로, 도형 20년! 꼬끄─쩨레끄에는 생리학자인 알렉세이 이바노비치 보고슬로프스끼가 있었다. 그는 1955년의 〈아데나워 특사〉의 적용을 받았으나, 완전 적용은 아니었다. 남아 있어서는 안 되는 유형이 남아 있었던 것이다. 그는 여러 종류의 탄원서나 신청서를 내기 시작했으나 그러기에는 시간이 너무 걸렸다. 그러는 동안 뻬름에는 시력이 점차 나빠져만 가는 어머니가 있었고, 그녀는 전쟁에서 자식이 포로가 되었기 때문에 그와는 14년 동안이나 만나지 못해서 완전히 시력이 없어지기 전에 한쪽 눈으로라도 좋으니 자식을 보고 싶다고 했다. 그래서 보고슬로프스끼는 도형까지 각오하고 일주일 동안 어머니한테 갔다 오기로 했다. 그는 자기의 부재를 멀리 있는 목장을 돌아보는 출장이라는 구실로 노보시비르스끄행 열차에 탔다. 유형지에서는 그가 없어진 것을 아무도 몰랐으나, 노보시비르스끄에서 경계심이 많은 택시 운전수가 알아차리고, 보안대에 통고했다. 보안대원들이 와서 증명서의 제시를 요구했으나 그는 증명서를 가지고 있지 않았기 때문에 모든 것을 자백하는 길밖에는 도리가 없었다. 그는 꼬끄-쩨레끄의 흙집 형무소로 돌아가 취조받기 시작했다. 그런데 갑자기 그의 유형이 무효라는 통지가 왔다. 형무소에서 나오자, 그는 급히 어머니한테로 갔다. 그러나 이미 늦었다.

각 유형 지구에서는 〈보안대〉가 잠자지 않고 눈을 번뜩인다는 것을 첨가하지 않고서는 소비에뜨 유형지의 묘사가 되지 않을 것이다. 그 보안대는 유형수들을 〈말 상대로〉 끌어내거나, 밀고자를 모집하거나 밀고자를 모아 〈새로운 형기〉를 부과하기 위하여 이용하기도 했다. 이 단조로운 유형 생활을 구성하고 있는 사람들도 언젠가는 활기가 넘치는 수용소 생활을 보내지 않으면 안 될 시기가 올 것이다. 〈두 번째 연장〉, 즉 새로운 취조와 새로운 형기는 많은 사람들에게 〈유형의 자연스러운 결말〉이었다.

뾰뜨르 빅스네는 1922년에 반동적 부르주아 군대인 라트비아군에서 탈주하여 자유 소비에뜨 연방으로 망명했다. 그는 거기에서 1934년에 고향인 라트비아에 남아 있는 친척과 서신 왕래를 한 일로(라트비아의 친척은 전혀 피해를 입지 않았으나), 까자흐스딴 지방으로 유배되었다. 하지만 그는 낙담하지 않고, 유형수이면서 아야구자 기관고에서 기관사가 되었고 게다가 스따하노프 운동가가 되어 1937년 12월 3일에는 기관고에 〈빅스네 동지를 본받자!〉라는 현수막까지 걸렸다. 하지만 12월 4일에 빅스네 동지는 〈두 번째 연장〉되어 이미 그곳으로 돌아오지는 못했다.

유형지에서의 〈두 번째 연장〉은 수용소와 마찬가지로, 보안 장교들이 〈상부〉에 대하여 자신들의 경계심의 강도를 증명하기 위하여 항상 일어나고 있었다. 어디서나 그랬듯이 여기서도 죄수가 되도록 빨리 자기의 숙명을 깨닫고, 그것에 따르도록 〈강화된 방법〉이 사용되었다. (1937년에 우랄스끄시에서의 찌빌꼬의 경우는 32일이나 징벌 감방에 투옥되어 있으면서 이가 6개나 부러졌다.) 그러나 1948년과 같은 특별한 시기에는 보르꾸따의 경우처럼 전원을 붙잡아 수용소로 옮기거나(보르꾸따는 산업의 중심지가 되고 있어서 스딸린 동지는 그 지역을 정화하도록 지시했다), 혹은 다른 데서 했듯이 모든 남자들을 붙잡아 수용소로 옮기기도 했다.

그러나 두 번째 연장된 사람들한테도 역시 〈유형의 끝〉은 구름을 잡는 것과 같았다. 예를 들어, 꼴리마 지방에서는 수용소에서의 〈석방〉은 수용소의 위병소에서 특별 사령부로 이동하는 데 지나지 않았으며, 꼴리마 지방에서는 한 발짝도 나오지 못해 실질적으로 유형의 끝이란 없었다. 또 밖으로 나가도 좋다는 허가가 난 짧은 기간 동안 〈대륙〉으로 탈출하는 데 성공한 사람들은 그 후 아마 여러 번 자기의 숙명을 저주했을 것이다. 그들은 한 사람도 빠짐없이 대륙에서 두 번째 수용소 형기를 받게 되었기 때문이다.

보안대의 그림자는 끊임없이, 그렇지 않아도 언제나 흐려 있는 유형지의 하늘을 한층 더 어둡게 했다. 보안 장교의 감시하에 있으며, 언제나 밀고자들이 이야기를 엿듣고, 항상 무리한 중노동을 하면서 자식들을 위하여 어렵게 일하는 유형수들은 흩어져서 비굴하고 폐쇄적인 생활을 보냈다. 그곳에는 형무소나 수용소에서처럼 마음을 터놓고 긴 이야기를 나눌 사람도 없었고, 아무도 자기의 과거를 고백하는 일도 없었다.

따라서 유형 생활에 관한 이야기를 모으기는 어려웠다.

우리 소비에뜨 시대의 유형은 사진마저 거의 남기지 않았다. 사진사가 있어도 그는 인사과나 특별부로 돌리기 위한 증명서의 사진밖에 찍지 않았다. 만일 유형수들의 일단이 함께 사진을 찍는다면 그것은 어쩐 일일까? 그것은 무엇 때문일까? 그것은 이내 기관에 밀고된다 ── 우리 지역에 반소비에뜨 지하 조직이 있다고. 사진 때문에 모두 체포될 것이다.

우리 시대의 유형은 아주 유쾌한 집단의 사진도 남기지 않았다. 당신도 알 것이다 ── 왼쪽에서 세 번째가 울리야노프, 오른쪽에서 두 번째가 끄르지자노프스끼인 사진 말이다. 모두 배불리 먹고 깨끗이 입고 어려움도 부족함도 모르는 사람들이다. 혹시 수염을 기르고 있다면 잘 손질했고, 모자를 쓰고 있다면 비싼 털모자였다.

어린이들이여, 그때는 매우 어두운 시대였다……

제4장
민족의 강제 이주

　역사가들이 우리의 잘못을 정정해 줄지 모르겠으나, 우리 같이 평균적인 사람들의 기억으로는, 19세기에도 18세기에도 17세기에도 민족의 대량 강제 이주는 없었다. 식민지의 정복은 있었다. 해양에 산재해 있는 섬들, 아프리카, 아시아, 까프까스 등에서 정복자들은 현지의 주민들을 지배했다. 그러나 아직 충분히 발달하지 못한 식민지 착취자들의 머릿속에는 현지 주민들을 그들이 대대로 물려받은 토지에서 쫓아내거나, 선조 때부터 살던 집을 빼앗으려는 생각은 떠오르지 않았다. 아마도 미국 농장에서 일을 시키기 위해 흑인을 아프리카에서 데려온 것이 유일하게 비슷한 사례이며 그 전례가 될지 모르겠다. 하지만 그 경우에도 흉악한 국가적 제도에서가 아니었다. 단지 이익에 눈이 어두운 일부 기독교도 노예 상인들이 자신들의 이익을 추구하기 위하여 한 사람씩 혹은 몇십 명씩 흑인을 사냥하거나 속이거나 돈으로 사면서 그 획득에 분주했던 것이다.

　20세기 — 문명화된 인류가 희망을 품고 기다렸던 — 가 되어서야, 민족 문제가 〈유일하게 올바른 교리〉에 의거하여 극단적으로 발달하게 되었다. 〈유일하게 올바른 교리〉는 이 문제에 있어서 최고의 권위를 가지며, 한 민족을 절멸시키기 위해 48시간, 24시간, 아니 1시간 반 내로 강제 이주시키는 것은 그 전매특허나 다름없었다.

물론 〈그 사람〉 자신도 즉시 알게 된 것은 아니다. 한번은 그가 조심성 없이 이런 발언을 했었다. 〈소련에서는 그 민족적 출신 때문에 박해의 대상이 된 적은 한 번도 없었고, 앞으로도 있을 수 없다.〉[1] 1920년대에는 각 민족의 언어가 장려되었다. 끄림반도 지방은 따따르인의 것이다. 따따르인의 것이다, 라고 줄곧 말해 왔으며, 아랍 알파벳이 사용되고, 모든 것이 따따르어로 표시되었다.

그러나 그 모든 것이 잘못이었다……

농민들에게 대규모 강제 이주로 고통을 준 다음에도 〈위대한 키잡이〉의 머리에 이 방법이 모든 민족에게 편리하게 적용될 수 있다는 생각이 즉각 떠오른 건 아니었다. 그런데 유대인이나 집시를 근절시키려던 그의 형제와 같은 히틀러의 구상은 뒤늦은 것으로, 2차 대전이 시작된 후에 나온 것이다. 어버이 스딸린이 히틀러보다 먼저 이 문제를 숙고했던 것이다.

농민의 〈역병〉이 나타난 다음에도, 민족의 강제 이주가 시작하기 전의 우리 소비에뜨 시대의 유형은 수십만 명의 사람들을 다루긴 했지만 수용소와는 비교가 되지 않을 정도였으며, 아직 역사의 흐름을 반영할 정도는 아니었다. 〈유형지 정착민들〉(재판에 의한)도 있었고 〈행정 유형수들〉(재판을 거치지 않은)도 있었으나, 그것들은 극히 적은 개인이며, 자기 성명, 생년월일, 적용 조항을 가지고, 정면과 옆면의 사진을 찍은 사람들이었다. 현명하고 인내심이 강하고 더러운 짓을 아무렇지 않게 할 수 있는 〈기관〉만이 이 흩어진 모래알들로

1 『스딸린 저작집』(모스끄바, 1951년), 제13권, p. 258.

밧줄을 꼴 수 있었고, 붕괴된 수많은 가족들을 토대로 한 덩어리 바위와 같은 유형 지구를 만들 수 있었던 것이다.

그러나 〈특별 이주자들〉의 강제 이주가 시작되었을 때, 이 유형 사업은 얼마나 활기차게 촉진되었던가! 초기에 사용했던 〈유형지 정착민〉과 〈행정 유형수〉라는 2개의 용어는 제정 시대부터의 것이었으나, 이 특별 이주자라는 용어는 소비에뜨가 낳은 것이다. 우리 나라에서 가장 널리, 그리고 가장 중요하게 사용되는 용어는 모두 〈특별〉이라는 말로 시작한다(특별부, 특별 임무, 특별 통신, 특별 배급식, 특별 보호소). 대전환의 해에는 꿀라끄 박멸 운동의 대상이 된 사람들을 〈특별 이주자〉로 부르기로 했다. 이렇게 부름으로써 정확성과 유연성이 증가했다. 꿀라끄들만이 꿀라끄 박멸 운동의 대상이 되었던 것은 아니었으니까, 이의를 제기할 구실을 주지 않았다. 누구라도 〈특별 이주자〉가 되는 날에는 끝장이었으니까!

그리하여 비로소 〈위대한 어버이〉가 이 용어를 강제 이주되는 제(諸) 민족에게 적용하도록 지시했던 것이다.

〈그 사람〉도 그것의 가치를 곧바로 발견한 것은 아니었다. 최초의 시도는 아주 조심스러웠다. 1937년에 의심스러운 수십만 명의 한국인들 — 할힌골[2]을 염두에 둔다면, 그리고 일본 제국주의와 싸웠던 경험을 생각한다면, 검은 머리카락에 눈이 찢어진 이 민족을 누가 신용할 수 있겠는가! — 이 조용히, 그리고 재빨리 극동에서 까자흐스딴으로 이동되었던 것이다. 비틀거리는 노인에서부터 갓난아기에 이르기까지 모두 최소한의 가재도구만 들고 이동되었다. 그 이주가 너무나 빨라서 첫 겨울에는 창문 유리가 없는(유리가 부족했으니까!) 벽돌집에서 지내지 않으면 안 되었다. 게다가 그것이 너무나 재빨

2 만주와 몽골의 국경 — 옮긴이주.

88

리 진행되어 인접한 까자끄인 이외에는 아무도 그 이주를 알지 못했고, 우리 나라에서는 아무도 발표하는 사람이 없었고, 외국의 기자도 아무도 보도하는 자가 없었다. (아니, 그렇기 때문에 언론이 프롤레타리아 수중에 있지 않으면 안 된다.)

이것이 〈그 사람〉의 마음에 들었다. 〈그 사람〉은 이것을 기억했다. 그리하여 1940년에는 이 방법이 혁명의 요람인 레닌그라뜨의 교외에 살고 있는 주민한테도 적용되었다. 그런데 그 강제 이주자들은 야간에 총검으로 끌려간 것이 아니라 (새롭게 점령된) 까렐리야-핀란드 공화국으로 〈성대한 환송〉의 형식을 취했던 것이다. 붉은 깃발이 나부끼는 한낮에 취주악단의 연주에 맞추어 레닌그라뜨 교외에 살고 있던 핀란드인들과 에스토니아인들이 자기들 고국의 새로운 땅을 개척하러 가게 되었다. 그들은 오지로 호송되자(6백 명이나 되는 사람들의 운명에 대해 V. A. M.이 말해 주었다), 전부 국내 신분증을 빼앗기고, 호송대에 포위되고, 그다음에는 가축을 수송하는 붉은 열차에 실려서 호송되고, 그다음에는 바지선에 실렸다. 까렐리야 지방 오지에 있는 목적지에 도착하자 그들은 〈집단 농장 강화〉를 위하여 이용되었다. 이리하여 성대한 환송을 받았던 자유인들은 당국의 지시에 따라야 했던 것이다. 다만 26명의 반항자가 생겼는데, 그중 한 사람이 우리에게 이 이야기를 해준 사람이었다. 그들은 가기를 거부했다. 아니, 그것뿐만 아니라, 그들은 국내 신분증을 인도하는 것도 거부했다! 〈희생자가 나겠군!〉 하면서 소비에뜨 정권의 대표, 즉 까렐리야-핀란드 공화국 인민 위원회의 대표가 경고했다. 반항자들은 〈우리한테 기관총을 쏠 테냐?〉 하고 대표에게 외쳤다. 참으로 미욱한 놈들, 무엇하러 기관총을 쏘겠나? 그들은 한덩어리로 포위되어 있으니까 소총 한 자루면 충분했다. (이

26명의 핀란드인들을 시로 칭송할 사람은 아무도 없을 것이다!) 하지만 이상하게도 당국의 의지가 약하고 느리고 과감성이 없어서, 이 좋은 방법을 채택하지 않았다. 그들을 분산할 목적으로 한 사람씩 보안 장교 앞으로 호출하려고 했으나, 그들은 26명이 모두 함께 나갔다. 그 결과 그들의 강경함과 무모한 대담함이 승리했다. 국내 신분증도 그대로 두고 포위도 해체되었다. 이리하여 그들은 자기들이 집단 농장원이나 유형수의 상태로 전락하는 것을 막았다. 그렇지만 이것은 아주 드문 예외였으며, 대부분의 사람들은 국내 신분증을 빼앗기고 말았다.

이것들은 모두 아직 실험에 지나지 않았다. 1941년 7월에 겨우 본격적인 시도를 할 수 있었다. 볼가강 유역에 있는 독일인들의 자치 공화국, 물론 그것은 배신자들의 공화국이었으나(〈엥겔스〉와 〈마르크스슈타트〉라는 쌍둥이 수도와 함께), 그 공화국을 모조리 며칠 안에 어딘가 동쪽의 먼 곳으로 옮기지 않으면 안 되었다. 거기서 비로소 순수한 형태의 〈민족별 강제 이주〉라는 파괴적인 방법이 사용되었다. 각자에 대한 취조나 각자에 대한 지시를 하는 대신에 하나의 조항, 즉 민족 조항을 적용하는 편이 훨씬 쉽고 효과적이었다. 러시아의 다른 지역에 독일인들이 끌려왔을 때(독일인들은 어디서나 끌려왔다), 상대가 적인지 아닌지를 식별하는 데는 현지 NKVD 요원의 고등 교육이 필요하지 않았다. 이름이 독일인의 이름이면 끌려가는 것이다.

이 제도는 몇 번의 실험을 거쳐 완성되었다. 그 이후에는 배신자로 낙인찍혀 죽을 운명에 있는 민족을 용서 없이 확실하게 삼키게 되었다. 게다가 회를 거듭함에 따라서 더 민첩해졌다 — 체첸인들, 인구시인들, 까라차이인들, 발까르인들,

깔미끄인들, 쿠르드인들, 끄림의 따따르인들, 그리고 까프까스의 그리스인들을 삼켜 버렸다. 이 제도가 특히 파괴적이었던 것은, 〈민족의 어버이〉가 내린 결정이 말 많은 법적 절차로 인민에게 발표되었던 것이 아니라, 전차 부대가 실전에서 수행하는 군사 작전의 형식으로 진행되었기 때문이다. 죽음이 선고된 민족의 거주지로 야간에 무장한 사단이 침입하여 요소요소를 점령하는 것이었다. 아침이 되어 범죄적인 민족이 눈을 뜨자 거주지의 요소는 기관총이나 자동소총으로 포위되어 있었다. 그리고 각자가 두 손에 들 수 있는 물건을 준비하기 위해 12시간의 여유가 주어진다(하지만, 그것은 너무나 길었다. 그렇게 오랫동안 전차 부대의 차량이 돌아다니기는 힘들었기 때문에 끄림반도 지방에서는 그 여유가 2시간, 아니 1시간으로 단축되었다). 이윽고 모두 죄수처럼 다리를 쪼그리고 트럭 짐칸에 탄다(노파들이나 갓난아이를 안은 여자들도 마찬가지였다. 〈앉아! 전부 다! 못 들었나!〉 하는 구령이 떨어졌다). 그 트럭은 경비대에 포위되어 철도역까지 갔다. 그 후부터는 가축 열차에 실려서 목적지까지 호송된다. 자칫하면 또 그들은(끄림반도의 따따르인들이 운자강을 따라 올라갔듯이 이 남방 민족에게는 이 북방의 소택지가 좋은 장소였다) 뱃사공처럼 뗏목에 밧줄을 달아 150킬로미터나 200킬로미터를 흐름을 거슬러 원시림(꼴로그리프보다 상류)으로 끌어가지 않으면 안 되었다. 그 뗏목 위에는 몸을 움직일 수 없는 백발노인들도 타고 있었다.

아마 공중에서, 혹은 높은 산 위에서 내려다본다면 이것은 대단한 광경이었을 것이다. 1944년 4월, 해방된 지 얼마 안 된 끄림반도 전역에서 일제히 트럭의 엔진 소리가 울리고, 몇백 대의 트럭이 뱀처럼 긴 행렬로 도로란 도로는 모두 기어다니기 시작했다. 마침 나뭇잎들이 무성하게 돋아나는 계절이었다. 따따르 여자들은 달콤한 파의 모종을 온실에서 밭으로 옮기고 있었다. 담배 심기도 시작되었다. (그리고 그것으로 끝났다. 그 때문에 오랫동안 끄림반도 지방에는 담배가 없었다.) 트럭 행렬은 주거지로 직행하지 않고, 도로의 요소요소를 차지한 채 대기하고 있었다. 마을들은 특별 부대에 의해 포위되었다. 출발 전의 준비로 1시간 반을 주라는 지시가 있었으나, 지휘관들이 그 시간을 40분으로 단축시켰다. 더 빨리 준비를 마치고 집합 지점에 늦지 않게 도착하기 위해서였으며, 또 마을에 남겨 두고 가는 특별 부대의 수확을 증가시키기 위해서였다. 비유끄호(湖) 근처의 오젠바시 마을과 같은 반항적인 마을은 깨끗이 불살라질 수밖에 없었다. 트럭의 긴 행렬은 따따르인들을 역까지 실어 갔다. 그리고 거기서 열차를 탄 그들은 며칠씩이나 출발을 기다리며 신음하면서 슬픈 작별의 노래를 불렀다.[3]

이 정연한 일률성! 이것이야말로 민족을 한 번에 강제 이주시키는 것의 장점이다! 어떠한 예외도 인정되지 않는다! 어떠한 예외도, 어떠한 항의도 받아들이지 않는다! 너도, 그도, 나도 이주되는 것이니까 누구나 순응했다. 모든 연령층의 남녀뿐만 아니라, 아직 배 속에 있는 아이도 똑같은 정령에 따라 유배된다. 심지어 아직 잉태되지 않은 아이도 유배된다. 그들도 똑같은 정령 하에 잉태될 것이기 때문이다. 낡은 형법 제35조(16세 미만의 자에게는 유형이 적용되지 않는다)가 있었

---

3 1860년대에 따브리다주의 지주들과 주 당국은 끄림반도의 따따르인 전부를 터키로 이주시키려는 운동을 전개했으나, 황제 알렉산드르 2세가 허가하지 않았다. 1943년에는 끄림반도 지방의 총독이 같은 것을 원했으나, 히틀러가 허가하지 않았다.

음에도 출생한 바로 그날부터, 어머니의 배 속에서 머리를 내미는 순간부터 그들은 이미 특별 이주자며, 영구히 유형에 처하게 된 몸이다. 그들이 성인, 즉 만 16세가 된다는 것은 내무부의 사령부에서 등록 확인을 받지 않으면 안 된다는 것을 의미한다.

이리하여 떠난 뒤에 남은 것 — 문이 활짝 열렸지만 아직 온기가 남아 있는 집 안, 흩어진 가재도구, 수 세대 아니 수십 세대에 걸쳐서 이룩한 재산 — 이 아무런 구별 없이 징벌을 주는 기관 요원들의 손으로 넘어간다. 또 일부는 국고로 들어가고, 일부는 이웃에 있는 운이 좋은 민족의 손으로 넘어간다. 없어진 소나 가구나 식기에 대해 탄원서를 내는 자는 아무도 없었다.

마음에 들지 않았던 민족 가운데 공산당원이 있다 하더라도 비밀 정령은 그들을 용서하지 않았다. 그래서 일률성은 더욱 완전하고 완벽해졌다. 즉, 당원증을 조사할 필요가 없으니까 아주 간단했다! 또한 새로운 유형지에서는 당원들에게 두 배의 일을 시켰다. 그렇게 하면 모든 것이 잘 수습되었던 것이다.[4]

이 일률성을 혼란스럽게 만드는 것은 국제결혼뿐이었다

---

4 물론 〈현명한 키잡이〉도 그 모든 우여곡절을 예상할 수는 없었다. 1929년에 끄림반도 지방에서 따따르인 대공들이나 높은 귀족들이 추방되었다. 그 추방은 러시아 본토에서보다는 관대하게 진행되었다. 그들은 체포되지 않고, 스스로 중앙아시아로 이주했던 것이다. 그곳에서 친척이 되는 이슬람교도 속으로 서서히 융합되어 좋은 생활을 보내게 되었다. 그리고 15년 후에 같은 땅에 모조리 추방된 따따르인 근로자들이 호송되어 왔다! 오래된 지인들이 재회했다. 다만 근로자들은 배신자이기에 유형수였는데 반해 예전의 대공들과 귀족들은 소비에뜨 행정 기구 속에 확고한 지위를 차지하고 있었으며 많은 사람들이 당원이었다.

(그 때문에 우리 사회주의 국가에서는 언제나 그것을 반대했다). 독일인들의 강제 이주, 그리고 나중에 그리스인들의 강제 이주가 진행될 때 국적이 다른 배우자는 제외되었다. 그러나 이것은 큰 혼란을 가져와 이미 정화되어야 할 지역에 병균의 뿌리를 남기게 되었다. (자기 자식 곁에서 편하게 생을 마치려고 돌아온 그리스인 노파처럼.)

이 민족은 어디로 강제 이주되었는가? 그 대부분은 까자흐스딴 지방으로 보내졌다. 거기에서 일반 유형수들과 함께 있게 되면서 그들은 공화국 인구의 절반을 차지하게 되었다. 따라서 까자흐스딴을 까〈제끄〉스딴[5]이라 말해도 무방했다. 그러나 중앙아시아, 시베리아(많은 깔미끄인들이 예니세이강 유역에서 죽었다), 북쪽 우랄, 유럽 지구 북부 역시 사람들을 받아야 했다.

발트해 연안 제국에서 있었던 추방을 〈여러 민족의 강제 이주〉에 넣어도 좋을까? 형식적으로는 그 조건에 맞지 않는다. 발트해 연안 국가들은 송두리째 이주되지 않았으며, 여러 민족이 그대로 자기 토지에 남아 있는 듯이 보였다. (당국은 이주시키기를 원했으나, 너무나 유럽에 가까웠다!) 남아 있는 것같이 보였으나, 그 핵심이 되는 사람들은 뽑혀 가버렸다.

민족의 정화는 일찍부터 시작되었다. 우리 군이 그곳으로 쳐들어간 1940년에 이미 시작된 것이다. 그 여러 민족이 기꺼이 소련에 가맹할 것을 만장일치로 찬성하기 이전부터 시작되고 있었다. 그 뽑아내는 일은 장교부터 시작되었다. 이 젊은 국가들에 있어서 자국 최초의(또한 최후의) 장교 세대란 대체 무엇이었던가? 그것은 거만하고 나태한 귀족이 아니라, 그 나라에서 가장 진지하고, 책임감 있고, 에너지 넘치는 사람들

5 죄수라는 뜻의 〈제끄〉를 넣은 까자스흐딴의 별명 — 옮긴이주.

이었다. 그들은 아직 어린 학생이었을 때부터 나르바의 눈 속에서 가냘픈 몸으로 약한 조국을 지켰던 것이다. 하지만 이제 그 결집된 경험과 에너지는 큰 낫에 의해 단숨에 잘리고 말았다. 그것은 인민 투표를 준비하는 가장 중요한 단계였다. 그 처방은 이미 여러 번의 검증을 거친 방법이었다. 아니, 그와 같은 일은 이미 소비에뜨 연방 본토에서도 했던 일이 아닌가? 저항 운동의 지도자가 될 사람들을 몰래, 그리고 신속하게 절멸시키는 것이다. 또한 사상이나 연설 혹은 책을 가지고 사람들을 궐기시킬 가능성 있는 사람들을 절멸시키는 것이다. 그 결과, 민족은 제자리에 남아 있는 것같이 보이지만, 이미 존재하지 않는 것이다. 그것은 죽은 이빨이 밖에서 보기에는 살아 있는 이빨과 그다지 다르게 보이지 않는 것과 같다.

하지만 발트해 연안 제국에 있어서 1940년은 유형이 아니라 수용소였다. 또한 일부 사람들한테는 석조 형무소의 안뜰에서의 총살이었다. 1941년에도 우리 군은 후퇴할 때 될 수 있는 한 재산가나 거물이나 유명인을 잡아서 귀중한 전리품처럼 데리고 다니다가, 후에 필요 없게 되자 쓰레기마냥 수용소군도의 동토에 버렸다. (체포는 반드시 야간에, 수화물은 한 가족당 1백 킬로그램까지로 제한하고, 가족을 탈것에 태울 때 이미 가장은 형무소에 투옥하기 위해 혹은 죽이기 위해 격리되어 있었다.) 그들은 전쟁의 전 기간 동안, 다시 돌아오면 발트해 연안 제국에 대해 가차 없이 복수하겠다고 위협했었다 (레닌그라프 라디오로). 그리하여 1944년에 다시 돌아왔을 때 그 위협의 약속을 지키기 위해 많은 사람들을 투옥했던 것이다. 하지만 그것은 한 민족 전체에 이르는 대규모의 강제 이주는 아니었다.

발트해 연안 민족들의 대규모 강제 이주는 1948년(복종하지 않았던 리투아니아인들), 1949년(3개 민족 모두), 그리고 1951년(또 한 번 리투아니아인들)에 이루어졌다. 같은 해에 서부 우끄라이나 지방에서도 강제 이주가 실시되고, 최후의 강제 이주는 1951년이었다.

1953년에 〈대원수〉는 대체 어느 민족을 강제 이주시키려 했던가? 유대인들이었던가? 그 밖에도 있었던가? 드네쁘르강 오른쪽 우끄라이나 지방에 사는 사람 전부인가? 이것은 나의 추측이지만, 스딸린은 핀란드 국토의 전 주민을 중국 근처 사막으로 쫓으려고 열망했던 것 같았다. 그러나 그것은 1940년에도, 1947년에도(레이노 폭동의 실패) 성공하지 못했다. 그는 우랄산맥 건너편에 세르비아인들을 위해서도, 펠로폰네소스 지방의 그리스인들을 위해서도 토지를 찾았을 것이다.

이 〈진보적 교리의 네 번째 기둥〉이 10년을 더 버텼다면 유럽과 아시아 대륙의 인종 분포도는 알아볼 수 없으리만큼 달라지고, 민족의 대이동이 일어났을 것이다.

어느 날엔가 강제 이주된 민족의 수만큼 그 고향과의 이별이나 시베리아에서의 파멸을 노래한 서사시가 쓰일 것이다. 자기가 체험한 것을 다른 사람은 알지 못하니까 이 문제는 우리가 논할 수 없으며, 방해를 해서도 안 된다.

그렇지만 그들이 강제 이주된 곳은 이미 언급한 적이 있는 유형지이며, 수용소군도에 인접한 그 예토라는 것을 독자에게 납득시키기 위해, 여기서는 발트해 연안 민족들의 강제 이주가 어떠했는지 조금 더 살펴보기로 하자.

발트인들의 강제 이주는 그 인민의 최고 의지를 짓밟는 형식으로 이루어진 것이 아니라, 오직 그것에 따르는 모양으로 이루어졌다. 3개의 각 공화국에 있어서 자국 국민을 먼 이국인 시베리아로 강제 이주시키는 것을 내각의 결의라는 자유로운 형식으로 결정했던 것이다(에스토니아의 경우는 1948년 11월 25일에). 그리고 〈영구 이주〉하여 다시는 고향에 돌아오지 않는다는 것을 결정했다. (여기에서 우리는 발트해 연안 제국 정부의 독립성과, 쓸모없는 자국민에 의해 궁지에 몰린 정부의 초조함을 동시에 볼 수 있다.) 그 자국민은 이런 사람들이었다. (a) 이미 형벌을 받은 사람들의 가족(그 가장은 수용소에서 죽어 가는데, 가족까지 모두 없애 버리려고 했다). (b) 부유한 농민들(이것은 발트해 연안 지방에서 이미 성숙되어 농업 집단화를 꽤 촉진했다)과 그 가족(리가의 대학생들은 그들의 부모가 마을에서 체포되던 밤에 끌려갔다). (c) 어떻게 해서 1940년, 1941년, 1944년의 체포망을 벗어난 저명인사. (d) 현 정권에 적의를 가지면서도 스칸디나비아 제국으로 도망치지 못했던 사람들, 혹은 개인적으로 현지 활동가들의 마음에 들지 않았던 가족.

이 결의는 우리 모두의 커다란 〈조국〉의 위신을 손상시키지 않기 위해, 또 서방의 〈적들〉에게 기쁨을 주지 않게 하기 위해 신문에도 발표하지 않고, 각 공화국에서도 발표하지 않았다. 강제 이주된 사람들 자신들도 쫓겨나는 목적지를 알지 못하고, 겨우 시베리아의 사령부에 도착한 후에 알려 줄 정도였다.

한국인의 강제 이주나 또한 끄림반도 지방 따따르인의 강제 이주 이래로, 이주의 조직적인 기술이 발전하여 그 귀중한 체험이 일반화되고 완전히 소화되어서 그 작업 시간은 이미 하루라든가 시간 단위가 아니라 분 단위로 계산하게 되었다. 밤에 문을 노크하고, 그 집 식구의 마지막 사람이 집에서 나와 어둠 속에서 트럭 짐칸에 올라타는 데에 불과 20분에서

30분이면 충분하다는 것이 증명되었다. 그 제한된 시간 내에 잠을 깨고 가족이 옷을 입고, 영구히 강제 이주되는 것을 납득하고 모든 재산권을 포기한다는 서류에 서명하고, 노파나 어린이의 채비를 하고, 수하물을 꾸려서 명령대로 집에서 나오는 것이었다. (남긴 재산은 정말 잘 처분되었다. 호송대가 나가면 재무 감독부의 사람들이 와서 몰수 목록을 작성하고 그 목록에 따라 재산은 위탁 판매점을 통하여 팔리고 그 판매금은 국고로 들어갔다. 이 목록을 작성할 때, 그들이 이것저것 자기 호주머니에 넣거나, 혹은 부정하게 자전거로 실어 냈다고 비난할 수 없었다. 아니, 그럴 필요가 없었다. 위탁 판매점에서 한 장의 영수증을 작성하기만 하면 인민 정권의 대표는 누구든지 몇 푼 안 되는 산 물건을 정당하게 취득한 것으로 당당하게 자기 집으로 가져갈 수 있었기 때문이다.)

이 20분에서 30분 사이에 무슨 생각이 떠올랐을까? 무엇이 가장 필요한 것인지 판단되었을까? 어느 가족(75세의 할머니, 50세의 어머니, 18세의 딸, 20세의 아들)을 강제 이주시키고 있던 한 소위가 이런 충고를 했다. 「재봉틀은 반드시 가져가시오!」 누가 그런 생각을 할 수 있었을까! 후에 이 가족은 이 재봉틀 덕분에 굶지 않고 생활할 수 있었다.[6]

무엇보다도 이런 강제 이주의 신속한 추방은 때로는 당하는 사람들한테 이점이 되기도 했다. 그것은 돌풍과 같았다! 일단 지나가 버리면 아무렇지도 않았다. 아무리 좋은 빗자루

6 이 호송병들은 자기들이 하고 있는 일을 어떻게 이해하고 있었을까? 마리야 숨베르ㄲ가 강제 이주될 때 출림강 유역 출신의 시베리아 병사가 그 일을 맡았다. 얼마 후 그는 제대하여 고향으로 돌아갔다. 그녀를 만났을 때, 그는 진심으로 기뻐하며 만면에 웃음을 띠고 이렇게 말했다. 「아주머니! 나를 기억하겠어요?」

라도 때로는 덜 쏠리는 것이 있었다. 사흘쯤 참고 집을 지키고 있던 여자들이 재무 감독부로 와서 자기 집의 봉인을 떼어 달라고 부탁했을 때, 그래서 어떻게 했는가? 그 봉인을 해제해 주었다. 하는 수 없으니 다음 정령이 나올 때까지 자기 집에서 살게 해주는 것이었다.

말이라면 8마리, 병사라면 32명, 죄수라면 40명을 수용하게 되어 있는 작은 가축 수송용 차량에 강제 이주하게 된 달린의 주민들은 50명, 아니 그 이상일 듯싶었다. 급해서 차량은 개조하지 못했고, 처음에는 바닥에 구멍을 뚫는 것조차 허락하지 않았다. 변기통은 낡은 양동이였으며 그것은 이내 가득 차 넘쳐 버려서 수하물을 더럽혔다. 처음 한동안 이 두 다리의 포유류들은 남자와 여자의 구별도 잊고 있었다. 하루 반나절을 그들은 차량에 갇혀서 물도 식사도 받지 못했다. 그래서 갓난아이 하나가 죽었다. (그래, 이것은 앞에서 이미 읽지 않았던가? 그래, 두 장 앞에서 읽었다. 20년 전에도 똑같았다…….) 그 열차는 오랫동안 월레미스테 역에 정차했다. 밖에서는 사람들이 뛰어다니며, 차량의 문을 두들겨서 아는 사람의 이름을 부르며, 음식이나 물건을 건네려고 했다. 그러나 소용없었다. 그들은 이내 쫓겨났다. 그리고 안에 갇혀 있는 사람들은 굶주렸다. 그리고 제대로 옷을 입지 못한 그들을 시베리아가 기다리고 있었다.

도중에 빵이 나오고, 어떤 역에서는 수프도 나왔다. 어느 열차나 목적지는 멀었다 — 노보시비르스끄주, 이르꾸쯔끄주, 끄라스노야르스끄주로 되어 있었다. 바라빈스끄 한곳에만 에스토니아인들을 실은 차량이 52대나 도착했다. 아친스끄까지는 14일이나 걸렸다.

이 절망적인 여로에서 사람들을 지탱하고 있는 것은 대체 무엇일까? 그것은 믿음에 의한 것이 아니라, 증오에 의한 희망이었다. 「이제 곧 놈들도 끝장이 난다! 금년에는 전쟁이 터질 거야. 그러면 가을에는 고향으로 돌아갈 수 있을 거야.」

서방에서든 동방에서든, 여하튼 이 세계에서 평온한 생활을 보내고 있는 사람이라면 당시 쇠창살 속에 갇힌 사람들의 기분을 이해하거나, 공감하거나, 용서할 수 없을 것이다. 이미 내가 쓴 바와 같이 우리도 그해에, 즉 1949년이나 1950년에 같은 것을 믿고, 같은 것을 열망했던 것이다. 당시에 이러한 체제의 불공평함은 25년의 형기라든가 수용소군도로 거듭 〈되돌아가는〉 일 때문에 쌓이고 쌓여 일촉즉발의 상태였다. 이제 도저히 견딜 수 없는, 이미 경비병들도 어찌할 수 없는 극한 상태까지 이르게 되었다. (일반적으로 말해서 어떤 체제가 도덕적으로 문제가 있다면, 그 밑에 있는 시민들은 모든 의무에서 해방되는 것이다.) 감방이나 호송차나 열차에 실린 사람들이 자기가 살아날 유일한 길은 만물을 멸망시킬 핵전쟁이라고 믿고 그것을 바랐다면 그들의 생활은 정신적으로 얼마나 비참한 것이었을까!

하지만 아무도 울지는 않았다. 아무도. 증오는 눈물까지 마르게 했다.

에스토니아인들이 또 걱정한 것은 〈시베리아〉의 주민들이 자기들을 어떻게 맞이할 것인가였다. 1940년에 시베리아의 주민들은 실려 온 발트인들을 괴롭혀서 물품을 빼앗고, 모피 외투 한 벌에 반 양동이의 감자밖에 주지 않았다. (그 당시 우리 나라는 의복이 부족했으므로 발트인들은 진짜로 부르주아처럼 보였다……)

1949년이 되자, 이번에는 숨길 수 없는 꿀라끄들이 호송되어 올 것이라고 온 시베리아에 유포시켰다. 그런데 이들 꿀라꾸들은 지쳐서 누더기를 걸치고 찻간에서 굴러떨어지듯 내렸다. 위생 검사를 할 때, 여인들이 너무나 야위었고, 누더기를 걸쳤고, 아이를 위한 깨끗한 기저귀도 없는 것에 러시아인 간호사들은 놀랐다. 끌려온 사람들은 일손이 모자라는 집단 농장으로 보내졌다. 그곳에서 시베리아의 여성 집단 농장원들은 당국의 눈을 피해 필요한 물건을 나누어주었다 — 어떤 사람은 반 리터의 우유를, 어떤 사람은 사탕무 빵을, 또 어떤 사람은 아주 질이 낮은 밀가루로 만든 빵을.

그때 비로소 에스토니아 여자들은 눈물을 흘렸다.

그렇지만 그곳에는 물론 공산 청년 동맹의 활동가들도 있었다. 그들은 이들 파시스트 쓰레기들이(〈너희들 모두 따끔한 맛을 보아야 해!〉라고 그들은 외쳤다) 자기들을 부르주아적 노예 제도에서 해방시켜 준 나라에 감사하는 마음을 가지지도 않고, 그 나라를 위해 일하려 하지도 않는다고 믿고 있었다. 이들 공산 청년 동맹원들은 유형수의 감시인이 되어 그들의 작업을 감독했다. 또한 그들은 한 발의 총성으로 유형수들을 가축처럼 몰아야 한다고 엄명했다.

아친스꾸 역에서는 즐거운 혼란이 생겼다. 출림강 유역에 있는 집단 농장을 위해 비릴류시 지구 당국이 호송대로부터 차량 10대분의 유형수, 즉 5백 명 정도의 사람들을 〈사서〉, 아친스꾸에서 150킬로미터 북쪽에 떨어져 있는 곳으로 재빨리 이송시켰다. 그런데 원래 그들은 하까시야 지방의 사랄린스꾸 광산 관리국으로 보내기로 되어 있었다(물론, 그들 자신들도 그것을 알지 못했다). 관리국은 자기들한테 오기로 되어 있는 〈인원〉을 기다리고 있었으나, 그들이 작년에 하루 동안의 노동에 2백 그램의 양곡밖에 지급하지 않았던 집단 농장으로 투입되어 버렸다는 사실을 알게 되었다. 그해 봄에는 곡식도 감자도 없어서 마을에는 울부짖는 소의 울음소리만 들렸고, 소도 야생화되어 반쯤 썩은 건초를 먹고 있었다. 그리하여 집단 농장은 악의에서가 아니라, 또 유형수들을 억압하기 위해서가 아니라 신참들에게 1인당 일주일에 1킬로그램의 밀을 지급했다. 그것은 당연한 선불이었으며, 그들이 장차 얻게 될 수입 전체와 맞먹는 것이었다! 풍족한 에스토니아에서 온 에스토니아인들은 다만 놀랄 뿐이었다……. (실은 뽈레보이 마을에는 그들 가까이에 곡식이 가득한 큰 곡식 창고가 있었다. 그것은 반출이 제대로 되지 않아서 해마다 남은 곡식이었다. 하지만 그 곡식은 이미 나라의 것이지, 집단 농장의 것이 아니었다. 주위의 사람들이 굶어 죽어 가고 있어도 그 곡식은 나라의 것이니까 일체 지급되지 않았다. 어느 날, 집단 농장의 의장 빠시꼬프가 자기 재량으로 살아남은 집단 농장원들에게 1인당 5킬로그램씩 지급했으나, 그것 때문에 그는 수용소 형을 받았다. 이 곡식은 나라의 것이며, 식량 부족은 그 집단 농장만의 문제였던 것이다. 따라서 이 문제는 이 책에서도 논하지 않기로 한다.)

이 출림강 유역에서 에스토니아인들은 석 달쯤 고생하면서 〈훔치지 않으면 죽는다〉라는 새로운 규칙을 두려워하며 그것에 익숙해져 갔다. 이제 〈영구히〉 여기에 갇혔다고 생각했는데, 갑자기 모두 그곳에서 뽑혀서 다시 하까시야 지방의 사랄린스끄 지역으로 쫓겨 갔다. (그것은 주인들이 자기들에게 할당된 인원들을 발견했기 때문이었다.) 그 지방에서는 현지의 하까시야인들이 그다지 눈에 띄지 않았고, 각 부락이 유형수들의 것이었으며, 각 부락에는 사령부가 있었다. 사방에 금 채굴장이 있었고, 굴착 작업이 진행되고 있었고, 규폐증이 만연하고 있었다. (이 광대한 토지는 하까시야 자치주나 <i>끄라스노</i>

야르스77 지방이라기보다는 오히려 하까시야 금광 트러스트나 예니세이 건설 트러스트였으며, 지구 소비에뜨나 지구 공산당 위원회에 소속되어 있기 보다는 오히려 내무부의 장군들 산하에 있었으며, 지구 공산당 위원회의 서기들은 지구의 사령관들에게 굽실거리고 있었다.)

그러나 곧바로 그냥 금 채굴장으로 보내진 사람들은 최악이 아니었다. 최악은 〈금 채굴인 협동조합〉에 등록된 사람들이었다. 〈금 채굴인!〉 얼마나 멋있는 말인가. 마치 금빛 가루가 반짝이는 것 같지 않은가. 하지만 우리 나라에서는 어떤 개념이라도 간단히 왜곡해 버린다. 이 협동조합은 특별 이주자들을 무리하게 집어넣었다. 그들을 채산이 없는, 나라가 폐광 처리했던 갱도에서 일하게 했다. 그 갱도 속에는 이미 아무런 안전 설비도 없었고, 지하수가 억수같이 흐르고 있었다. 그곳에서는 아무리 애써 보아도 최소한의 급료도 벌지 못했다. 이것은 단지 나라가 그냥 버리기에는 아까운 나머지 금을 죽어가는 사람들을 부려서 핥듯이 모으려는 것이었다. 금 채굴인 협동조합은 광산 관리국의 〈금 채굴부〉 관할에 있었으며, 이 부는 생산 계획을 밀어붙이는 것 이외에는 아무런 책임도 없었다. 이 협동조합은 국가와 〈독립적〉으로 떨어져 있는 것이 아니라, 국가의 법체계에서 독립적으로 떨어져 있었다. 즉, 유급 휴가는 인정되지 않았고, 일요일도 휴일로 할 필요가 없었으며(수용소에 있는 죄수와 같았다), 일체의 휴일 없이 〈스따하노프 운동의 월간〉을 실시할 수 있었다. 그러나 국가의 권리는 보장되었다. 작업하러 나오지 않은 사람은 재판을 받았다. 두 달에 한 번, 인민 재판소가 출장 와서 많은 사람들을 강제 노동 25퍼센트에 처했다. 그 처벌의 이유는 얼마든지 있었다. 이 〈금 채굴인들〉은 한 달에 3~4개 정도의 〈금화〉 루블

(스딸린 시대의 150~200루블 상당)을 벌었던 것이다.

꼬삐요프 근처의 일부 금 채굴장에서는 유형수들이 급료를 돈이 아니라 〈보니〉로 받았다. 어차피 그들은 여행을 허가받을 수 없으며, 금 채굴장에 있는 매점에서는 물건을 보니로 살 수 있으니까 소비에뜨 연방 전국에서 유통되고 있는 화폐 따위는 필요하지 않았겠지?

이 책의 다른 곳에서 우리는 이미 죄수들과 농노들을 자세하게 비교했다. 그러나 러시아 역사에서 가장 괴로운 입장에 있던 것은 농노들이 아니라, 공장에 예속되어 있던 노동자들이었다. 이 금 채굴장의 매점에서 사용된 〈보니〉는 알따이 지방의 금 채굴장과 공장을 떠올리게 한다. 18~19세기에 그런 작업장에 예속되어 있던 노동자들은 〈편한 삶을 위해〉 일부러 범죄를 저지르고 유형수가 되기도 했다. 심지어 지난 세기 말에도 알따이 지방에서 〈노동자는 일요일(!) 작업을 거부할 수가 없었다〉. 그들은 벌금을 물었다(강제 노동과 비교해 보라). 그곳에는 품질이 나쁜 식료품과 싸구려 술을 팔고 있는 매점이 있었고, 손님에게 계량을 속이기도 했다. 〈경영 상황이 나쁜 금 채굴 사업이 아니라, 이 매점이 금 채굴자들 — 좀 더 현대적으로 말하자면 금 채굴 트러스트 — 의 주요한 수입원이었다.〉[7]

이상하게도, 수용소군도의 독특한 점들이 별로 독특해 보이지 않는다!

1952년에 키가 작달막하고 허약한 여성인 H. S.가 펠트 장화가 없어서 지독히 추운 날에 작업하러 나가지 않았다. 그 처벌로 목공 협동조합장은 펠트 장화를 지급하는 대신, 그녀를 3개월간 벌채 작업장으로 돌렸다. 그녀는 해산하기 몇 달

7 세묘노프쨘샨스끼, 『러시아』, 제16권.

전에 통나무를 운반하는 중노동에서 편한 작업으로 돌려 달라고 신청했으나, 그에 대한 대답은 〈일하기 싫으면 그만둬〉였다. 게다가 돌팔이 여의사가 출산일을 잘못 계산해서 출산 2~3일 전에야 휴가를 얻었다. 모든 권력은 내무부에 있기 때문에 거기 밀림 속에서는 다툴 여지가 없었다.

그렇지만 이것은 아직 진짜 밑바닥 생활이 아니었다. 밑바닥 생활을 체험한 사람들은 집단 농장에 간 특별 이주자들이었다. 오늘날 어떤 사람들은 이런 이야기를 한다(이것은 우스운 이야기가 아니다) ― 집단 농장과 수용소를 비교하면 어느 쪽이 나을까? 그렇다면 이렇게 대답할 수 있다. 집단 농장과 수용소를 합치면 어떨까? 그래, 이것이야말로 집단 농장에 간 특별 이주자의 생활이었다. 집단 농장에서 얻은 것이라곤 배급 빵뿐이었다. 파종 시기에도 지급되는 빵이 7백 그램에 불과했다. 게다가 그 빵은 반쯤 썩은 밀가루에 모래가 섞이고 흙색이었다(아마 곡식 창고의 바닥을 쓸어 모은 것이겠지). 수용소와 비슷한 점은 유치장이 있었다는 것이다. 반장이 자기 작업반의 유형수에 대한 애로를 집단 농장 사무소에 보고하면 사무소는 그것을 내무부 사령부로 전한다. 사령부는 그 유형수를 잡아넣는다. 수입은 아주 보잘것없었다. 집단 농장에서 일한 첫해에 마리야 숨베르끄는 하루 노동에 대해 곡식 〈20그램〉(새가 길바닥에서 줍는 게 이것보다는 많겠다!), 그리고 스딸린 시대의 15꼬뻬이까(흐루쇼프 시대의 1.5꼬뻬이까)를 지급받았다. 1년간의 수입으로 그녀는…… 알루미늄 그릇 하나밖에 살 수가 없었다.

그렇다면 대체 그들은 어떻게 생활했단 말인가? 발트해 연안 제국에서 소포를 보내 주었던 것이다. 강제 이주가 일어나긴 했지만 민족 전체는 아니었기 때문이다.

하지만 깔미끄인들에게는 누가 소포를 보내 주었을까? 끄림반도 지방의 따따르인에게는?

그들의 무덤을 찾아가 물어보라.

그들의 조국인 발트해 연안 제국의 그 내각 결의 때문인가, 아니면 시베리아적 원리 탓인가, 〈어버이〉가 돌아가신 1953년까지 〈중노동 이외에는 어떤 노동도 시켜서는 안 된다! 연장은 곡괭이, 삽, 톱에 한한다!《너희들은 여기서 인간이 되기 위한 공부를 하지 않으면 안 된다!》라는 특별 지시가 발트인 특별 이주자들에게 적용되어 있었다. 그리고 생산 부문의 지도부가 누군가를 조금 높은 지위에 있게 할 경우에는 사령부가 간여하여 그 사람을 다시 〈일반 작업〉으로 되돌렸다. 특별 이주자들은 광산 관리국의 〈휴식의 집〉의 정원 손질도 못 하게 했다. 그곳에서 휴식하고 있는 스따하노프 운동가들의 기분을 해치지 않기 위해서였다. 사령관은 마리야 숨베르끄를 소를 돌보는 일에서도 쫓아낼 정도였다. 「지금 여름휴가를 즐기기 위해 온 줄 알아? 어서 가서 건초를 쌓는 작업이나 해!」 결국 집단 농장의 의장이 그녀를 되돌아오게 했다. (그녀는 전염병에 걸린 집단 농장의 송아지를 살려 주었다. 그녀는 시베리아 소가 에스토니아의 소보다 종자가 좋다는 것을 알고 시베리아 소가 좋아졌다. 친절한 데 익숙하지 못한 소도 그녀의 손을 핥게 되었다.)

어느 날 갑자기 곡식을 배에 하역하는 작업을 하게 되었는데, 특별 이주자들은 무보수로 무조건 36시간이나 계속해서 일하게 되었다(출림강). 이 하루 동안에 식사를 하기 위한 20분의 휴식이 두 번, 3시간의 휴식이 한 번밖에 없었다. 〈일하지 않으면 더 북쪽으로 보내겠다!〉고 협박했다. 가마니를 짊어진 노인이 쓰러지면 감시인인 공산 청년 동맹원들이 노인을 발로 차 버렸다.

매주 등록 확인을 했다. 사령부까지는 몇 킬로미터나 되는가? 노파는 여든 살이 되지 않았는가? 왜 말을 빌려서 타고 오지 않았을까! 확인을 받을 때마다 모두 주의를 받았다 ― 도망에 대한 형벌은 도형 20년이라고.

옆에 보안 장교의 방이 있다. 그곳에도 불려 간다. 그곳에서는 좀 더 나은 노동을 약속해 주기도 하고, 또 외동딸을 가족과 떼서 혼자 북극권으로 보내겠다고 위협하기도 한다.

그래, 그놈들이 무슨 짓인들 못하겠는가? 양심이 그들의 손을 멈추게 한 적이 있는가?

이러한 임무까지 강요한다 ― 누구를 감시하라. 누구를 투옥하기 위한 증거를 수집하라.

사령부의 어느 상사가 집으로 들어오면 특별 이주자들은 나이 많은 여성까지 모두 일어나 인사해야 하며, 그의 허락 없이는 앉을 수 없었다.

……이런 것을 읽고 특별 이주자들이 시민권을 빼앗겼다고 독자들이 오해하지 않기를 바란다.

아니, 그렇지 않았다! 그들에게는 모든 시민권이 있었다! 그들은 국내 신분증을 빼앗기지 않았다. 그들은 전 인민에게 평등하고 비밀 보장이 되는 직접 투표에 참가하는 것이 금지되어 있지 않았다. 몇 명의 입후보자 속에서 자기가 고른 한 사람을 제외한 다른 사람의 이름을 지울 수 있는 감동적인 순간을 맛보는 신성한 권리가 남아 있었다. 국채를 신청할 권리도 또한 인정되고 있었다. (수용소에서의 공산당원 지야꼬프가 괴로워했던 것을 생각해 보라!) 〈자유의 몸인〉 집단 농장원들이 투덜거리며, 50루블 내기를 꺼리고 있을 때, 에스토니아인들에게는 4백 루블을 강요했다. 〈너희들은 부자잖아. 국채를 신청하지 않으면 소포를 내주지 않을 거야. 더 북쪽 지방으로 쫓아내 버리겠어〉라고 위협했다.

그리고 정말 위협한 대로 쫓아낼 것이다. 그들에게 못할 이유가 무엇이 있겠는가?

아, 참으로 지루하다! 또다시 같은 것을 되풀이하다니. 이제6부는 수용소가 아니라, 유형이라는 새로운 주제로 쓰기 시작한 것이 아닌가? 그리고 이 장은 행정 유형이 아니라, 특별 이주자라는 참신한 소재로 시작했는데 말이다.

그런데 역시 똑같이 되어 버렸다.

그럼 다른 유형지에 대하여, 다른 장소에 대하여, 다른 시대에 대하여, 다른 민족에 대하여 계속 되풀이해서 말해야 할까? 만일 그렇다면 어느 정도 할 것인가?

그 다른 것이란 무엇일까?……

◆

여러 민족은 뚜렷한 집단으로 구분되어 산재되어 있었고 그 민족성, 생활 양식, 취향, 경향 등을 선명하게 드러냈다.

모든 민족 중에서 제일 근면한 것은 독일인이었다. 그들은 다른 누구보다도 굳게 미련을 버리고, 과거의 생활과 이별을 고했다(볼가강 유역이나 마니치강 유역은 그들의 고향 같지는 않았을 것이므로). 그들은 한때 예까쩨리나 여제 시대에 받은 비옥한 분배지처럼, 스딸린 시대에 받은 불모지에서, 그 새로운 유형지에서 마치 그것이 최후의 땅이라도 되듯이 모든 것을 쏟았다. 그들은 최초의 은사가 나올 때까지라든가 짜르의 최초의 자비가 주어질 때까지라는 일시적인 자세가 아니라, 영주할 것으로 생각하고 정착했다. 1941년에 벌거숭이 상태로 강제 이주된 이래, 근면하여 피로를 모르는 그들은 조금도 낙담하지 않고, 그곳에서 자연에 순응하는 합리적인 방법으로 꾸준히 일하기 시작했다. 이 지상에 독일인들이 푸른 땅으로 바꾸어 놓을 수 없는 사막이 있겠는가? 옛 러시아 속담에 〈독일인은 버드나무처럼 어떤 땅에 꽂아도 이내 뿌리를 내린다〉고 했는데, 정말 그대로였다. 탄광이건 기계 트랙터 공급처건 국영 농장이건 어디서나 책임자들은 독일인들을 칭찬했다. 독일인보다 일을 더 잘하는 사람은 없었다. 1950년대가 시작될 무렵에는 다른 민족의 유형수에 비하여 아니, 많은 경우에는 현지 주인에 비해서도 독일인들의 집이 제일 견고하고, 제일 넓고 제일 깨끗했다. 돼지도 제일 살찌고, 소도 젖을 제일 많이 냈다. 딸들도 훌륭한 규수로 자랐다. 부모가 부유했을 뿐만 아니라, 그녀들은 타락한 수용소 근처의 세계임에도 아주 청순하고 바른 습관을 유지했다.

그리스인도 열심히 일했다. 사실 그들은 꾸반 지방을 향한 꿈을 버리지 못했으나 여기서도 노력을 아끼지 않았다. 그들은 독일인에 비하여 다소 적적하게 살고는 있었으나, 밭이나 소에 대해 말한다면 독일인들을 따라잡을 정도였다. 까자흐스딴 지방의 시장에서 제일 맛있는 연유나 제일 좋은 버터나 채소는 모두 그리스인들이 팔고 있었던 것이다.

또한 한국인들도 까자흐스딴에서 크게 성공했다. 그들의 강제 이주는 훨씬 일찍부터 실시되었고, 1950년대 초에는 상당히 자유롭게 되었다. 그들은 이미 〈사령부에서 등록 확인을 받지 않아도 좋았고〉, 자유롭게 다른 주로 이동할 수 있었으나, 공화국 밖으로는 나갈 수 없었다. 그들은 좋은 집이나 넓은 마당을 소유하지는 않았다(젊은 세대의 생활 양식이 유럽

화될 때까지, 그들의 주거 환경은 불편하고 원시적인 것이었다). 하지만, 그들은 교육열이 높아서 재빨리 까자흐스딴 지방의 교육 시설을 점령하고(이미 전쟁 때부터는 그들을 막을 장애물이 없었다) 공화국의 지식인층을 지탱하는 사람들이 되었다.

다른 민족들은 고향으로 귀향하는 꿈을 감추면서 그 희망과 생활이 분열되어 있었다. 하지만 일반적으로 체제에 따르고 있어서 권력을 잡고 있는 사령부에 큰 걱정은 끼치지 않았다.

깔미끄인들은 견딜 수 없이 외롭게 죽어 갔다(그러나 나는 그들의 삶을 관찰해 본 적은 없다).

그런데 전혀 복종의 정신을 받아들이지 못한 민족이 하나 있었다. 몇 명의 반란자가 아니라, 민족 전체가 그러했다. 바로 체첸인들이었다.

수용소에서 도망친 탈옥수를 대하는 그들의 태도는 이미 보았던 대로며, 제스까즈간의 유형지에서도 그들만이 껜기르 수용소의 반란을 지원하려고 한 것도 이미 지적한 바 있다.

내가 말한 바와 같이 특별 이주자들 중에서 체첸인들만이 정신적으로 진짜 〈제끄〉였다. 한번 배신당해 태어난 고향 땅에서 쫓겨난 그들은 이제 아무것도 믿지 않았다. 그들은 독특한 작은 집을 지었으나 그것은 낮고, 어둡고 보잘것없는 것이었다. 발로 걷어차도 이내 허물어질 것 같은 오막살이였다. 그들의 가재도구는 오늘 하루 만의, 이 한 달 만의, 이 한 해 만의 것이라는 느낌이 들었고 저축도 전혀 하지 않았으며 장래를 생각하지 않는 하루살이와도 같은 삶이었다. 그들은 모든 것을 마시거나 먹어 치워 버렸고 젊은이들은 사치를 하기도 했다. 세월이 지나도 그들의 살림은 처음과 조금도 다름이 없었다. 체첸인들은 어디서나 당국을 즐겁게 하거나 당국의 마음에 들 일은 하려고 하지 않고 언제나 가슴을 펴고 살며, 그 적의를 감추려고도 하지 않았다. 그들은 보통 의무 교육의 법률이나 공립 학교에서 가르치는 수업을 경멸하면서 딸들을 타락시키지 않으려고 학교에 보내지 않고, 사내아이들도 별로 학교에 보내지 않았다. 그들은 자기 아내를 집단 농장으로 보내지 않았다. 그들 자신도 또한 집단 농장의 밭에서 일하지 않았다. 그들이 제일 희망하는 직종은 운전수였다. 엔진을 돌보는 것은 치욕스럽지 않았으며 자동차를 타고 달리는 일이 그 기마 민족으로서의 욕구를 충족시켰던 것이다. 또 운전수가 됨으로써 도적으로서의 욕구도 채울 수 있다. 무엇보다 도적으로서의 욕구는 직접적으로 채울 수도 있었다. 그들은 이 평화스럽고 정직하고 마치 졸고 있는 듯한 까자흐스딴에 〈도둑맞았다〉, 〈벗겨졌다〉라는 개념을 가져왔다. 그들은 가축을 훔치고, 집을 털고, 때로는 강도짓으로 물건을 빼앗았다. 그들은 현지 주민이나 쉽사리 당국이 시키는 대로 하는 유형수들을 자기들과 같은 사람으로 인정하지 않았다. 그들이 존경하는 것은 반란자뿐이었다.

그런데 이상한 것은 누구나 그들을 두려워했다는 것이다. 누구도 그들의 이러한 생활을 방해하지 않았다. 이미 30년간에 걸쳐서 이 나라를 지배하고 있는 권력도 강제로 그들을 굴복시킬 수 없었다.

어찌하여 그렇게 되었을까? 이 점을 집약적으로 설명해 주는 것이 다음의 사건일 것이다. 내가 꼬끄-쩨레끄 마을의 학교에서 교사를 하고 있었을 때, 9학년에 체첸인 압둘 후다예프라는 학생이 있었다. 그는 호감이 가는 청년이 아니었으며, 자기도 남에게 좋은 인상을 주려고 애쓰지 않았다. 남한테 좋게 생각되는 것은 자기의 굴욕이 된다고 생각하기조차 했다.

그는 항상 무뚝뚝하고, 아주 자존심이 세고, 잔학하기까지 했다. 그러나 그의 명석한 두뇌는 인정하지 않을 수 없었다. 수학이나 물리에서는 다른 친구들의 수준에 멈추려 하지 않고, 언제나 더 깊이 파헤치며 끊임없이 진리를 추구하는 질문을 해왔다. 다른 이주자들의 아이들과 마찬가지로 그도 피할 수 없이, 말하자면 〈사회 활동〉에 휘말렸다. 처음에는 소년단에, 다음에는 공산 청년 동맹에 들어가서 교육 위원회, 벽신문, 교육, 학습회 등의 영향을 받았다. 그것은 체첸인들이 지불하기를 원치 않던 교육에 대한 정신적인 대가였다.

압둘은 늙은 어머니와 함께 살고 있었다. 형 한 사람 외에는 가까운 친척 중에서 아무도 살아남지 못했다. 그의 형은 전부터 깡패 기질이 있어서 도적질이나 살인으로 여러 번 수용소에 갇혔으나 특사나 노동 성적에 의해 매번 형기 전에 출소했다. 어느 날 그는 꼬끄-쩨레끄 마을에 와서 이틀 동안이나 계속 술을 마시고, 현지 체첸인과 싸움을 하게 되어 칼을 들고 상대의 뒤를 쫓았다. 그가 가는 길을 전혀 면식이 없는 체첸인 노파가 가로막았다. 그를 멈추게 하려고 노파는 두 팔을 벌렸다. 체첸인들의 습관에 따르면 그는 칼을 버리고, 추적을 그만두어야 했다. 그러나 이미 체첸인보다도 깡패로서의 습관이 먼저가 된 그는 아무런 죄도 없는 노파를 칼로 죽이고 말았다. 그러나 술에 취한 그의 머릿속에 체첸인들의 법칙이 떠올랐다. 그는 내무부로 도망가서 살인했다고 자수하고 그 자리에서 형무소에 들어가 버렸다.

그 자신은 안전한 장소로 몸을 숨겼으나, 동생 압둘과 그의 어머니, 또 한 사람 후다예프 집안의 체첸인 노인이 남아 있었다. 살인의 소문은 꼬끄-쩨레끄의 체첸인들 사이에 퍼졌다. 그리하여 후다예프 집안의 남은 세 사람은 자기 집에 모여서 음식과 물을 준비하고, 창문을 닫고 문에 못질을 하고 마치 요새에 있듯이 그 속에 틀어박혔다. 죽은 노파의 집안사람 중에서 누군가 후다예프 집안사람을 죽여서 복수하지 않으면 안 되었다. 그들은 자기네 집안사람의 죽음에 대해 후다예프 일가의 피를 흘리게 하지 않으면 안 되는 것이다. 그렇지 않으면 그들은 인간으로 여겨지지 않는다.

이리하여 그들은 후다예프의 집을 포위하기 시작했다. 압둘은 학교에 다니지 못했다. 꼬끄-쩨레끄의 모든 사람들이, 그리고 학교에서도 그 이유를 알고 있었다. 우리 학교의 공산 청년 동맹원이며, 우등생인 한 학생의 머리 위에서 칼이 금방 그 생명을 뺏으려고 했다. 학생들이 벨 소리에 맞춰 자기 자리에 앉을 때도, 문학 선생이 사회주의 휴머니즘에 대한 이야기를 하고 있을 때도 그의 생명은 위협받고 있었다. 모두가 그 일을 알았고, 기억하고 있었고, 휴식 시간에도 그 이야기가 그치지 않았으나, 누구 하나 손가락 하나 움직이지 않았다. 학교의 당 조직도 공산 청년 동맹 조직도 교감도 교장도 지구의 교육부도 누구 하나 후다예프를 도우려는 사람이 없었다. 또 누구 하나 체첸인 마을에서 포위되어 있는 그의 집에 접근하려는 자가 없었다. 게다가 그들뿐만 아니었다! 피의 복수의 처절한 분위기 속에서 여태껏 우리한테 무서운 존재로 보였던 지구 공산당 위원회도, 지구 집행 위원회도 벽돌담 건너편의 경찰도, 내무부 사령부도 움직이려 하지 않았다. 야만적인 옛 풍습이 숨을 쉬자, 꼬끄-쩨레끄의 소비에뜨 정권이 단번에 없어지고 말았다. 그 구원의 손은 주의 중심 도시인 잠불에도 거의 미치지 못했다. 사흘 내내 형무소를 자신의 병력으로 지키라는 명령 이외에 그곳에는 군대를 실은 수송기도, 확실한 조치를 지시하는 지령서도 도착하지 않았다. 이리하여 이 지상에서 무엇이 진짜 힘이며 무엇이 환상에 지나지 않는지 체첸인들도 우리들도 알게 되었던 것이다.

이윽고 체첸인 장로들이 겨우 지혜를 짜냈다. 그들은 처음 내무부 지부로 가서 후다예프의 형의 신병을 인도할 것을 요구하며 자기들의 손으로 처벌하려고 했다. 내무부 지부는 두려우면서도 그것을 거부했다. 장로들은 또다시 내무부 지부로 가서 공개 재판을 열어 그들이 보는 앞에서 후다예프를 총살할 것을 요구했다. 그렇게 되면 후다예프 일가에 대한 복수를 그만두게 될 것이라고 약속했다. 이 이상 좋은 타협을 생각할 수 없었다. 그렇지만 어떻게 공개 재판을 할 수 있겠는가? 어떻게 처음부터 대중 앞에서 사형을 약속하겠는가? 그는 정치범이 아니라, 도적이며 사회적 친근 분자인 것이다. 〈제58조〉의 권리는 짓밟아도 되지만 살인을 거듭하는 범죄자의 권리는 짓밟을 수가 없었다. 내무부에서 주 행정 기관에 문의했으나, 거부하는 답변이 돌아왔다. 장로들은 설명했다. 「그러면 1시간 후에 동생이 살해되고 만다니까!」 내무부의 관리들은 모르는 체했다. 그것은 그들이 간여할 바가 아니었다. 그들로서는 아직 일어나지 않은 범죄에 간섭할 수 없었다.

그러나 20세기의 입김이…… 내무부가 아니라 — 오, 당연히 아니지 — 굳은 체첸인 노인들의 마음을 움직였다! 그들은 결국 복수자들에게 피의 복수를 그만두도록 명했다! 그들은 전보를 알마아따로 보냈다. 거기에서 전 민족의 존경을 받고 있는 몇 명의 장로들이 서둘러 왔다. 장로들의 회의가 소집되었다. 그들은 후다예프의 형을 저주하며, 그가 이 지상에서 체첸인들과 어디서 만나더라도 그 자리에서 처형된다는 판결을 내렸다. 장로들은 후다예프 일가의 다른 사람들을 불러서 말했다. 「너희들은 안심하고 밖으로 나와도 좋다. 건드리지 않겠다.」

그리하여 압둘은 책을 들고 학교로 갔다. 그곳에서는 당 조직책과 공산 청년 동맹 조직책이 위선에 가득 찬 웃음을 띠고 그를 맞았다. 그리고 다음 학습회나 수업에서는 유감스러운 사건에 대해서는 잊고 다시 공산주의적 의식에 대하여 이야기하기 시작했다. 어두워진 압둘의 얼굴은 끄떡도 하지 않았다. 그는 이 지상에서 가장 강한 힘은 피의 복수라는 것을 다시 한번 확인했던 것이다.

우리 유럽인들은 집이나 학교에서, 아니면 책에서 이야기할 때 이 야만적인 관습이나 무의미하고 잔인한 살상에 대하여 거만하고 경멸적인 언사밖에 말하지 않았다. 그러나 이 살상은 무의미하다고만 생각할 수 없었다. 그것은 산악 민족을 멸망시키는 것이 아니라, 오히려 강화하는 것이다. 피의 복수라는 이 풍습은 많은 희생자는 내지 않지만, 주위 사람들한테는 대단한 공포심을 가지게 한다. 이 풍습을 알고 있는 산악 민족의 사람들은 적어도 술에 취하거나 방탕하여 〈아무 이유도 없이〉 남을 모욕하는 짓은 하지 않을 것이다. 더구나 〈타민족의 사람들〉은 체첸인과 어울리고 싶어 하지 않을 것이다. 그가 도적이든가 무뢰한이든가 욕을 하거나 그가 행렬에 서지 않고 앞으로 나가도 주의를 시키지 않게 될 것이다. 만일 그랬다가는 되돌아오는 것은 말이나 욕지거리가 아니라, 칼의 일격이 될 것이니까! 만일 당신도 칼을 들고 있더라도(문명인인 당신은 그럴 수도 없지만), 당신은 도로 찌를 수 없을 것이다. 도로 찌르게 되면 당신의 가족 모두의 생명이 위협을 받으니까! 체첸인은 불손한 얼굴로 까자흐스딴의 대지를 걸으면서 앞사람을 어깨로 떠밀며 나갔다. 〈왕국의 지배자들〉도, 그렇지 않은 사람들도 모두 두려워 길을 비켰다. 피의 복수라는 풍습은 공포의 세계를 만들고, 그것에 의하여 작은 산악 민족을 강화시키는 것이다.

〈낯선 사람들을 두렵게 하려면 네 이웃을 죽여라!〉 이것이 산악 민족의 선조가 옛날에 발견한, 민족을 결속시키는 가장 좋은 방법이었다.

그러니 사회주의 국가가 그들에게 더 나은 방법을 제안할 수 있겠는가?

제5장

형기를 마치고

내가 형무소와 수용소에서 보낸 8년 동안, 유형을 체험한 사람한테서 유형이 좋다는 이야기는 듣지 못했다. 그렇지만 취조나 호송 때문에 처음으로 감방에 들어갔을 때, 사방이 좁은 돌벽으로 둘러싸인 감방이 너무나 인간을 압박하여 그때부터 유형에 대한 비밀스러운 꿈을 꾸게 한다. 그것은 신기루처럼 흔들리며 반짝이고, 어두운 침상 위에 누워 있는 앙상한 죄수들의 가슴은 한숨을 내쉬었다. 「아, 유형! 만일 유형이 된다면!」

나도 남들과 비슷했지만, 유형에 대한 나의 꿈은 한층 강렬했다. 나는 예루살렘의 점토 채굴장에서 이웃 마을에서 들려오는 수탉 우는 소리를 들으면서 유형을 꿈꿨다. 또 깔루가 대문의 지붕에서 나와는 상관이 없는 거대한 수도의 풍경을 내려다보면서 〈이런 도시에서는 되도록 멀리 있는 유형지에 가고 싶다!〉 하고 주문을 외우듯 말했다. 심지어 나는 최고 회의 앞으로 소박한 탄원서를 내기도 했다. 그곳이 제아무리 멀더라도, 아무리 오지에 있는 유형지라도 좋으니, 수용소 8년형을 종신 유형으로 바꿔도 좋다고 했다. 하지만 코끼리는 그 대답으로 재채기도 하지 않았다. (당시 나는 정말로 종신 유

117

형이 나를 기다리고 있으며, 그것은 수용소 〈대신〉이 아니라 다만 〈그 뒤에〉 오는 것이라는 사실을 알지 못했다.)

1952년에 3천 명이 수용되어 있는 에끼바스뚜스 수용소의 〈러시아〉 수용 지점에서 10명쯤 되는 죄수들이 〈석방〉되었다. 이것이 그 당시에는 아주 이상하게 생각되었다. 〈제58조〉인데, 문밖으로 내보내다니! 에끼바스뚜스 수용소가 이미 3년이나 존재하고 있었으나 여태껏 아무도 석방된 사람은 없었고, 형기를 종료하는 자도 없었다. 그러나 전쟁 초기에 〈10년〉을 먹고도 용케 살아남은 극히 적은 죄수들의 형기가 끝나고 있었던 것이다.

우리는 그들의 편지를 고대하고 있었다. 몇 통의 편지가 직접 혹은 간접적인 방법으로 수용소로 왔다. 거기에서 우리는 그들의 형기에 유형이 포함되어 있지 않았음에도 불구하고 그들 거의 전부가 수용소에서 유형지로 돌려진 것을 알게 되었다. 하지만 아무도 그것에 대해 놀라지 않았다! 우리의 교도관들도 우리 자신들도 알고 있었다. 법률이나, 정해진 형기나, 서류상의 수속은 문제가 아니었다. 우리는 일단 적이 되었으니까, 죽을 때까지 강자의 권력에 의해 짓밟히고 억눌리고 목이 졸리게 된다는 것만이 분명했다.

스딸린 시대의 말기에 걱정스러웠던 것은 유형수들의 운명이 아니라, 석방된 사람들의 운명이었다. 그들은 호송도 없이 수용소 문 밖으로 나가게 된 사람들이며, 내무부의 잿빛 날개라는 비호에서 빠져나간 사람들이었다. 권력은 무신경하게도 유형을 부가적인 형벌로 간주했으나, 그 유형은 죄수들이 익숙해진 무책임한 생활의 연장이었으며 죄수가 깊게 뿌리내린 숙명적인 기반의 연장이었다. 유형 덕분에 우리는 거주지를 스스로 선택할 필요가 없어졌다. 그것은 불확실성, 혹시 저지를 수 있는 잘못에서 벗어난다는 것을 의미했다. 우리가 유배되는 장소만이 믿을 수 있는 곳이었었다. 소비에뜨 연방의 넓은 영토 중에서 그곳만이 무엇 때문에 왔는가 추궁당하지 않고 살 수 있는 유일한 장소였다. 우리는 그곳에서 비로소 3제곱미터의 토지에 대한 최종적인 권리를 가질 수 있었다. 그리고 또 우리처럼 어디에서나 환대해 주는 사람이 없는 수용소에서 나온 고독한 인간에게는 유형지만이 누군가 따뜻한 마음의 사람을 만날 수 있는 유일한 장소처럼 느껴졌다.

우리 나라에서는 체포는 서두르지만, 석방은 서두르지 않는다. 만일 어떤 불운한 민주주의자인 그리스인이나 사회주의자인 터키인을 석방하지 않으면 안 될 경우, 그 출소가 하루라도 늦게 되면 전 세계의 언론들이 대단히 소란할 것이다. 나는 운 좋게도 수용소의 형기가 끝난 지 불과 며칠 후에 바로 출소할 수 있었다. 그 후에는…… 석방되었었는가? 아니, 천만에. 그 후에는 호송되어 간다. 그리고 〈나의 자유 시간〉을 이용하여 한 달이나 더 여기저기로 끌려다닌다.

우리는 호송하에 수용소에서 나올 때도 마지막 감옥에서의 미신에 사로잡혀 있었다. 그것은 어떤 일이 있더라도 그 마지막 감옥을 되돌아보면 안 된다는 것이다(그렇지 않으면 거기로 돌아가게 된다고 했다). 또 감옥에서 사용했던 자기 숟가락의 신경 써야 한다고 했다(그런데 어느 것이 맞을까? 어떤 사람은 그것을 도로 가지러 가지 않기 위해서는 가져가야 한다고 했다. 또 다른 사람은 감옥이 뒤따라오지 못하게 그것을 감옥에 팽개치고 나와야 한다고 말했다. 나는 숟가락을 직접 주조 공장에서 만들었기 때문에 가지고 나왔다).

이리하여 다시 나는 빠블로다르, 옴스끄, 노보시비르스끄

119

를 전전하기 시작했다. 우리들의 형기는 이미 끝났음에도 불구하고 우리는 다시 신체검사를 받고, 가지지 못하게 되어 있는 물건을 빼앗기고, 초만원의 좁은 감방이나 호송차나 스똘리삔 차량에 갇혀 형사범들과 함께 있었으며, 경비견은 여전히 짖고, 자동소총을 든 병사들이 〈두리번거리지 마〉라고 외치고 있었다.

그런데 옴스끄 중계 형무소에서 사람 좋아 보이는 교도관이 조서를 확인하며 에끼바스뚜스 수용소에서 온 우리 5명에게 물었다. 「이게 어떻게 된 일이지?」 「무슨 일입니까? 어디로 가게 되어 있죠?」 우리는 가게 될 장소가 좋은 곳인 줄 알고 귀를 쫑긋 세웠다. 「응, 남쪽일세.」 교도관은 놀란 듯이 말했다.

실제로 노보시비르스끄에서 우리들의 열차는 남쪽으로 방향을 바꿨다. 우리는 따뜻한 곳으로 간다! 거기에는 쌀이 있고, 포도와 사과도 있다. 이것이 어찌 된 일일까? 베리야 동지가 더 조건이 나쁜 장소를 소비에뜨 연방에서 찾지 못했을까? 이런 유형이 대체 어디 있을까? (나는 마음속으로 이미 이렇게 생각했다 — 유형에 대한 한 편의 시를 쓰고 「아름다운 유형의 노래」라고 제목을 달자.)

우리는 잠불 역에서 평소대로 엄격한 규정에 따라 스똘리삔 차량에서 내려 호송병들이 양쪽에 나란히 선 통로를 따라 트럭까지 가서 짐칸에 앉았다. 그들은 형기를 끝낸 우리가 탈주하지는 않을까 경계하는 듯했다. 이제 밤이 깊었다. 초승달이 떴다. 이 초승달의 달빛만이 우리가 지나온 어두운 가로수 길을 비추고 있었다. 정말로 가로수 길이었다. 미루나무 가로수 길이었다! 유형이란 이런 것이구나! 여기는 끄림반도 지방이 아닌가 착각할 지경이었다. 지금은 2월 말로, 우리가 있었던 이르띠시강 유역은 가장 추운 계절인데, 여기는 봄기운이 감도는 따스한 바람이 불고 있었다.

형무소에 도착했다. 그 형무소는 신체검사와 목욕 없이 우리를 받아들였다. 저주스러운 형무소의 벽도 부드러웠다! 짐가방과 트렁크를 들고, 우리는 감방에 들어갔다. 아침에 감방장이 문을 열고 속삭이듯 말했다. 「모든 소지품을 가지고 나오십시오.」

악마가 손톱을 펴고 있었다······.

뜰에서는 아련한 봄의 아침이 우리를 맞았다. 아침 햇살이 형무소의 벽돌담을 따스하게 비추고 있었다. 뜰 가운데에 트럭이 서서 우리를 기다리고 있었다. 그 짐칸에는 우리와 함께 갈 2명이 이미 타고 있었다. 공기를 가슴 가득히 마시며 주위를 살피면서 두 번 다시 되풀이할 수 없는 이 순간을 듬뿍 맛보지 않으면 안 된다. 하지만, 그와 동시에 새로운 사람들을 못 본 체 그냥 지나갈 수는 없지 않은가! 새로 편입된 2명 중의 한 명은 촉촉한 맑은 눈매의 깡마른 백발노인이었다. 그는 밑에 짐 가방을 깔고 앉아서 마치 황제가 외국 대사를 접견하듯이 자세를 바르게 하고 위엄 있는 얼굴로 앉아 있었다. 그는 귀가 멀었는지 아니면 이방인인지, 우리와는 공통의 언어를 찾지 못하는 듯했다. 나는 짐칸에 타자마자 그에게 말을 걸었다. 그러자 그는 아주 또렷하게 깨끗한 러시아어로 자기소개를 했다. 「블라지미르 알렉산드로비치 바실리예프요.」

그러자 두 사람 사이에서 마음의 불꽃이 튀었다. 마음은 친구와 적을 식별하고, 그 사람은 친구라고 속삭였다. 형무소에서는 재빨리 사람을 식별해야 한다! 언제 헤어질지 모른다. 그런데 우리는 이제 형무소에 있는 사람은 아니지만, 그래도 마찬가지다······. 나는 엔진 소리에 못지않은 큰 소리로 그와 이야기를 나누었다. 어느새 트럭이 형무소의 포장된 뜰에서 돌로 된 거리의 포장길로 나온 것도 모를 정도였다. 나는 자기의 마지막 형무소를 되돌아보면 안 된다는 것(얼마나 많은 마지막 형무소가 남아 있는 것일까)도 잊고 있었다. 아니, 트럭이 지나가는 사이에 우리의 눈에 들어온 〈사회〉의 한 부분에도 눈이 가지 않았다. 그리고 이미 우리는 내무부 주 지부의 널따란 뜰에 들어와 있었다. 우리를 이제 그곳에서 거리로 다시는 못 나가게 했다.

블라지미르 알렉산드로비치는 보기에 아흔 살쯤은 되어 보였다. 그것은 이내 눈물이 고이는 눈과 뾰족한 얼굴과 백발 탓이었다. 그러나 실제로 그는 73세였다. 그는 오래된 러시아의 기사(技師) 중 한 사람이었으며, 뛰어난 수력 공학자이며 수로학자였다. 그는 〈러시아 기사 동맹〉(이것은 어떤 단체인가? 나는 처음 듣는 이름이었다. 이곳은 과학 기술자가 모인 단체였으며, 러시아에서 1910년대와 1920년대에 생긴, 한 세기를 앞질러 가고 있던 단체 중 하나였는지도 모른다. 소비에뜨 시대가 되자, 그런 단체는 모두 없어지고 말았다)의 유력한 회원이었으며, 지금도 아주 만족스러운 얼굴로 이렇게 회상했다. 「우리는 마른 나뭇가지에 대추야자가 열리는 척하는 풍조에는 동의하지 않았다오.」

그러니 당연히 해산되었던 것이다.

우리가 지금 도착한 세미례치에 지방을 그는 이미 반세기쯤 전에 떠돌아다녔고, 때로는 말을 타고 뛰어다녀서 구석구석까지 알고 있었다. 그는 1차 대전이 시작되기 전부터 추Chu 계곡의 관개, 나린강 수력 발전소의 인공 폭포, 또한 추-일리 산을 관통하는 터널을 설계하고, 1차 대전이 시작되기 전까지 공사했던 것이다. 이미 1912년에 6대의 〈전기 굴착기〉(6대 모두 혁명을 지나 1930년대에는 치르칙스뜨로이 건설 현장에서 소비에뜨의 신규 개발 기계라면서 사용되었다)를 외국에서 수입하여 그곳에서 사용했었다. 그리하여 이제 〈사보타주〉 때문에 15년을 살고 그 최후의 3년을 베르흐네우랄스끄의 정치 격리 형무소에서 지낸 그는 자기가 사업을 시작한 이 세미레치예 지방을 유형지로 선택했고, 이곳에서 여생을 보내는 것을 최대의 자비라고 인정하였다(그렇다고 해도 만일 1920년대에 바실리예프 기사가 까프까스에 있는 3개 공화국의 물을 나누는 사업에 종사했다는 것을 베리야가 알지 못했다면 그 자비도 인정되지 않았을 것이다).

그래서 그는 이처럼 깊은 감회 속에서 마치 스핑크스처럼 짐칸의 짐 가방 위에 앉아 있었던 것이다. 그것은 그의 최초의 자유의 날이었을 뿐만 아니라, 자기의 청춘을 보낸 땅으로, 자기의 정열을 쏟은 땅으로 귀환하는 날이었다. 곳곳에 기념비를 세워두기만 한다면, 인생이라는 여정도 그리 짧은 것만은 아니다.

아주 최근에 V. A.의 딸이 모스끄바의 아르바뜨 거리에서 『노동 신문』을 내붙인 게시판 앞에서 발을 멈췄다. 민완 기자가 비싼 고료를 받고, 개간 공사로 볼셰비끼의 창조자들에 의해 생명이 되살아난 추 계곡을 여행하고 나린강의 수력 발전소의 인공 폭포와 합리적인 수력 공학에 대해, 행복해 하는 집단 농장원들에 대해 쓰고 있었다. 그리고 갑자기 ─ 대체 누가 그에게 그 사실을 알려 주었을까? ─ 이런 말로 글을 끝내고 있었다. 〈하지만 이 모든 개조 계획은 유명한 러시아인 기사 바실리예프의 꿈의 실현임을 알고 있는 사람은 적을 것이다. 바실리예프는 낡은 관료적 러시아에서는 인정되지 않았을 것이다.[1] 이 열정적인 젊은이가 자기의 고귀한 꿈의 실

1 1917년 말경에 바실리예프는 실질적으로 토지 개량국의 책임자였다.

현을 보지 못하고 죽은 것은 너무나 유감스러운 일이었다!〉
그 신문을 읽고 그리운 이름을 보았을 때, 딸은 눈물이 나서
글이 보이지 않았다. 딸은 신문을 게시판에서 떼어 내어 가슴
에 안고, 경찰의 호루라기 소리에 쫓겨 갔다.

마침 그때, 〈열정적인 젊은이〉는 베르흐네우랄스끄 정치
격리 형무소의 습기 찬 감방에 들어가게 되었다. 류머티즘이
나 혹은 무슨 다른 병 때문에 등뼈가 굽어서 그는 똑바로 설
수가 없었다. 그런데 다행스러운 것은 감방에 혼자가 아니라,
또 한 사람의 스웨덴인이 들어와 있었다는 것이다. 그 사람이
마사지를 해주어서 그의 등뼈를 고쳐 주었다.

소비에뜨의 형무소에는 스웨덴인이 그렇게 많이 갇혀 있지
는 않았다. 나도 한 스웨덴인과 함께 있었던 적이 생각난다.
그의 이름은 에리크였는데……[2]

「그 사람 혹시 에리크 아르비드 안데르센 아니오?」V. A.가
활기 있게 물었다(그의 말투와 동작은 매우 활발했다).

이게 어찌 된 노릇일까! 그 아르비드가 그의 병을 마사지로
고쳤다는 말인가! 이거야 참, 세상이 좁구나! 수용소군도가
우리한테 무엇인가 알려 주는 것 같았다. 3년 전에 아르비드
가 그곳, 즉 우랄 지방의 정치 격리 형무소로 호송되어 갔다
는 말인가? 어찌하여 북대서양 조약 기구도, 억만장자인 아버
지도 그를 도와주지 않았을까?[3]

2 제2부 제1장과 제2장 참조 ─ 옮긴이주.
3 지금은 소비에뜨 정권에 붙잡힌 스웨덴 시민에 대해 연구하는(스톡홀름
에서) 빠벨 베셀로프가 E. A. 안데르센의 신분에 대한 이야기를 분석하고 이
런 추측을 하고 있었다 ─ 외관이나 그의 성으로 보아 E. A.는 스웨덴인이라
기보다 오히려 노르웨이인이며, 무슨 사정이 있어서 스웨덴인을 자칭하고 있
었을 것이다. 1940년 이후 국외로 탈출한 노르웨이인들은 스웨덴인보다 훨씬
많이 영국군에 입대했다. E. A.는 영국인 로버트슨 가문과 친척 관계에 있었는

그러는 사이에 우리는 한 사람씩 주(州) 사령부로 호출되었다. 사령부는 여기, 즉 내무부 주 지부의 뜰 안에 있었다. 그곳에는 잠불주의 유형수 전원을 통괄하는 대령 1명과 소령 1명, 많은 소위들이 있었다. 우리는 대령의 모습을 보지는 못했다. 소령은 우리들의 얼굴을 마치 신문의 표제라도 보듯이 빤히 들여다보았다. 그리고 우리의 〈일체의 수속〉은 소위들이 펜으로 깨끗이 쓰고 있었다.

나의 수용소 체험은 끊임없이 나를 부추겼다. 이봐! 이 잠깐 사이에 너의 일생이 결정돼! 머뭇거리지 마! 요구하고, 주장하고, 항의하라고! 어찌하여 네가 주도에 남아 있어야 하는가, 혹은 왜 가장 가깝고 편리한 지역으로 가야 하는가, 그 이유를 생각해서 상대방을 납득시켜야 해! (그 이유는 나에게는 있었으나, 나 자신도 그것을 알지 못했다. 그 까닭은 수용소에서의 미진한 수술 이후에 종양이 전이하여 이미 2년째가 되었던 것이다.)

아니, 나는 이미 그때의 내가 아니야…… 형기를 살기 시작

지 모르지만, 로버트슨 〈장군〉과 친척 관계에 있다는 이야기는 아마 MGB 앞에서 자기의 무게를 더하기 위해 지어낸 말일 것이다. 종전 후에 그가 서베를린에서 연합군의 첩보원이 되었으리라는 가능성도 있고, 그 때문에 MGB가 그에게 흥미를 느꼈는지도 모르겠다. 아마 모스끄바에도 스웨덴 사절단보다는 영국 사절단이나 노르웨이 사절단의 일원으로 방문했을 것이다. 그러나 그 사절단에서도 그는 별로 중요하지 않은 지위에 있었을 것이다(내가 알기로 그 당시에 스웨덴 사절단은 아마 없었던 것 같다). 어쩌다가 조금 어긋나 MGB가 그에게 이중간첩이 되도록 권했을지도 모르지만, 그것을 거부했기 때문에 20년 형을 받았는지도 모른다. 에리크의 아버지가 사업가였을 수도 있지만, 그렇게 거물은 아니었을 것이다. 그러나 에리크는 큰소리치며, 자기의 아버지가 그로미꼬를 알고 있다고까지 말했다(그 때문에 MGB의 직원들이 그로미꼬에게 그를 보이기까지 했다). 그것은 MGB에게 몸값으로 흥미를 가지게 하면서 서방측에 자기 존재를 알리기 위해서였을 것이다.

했을 때의 나와 지금의 나와는 전혀 다른 사람이었다. 어디서 인가 위에서 께느른한 것이 나에게 내리면서 그 속에 젖어 드는 것이 좋았다. 나는 수용소에서의 체험을 이용하는 것이 싫었다. 지금 여기서 무슨 구실을 찾아서 나 자신을 비하시키기 싫었다. 인간이라는 것은 장차 자기한테 무슨 일이 일어날지 모르는 것이다. 최고로 좋은 장소에서 가장 큰 불행을 당하는 가 하면, 최악의 장소에서 최대의 행복을 맞을 수도 있다. 그래서 이 주의 어느 지구가 좋고, 어느 지구가 나쁜지 나한테는 물어볼 여유도 없었다. 나는 이 늙은 기사의 운명이 훨씬 흥미로웠다.

그의 조서에 우호적인 부가 조항이 있었는지, 그는 혼자서 거리로 나가 주의 수리 건설국까지 가서 일자리를 찾는 것이 허가되었다. 나머지 모두는 꼬끄-쩨레끄 지구로 가게 되었다. 그곳은 주의 북부에 있는 사막의 일부며, 까자흐스딴 지방의 중심부를 점하고 있는 불모지인 벳빠끄-달라 사막이 시작되는 곳이었다. 포도가 다 뭐야……!

조잡한 갈색 종잇조각에 인쇄된 용지의 빈칸에 둥근 글씨로 우리 한 사람씩 성을 적고 날짜를 쓰고 거기에 서명하라고 했다.

나는 예전에 어디서인가 이런 광경을 보지 않았던가? 아, 그렇지. 그것은 특별 심의회의 판결을 알릴 때였지. 그때도 내가 할 일은 펜을 손에 쥐고 서명하는 것뿐이었다. 다만 그때의 종잇조각은 모스끄바제로 좀 더 질이 좋은 매끄러운 것이었다. 하지만 펜과 잉크는 그때나 지금이나 아주 조잡했다.

그런데 〈이 날짜에〉 나는 대체 무슨 선고를 받고 있는가? 나, 그러니까 종잇조각에 써 있는 사람은 〈영구히〉 유형에 처해져서 그 지구 MGB의 공개 감시하(이것은 낡은 제정 시대의 용어다!)에 놓인다. 허가 없이 지구 밖으로 나갈 경우 최고 회의 간부회의 정령에 의하여 재판을 받고 최고 도형 20년을 받게 된다고 쓰여 있었다.

아니, 모든 것이 법대로다. 우리들도 결코 놀라지 않는다. 우리는 흔쾌히 서명했다.[4]

나는 풍자시를 쓰고 싶다는 강한 충동에서 조금 긴 시를 머릿속에서 지어 보았다.

이윽고 대장간의 망치가
우리의 가냘픈 운명을 내려치듯이
종잇조각으로 나는 〈영원한 유형〉에 처해졌다.
MGB의 공개 감시하에 말이다.
나는 아무렇게나 서명했다.
알프스가 그렇듯, 현무암이 그렇듯, 은하가 그렇듯
별들이 그렇듯(당신의 어깨 위에 번쩍이는 별 말고!)
오, 나도 영원한 것이 기쁘다!

4 몇 년 후에 나는 러시아 소비에뜨 연방 사회주의 공화국 형법을 입수하여 제35조에 이런 것이 있다는 것을 즐겁게 읽었다 — 유형 기간은 3년에서 10년까지며, 금고형의 부가적인 경우는 〈5년까지〉다. (1922년의 형법부터 시작하여 소비에뜨 연방의 〈법률에는〉 가장 엄격한 무기한의 국외 추방 이외에 무기한의 공민권 상실 등 일체의 무기한의 박해가 있을 수 없다는 것이 소비에뜨 법학자들의 자랑인 것이다. 그것이 〈소비에뜨 법과 부르주아 법과의 중요한 근본적인 차이다〉. 논문집 『형무소에서 교육 시설로』를 참고할 것.) 그러나 내무부로서는 노고를 절약하는 의미에서 〈영구 유형〉에 처하는 편이 훨씬 편할지 모른다 — 형기의 종료를 확인하고 다시 연장하는 수고를 취하지 않아도 되기 때문이다.

또 제35조에는 유형은 〈재판소〉의 특별 판결이 없이는 안 된다고 명기되어 있다. 이들은 특별 심의회 결정에 따르고 있는가? 아니, 천만에. 특별 심의회의 결정은 고사하고, 당직하는 소위가 우리를 영구 유형에 처하는 것이다.

그러나 모든 것은 의심해 보아야 한다.

과연 MGB도 영원할 수 있을까?

블라지미르 알렉산드로비치가 시내에서 돌아왔다. 나는 그에게 나의 풍자시를 들려주었다. 우리는 웃기 시작했다. 마치 어린아이처럼, 마치 죄수처럼, 마치 순수한 사람처럼 웃었다. V. A.의 웃음소리는 밝아서 K. I. 스뜨라호비치의 웃음소리를 닮았다. 이 두 사람은 너무나 닮았다. 그들은 지적 생활에 젖은 사람이며, 육체적인 노고는 조금도 정신적인 균형을 흐트러뜨리지 않았다.

그런데 그에게는 또 한 번 웃을 일이 남아 있었다. 그의 유형지는 여기가 아니었다. 그들이 착오를 했던 것이다. 그가 예전에 일했던 추 계곡으로 배치하려면 이곳이 아니라 프룬제시(市)가 되어야 했다. 이곳의 수리 건설국은 관개로 작업밖에 하고 있지 않았다. 겨우 글을 아는, 자신만만한 까자끄인 수리 건설국장이 추 계곡의 관개 수계의 창설자를 집무실 입구에 서 있게 한 채로 주 공산당 위원회로 전화를 걸고 나서 그를 마치 공업 학교를 나온 소녀처럼, 어린 수력 공학 기술자로 일을 시키려고 했다. 프룬제시는 다른 공화국이기 때문에 갈 수 없었다.

러시아의 모든 역사를 한마디로 표현한다면 어떻게 될까? 모든 가능성을 죽여 버리는 나라다.

그렇지만 백발노인은 기뻐했다. 그의 이름을 알고 있는 학자들이 있으니까, 그들이 자신을 부를지도 모른다고 기대하고 있었다. 영구 유형에 처해지고 나서 무단으로 경계선을 넘으면 93세까지 도형에 처하게 된다는 종잇조각에 그도 서명을 했다. 나는 그의 짐을 문까지 들어다 주었다. 나는 문밖으로 한 발짝도 나가서는 안 된다. 그는 이제부터 누군가 친절한 사람의 방을 빌리려 간다. 그리고 모스끄바에서 아내를 불러오려고 했다. 자녀들은? ……자녀들은 오지 않았다. 그들은 모스끄바의 집을 버릴 수는 없다고 말했다. 그럼, 다른 가족은? 그에게는 남동생이 하나 있었다. 그러나 그는 매우 불행한 사람이었다 — 그는 역사가였지만, 10월 혁명의 의미를 이해하지 못해서 나라를 버리고, 지금은 콜롬비아 대학에서 비잔틴 역사 주임 교수를 하고 있었다. 우리는 또다시 웃고, 그 불쌍한 동생을 동정했다. 그리고 작별의 포옹을 했다. 이리하여 또 한 사람, 훌륭한 인물이 나의 인생을 가로질러 영원히 사라져 가버렸다.

남은 우리 모두가 어찌 된 노릇인지 또 하루, 그 후에도 하루를 좁은 방에 처박혀 있었다. 그 조잡하고 틈새뿐인 마루 위에서 우리는 겨우 다리를 뻗고 나란히 잤다. 그 방은 내가 8년 전에 복역하기 시작했을 때의 첫 징벌 감방을 연상하게 했다. 우리들은 석방된 죄수들이었지만, 야간에는 밖에서 자물쇠를 잠그고 있었다. 원한다면 안으로 변기통을 들여놓아도 좋다고 했다. 형무소와의 차이는 식사가 무료가 아니라는 점이다. 자기 돈을 내고, 시장에서 먹을 것을 사오게 했다.

사흘째가 되어 카빈총을 든 진짜 호송대가 와서 우리는 여비와 식비를 받고 영수증에 서명했다. 여비는 호송병이 당장에 빼앗아 갔다. (열차표를 산다는 구실로. 실제로는 차장을 위협하여 그들은 우리를 무료로 호송하고, 그 돈을 자기네 호주머니에 넣는 것이다. 그것은 그들의 수입이었다.) 짐을 들고 우리는 2열 종대로 다시 미루나무 가로수 길을 지나 역까지 연행되었다. 새들이 재잘거리며 봄을 속삭였다. 아직 3월 2일인데! 우리는 솜옷을 입고 있어서 덥기는 했지만 따뜻한 남쪽으로 온 것이 기뻤다. 누구보다 혹한에 제일 고생하는 것이 죄수들이었다.

하루 종일 천천히 달리는 열차에 흔들리며 우리들은 왔던 길을 되돌아갔다. 그리고 추 역에서 10킬로미터쯤 도보로 가게 되었다. 짐 가방과 트렁크 때문에 꽤 땀을 흘렸다. 우리는 앞으로 기우뚱하며 넘어질 듯 비틀거리면서도 짐을 버리지 않고 꿋꿋이 계속 걸었다. 수용소 위병소의 엄한 검사를 통과하여 가지고 나온 넝마도 헐벗은 우리 몸에는 필요한 것이었다. 나는 솜옷 상의 두 벌을 입었다(한 벌은 사물 목록표를 작성할 때, 용케 입수했던 것이다). 그 밖에도 고생이 많았던 나의 군복 외투를 입고 있었다. 나는 전장에서도, 수용소에서도 그것을 입었고, 진흙투성이가 되어 지금은 갈색으로 더럽혀졌으나 그래도 버릴 수가 없다.

하루가 지났으나 우리는 아직 목적지에 도착하지 못했다. 그래서 이번에도 노보뜨로이쯔끄 마을의 형무소에서 밤을 보내야 했다. 이미 우리는 오래전부터 자유의 몸인데, 또 형무소에 들어가게 되었다. 형무소, 텅 빈 마루, 감시 구멍, 화장실, 손을 뒤로 돌리는 것, 더운물 — 모든 것이 형무소와 같지만, 다만 다른 것은 배급식이 없다는 점이었다. 우리는 이미 〈자유인〉이었으니 말이다.

아침이 되자 트럭이 우리를 맞으러 왔다. 막사가 없어서 다른 곳으로 자러 갔던 어제의 호송대도 왔다. 스텝으로 60킬로미터나 더 들어갔다. 습지에서 트럭이 빠져 버렸다. 우리는 트럭에서 뛰어내려(전에는 죄수로서 이럴 수 없었다), 트럭을 뒤에서 밀어 진창에서 빼내는 것을 도왔다. 한시라도 빨리 길에서의 여러 일들이 끝나고 영구적인 유형지로 가고 싶었다. 호송병들은 반원형으로 서서 우리를 지키고 있었다.

스텝을 달렸다. 눈이 닿는 곳까지 좌우에는 먹을 수 없는 거센 잿빛의 풀들이 깔려 있었다. 드문드문 보잘것없는 나무에 둘러싸인 빈한한 까자끄인의 마을이 보이기도 했다. 겨우 전방에 스텝의 둥근 지평선 위에 몇 그루의 미루나무 꼭대기(꼬끄-쩨레끄는 〈푸른 미루나무〉라는 뜻이다)가 보이기 시작했다.

도착했다! 트럭은 체첸인들이나 까자끄인들의 작은 벽돌집 사이를 누비며 달려서, 먼지를 일으켜 성난 개 무리를 뒤따르게 했다. 사륜마차의 노새가 길을 비켜 주었다. 어떤 집 뜰에서는 낙타가 경멸하는 듯한 눈길로 우리를 바라보고 있었다. 남자도 있었지만, 우리의 눈에는 잊어버렸던 이상한 존재인 여자의 모습만이 보였다. 손을 모자챙처럼 하고 자기 집 입구에 서서 우리의 트럭을 바라보는 검은 머리의 여자가 있었다. 저쪽에서는 밝고 붉은 원피스를 입은 여자 셋이 걸어가고 있었다. 러시아 여자는 하나도 없었다. 「좋아, 우리한테도 색싯감이 있겠지!」 나의 옆에서 마흔 살의 원양 항해 선장인 V. I. 바실렌꼬가 힘차게 외쳤다. 그는 에끼바스뚜스 수용소에서 세탁장의 책임자로 무사히 생활하고, 이제는 어깨를 펴고, 자기 배를 찾아서 사회로 나왔던 것이다.

지구의 상점, 찻집, 진료소, 우체국, 지구 집행 위원회, 슬레이트 지붕의 지구 공산당 위원회, 초가지붕의 문화 회관을 지나서 우리의 트럭은 내무부-MGB 건물 앞에서 멈췄다. 먼지를 뒤집어쓴 우리는 땅바닥으로 뛰어내리고 울타리가 있는 뜰 안으로 들어서자마자 길에서 훤히 보이는 것도 아랑곳하지 않고 허리춤까지 벗고 얼굴과 몸을 씻기 시작했다.

길 건너, MGB 건물 바로 건너에 있는 1층 건물이, 아주 높고 이상했다. 4개의 도리아식 원주가 본격적으로 주랑을 받치고, 그 원주 아래에는 잘 연마한 2단의 석단이 있었다. 그런데 위는 검은 초가지붕이었다. 이런 건물을 보면서 가슴이 설레지 않을 수 없었다. 이것은 학교였다! 10년제 학교였다. 하지만 그렇게까지 가슴을 설레지는 마라. 가만히 있어라. 이 건물은 너와는 아무런 상관이 없으니까.

거기에, 아니, 나의 염원인 교문으로 중앙의 길을 지나서 곱슬머리의 한 젊은 여성이 들어가려고 하고 있었다. 정결하게 느껴지는 여성의 재킷은 가느다란 허리에 찰싹 달라붙어 있었다. 그녀는 마치 땅 위에서 춤추는 듯한 가벼운 발걸음이었다. 그녀는 〈선생님〉이었다! 너무나 어려 보여서 아직 교육 대학도 나오지 않은 것만 같았다. 7년제를 졸업하고 바로 사범 학교에 들어갔을 것이다. 그녀가 부럽다! 잡역부인 나와 그녀 사이에는 얼마나 큰 간격이 있는가! 우리는 서로 다른 계층에 속해 있으며, 내가 그녀의 팔을 끼고 함께 걷는다는 것은 생각할 수조차 없었다.

그사이에 누군가가 신참인 우리를 차례로 한 사람씩 〈뽑아서〉 자기의 조용한 집무실로 호출했다. 대체 누구란 말인가? 그래, 물론 그는 〈대부〉였다. 보안 장교다! 그는 유형지에도 있었다. 여기에서도 그는 중심인물이었다!

첫 대면은 매우 중요하다. 어쨌든 우리는 한 달이 아니라, 〈영원히〉 쥐와 고양이 놀이를 하지 않으면 안 되었다. 내가 그의 집무실의 문턱을 넘는 순간 우리는 몰래 상대방을 관찰했다. 아주 젊은 까자끄인이었다. 그는 겉으로는 정중했으나 무례했고, 나는 얼빠진 사람처럼 가장했다. 「자, 이 서류에 어서……」 「어느 펜을 사용할까요?」 이런 거의 무의미한 말을 주고받는 것도 이미 결투라는 것을 그도 나도 알고 있었다. 하지만 나는 그런 것에는 전혀 개의치 않고, 그에게 그것을 믿게 하지 않으면 안 된다. 나는 언제나 이렇게 솔직하고 단순한 사나이라고 생각하게 하지 않으면 안 된다. 이 구릿빛 악마에게 나는 특별한 감시가 필요하지 않은 사나이며, 수용소에서 교화되어 이제 여기서는 편안한 생활을 하기 위해서 왔다는 것을 꼭 뇌리에 새겨 주자.

내가 무엇을 써야 하지? 물론 설문지다. 이력서도 써야 한다. 그것이 책상에 놓여 있는 보고서의 최초 1페이지가 된다. 그다음에는 나에 대한 밀고서도, 관리직의 평가도 거기에 철해지는 것이다. 이리하여 새로운 〈사건〉의 윤곽이 잡히며, 상부에서 투옥하라는 지시가 내려오면 우리는 곧 투옥되어(여기 뒤뜰에는 진짜 벽돌로 지은 형무소가 있었다), 다시 〈10년〉을 살게 된다.

나는 최초로 보고될 서류를 내밀었다. 보안 장교는 그것을 다 읽고는 서류철에 철했다.

「실례지만, 지구 교육부는 어디에 있습니까?」 나는 갑자기 아무렇지도 않은 얼굴로 정중하게 물었다.

그도 정중하게 설명해 주었다. 그는 놀란 듯이 눈썹을 치켜세우지 않았다. 나는 그것을 보고, MGB가 반대하지 않으니까, 거기서 일자리를 찾아도 좋겠다는 결론에 도달했다. (고참 죄수답게, 나는 정면으로 〈교육 부문에서 일해도 좋습니까?〉 하고 묻지는 않았다.)

「호송을 받지 않고, 언제 그곳에 갈 수가 있습니까?」

그는 어깨를 으쓱해 보였다.

「뭐, 오늘이라도 좋소⋯⋯. 다만, 오늘은 외출하지 않는 것이 바람직하오. 하지만 일에 관한 것이라면 가도 괜찮소.」

그리하여 나는 그곳으로 걸어서 〈갔다〉! 이 위대하고 자유로운 낱말을 그 누가 알겠는가! 나는 〈혼자서〉 갔다! 옆에도 뒤에도 자동소총은 없다. 뒤돌아보아도 아무도 없다! 원하면, 길 오른쪽으로 걸어도 된다. 학교 담장 곁 물웅덩이에서 큰 돼지가 놀고 있었다. 가고 싶다면 길 왼쪽으로 걸을 수도 있다. 그곳에서는 지구 교육부의 건물 바로 앞에서 닭이 흙을 파며 놀고 있었다.

지구 교육부의 건물까지 나는 약 2백 미터쯤 걷고 있었다. 그사이에 여태껏 새우등처럼 되었던 등이 좀 바르게 되었고, 걷는 것도 조금 여유가 생겼다. 이 2백 미터를 걷는 것으로 나는 한 단계 높은 시민 계층으로 변화하고 있었다.

나는 전시에 입었던 낡은 모직 군복과 아주 낡은 바지를 입고 안으로 들어갔다. 발에는 수용소에서 받은 돼지가죽 구두를 신었고, 맨발에 감은 각반의 끝은 보일락 말락 했다. 거기에는 뚱뚱한 2명의 까자끄인이 있었다. 명패에 의하면 둘 다 지구 교육부의 장학관이었다.

「저는 될 수 있으면 학교에서 일하고 싶습니다만.」 나는 아주 확신하듯, 마치 물주전자는 어디 있냐고 물을 때처럼 가볍게 말했다. 그들은 귀를 바싹 세웠다. 역시 이런 사막에 있는 마을에는 쉽게 새 교사가 일자리를 찾아오지 않았다. 꼬끄-쩨레끄 지구는 면적이 벨기에보다 넓었지만 7년제 학교를 나온 사람의 수는 모두 그 얼굴을 기억할 정도였다.

「학교는 어디까지 다녔소?」 그들은 아주 깨끗한 러시아어로 물었다.

「대학에서 수학과 물리학을 전공했습니다.」

그들은 꽤 놀란 것 같았다. 서로 얼굴을 쳐다보며 까자끄어로 무엇인가 빨리 이야기하기 시작했다.

「그럼…… 지금 어디에서 오는 길이오?」

일부러 말하지 않았지만 할 수 없다. 내가 설명해야 한다. 이런 곳으로 직장을 찾아오는 바보가 있는가? 그것도 3월에?

「1시간 전에 저는 여기에 유형수로 왔습니다.」

그들은 엄한 얼굴을 하고 차례로 부장 집무실로 사라졌다. 그들이 없어지자, 나는 나를 물끄러미 바라보고 있는 50대쯤 되어 보이는 타자수의 시선을 의식했다. 그녀는 러시아인이었다. 순간, 눈이 마주치자 불꽃이 튀었다. 우리는 동향인이었다. 그녀도 〈수용소군도〉에서 왔던 것이다! 출신은 어디일까? 무엇 때문에 투옥되었을까? 몇 년이나? 노보체르까스끄의 까자끄인 가정에서 태어난 나제즈다 니꼴라예브나 그레꼬바는 1937년에 체포되었다. 보통의 타자수였으나, 〈기관〉은 온갖 수단을 써서 그녀를 가공의 테러 조직의 일원으로 만들어 버렸다. 10년을 살고, 이제 〈재복역자〉로서 영구 유형 상태였다.

그녀는 목소리를 낮추고 부장 집무실의 반쯤 열린 문을 줄곧 살피면서 알기 쉽게 상황을 설명해 주었다. 이 지구에는 10년제 학교가 2개, 7년제 학교 몇 개가 있으며, 수학 교사가 없어서 골치를 앓고 있었다. 대학을 나온 교사는 하나도 없고, 물리 교사는 아무도 본 일이 없다고 했다. 집무실의 벨이 울렸다. 그 타자수는 뚱뚱했지만 벌떡 일어나 날렵하게 부장 집무실로 달려갔다. 그녀는 돌아와서 크게 사무적인 말투로 나를 불렀다.

책상에는 붉은 천이 깔려 있었다. 소파에는 뚱뚱한 두 장학관이 앉아 있었다. 매우 안락해 보였다. 스딸린 초상화 아래의 커다란 안락의자에는 부장이 앉아 있었다. 그는 작달막한 체구에 유연한 몸매를 갖춘 고양이와 뱀을 연상케 하는 매력적인 까자끄인 여성이었다. 초상화의 스딸린은 쓴웃음을 짓고, 나를 내려다보았다.

나는 입구 옆에 앉았다. 마치 취조를 받듯이 멀리서, 무의미한 긴 이야기가 시작되었다. 특히 이야기가 길어진 이유는 몇 마디 러시아어로 나와 이야기하고는 10분간이나 서로 까자끄어로 지껄였기 때문이었다. 그 사이 나는 바보처럼 가만히 앉아 있었다. 언제 어디서 교편을 잡아 본 적이 있느냐고 자세히 물었다. 벌써 학과나 교수법을 잊어버리지는 않았는지 의심했다. 그리고 공석이 없다느니, 지구의 학교에는 수학이나 물리 교사가 너무 많아서 급료의 반도 줄 수 없다느니, 새로운 시대의 젊은이를 교육하는 것은 중대한 책임 있는 일이라며, 여러 가지 말을 중단하거나 탄식을 섞어 가면서 설명하고, 〈무엇 때문에 당신은 투옥되었는가? 당신의 죄는 구체적으로 어떤 것인가?〉라는 핵심을 찔렀다. 고양이와 뱀의 몸짓이 연상되는 부장은 마치 나의 죄의 빨간빛이 당원인 그녀의 얼굴에 닿기라도 하듯이 눈을 가늘게 떴다. 나는 그녀의 머리 너머로 나의 일생을 망쳐 버린 악마의 무서운 얼굴을 보고 있었다. 그의 초상화가 나를 쳐다보고 있는데, 내가 나와 그의 관계에 대해 무슨 말을 할 수 있겠는가?

나는 이 교육자들을 위협하기로 했다. 죄수들은 이런 경우에는 이런 방법을 썼다 ── 그것은 국가 기밀이라서 저는 말할 권리가 없습니다. 그런데 간단히 알고 싶은 것은 저를 채용하는 겁니까, 채용하지 않는 겁니까?

그리하여 그들은 다시 까자끄어로 무엇인가 지껄이기 시작했다. 자기 자신의 위험을 무릅쓰고까지 국가 범죄자를 채용할 만한 대담한 사람이 대체 어디 있겠는가? 하지만 그들에게도 도망칠 길은 있었다. 그들은 나에게 이력서를 쓰게 하고, 두 부의 설문지에 기입하게 했다. 그것은 익숙한 일이다! 종잇조각은 편리한 것이다. 나는 1시간 전에 이것과 똑같은 것을 기입하지 않았는가? 다시 한번 기입하고 나는 MGB 지부로 돌아왔다.

　나는 흥미롭게 뜰 안을 둘러보았다. 그것은 손으로 만든 내부 형무소였다. 그들은 버젓한 형무소의 흉내를 내서, 필요가 없는 데도 흙담에 차입구를 만들었다. 흙담이 낮아서 창구 없이도 담 너머로 바구니 등의 차입품을 넘길 수 있지만, 그러나 창구가 없이는 MGB 지부로서 볼품이 없는 것이다! 나는 그 뜰을 거닐면서 그 질식할 것만 같은 지구 교육부보다 여기가 마음이 더 편하다고 느꼈다. 저쪽 녀석들한테는 MGB 지부가 비밀의 장막에 가려져 있는 존재며, 그것을 생각만 해도 장학관들은 심장이 멎을 것같이 된다. 그런데 나에게는 여기가 〈내 구역〉이었다. 여기에는 세 사람의 사령관이 있었다(그 중 두 사람은 장교). 그들은 우리를 공공연히 감시하기 위하여 이 일을 하고 있었다. 우리는 그들한테 밥벌이였다. 그것은 이상할 것이 없었다.

　사령관들은 의외로 친절했고, 밤에 자물쇠를 잠그는 방에서가 아니라 뜰에 있는 건초 위에서 자는 것을 허락했다.

　밤하늘을 보다니! 그것이 어떤 것이지 우리는 다 잊고 있었다! 언제나 자물쇠가 잠기고, 항상 창문에 쇠창살이 있고, 언제나 벽과 마루에 가려져 있었다. 이런 밤에 잠들 수 있겠는가! 나는 걸어다녔다. 화사한 달빛 아래에서 형무소의 뜰을 걸어다녔다. 빈 마차, 우물, 물통, 건초 더미, 처마 밑의 말의 검은 그림자, 이것은 평화로운 옛날의 생활이다. 내무부의 잔학한 낙인이 찍히지 않은 생활이다. 3월 3일인데 밤이 되어도 조금도 춥지가 않았다. 낮과 마찬가지로 여름의 공기였다. 꼬 끄-쩨레끄에 흩어진 노새의 울음소리가 들린다. 정열적인 울음소리를 여러 번 되풀이하면서 자기의 넘치는 정력을 암컷에게 알리는 것이겠지. 그 울음소리 속에는 아마도 암컷의 대답도 섞여 있을 것이다. 나는 울음소리로 동물을 식별할 수가 없다. 지금은 낮고 힘찬 울음소리가 들려오지만 그것이 낙타 인지도 모르겠다. 나도 그런 소리를 낼 수 있다면 나도 달을 향해 울부짖었을 것이다 ― 나는 여기서 숨 쉬고 있다! 나는 여기서 움직이고 있다!

설문지라는 종이의 장막을 내가 찢지 못할 리는 없다! 이 울음소리가 들리는 밤에, 나는 비굴한 관리들에 대해 우월감을 느꼈다. 교단에 서야 한다! 다시 한번 인간으로서 자각을 찾자! 빨리 교실로 가서 불타오르는 눈으로 학생들의 얼굴을 바라보자! 내가 칠판의 그림을 손으로 가리키면 모두 숨을 죽일 것이다! 그 그림에 선을 더하면 문제가 풀려서 모두 긴장이 풀리고 편하게 될 것이다.

도저히 잠들 수가 없다! 달빛 아래에서 나는 걷고 또 걸었다. 노새가 노래를 부른다! 낙타가 노래를 부른다! 나도 마음속으로 줄곧 노래를 부른다 ― 자유다! 자유다!

겨우 나는 동료들 곁의 처마 밑 건초 위에 누웠다. 나로부터 두어 발 떨어진 곳에서 말이 여물통 곁에 서서 아침까지 얌전하게 건초를 먹고 있었다. 우리들의 반쯤 자유로운 첫날 밤에 이 세상에서 이보다 더 친밀한 소리가 있을까. 자 먹어라, 근심이 없는 말들이여! 평온한 동물들이여!

다음 날에 우리는 주택을 빌릴 수 있도록 허가를 받았다. 나는 내가 가지고 있는 돈을 모두 합쳐서 닭장 같은 집을 하나 얻었다. 빛이 별로 들어오지 않는 작은 창문이 하나 있는, 아주 낮은 집이었다. 한복판의 지붕이 제일 높았으나, 온몸을 다 펼 수는 없을 정도였다. 〈낮은 집에서 살고 싶다〉라고 나는 예전에 형무소에서 유형을 꿈꾸며 쓴 일이 있었다. 하지만 등도 제대로 펴지 못하는 상태는 그다지 기분 좋은 것은 아니다. 어쨌든 나만의 주택이다! 마루는 흙바닥이니까 그 위에 수용소의 솜옷을 펴면 훌륭한 침상이 된다. 그러나 그때 유형수 중 기사인 바우만 대학의 교수였던 알렉산드르 끌리멘찌예비치 즈다뉴께비치가 나에게 나무 상자 2개를 빌려주었다. 그래서 나는 그 위에 편안한 침상을 만들었다. 석유등은 아직 없었으나(아무것도 없었다 — 이 지상에 태어나 처음 온 것처럼 하나하나 필요한 것을 잘 골라서 사지 않으면 안 된다), 나는 조금도 불편하지 않았다. 감방이나 막사 안에서 나는 오랫동안 위에 있는 눈부신 전구 불빛에 마음속까지 아파했다. 그러나 지금은 어둠 속에서 행복을 맛보고 있다. 어둠도 또 자유의 요소가 되었다! 어둠과 고요함 속에서(광장의 확성기에서 라디오 방송이 들려야 했으나, 어찌 된 일인지 _꼬끄-쩨레끄_ 에서는 방송이 중단된 지 벌써 사흘째가 되었다) 나는 아무것도 하지 않고 나무 상자 위에 누워서 즐겼다!

이제 무엇을 더 바라겠는가?

게다가 3월 6일의 아침에는 도저히 무리라고 생각되던 희망도 이루게 되었다! 집주인인 노브고로뜨에서 유배된 차도바 할아버지가 낮은 소리로, 소리를 내는 용기도 없었는지, 나에게 속삭였다.

「잠시 와서 라디오 방송을 들어 보게나. 입에 담기도 두려운 말을 들었다네.」

실제로 방송이 재개되었다. 나는 중앙 광장으로 갔다. 2백 명 정도의 사람들이 모여 있었다. _꼬끄-쩨레끄_ 로서는 대단한 숫자였다. 사람들은 흐린 하늘 아래 확성기가 달린 기둥 주변에 모여 있었다. 사람들 속에는 _까자끄_ 인들이 많았다. 그것도 나이가 많은 _까자끄_ 인들이. 노인들은 대머리에 쓰고 있던 붉은 사향쥐 모피로 만든 큰 모자를 벗어 손에 쥐고 있었다. 그들은 아주 비통한 얼굴이었다. 그것에 비하면 젊은이들은 무관심한 체했다. 두세 명의 트랙터 운전수들은 모자도 벗지 않았다. 물론 나도 벗지 않으려고 했다. 나는 아나운서의 말을 분명히 듣기 전에(그의 목소리는 드라마틱한 연기 탓으로 잘 듣기 어렵다), 그것이 무슨 일인지 알았다.

그것은 내가 아직 학생이었을 때 친구들과 함께 고대하던 순간이었다. 그것은 수용소군도의 죄수들 모두가 바라던 순간이었다(물론, 정통파 공산당원들은 제외하고)! 그가 죽었다! 아시아적 독재자가 죽은 것이다! 악당이 쓰러진 것이다! 지금쯤 우리의 수용소군도에서는 모두가 얼마나 좋아하고 있을까! 하지만, 여기서 학교 교사인 러시아의 젊은 딸들은 통곡하고 있었다. 「이제 우리는 어떻게 될까?」 그들은 친아버지를 잃은 것이다…… 지금 당장 광장 너머에 있는 그 딸들에게 외치고 싶다. 「아무 일도 일어나지 않아! 이제 너희들의 아버지는 총살되지 않고, 너희들의 연인도 형무소에 가지 않아! 너희들 자신도 투옥되지 않고!」

나는 확성기 앞에서 환성을 지르며, 춤을 추고 싶었다! 그러나 유감스럽게도 역사의 강물은 너무나 느렸다. 어떤 상황에도 훈련이 잘된 나의 얼굴은 슬픈 표정이 되었다. 지금은 위장해야 한다. 예전처럼 위장해야 한다.

어쨌든 내 유형의 시작부터 이런 기쁜 일이 일어나다니!

이날 나는 다시 시를 쓰며 하루 종일을 보냈다. 「3월 5일」이라는 시였다.

열흘쯤 지나자, 초상화 뒤에서의 싸움과 그 무정부 상태 속에서 MGB가 폐지되었다! 과연 MGB는 〈영원한 것인가?〉라

는 의문을 가졌던 내가 옳았다.[5]

불공평, 불평등, 노예 제도를 제외하면 이 지상에서 무엇이 영원할 것인가?

---

5 사실 6개월 후에 KGB가 부활되었는데, MGB와 똑같았다.

제6장

유형수의 편한 생활

1. 자전거의 크랭크 핀	2분의 1킬로그램
2. 구두	5켤레
3. 송풍기	2개
4. 컵	10개
5. 필통	1개
6. 지구의	1개
7. 성냥	50갑
8. 〈박쥐〉형 램프	2개
9. 치약	8개
10. 당밀 과자	34킬로그램
11. 보드까	156병(반 리터들이)

이것은 가격 재평가를 위해 작성한, 아이다를리 마을 상점에 있는 모든 상품의 일람표이다. 꼬끄-쩨레끄 지구 소비부의 검사관들이나 상품 담당관들이 이 일람표를 작성했으나, 나는 지금 계산자의 눈금을 움직이면서 어떤 상품은 7.5퍼센트 가격을 낮추고, 어떤 상품은 1.5퍼센트 인상하고 있었다. 물가가 크게 떨어져서 새 학년이 시작될 쯤에는 필통이나 지

구의도 매진될 것이며, 크랭크 핀도 자전거의 제자리로 들어가리라 생각되었다. 다만 당밀 과자의 많은 재고품만이 — 아마 전쟁 전에 만든 것이겠지만 — 처분해야 할 상품으로 보였다. 보드까로 말할 것 같으면, 설령 값이 오르더라도 5월 1일 전에 다 팔릴 것이었다.

스딸린 시대의 관습에 따르면 매년 4월 1일에 물가 인하가 실시되고, 근로자들은 수백만 루블의 이득을 얻게 되는데(그 이득은 미리 계산되어 발표되었다), 그것은 나에게 대단한 타격을 주었다.

유형 후 한 달이 되었는데, 그사이 나는 수용소의 〈독립 채산제〉하에서 주조공으로 벌었던 돈을 쓰면서 — 수용소에서 번 돈으로 사회생활을 했다! — 나를 채용해 주겠다는 회답을 듣기 위해 줄곧 지구 교육부에 다니고 있었다. 그런데 뱀 같은 부장은 나를 만나 주지 않았으며, 뚱뚱한 두 장학관들도 차츰 응대해 주지 않게 되어 한 달이 지날 무렵에는 꼬끄-쩨레끄 지구의 모든 학교에 수학 교사가 가득 차서 나를 채용할 여지가 없다는 취지의 주 교육부의 결정서를 보여 주었다.

그동안 나는 매일 아침저녁마다 있었던 신체검사를 받지 않았고, 예전처럼 다 쓴 것을 처분할 필요도 없이 희곡 「12월이 빠진 12월 당원들」을 쓰고 있었다. 별다른 직업이 없었으나, 수용소를 나온 이래 이런 생활이 아주 마음에 들었다. 하루 한 번은 〈찻집〉에 가서 거기서 2루블을 내고 뜨거운 수프를 마셨다. 이 지역 형무소에 있는 죄수들을 위해 양동이에 담아내는 수프와 똑같이 멀건 수프였다. 검은 빵은 상점에서 자유롭게 팔고 있었다. 감자도 이미 샀고, 돼지기름도 샀다. 나는 직접 덤불숲에 가서 잔가지를 주워 노새로 운반했고, 그것으로 요리용 난로를 땔 수 있었다. 이런 생활은 진짜 행복과 그다지 다를 바 없었다. 그래서 나는 이런 것을 생각하게 되었다 — 만일 채용해 주지 않아도 하는 수 없다. 돈을 다 쓸 때까지 희곡을 쓰자. 이런 자유로운 생활이 어디 있겠는가!

어느 날 거리에서 사령관 한 사람이 나를 손가락으로 불렀다. 그는 나를 지구 소비부로 데려가 맥주 통같이 뚱뚱한 까자끄인 부장실로 데리고 가더니 이렇게 말했다.「수학자라고.」

이게 웬 기적일까? 무엇 때문에 형을 살았는지 묻는 사람도 없었고, 이력서나 설문지를 쓰게 하는 자도 없었다! 그의 비서인 영화배우처럼 예쁜 그리스인 유형수 소녀가 한 손가락으로 사령을 타자기로 쳤다. 그 사령에 의하면 나는 계획 경제 담당자로 임명되고 월급은 450루블이었다. 같은 날에 똑같이 간단한 수속으로, 직업을 못 구한 두 유형수가 지구 소비부에 채용되었다. 원양 항해 선장인 바실렌꼬, 그리고 내가 아직 잘 모르는 사람이자 속마음을 잘 드러내지 않는 그리고리 사모일로비치 M.이었다. 바실렌꼬는 이미 추Chu강의 수심을 깊게 하여(하절기에는 소가 걸어서 넘을 만큼 얕았다) 연락선으로 양쪽 기슭을 이을 계획을 세웠고, 사령부에서는 그 강바닥을 조사하도록 의뢰한 상태였다. 그의 상선 학교의 동급생이며, 범선 〈따바리시〉호에서 함께 항해한 적이 있는 만Mann 선장은 마침 그 무렵에 〈오삐〉호로 남극으로 항해할 준비를 하고 있었는데, 바실렌꼬는 창고계로 지구 소비부에 억지로 채용되었던 것이다.

그런데 우리 세 사람의 실제의 일은 계획 담당도, 창고계도, 회계계도 아니었다. 우리는 언제나 돌격 작업에, 즉 상품의 재평가 작업에 투입되었던 것이다. 매년 3월 31일 밤부터 4월 1일에 걸쳐서 지구 소비부는 전투 상태로 들어갔다. 일손은 언제나 충분하지 않았다. 충분할 수가 없었다. 우리가 해야 하는 일은 모든 상품을 확인하고(그와 동시에 훔치는 점원을 찾아냈지만, 재판에 회부하지는 않았다) 재평가하여 아침부터는 그것을 근로자들에게 유리한 새 가격으로 파는 일이었다. 그런데 우리가 있는 광대한 지구에는 철도도 고속 도로도 없었다. 그 때문에 오지의 상점에서는 근로자들에게 유리한 그 새로운 가격 체계의 실현이 5월 1일 이전에는 도저히 불가능했다. 지구 소비부에서 계산이 끝나 상품의 새로운 가격표가 확정되고, 그 일람표를 낙타로 가져올 때까지 한 달간은 모든 상점이 문을 닫아야 했다. 그러나 지구의 중심지에서 노동절 전에 상점의 문을 닫을 수는 없었다.

우리가 지구 소비부의 일을 시작했을 무렵에는 이미 15명 정도의 정식 직원과 도와주러 온 사람들이 그 작업에 임하고 있었다. 질이 나쁜 종이에 쓴 상품 일람표가 모든 책상 위에 펼쳐지고, 주위에서 고참 경리 담당자들이 곱셈이나 나눗셈을 하며 대형 주판을 퉁기는 소리와 사무적인 이야기밖에 들리지 않았다. 우리도 거기에 앉아서 같은 작업을 했다. 나는 종이에 곱셈이나 나눗셈을 하는 것이 이내 싫증이 나서 계산 자를 달라고 부탁했다. 지구 소비부에는 계산자가 하나도 없었고, 그것을 사용할 줄 아는 사람도 없었다. 그런데 누군가 지구 통계국의 책장에서 숫자가 있는 기구를 본 적이 있는데 거기서도 그 기구를 사용할 줄 아는 사람은 아무도 없을 것이라고 했다. 그리하여 그곳으로 전화하여 그 계산자를 가져오게 했다. 나는 철컥철컥 그 계산자를 조작하여 재빨리 계산해 손쉽게 숫자를 써넣었다. 고참 경리 담당자들이 〈이제 강적이 나타나셨군!〉 하며 나를 적의에 찬 눈으로 흘겨보았다.

나는 계산자를 조작하면서 이런 것을 생각하고 있었다 ─ 죄수란 놈들은 이내 건방져지는 것이지. 아니, 문학적으로 말하면 ─ 인간의 욕구란 참 빨리도 자라난다! 나는 어두운 방에서 희곡을 쓰고 있었는데 끌려 나온 것이 불만이었다. 나는 학교에 채용되지 못한 것이 불만이었다. 나는 억지로 일을 하게 된 것이 불만이었다. ……그러나 억지로 무엇을 하게 되었는가? 언 땅을 파는 일인가? 얼음같이 차가운 물속에서 진흙을 맨발로 이기는 일인가? 아니, 억지로 깨끗한 책상에 앉아서 계산자를 조작하며 숫자를 일람표에 적어 넣는 일뿐이었다. 그것이 불만이었다. 만일 수용소의 형기가 시작되었을 때 이런 편한 일을 형기의 전 기간을 통해 하루에 12시간씩 무보수로 하라고 했다면 나는 기꺼이 했을 것이다! 그런데 지금은 이 일의 대가로 한 달에 450루블이나 받게 되었음에도 불구하고, 매일 우유 1리터씩 사기에는 적은 돈이라면서 불평하고 있었다.

이렇게 지구 소비부는 일주일이나 그 재평가 작업에 얽매어 있었다(그때 각 상품에 대해 그 가격 인하의 순위를 옳게 정하고, 더욱이 농촌 지방에서의 그 상품의 가격 인상의 순위도 정해야 했다). 그동안 줄곧 상점은 폐쇄된 채로였다. 그때 제일 게으른 사람인 뚱뚱한 의장이 우리 모두를 자기의 호화로운 집무실로 불러서 이렇게 말했다.

「실은 최근의 의학적 결론에 의하면 인간은 8시간이나 수면을 취하지 않아도 된다고 하더군. 수면 시간은 4시간으로도 충분하다는 거야! 그래서 이제부터, 시무 시간을 아침 7시, 종무 시간을 새벽 2시로 하고, 점심 식사 시간은 1시간, 저녁 식사 시간도 1시간으로 하겠네.」

그런데 이 황당한 장광설을 우리 중의 아무도 우습게 생각하지 않고 두렵게 느끼고 있었다. 모두 등을 쪼그리고 잠잠했으며, 몇 시를 저녁 식사 시간으로 하면 좋을지 이야기하고 있었다.

　그래, 이것이야말로 내가 들었던 유형수의 운명인 것이다. 유형수의 생활은 이러한 명령의 연속이다. 여기에 있는 모두가 유형수로서 일자리를 잃게 되는 것이 두려웠다. 일단 해고되면 *꼬끄-쩨레끄*에서는 좀체 다음 일자리를 구할 수 없기 때문이었다. 그리고 결국 이것은 부장의 개인적인 일이 아니라 국가를 위한 일이며, 〈필요한 조치〉였다. 그렇게 되면 최근의 의학적 결론도 참을 수 있을 것이라 생각되었다. 아, 지금 당장이라도 이 독선적인 돼지를 조소하고 싶다! 단 한 번이라도 마음의 앙금을 토했으면 시원하겠다! 그러나 그것은 진짜 〈반소비에뜨 선전〉이 되고 가장 중요한 사업에 대한 태업으로 불리게 된다. 그리하여 일생 동안 입장이 학생, 대학생, 시민, 병사, 죄수, 유형수로 바뀌어도 권력은 항상 윗사람이 가지고 우리는 그저 굴복하여 침묵을 지키지 않으면 안 된다.

　그가 밤 10시까지 있어야 한다고 말하면 우리는 그냥 남아서 일해야 했다. 그럼으로써 그는 우리를 총 없는 총살형에 처하게 했다. 즉 자유로운 나에게 글을 쓰지 말라고 한 것이었다. 그건 안 되지! 명령이고 가격 재평가고 다 꺼져 버려. 수용소의 체험은 나에게 이렇게 가르쳤다 — 말로 거역하지 말고 침묵으로 거역하라고. 나 역시 얌전하게 그 지시를 들었으나 저녁 5시에 일어나 집으로 돌아갔다. 출근한 것은 다음 날 아침 9시였다. 나의 동료들은 이미 책상에 앉아 계산을 하고 있었다. 혹은 계산을 하는 체했다. 그들은 마치 야만인을 바라보듯 나를 쳐다보았다. 뒤에서는 나의 행동을 칭찬하면서도, 자신은 용기 내지 못한 M.이 어젯밤 의장이 나의 빈자리를 보고 나를 1백 킬로미터 떨어진 사막으로 쫓아 버리겠다고 소리쳤다는 것을 몰래 알려 주었다.

솔직히 말해서 나는 섬뜩했다. 물론 내무부는 무엇이든 할수 있다! 쫓아낼 수도 있다! 나는 1백 킬로미터 떨어진 곳으로 쫓겨서 이 지구 중심지와 이별을 고하게 된다! 하지만 나는 운이 좋은 사람이었다. 내가 수용소군도로 온 것은 전쟁이 끝난 후였으며, 가장 무서운 시기가 지났던 때였다. 게다가 유형지로 온 것은 스딸린의 사후였다. 그가 죽은 후 한 달이나 지나자, 여기까지, 즉 우리의 사령부까지 무엇인가 새로운 분위기가 나타났던 것이다.

모르는 사이에 새로운 시대가, 즉 수용소군도 역사상 가장 규율이 풀어진 3년이 시작되려고 했다.

의장은 나를 부르지 않고 나도 가지 않았다. 나는 졸면서 틀리기만 하는 동료들 사이에서 힘껏 하루를 일하고, 또 저녁 5시가 되면 용기를 내서 돌아가 버렸다. 어떤 결말이 되더라도 나는 그 결말이 빨리 오기를 바랐다.

나는 인생에서 여러 번, 많은 것을 희생시켜도 좋으나 가장 중요한 것만은 단호히 지켜야 한다고 배웠다. 이미 특수 수용소 건설 현장에서 구상했던 그 희곡만은 희생하고 싶지 않았다. 그리하여 내가 이겼다. 일주일 동안 모두가 밤에도 일했으나, 나의 자리는 언제나 비어 있는 데 익숙해졌다. 아니, 의장까지도 복도에서 나를 만나면 그 시선을 피했다.

그렇지만 나는 까〈제끄〉스딴에서 농업 협동조합을 조직하지는 못했다. 지구 소비부로 느닷없이 학교의 젊은 교감이 찾아왔다. 까자끄인이었다. 내가 여기에 오기 전까지 그는 꼬끄-쩨레끄에서 유일한 대학 출신이었다. 그는 그것을 자랑으로 생각했다. 그러나 내가 나타난 것을 질시하지는 않았다. 최초의 졸업생을 내기 전에 학교를 강화하려고 했는지, 아니면 뱀 같은 지구 교육부장에게 저항하려고 했는지 모르겠지만 어쨌든 그는 나에게 이렇게 말했다. 「빨리 졸업 증명서를 가져오시오.」 나는 소년처럼 뛰어가 그것을 가져왔다. 그는 그것을 호주머니에 넣고 노동조합 회의에 출석하기 위해 잠불에 가버렸다. 사흘 후 그는 다시 들러서 주 교육부 사령장 사본을 나의 앞에 내놓았다. 3월에 지구의 모든 학교에 교사가 충분하다고 증명하는 서류에 파렴치한의 서명이 있었다. 그런데 똑같은 서명이 있는 사본에 의하면 오는 4월에 나는 수학 교사 겸 물리 교사로 임명되었다. 게다가 졸업 시험을 3주 뒤에 맞이하는 2개의 학급이다! 그는, 즉 교감은 나를 두고 모험을 하고 있었다. 그것은 그다지 정치적인 것은 아니었다. 그는 내가 수용소에 있던 사이에 수학을 아주 잊어버리지나 않았나 걱정했다. 기하학과 삼각법의 필기 시험지가 왔을 때, 그는 학생들 앞에서 문제가 들어 있는 봉투를 뜯지 않고 교장실로 전 직원을 모아 놓고 내가 그 문제를 풀고 있는 동안에 나의 어깨 너머에 서 있었다. 나의 해답이 모범 답안과 일치하자 그는 다른 수학 선생과 똑같이 축제 기분이었다. 여기서는 아주 간단히 데카르트로 통하는 것이다! 매해 7학년의 시험 때가 되면 지방 학교에서 지구 중심지로 자주 전화가 걸려 와 문제가 풀리지 않는다, 조건이 잘못된 것이 아닌가, 하고 물어왔던 것을 그때까지는 나는 알지 못했다. 그 교사들도 7년제를 나오지 못했던 것이다……

교실에 들어가 손에 분필을 잡은 것은 나로서는 상상을 초월하는 행복이었다. 이것이 나의 진짜 석방의 날이며, 시민권을 되찾은 날이었다. 유형수의 삶 중에서 이것 외에는 아무것도 나의 관심을 끌지 않았다.

내가 에끼바스뚜스 수용소에 있었을 때, 우리의 대열은 자주 그 학교 곁을 지났다. 나는 그곳이 마치 손에 닿을 수 없는 천국처럼 느껴졌고, 교정에서 떠들고 다니는 아이들이나 밝은 원피스를 입은 여선생들을 뒤돌아보았다. 그리고 그 현관 앞에서 울리는 가벼운 방울 소리는 나의 마음을 찔렀다. 나는 오랜 어두운 형무소 생활로 피곤하고, 수용소의 〈일반 작업〉으로 지쳐 있었다! 만일 이 불모의 에끼바스뚜스의 오지에서 유형수가 되어 그 방울 소리에 맞춰서 출석부를 들고 교실로 들어가 무슨 신기한 것을 가르치는 듯한 신비한 표정을 짓고 수업을 하게 된다면 감동으로 가슴이 찢어질 것이며, 더할 나위 없는 행복일 것이라고 생각했었다. (이 나를 끌어당기는 강한 힘은 물론 교사로서의 재능도 있었겠지만, 그와 동시에 채울 수 없었던 자기 평가의 욕구도 있었을 것이다. 즉 오랫동안 노예적 굴욕을 당하고, 내 능력이 아무한테도 필요 없다고 알아 왔던 것과 대비되는 것이 필요했다.)그런데 수용소군도나 국가가 설정한 생활에서 나는 가장 간단한 것을 놓치고 있었다. 즉, 전시나 전후에 우리 학교 제도가 사멸되어 이미 존재하지 않고, 남아 있는 것은 그 커다란 덩치와 말뿐이었다. 학교 제도는 수도와 지방에서 사멸되었다. 독가스처럼 정신적인 죽음이 전국을 에워싸고 있을 때, 제일 먼저 죽은 것은 어린아이와 학교였다.

하지만 나는 이것을 뒤늦게, 몇 해 후에야 알게 되었다. 유형 왕국에서 러시아 본토로 돌아왔을 때 알게 되었다. 꼬끄-쩨레끄에 있었을 때는 그것을 알지 못했다. 반계몽주의의 짙은 안개가 우리를 둘러싸고 있었지만, 유형지의 아이들은 질식하지 않고 여전히 살아 있었다!

그들은 특별한 아이들이었다. 그들은 자기의 억압된 상태를 자각하면서 성장했다. 교무 회의나 그 밖에 말만으로 일관하는 회의에서는 너희들은 소비에뜨의 아이들이며, 공산주의 건설을 위해 공부하며, 너희들의 이동할 권리를 제한하고 있는 것은 일시적인 것에 불과하다고 말했다. 그러나 그들은 누구나 자기 목에 걸려 있는 멍에를 느끼고 있었다. 아주 어려서부터, 어느 정도 철이 들면서부터 이미 느끼고 있었다. 재미있고 풍요롭고 활발한 생활을 하고 있는 세계 —— 잡지나 영화를 통해 알고 있는 세계 —— 는 그들한테는 손이 닿지 않는 것이었다. 소년들에게는 군대를 통해 그런 세계로 들어갈 가능성이 있었지만, 이 아이들에게는 그것도 허락되지 않았다. 사령부에서 허가를 얻어서 거리로 나가, 거기서 대학 시험을 치르고, 게다가 합격까지 하여 무사히 대학을 마친다는 것은 거의 실현할 수 없는 꿈이었다. 따라서 그들이 복잡하고 드넓은 이 세계에 대해 알게 된 모든 것은 여기 학교에서 얻은 것뿐이며, 오랫동안 이 학교가 그들한테는 최초이면서 최후로 공부하는 장소였다. 게다가 사막의 생활은 변화가 적어서, 그들은 런던에서 알마아따에 이르기까지의 도시에 살고 있는 20세기의 젊은이들을 타락시키고 있는 자극이나 오락과는 인연이 멀었다. 거기에서는, 즉 본토의 아이들은 이미 공부에 흥미를 잃었고, 학교에 다니는 것은 일종의 의무며, 일정한 나이가 될 때까지 어디엔가 적을 두려는 것뿐이었다. 그런데 우리 유형지 아이들의 경우에는 지도만 잘한다면 공부는 인생에서 가장 중요한 것, 인생의 모든 것이 되었다. 열심히 공부함으로써 그들은 마치 자기가 소속되어 있는 2류의 입장을 벗어나 1류 아이들과 어깨를 나란히 할 수 있다고 생각했다. 성실한 공부를 통해서만 그들의 갈증이 조금이나마 해소될 수 있었다.

(아니, 다른 방법도 있었다. 그것은 학교에서 임원에 선출되는 것이었다. 공산 청년 동맹에서의 선거, 그리고 16세부터는 〈총선거〉에서 자기의 한 표를 던지는 것이었다. 불쌍한 그

들은 그토록 평등하다는 환상에 젖고 싶었다! 많은 아이들이 자랑스럽게 동맹에 가입하고, 5분간 회의에서 진지하게 정치 보고를 했다. 나는 2년제 단기 교육 대학에 입학한 젊은 독일 여성 빅토리아 누스에게 너는 유형수라는 것을 괴롭게 생각하지 말고 오히려 자랑스럽게 생각하지 않으면 안 된다고 부추겼다. 〈그게 무슨 소리예요?〉 그녀는 마치 미친 사람을 보듯이 나를 보았다. 물론 동맹에 서둘러 가입하려 하지 않는 아이들도 있었으나 그들은 억지로 끌려 들어갔다. 가입이 허락되었는데, 왜 들어오지 않는가? 꼬끄-쩨레끄에서 몇몇 소녀들, 독일인들, 비밀 종교를 믿고 있는 일부 사람들이 그 가족이 더 이상 사막의 오지로 추방되지 않기 위하여 억지로 동맹에 가입했다. 오, 이 어린 양들을 유혹하는 자들이여! ── 너희들의 목에 맷돌을 다는 것이 좋겠다.)

이것은 모두 꼬끄-쩨레끄의 학교에 있어서 〈러시아인〉 학급의 이야기였다(이 학급에는 순수한 〈러시아인〉은 거의 없었고, 주로 독일인, 그리스인, 한국인, 소수의 쿠르드인과 체첸인, 금세기 초엽에 이민 온 우끄라이나인과 〈책임 있는 지위에 있는〉 까자끄인의 아이들이었다. 〈책임 있는 지위에 있는〉 까자끄인들은 자기 아이들에게 러시아어를 공부시켰던 것이다). 그러나 대부분의 까자끄인들의 아이들은 〈까자끄인〉 학급에 모여 있었다. 이들은 진짜 야만인 녀석들로, 그 대부분(아직 관료주의에 물들지 않은 가정의 아이들)이 허위나 거만한 교육과는 거리가 먼 마음가짐이 매우 바르고 정직하여 선의에 찬 근본적인 개념을 가지고 있는 아이들이었다. 그러데 까자끄어로 진행하는 교육은 확대된 무지의 재생산이었다. 처음에는 어떻게 최초의 교육 세대를 이끌어서 졸업장까지 받게 했다. 그들은 교육을 제대로 받지 못했으나, 이번에는 뽐내면서 다음 세대의 교육을 맡아 각지로 흩어졌다. 까자끄 처녀들이 만족스러운 성적으로 학교와 교육 대학을 졸업하게 되었다. 거의 원시 시대에 살고 있던 아이들에게 갑자기 빛나는 진짜 학문을 가르치자, 그들은 눈과 귀뿐만 아니라 입으로도 그것을 들이마셨다.

아이들이 이렇게 탐욕스럽게 학문을 흡수하고 있어서 나는 꼬끄-쩨레끄에서 교육 활동에 몰두했고, 그 3년간은(더 길었으면 했지만) 그래도 행복했다. 이전에 잘못 배운 것을 내가 고쳐 주고 아직 배우지 못한 것을 보충하기 위해서는 시간표에 주어진 시간만으로는 모자랐다. 야간에 보강을 하거나, 모임을 만들거나, 옥외 수업이나 천체 관찰을 하기도 했다. 학생들은 영화를 보러 가는 것보다 더 좋아하며 모두 모였다. 나는 학급 담임까지 맡게 되었고, 그 학급은 까자끄 아이들밖에 없는 학급이었으나 큰 어려움은 없었고 오히려 즐거웠다.

그러나 이 밝은 세계는 교실 문과 수업 종소리에 한정된 공간 속에서만이었다. 직원실이나 교장실, 지구 교육부에서는 그런 것이 없고, 그곳은 전국 어디서나 있듯이 묵직한 분위기가 지배하고 있었다. 게다가 유형 왕국이기 때문에 더욱 견딜 수 없는 분위기였다. 내가 취직하기 이전에도 교사 사이에는 독일인들이나 행정 유형수들이 있었다. 우리들의 상태는 보잘것없었다. 기회가 있을 때마다 우리가 교직에 있게 된 것은 최대의 은혜며, 당국은 언제라도 은혜를 빼앗을 수가 있다고 말했다. 유형수 교사들은 다른 교사들보다도(특히 그들도 자유롭지 못했다) 지구의 최고 책임자들의 자제들한테 그다지 높은 점수를 주지 않아서 그들의 노여움을 사게 되는 것을 두려워했다. 따라서 그들에게는 부당하게 점수를 후하게 주었다. 이렇게 해서 그들도 또 까자흐스딴 지방에 있어서의 무지

의 확대 재생산을 돕게 하는 것이다. 그런데 그 밖에도 유형
수 교사들한테(젊은 까자끄 교사의 경우도 같지만) 여러 가
지 의무와 현금이 부과된다. 매달 봉급날에 누구를 위해서인
지 25루블씩 공제되고 있었다. 느닷없이 교장(베르제노프)이
오늘은 자기의 작은딸 생일이라고 말하자, 교사들은 50루블
씩 모아서 선물을 해야 했다. 또 그 밖에도 한 사람씩 교장실
이나 지구 교육부장실로 호출하여 3백 루블에서 5백 루블의
돈을 〈빌려 달라〉고 요구하는 일도 있었다(그래, 이것은 이
지방의 풍습이나 체제로, 일반적인 특징이었다. 까자끄 학생
들도 졸업 파티 때 숫양 한 마리나 반 마리를 갖다 바치고, 그
렇게 해서 성적이 아무리 나빠도 졸업장을 받게 되는 것이다.
그래서 졸업 파티는 지구의 당 활동가들한테 성대한 주연으
로 되는 것이다). 그리고 또 한 지구 당국의 높은 사람들 모두
가 어디의 통신 교육을 받고 있어서, 그 필기시험을 죄다 우
리 학교 교사들이 대리로 치렀다(이것은 마치 상전한테서 부
탁을 받았다는 듯이 교감을 통하여 전해지며, 노예 신분인 교
사들은 〈자기〉 통신 교육 학생들의 얼굴을 볼 수조차 없었다).
　　처음부터 분명했듯이 스스로 〈없어서는 안 될 교사〉라는
자각에서 생긴 나의 의연한 태도 탓인지, 아니면 온화해지고
있는 시대의 입김 탓인지, 혹은 그 두 가지가 함께 작용해서
인지, 나는 그러한 곳에 목을 내밀지 않고도 있을 수 있었다.
나는 공정한 점수를 주었기 때문에 학생들도 즐겁게 공부했
고, 지구 공산당 위원회 서기의 자제들의 경우에도 그것을 전
혀 염두에 두지 않고 점수를 주었다. 나는 헌금도 하지 않았
고, 당국자한테 〈돈을 빌려주는〉 흉내도 내지 않았다. (뱀 같
은 지구 교육부장이 능글맞게 돈을 빌려 달라고 했다!) 매년
5월에 결핍된 국가 재정이 1개월분의 급료를 빼앗은 것만으

로도 충분했다(〈국채 신청〉이라는 자유인의 특전을 수용소에서는 빼앗겼으나, 유형에서는 다시 돌아온 것이다). 하지만 나의 원칙적인 태도는 끝나 버렸다.

나의 곁에는 생물학과 화학 교사인 게오르기 스쩨빠노비치 미뜨로비치가 있었다. 그는 KRTD(반혁명 뜨로쯔끼주의 활동)로 꼴리마 지방에서 10년간 복역했다. 이제는 초로의 병든 세르비아인이며, 끊임없이 꼬끄-쩨레끄에서 정의를 위해 투쟁을 전개하고 있었다. 그는 지구 위생부에서 쫓겨났으나, 이내 학교에 채용되어서 여기에서 다시 투쟁을 시작했다. 꼬끄-쩨레끄에서는 어디나 불법이 많았고, 그것이 무지하거나 야만적인 독선주의나 끈질긴 동족 의식과 겹쳐서 더욱 복잡해졌다. 불법이 너무나 생활 깊숙이 침투되어 있어 미뜨로비치는 공정한 입장에서 헌신적으로 그것과 싸워(특히 레닌을 인용하면서), 학교의 교무 회의나 지구 교무 회의에서 그 불법을 폭로하며, 공부도 하지 않으면서 몇 학년을 월반하는 관료들의 자제들이나 〈숫양 덕분에〉 졸업할 수 있는 학생들을 가차 없이 낙제시키고, 진정서를 주 중심지나 알마아따나 흐루쇼프 앞으로 보냈다(그를 옹호하기 위해 70명이나 되는 학부형이 서명을 했고, 이러한 전보는 우리 지구에서 발송할 수가 없어서 다른 지구에서 발송했다). 그는 조사관들이나 장학관들의 파견을 요구하였는데, 그들이 파견되어 오면 그들과도 적대 관계가 되었다. 그래도 그는 진정서를 또 냈다. 그는 학교의 특별 교사회에서 비판을 받고 아이들에 대한 반소비에뜨 선전이라고 비난을 받았으며(이것은 체포 직전이었다!) 결국 소년단들이 심은 나무를 뜯어 먹은 염소를 난폭하게 다루었다는 이유로 해고당했다. 그 후에 그는 다시 복직했다. 그는 교사직을 빼앗긴 기간에 대한 보상을 요구했다. 다른 학교로 전출되었으나 그는 그곳으로 가지 않았고, 다시 해고당했다. 그는 잘 싸웠다! 그래서 만일 내가 그에게 가세했다면 우리 두 사람은 그들을 꽤 괴롭혔을 것이다!

하지만 나는 조금도 그를 돕지 않았다. 나는 침묵을 지켰다. 중대한 결정이 임박한 투표 때는 도망쳐서(그의 적이 되지 않기 위해) 다른 모임에 가거나 학생 상담을 했다. 나는 당 관료들의 자제가 졸업 검정 시험을 치르는 것을 방해하지 않았고, 합격점을 주었다. 그들 자신이 〈체제〉이므로 그들이 마음대로 체제를 속이는 것은 상관없다고 생각했다. 나에게는 은밀한 목적이 있었다 — 나는 글을 계속 쓰고 있었다. 나는 앞으로 다가올 다른 투쟁을 위하여 나의 몸을 지키고 있었던 것이다. 그리고 이런 질문도 떠올랐다 — 미뜨로비치의 투쟁은 옳은 것일까? 필요한 것일까?

그의 투쟁은 처음부터 절망적이었다. 그도 그 사실을 알고 있었다. 설사 그가 완전히 승리했다고 하더라도 이 〈체제〉, 이 나라의 모든 제도를 고칠 수는 없었다. 드넓은 흰색 위에 있는 검은 점 하나에 불과했으며, 곧 잿빛 구름에 가려질 것이었다. 그가 생각할 수 있는 승리는 그 대가로 받는 체포에 비한다면 보잘것없는 것이었다(이미 흐루쇼프 시대였기 때문에 미뜨로비치는 체포되지 않았다). 그의 투쟁은 절망적이었다. 그러나 자기의 목숨을 걸면서까지 부정과 싸운 것은 인간적이었다! 그의 투쟁은 패배와 직결하고 있었으나, 헛된 것이라 말할 수는 없었다. 만일 우리가 타협적으로 굴지 않고, 〈그런 짓은 소용없다, 무리다!〉라고 단념하지 않고 다르게 행동했다면 우리 나라는 전혀 다르게 되었을 것이다! 심지어 미뜨로비치는 시민도 아니었다. 그는 유형수였다. 그래도 그의 안경의 빛은 지구의 권력자들을 떨게 했던 것이다.

그렇다, 그들은 떨고 있었다. 그러나 〈선거〉, 즉 우리 인민의 권력의 대표를 투표로 선출하는 날이 오자, 용감한 투사 미뜨로비치도(그렇다면 무엇 때문에 미뜨로비치는 싸웠는가?), 그를 피해 다니던 나도, 그리고 나보다 더욱 본성을 감추고 외견상으로는 가장 타협적이던 M.도 평등하게 되었다 우리 모두 지겨운 혐오감을 감추고, 다함께 바보들의 축제로 나아갔다. 투표는 모든 유형수들한테도 〈허용〉되어 있었다. 그토록 선거는 가치 없는 것이었다. 〈권리를 박탈당한 사람들에게도〉 선거인 명부에서 자기 이름을 찾아 빨리 투표하도록 재촉했다. 우리 _꼬끄-쩨레끄_에는 투표용 별실도 없었다. 한쪽 구석에 커튼을 넓게 열어 놓은 막사를 세워 놓았는데, 그것은 드나들기도 불편하여 그다지 기분 좋은 곳도 아니었다. 선거라는 것은 받아 쥔 투표용지를 되도록 빨리 투표함까지 가져가서 그 구멍 속으로 밀어 넣는 일뿐이었다. 만일 누군가 발을 멈추고 입후보자의 성이라도 자세히 읽는 흉내를 내기라도 한다면 그것은 이미 의심받는 일이 된다 — 당 기관이 추천을 잘못했다고 생각하는가? 읽을 필요가 없지 않는가? 투표가 끝나면 모두 당당히 술을 마실 수가 있었다(봉급은 제 날짜건 가불이건 반드시 선거 전에 지불되었다). 모두 가장 좋은 옷을 입고(유형수도 마찬가지) 거리에서 사람을 만나면 깊이 고개를 숙이며, 서로 무슨 연고인지 인사를 하며, 〈좋은 하루입니다!〉라고 했다…….

이런 광경을 볼 때마다 전혀 선거가 없었던 수용소가 그립게 생각되었다!

한번은 _꼬끄-쩨레끄_가 까자끄인 인민재판관을(물론 만장일치로) 선출했던 일이 있었다. 여느 때처럼 모두 서로 길에서 만날 때마다 축하했다. 그러나 몇 달이 지나자 그가 이전에 재판관을 했던 지구에서(그곳에서도 역시 만장일치로 선출되었다) 형사 소송을 받았다. 취조 결과, 우리 지구에서도 그는 이미 상당한 뇌물을 받았다는 것이 알려졌다. 부득이 그를 파면하고 _꼬끄-쩨레끄_에서는 새로 부분 선거를 실시하지 않으면 안 되었다. 입후보자는 또 다른 곳에서 온 사람으로, 아무도 모르는 _까자끄_인이었다. 그리하여 일요일에 모두가 차려 입고 아침부터 찬성투표를 하고, 길에서 사람을 만나면 행복하게 빛나는 얼굴을 보이며, 눈 한 번 깜빡이지 않고 〈좋은 하루 입니다!〉하고 서로 인사했다.

도형 수용소에서 우리는 황당한 광경을 보면 드러내 놓고 웃었지만 유형지에서는 자기의 생각을 남한테 말할 수 없게 된다. 유형수들은 보기에는 〈자유인과 같은 생활을 하고〉 있었으나, 우선 처음에 사회로부터 받아들인 것은 무엇이든 감추다는 기본적인 습관이었다. M.은 내가 이따금 이런 이야기를 나눌 수 있는 몇 안 되는 사람 중의 한 명이었다.

그는 제스까즈간 수용소에서 왔다. 그는 오는 길이 늦어져 돈을 다 쓰고 무일푼으로 오게 되었다. 그러나 사령부는 전혀 그런 것도 모르고 그를 형무소의 배급식 명단에서 _빼고_, 꼬끄-쩨레끄의 거리로 내보냈다. 훔치거나, 죽거나 알아서 하라는 것이다. 그럴 때 마침 내가 그에게 10루블을 빌려주어서 그는 언제나 나에게 감사하고 있었다. 그는 내가 도와준 것을 그 후에도 잊지 않고 있었다. 그의 경우 받은 친절에 대한 기억은 대단한 것이었다. 더욱이 받은 치욕에 대한 원한도 마찬가지였다. (그는 피의 복수의 대상이 되었다가 겨우 그 재난을 면한 그 체첸인 청년 후다예프에게 원한을 가지고 있었다. 세상은 이렇게 돌고 도는 것이었다. 겨우 목숨을 건진 후다예프가 훗날 부당하게, 게다가 잔인하게 M.의 자식을 모욕한 것이다.)

전문적인 지식이 없는 유형수라는 상태로, M.은 꼬끄-쩨레끄에서 마음에 드는 일자리를 구할 수 없었다. 그가 바랄 수 있는 최고의 자리는 학교 실험실 조수였다. 그 때문에 일단 얻은 그 자리를 매우 소중하게 생각했다. 그러나 그 자리의 성질상, 그는 모두에게 양보하고 아무한테도 거역하지 않고 자기를 항상 억제해야 했다. 따라서 그는 자신을 앞으로 내세우지 않고, 겸손한 얼굴로 누구에게도 자기의 본심을 보이지 않았다. 그래서 쉰 살이나 되었는데도 왜 기술을 배우지 못했는지 그 간단한 이유도 아는 사람이 없었다. 그런데 어찌 된 것인지 그와 나는 친해졌고, 의견 충돌도 없이 서로 자주 돕게 되었다. 게다가 수용소에서 얻은 반응과 표정도 같았다. 그리고 그는 오래 간직하던 것을 나에게 고백했다. 그래서 나는 그의 인생의 외적인 면뿐만 아니라, 그 내면까지도 알 수 있었다. 그것은 아주 교훈적인 것이었다.

전쟁 전에 그는 Z시의 지구 공산당 위원회 서기로 있었고, 전쟁 중에는 사단의 암호과장이었다. 그는 늘 높은 지위에 있었고 주요 인물이었으니까 자기보다 하찮은 사람들의 고통 따위는 알려고 하지 않았다. 그런데 1942년에 암호과의 무슨 잘못으로 그 사단의 1개 연대가 후퇴 명령을 제시간에 받지 못했다. M.의 많은 부하들이 죽거나 실종되었다. 그 잘못을 어떻게든 정정해야 했다. 장군이 M.을 전방으로 보냈다. M.은 위축이 되어 말을 타고 떠났으나 죽는 것이 두려웠다. 도중에 큰 위험도 닥쳤다. 목숨을 잃을 뻔해서 앞으로 더 나가지 않기로 했다. 그 자신도 살 수 있을지 없을지 모를 지경이었다. 그는 의식적으로 말을 멈추고, 연대를 배신하여 버리고, 말에서 내렸다. 그리고 나무를 껴안았다(혹시 모를 포탄의 파편에 맞지 않으려고 그 뒤에 몸을 피했다). 〈여호와에게 맹세합니다 — 만일 살아남는다면 저는 열렬한 신자가 되어 성스러운 규율을 지키겠습니다.〉 그는 살아남았다. 연대는 궤멸되었고, 많은 사람들이 포로가 되었으나 M.은 살아남아 제58조에 의해 수용소 10년을 먹고, 형기를 다 살고 나서 지금은 나와 함께 *꼬끄-쩨레끄*에 있는 것이었다. 그는 충실하게 자기의 맹세를 지키고 있었다! 공산당원이었던 그의 과거는 그 가슴속에도, 머리에서도 말끔히 사라져 버렸다. 아내가 속이지 않는 한, 그는 금지된 생선 즉 비늘이 없는 생선도 먹지 않았다. 토요일에는 출근하지 않을 수는 없었지만, 직장에서 아무 일도 하지 않도록 노력했다. 그리고 자기 집에서는 엄밀하게 모든 의식을 지키고 기도했다. 물론, 소련에서는 그것은 은밀히 하지 않으면 안 되었다.

당연한 일이지만, 그는 이 신상 이야기를 거의 아무한테도 하지 않았다.

나에게는 그의 이야기가 단순하게 들리지 않았다. 그 속에는 우리 나라에서 절대로 용인할 수 없는 하나의 사상이 있었다. 그것은 우리 존재의 가장 깊숙한 곳에는 당이나 이데올로기적 의식이 아니라 종교적 의식이 있다는 것이었다.

이런 인물을 어떻게 제재할 것인가? 형법이나 군법에 의해서도, 아니면 명예와 애국주의에 의해서도, 혹은 공산당의 원칙에 의해서 이런 인물은 죽이거나 경멸해야 한다. 자기 혼자서 살기 위해 그는 연대를 전멸시켰던 것이다. 그리고 그 순간에 유대인들의 역사상 가장 무서운 적에 대하여 증오를 느끼지 않았다.

그렇지만 M.은 더 높은 차원에서 말했다 — 당신들의 전쟁은 모두 고위층 정치 지도자들이 어리석기 때문에 일어난 것이 아닌가? 히틀러가 러시아를 공격한 것은 그 자신과 스탈린과 체임벌린이 어리석어서가 아닌가? 그런데 지금은 당신들이 〈이 나를〉 전쟁터로 보내서 죽으라고 하는 것인가? 나를 이 세상에 낳은 것은 〈당신들〉이 아니지 않는가! 어떤 사람은 이렇게 이의를 제기할지 모른다. 그는 이런 주장을(아니, 그 연대의 사람들 모두가 그렇지 않은가!) 전장에서 나무를 부둥켜안았을 때가 아니라, 멋진 군복을 입고 입대하기 전에 하지 않으면 안 되었다. 나도 논리적으로는 그를 변호할 수 없다. 논리적으로는 나도 그를 증오하고 경멸하며, 그와 악수를 나눌 때 혐오감을 느끼지 않으면 안 되었다.

그런데 나는 그에 대해서 〈이러한 감정을 전혀 느끼지 않았다〉! 내가 그 연대의 사람도 아니고, 당시의 상황을 몸소 체험하지 못해서인가? 아니면 그 연대의 운명은 다른 몇백 개의 원인에 좌우되었다는 것을 알고 있었기 때문인가? 아니면 나는 M.이 뽐내는 것을 본 일이 없으며, 언제나 짓밟힌 모습만 보았기 때문인가? 우리는 매일 마음속으로 굳은 악수를 나눴다. 나는 그것을 한 번도 부끄럽게 생각한 적이 없었다. 인간이란 일생을 통하여 여러 가지 모습으로 변한다! 자기 자신한테나 다른 사람한테나, 전혀 몰랐던 사람이 되기도 한다! 이렇게 여러 가지 모습 중 하나를 향해, 우리는 명령이라든가 법률이나 충동에 의해, 또는 아예 눈을 감고 있기 때문에, 주저하지 않고 즐겁게 돌을 던지는 것이다.

그런데 만일 그 돌이 손에서 흘러 떨어진다면? 당신 자신도 엄청난 곤경에 처해서 새로운 눈이 생긴다면? 그 죄에 대하여, 그 죄를 지은 사람에 대하여 새로운 눈이 생긴다면? 〈그와 당신 자신〉에 대하여 새로운 눈이 생긴다면?

나는 이 두꺼운 책 속에서 이때까지 많은 용서를 했다. 그 때문에 나에게 놀라거나 분개한 사람들로부터의 항의가 있었다 ― 도대체 그 한계는 어디 있는가? 모든 사람을 다 용서할 수는 없지 않은가?

나는 모든 사람을 용서하고 있는 것은 아니다. 이미 쓰러진 사람만을 용서하고 있다. 우상이 통치자의 높은 자리에 앉아서 눈썹을 찌푸리며 용서 없이 독선적으로 우리의 인생을 짓밟고 있는 동안은, 내가 가장 무거운 돌을 맡겠소! 자, 10명이 함께 통나무를 들어 그 우상을 쓰러뜨리자!

그러나 그 우상이 쓰러지고, 땅바닥에 떨어져 그 충격으로 그의 얼굴에도 인간다운 감정이 흐른다면 이제 머리 위로 쳐들었던 돌은 내려놓아야 한다!

그는 스스로 인간으로 되돌아왔으니까.

그에게 신이 주신 이 길을 빼앗아서는 안 된다.

◆

위에서 기술한 유형지에서 보면 우리가 있었던 꼬끄-쩨레끄의 유형지는 일반적으로 남부 까자흐스딴 지방이나 끼르기스 지방과 마찬가지로 특혜를 받았다고 인정하지 않을 수 없다. 여기서는 사람들이 정착하고 있는 마을에, 즉 물가의, 불모지가 아닌 토지에(추 계곡이나 꾸르다이 지구는 아주 비옥한 땅이었다) 살게 되었다. 많은 사람들이 도시(잠불, 침껜뜨, 딸라스, 또한 알마아따와 프룬제)로 가게 되었으며, 그들이 놓인 상태는 일반 주민들의 권리와 그다지 다르지 않게 느껴졌다. 식료품이 그렇게 비싸지 않았고, 일자리도 쉽게 구할 수도 있었다. 특히 공장이 있는 곳에서 더 쉽게 구할 수 있었다. 현지 주민들이 공업이나 수공업, 지적 노동에 무관심했기 때문이었다. 농촌 지대에 간 사람들도 모두 엄한 집단 농장으로 쫓겨 간 것은 아니었다. 우리의 *꼬끄-쩨레끄*에는 4천 명 정도의 인구가 있었는데, 그 대부분이 유형수로, 집단 농장에 들어간 사람은 까자끄인들의 구역뿐이었다. 그 밖의 사람들은 기계 트랙터 공급처에 취직하거나, 혹은 급료가 적더라도 어디엔가 일자리를 얻고 있었다. 그들은 1헥타르의 물을 댈 수 있는 밭, 소, 돼지, 양 등으로 살림을 꾸려 가고 있었다. 우리들과 함께 살고 있었으며 현지의 건설 사무소에서 벽돌공으로 중노동을 하고 있는 서부 우끄라이나 지방 출신들(수용소에서 5년을 보내고 행정 유형수가 된 사람들)은 물을 잘 대지 않으면 작물이 이내 말라 버리는 *꼬끄-쩨레끄*의 점토질에도 불구하고 그곳이 집단 농장에 속해 있지 않았기 때문에 꽃피는 우끄라이나에서의 생활보다 훨씬 자유롭다고 생각하며, 완전하게 자유의 몸이 되었을 때 그곳에 영주하려고 할 정도였다.

*꼬끄-쩨레끄*의 보안 장교들은 게을렀다. 일반적으로 게으른 까자끄인의 성격이 우리들한테는 다행스러웠다. 우리 속에도 밀고자는 있었겠지만, 그다지 느끼지 못했고, 누군가에게 해를 입히지도 않았다.

그러나 그들의 태만과 규율 완화의 주원인은 흐루쇼프 시대가 왔다는 것이 이유였다. 우리가 있는 오지까지 오면서 꽤 충격이 약화되기는 했지만, 어쨌든 그 영향이 이곳에도 전해졌던 것이다.

처음에는 실망스러운 〈보로실로프 특사〉가 전해졌다(이 특사는 〈권력을 다루는 일곱 귀족〉[1]에 의해 발표되었으나, 수용소군도에서는 이런 이름이 붙게 되었다). 1945년 7월 7일에 스딸린이 정치범들을 조소한 것이 그리 좋은 교훈으로 되

---

[1] 말렌꼬프, 몰로또프, 보로실로프, 흐루쇼프, 불가닌, 까가노비치, 미꼬얀 — 옮긴이주.

지 못하고 이내 잊어버리고 말았다. 수용소와 마찬가지로 유형지에서도 언제나 특사에 얽힌 소문이 꽃을 피우고 있었다. 사람들은 놀랄 만큼 쉽게 맹신한다. 예를 들어 N. N. 그레꼬바는 15년을 고생하고 두 번째로 형기를 사는 여자 죄수였으나, 자기 작은 방 안의 벽돌 벽에 눈이 예쁜 보로실로프의 초상화를 걸어 놓고 있었다. 그리고 그가 기적을 낳으리라 믿고 있었다. 그리하여 실제로 그 기적이 일어난 것이다! 다름 아닌 그 보로실로프의 서명으로 정부는 다시 한번, 1953년 3월 27일에 우리를 조소했던 것이다.

어찌하여 다름 아닌 1953년 3월에 슬픔에 잠긴 나라에서 슬픔에 잠긴 위정자들이 범죄자들을 자유롭게 하지 않으면 안 되었는가, 표면적으로 합리적인 설명은 없었다. 이 세상의 덧없음을 느껴서인가? 하지만 꼬또시힌이 썼듯이 고대 러시아에도 이러한 풍습이 있었다고 한다 — 황제를 매장하는 날에 범죄자들을 석방하는 풍습이 있었다. 그래서 어디서나 약탈이 일어났다(〈천성적으로 신을 두려워하지 않는 모스끄바 사람들은 길에서 남자나 여자를 벗기고 죽였다〉).[2] 여기서도 바로 그랬다. 스딸린의 장례를 끝마친 후계자들은 인기를 모으려고 했다. 그들이 특사에 대해 내놓은 설명은 〈우리 나라에서 범죄가 근절되어서〉였다. (그렇다면 〈투옥된 것은〉 누구라는 말인가? 석방될 범죄자 자체가 없어야 하지 않는가!) 하지만 여전히 스딸린 시대의 편견에 사로잡혀 앞을 제대로 보지 못하는 그들은, 도둑이나 도적, 그리고 〈5년 이하〉인 제58조 해당자들에게만 특사를 적용했다. 사정을 알지 못하는 사람이라면, 제대로 된 국가의 척도에 의해 〈5년 이하〉라는 규칙에

---

2 쁠레하노프 저작에서 인용 ─『러시아 사회 사상사』(모스끄바, 1919), 제1권 제2부 제9장.

따라 정치범의 4분의 3 정도가 가정으로 돌아갈 수 있을 것이라고 생각했을 것이다. 그러나 실제로 이런 어린아이 같은 형기를 받은 것은 1~2퍼센트에 지나지 않았다. (그 대신 메뚜기 떼 같은 도적들을 현지 주민들한테 보냈다. 경찰들은 꽤 시간을 써서 겨우 특사로 석방된 폭도들을 제자리로 되돌려 보냈다.)

이 특사가 우리의 유형지에 재미있는 파문을 던졌다. 벌써 이전에 〈어린아이의 형기〉를 마쳤으나 가정으로 돌아가지 못하고, 재판 없이 유형에 처하게 된 사람들이 여기에 있었기 때문이었다. 꼬끄-쩨레끄에는 우끄라이나나 노브고로뜨 출신의 이런 독특하고 고독한 노파들이나 노인들이 있었는데, 그들은 세상에서 제일 얌전하고 제일 불행한 사람들이었다. 특사가 나오자, 그들은 갑자기 활기에 차서 언제 고향으로 돌아갈 수 있는 허가가 날지 기다리고 있었다. 그런데 두 달이 지날 무렵에 여느 때처럼 엄한 설명서가 왔다. 그들의 유형(재판 없이 수용소 형기에 추가된)은 5년간이 아니라, 〈영구적인〉 것이므로, 그 원인이 된 재판에 의한 5년의 형기와는 관계가 없고, 따라서 그들은 특사의 대상이 되지 않는다……라고 되어 있었다. 또냐 까자추끄는 원래는 자유인이었으나, 우끄라이나에 유배된 남편한테 갔을 때, 일률성에 의해 유형지 정착민이 되어 버린 경우였다. 특사가 나왔다기에 그녀는 사령부로 뛰어 들어갔다. 그녀는 다음과 같은 논리 정연한 설명을 들었다. 「당신은 남편과 달리 5년의 형기도 아니며, 게다가 유형 기간도 분명하지 않으니까, 특사는 당신과 관계가 없소.」

입법자였던 드라콘이나 솔론, 그리고 유스티니아누스가 치욕으로 몸을 떨 것이다!

이리하여 아무도 이 특사의 은혜를 입은 자가 없었다. 그러나 세월이 흐름에 따라, 특히 베리야의 실각 후, 눈에 보이지 않고 대대적으로 발표되지 않았던 진짜 〈완화〉가 유형 왕국에도 침투해 왔다. 그리고 그 5년짜리 죄수들은 가정으로 돌아가게 되었다. 또 근처 대학에서 유형수 아이들의 수험을 허가하게 되었다. 직장에서 〈너는 유형수다!〉라고 타박하지 않게 되었다. 모든 것이 부드러워졌다. 유형수들도 직장에서 승진을 할 수 있게 되었다.

그런데 어찌 된 노릇인지, 사령부에 공석이 보이기 시작했다. 「그 사령관은 어찌 되었나요?」「그는 이제 여기에 없소.」 사령부의 인원이 줄었다! 응대하는 것도 친절해졌다. 신성한 〈등록 확인〉도 그다지 신성하지 않았다. 만약 어떤 사람이 저녁 시간까지 오지 않더라도 넘어갔다. 「괜찮소, 다음에 합시다!」 여러 민족들이 차례로 권리를 되찾고, 다른 주로의 여행도 전보다는 자유로워졌다. 〈곧 우리를 고향으로 보내 준대요, 고향으로!〉라는 소문이 점차 심해졌다. 정말 뚜르끄멘인들이 고향으로 갔다(포로였기 때문에 유형을 받았던 사람들이다). 쿠르드인들도 그랬다. 사람들이 집을 팔려고 내놓아서 그 가격이 떨어졌다.

몇 명의 행정 유형수 노인들도 돌아갔다. 멀리 모스끄바에서 누군가 그들을 위해 뛰어다녀 주어서 그들은 〈명예 회복〉이 되었다. 흥분의 도가니가 되고, 유형수들은 기쁜 동시에 불안했다 ─ 잘하면 우리도 갈 수 있는 게 아닐까? 잘하면 우리도…….

우스꽝스럽다! 모두 이 〈체제〉가 정말 착해졌다고 생각했다. 나는 수용소에서 믿지 못하겠으면 철저히 믿지 않는다는 교훈을 얻었다. 게다가 나로서는 믿을 필요도 없었다. 그곳에는, 즉 본토에는 나의 친척이나 가까운 사람이 없었기 때문이었다. 여기 이 유형지에서 나는 거의 행복에 가까운 삶을 맛보았다. 아니, 나는 예전에는 한 번도 이런 즐거운 생활을 보낸 적이 없다고 생각되었다.

사실대로 말하자면 유형 첫해에는 마치 교도관들의 동맹군과 같은 무서운 병이 나를 괴롭혔다. 그리고 만 1년 동안 꼬끄-쩨레끄에서 나의 병을 진단할 수 있는 사람은 아무도 없었다. 나는 겨우 서 있는 상태로 수업을 계속했고, 수면 시간도 적어지고, 식욕도 줄었다. 이전에 수용소에서 쓰고 기억해두었던 것과 유형지에서 새로 쓴 것을 재빨리 종이에 옮겨 써서, 땅속에 파묻어야 했다. (따시껜뜨로 떠나기 전날 밤, 즉 1953년의 마지막 밤을 나는 똑똑히 기억한다. 그날 밤은 나의 인생과 나의 모든 문학의 최후의 날이었다고 생각되었다. 그것은 너무나 짧았다.)

하지만 병은 나았다. 그리고 정말로 〈아름다운 유형〉의 2년이 시작되었다. 다만 한 가지 불편, 한 가지 희생을 감수해야 했다. 나는 결혼할 엄두를 내지 못했던 것이다. 나에게는 나의 고독과 나의 작품과 나의 은신처를 안심하고 맡겨 둘 여성이 없었다. 하지만 매일매일이 행복하고 충실한 생활이어서 그런 불편함 따위는 전혀 알지 못했다. 학교에서는 원하는 대로 수업 시간을 오전이나 오후로 맡았고, 나는 그 수업으로 항상 행복했으며, 괴로운 것도 피곤한 것도 없었다. 또한 매일 글을 쓰기 위해 1시간쯤 시간을 낼 수도 있었다. 그 1시간 동안, 나에게는 정신적인 긴장도 필요하지 않았다. 책상에 앉으면 펜 밑에서 문장이 흘러나왔다. 집단 농장에서 사탕무 수확에 동원되지 않는 일요일에는 아침부터 밤까지 나는 줄곧 쓰고 있었다! 그곳에서 나는 장편 소설[3]을 쓰기도 했으며(10년 후에

3 『연옥 속에서』를 말함 ─ 옮긴이주.

167

는 압수되었지만), 앞으로 오래 써도 다 쓸 수 없을 재료가 있었다. 출간에 관해서라면 — 어차피 내가 죽은 다음에 발표될 것이라고 생각했다.

돈이 생기자 나는 벽에 진흙을 바른 작은 집을 하나 사서 글을 쓸 수 있는 튼튼한 책상을 주문했다. 하지만 잠자리는 여전히 낡은 나무 상자 위였다. 그 밖에 나는 단파 라디오를 사서 밤이 되면 밖에서 안을 들여다보지 못하게 창문의 커튼을 닫고 귀를 라디오 가까이에 대고, 폭포와 같이 시끄러운 방해 전파 속에서 금지되어 있었지만 우리가 바라던 정보를 얻고, 들리지 않는 부분은 머릿속에서 재구성하기도 했다.

우리는 몇십 년에 걸쳐 거짓말과 난센스로 괴롭힘을 당했기 때문에, 조각으로 끊긴 진실의 한 조각이라도 듣게 되면 너무나 기뻤다! 그렇지만 내가 들인 시간에 비해서 얻는 것은 별것 없었다. 발육이 부진한 서구는 수용소군도에서 자란 우리에게 깊은 지혜나 확고한 용기를 주지 못했다.

나의 집은 마을의 제일 동쪽 끝에 있었다. 쪽문 밖에는 관개 수로가 있고, 스텝이 펼쳐져 있으며, 매일 아침 해돋이를 바라볼 수 있었다. 나는 스텝을 산책하며 마음껏 숨 쉬었다. 나의 집에서 1백 미터 이내에는 왼쪽에도 오른쪽에도 뒤에도 아무도 없었다.

나는 설사 〈영구히〉는 아니더라도 적어도 20년쯤은 여기서 살지 않으면 안 된다(나는 그것보다 빨리 완전한 자유로운 시대가 오리라 생각하지 않았다. 이런 점에서 나는 조금 틀렸다)는 생각을 납득하기 시작했다. 나는 이미 어디로도 가고 싶다고 생각하지 않았다(중부 러시아의 지도를 볼 때는 가슴이 설레기도 했지만). 나는 세상이 내 밖의 어딘가에 있어서 나를 부르고 있다고 생각하지 않게 되었다. 세상은 이미 내가 살아온 것이며, 온전히 내 안에 있는 것이다. 그리하여 나에게 남겨진 과제는 그 세상을 기술하는 것이다.

나는 이미 충분했다.

꾸뚜조프가 유배된 친구 라지셰프에게 보낸 편지에서 이렇게 썼다 ──〈나의 친구여, 이런 말을 자네한테 하기가 쉽지 않네만⋯⋯. 자네가 처해 있는 상황도 나름대로 이점이 있다네. 자네는 모든 인간으로부터 격리되어 우리의 눈을 어둡게 하는 것들에서 멀어져 있네. 그래서 자네는⋯⋯ 자기 자신의 내면을 둘러볼 수 있지. 자신을 냉정하게 바라볼 수 있을 걸세. 그것은 이전에 자존심이나 바깥세상의 안경을 통하여 보았던 것도 보다 공정하게 판단을 내릴 수 있게 되었다는 말이네. 아마 많은 것들이 아주 새로운 각도에서 보이게 될 걸세.〉

참으로 그랬다. 나는 이 깨끗해진 시선을 소중하게 여겼고, 나 자신의 유형을 아주 귀중한 것으로 생각했다.

그러는 동안에 이 유형 왕국은 차츰 더 심하게 흔들리고 있었다. 내무부 사령부는 정말로 친절해졌고, 그 인원은 더욱 줄어들었다. 탈주를 해도 이제는 수용소 5년 형밖에 되지 않았고, 그것조차 제대로 처리하지 않았다. 한 민족 한 민족씩 등록 확인을 그만두게 되었고, 여기서 떠나가는 것을 허가하게 되었다. 기쁨과 기대, 불안이 우리의 유형 생활의 고요함을 찢어 버렸다. 갑자기 전혀 예기치 못한 또 하나의 특사가 나왔다. 1955년 9월의 〈아데나워 특사〉였다. 아데나워가 모스끄바를 방문하여 흐루쇼프에게 독일인 전부의 석방을 요청했고, 그것이 받아들여진 것이다. 니끼따 흐루쇼프는 그들을 돌려보내도록 명령했으나 이내 그 모순을 알아차렸다. 독일인들은 석방했지만 그들의 하수인 노릇을 했던 러시아인들은 20년의 형기를 받아 아직 갇혀 있었던 것이다. 그러나 그들은 점령 시기에 독일의 앞잡이로 경찰을 했거나 촌장을 했거나 블라소프 군단에 들어갔던 사람들이었기 때문에, 이 은사를 공표하고 싶지 않았다. 우리 나라의 언론은 보잘것없는 것은 대대적으로 다루고, 중요한 것은 아무도 모르게 발표한다는 것이 일반 원칙이었다. 이리하여 10월 혁명 이후에 가장 대규모의 정치적 사면이 〈보통의〉 날인 9월 9일에, 축제일도 아닌 날에 나왔다. 단 하나의 신문, 『이즈베스찌야』에만 실렸다. 게다가 그것은 신문의 내지 지면이었고, 논평이나 아무런 관련 기사도 실리지 않았다.

그래, 이것을 읽고 어찌 마음이 설레지 않겠는가? 나는 「독일군에 협력한 사람들의 은사에 대해」를 읽었다. 나는 어떻게 되는가? 나는 줄곧 적위군에 있었으니까 나와는 상관이 없는 것인가? 어쨌든 좋다, 아직 나는 침착했다. 마침 그때 나의 친구 L. Z. 꼬뻴레프가 모스끄바에서 편지를 보내왔다. 그는 이 은사를 내세워서 모스끄바의 경찰에게 달려가 일시적인 주민 등록을 해 놓았다. 그러나 그는 곧 경찰에 호출되었다. 「당신, 혹시 우리한테 거짓말한 거요? 독일군에 협력한 적 없지?」 「네, 그런 적 없습니다.」 「그리고 소비에뜨 군대에서 복무했었고?」 「네, 그렇습니다.」 「그렇다면 24시간 내에 당장 모스끄바에서 떠나시오!」 물론, 그는 모스끄바에 남았다. 그러나 〈저녁 9시만 지나면 제정신이 아니었다. 문에서 초인종 소리가 울릴 때마다 아, 이제 나를 체포하러 오는 건가! 하고 두려워할 뿐이었다〉.

그에 비하면 나는 참으로 행복했다! 원고를 숨기고 나면 (나는 밤마다 그것을 숨겼다) 아기처럼 잠들 수 있었다.

나는 나 자신의 깨끗한 사막에서, 득실거리며 시끄러운 허영에 찬 수도의 생활을 상상했다. 나는 조금도 그곳에 가고 싶다고 생각하지 않았다.

그런데 모스끄바의 친구들이 설득했다 —「자네는 거기 눌러앉아서 무얼 하는가? 재심을 요구하라고! 지금 재심을 하고 있다네!」

대체 무엇 때문에? 여기서 나는 오랫동안 개미가 우리 집의 벽돌로 된 기초에 작은 구멍을 뚫고, 반장 없이 교도관 없이 수용 지점장 없이 일렬로 서서 짐을 나르는 것을 관찰할 수도 있다. 개미는 씨앗 껍데기를 운반해서 겨울 준비를 하고 있었다. 어느 날 아침 집 앞에 씨앗 껍데기가 떨어져 있었는데, 웬일인지 개미가 나타나지 않았다. 맑게 갠 하늘이었어도 개미는 이미 전부터 알고 있었다. 오늘 비가 온다는 것을 〈알고 있었다〉. 또 비가 멈추고 구름이 검게 하늘을 덮고 있어도 개미는 나와서 일을 시작했다. 오늘은 이제 비가 오지 않는다는 것을 개미는 이미 알고 있었던 것이다.

여기 이 유형지의 고요 속에서 나는 분명히 뿌시낀의 생활의 진실한 흐름을 상상할 수 있었다. 우선 제일 행복한 것은 남쪽으로의 유형이다. 둘째로 행복한 것은 미하일로프스꼬예 마을로의 유형이다. 아니, 그는 줄곧 그곳에서 지내며 아무 데도 나가지 않았다. 대체 어떤 숙명이 그를 뻬쩨르부르끄로 가게 했을까? 대체 어떤 숙명이 그를 결혼하게 했을까?

하지만 인간의 마음이라는 것은 좀처럼 이성을 따르지 않는다. 작은 나뭇조각은 큰물의 흐름에는 어쩔 수가 없다.

제20차 당 대회가 시작되었다. 흐루쇼프의 연설에 대해서 우리는 오랫동안 아무것도 알지 못했다(끄끄-쩨레끄에서 사람들이 그것을 읽기 시작했을 때도, 유형수들한테는 보여 주지 않았다. 우리는 BBC를 통해서 그 연설에 대해 알게 되었다). 그러나 일반 신문에 발표된 미꼬얀의 발언, 즉 최근 이렇

171

고 저런 시기 이후 〈이번이 최초의 레닌주의적 당 대회다〉라는 말만으로도 충분했다. 나의 적인 스탈린이 땅에 떨어지고, 내가 거꾸로 올라간다는 것을 이내 알았기 때문이다.

그리하여…… 나는 재심을 청원하게 되었다. 이윽고 봄이 되자 〈제58조〉 전원의 유형이 폐지되었다.

그리하여 쇠약한 나는 그 깨끗하고 맑은 유형지를 뒤로 하고 혼탁한 세상으로 들어왔다.

한때 죄수였던 남자가 동쪽에서 서쪽으로 볼가강을 지나고, 하루 종일 흔들리는 열차 속에서 러시아의 숲 사이를 지나던 때의 감상은 이 장에 들어 있지 않다.

여름에 나는 모스끄바 검사국에 전화를 걸어서 나의 청원이 어떻게 되었는지 물었다. 그쪽에서는 다시 한번 전화하라고 말했다. 이윽고 신문관이 친절하고 순박한 목소리로 나와 이야기를 하고 싶으니까 루비얀까로 나와 달라고 했다. 꾸즈네쯔끼 다리의 그 유명한, 통행증을 발급해 주는 곳에서 기다리라고 했다. 나는 누군가 재빨리 나를 관찰하며 나의 얼굴을 연구하고 있지 않은지 의심했다. 나는 속으로 긴장하면서 밖으로는 호인다운 피곤한 표정을 지으며 대합실 한복판에서 그다지 즐거워지도 않으면서 놀고 있는 아이의 동작을 지켜보는 체했다. 나의 짐작이 맞았다! 나의 새 신문관은 사복을 입고, 나를 지켜보고 있었다! 그는 내가 위세 당당한 적은 아니라는 것을 확인하자, 나에게로 접근하여 아주 상냥하게 나를 볼샤야 루비얀까로 데려고 갔다. 그 도중에 그는 내 인생이 망가지고(대체 누가 그랬는가?) 아내와 아이들을 빼앗긴 데 대하여 동정해 주었다. 그러나 전깃불이 비추고 있어서

172

숨이 막힐 듯한 루비얀까의 복도는 내가 머리를 깎고, 굶주림으로, 수면 부족으로, 단추도 없이, 두 손을 뒤에 돌리고 걷던 때와 전혀 다르지 않았다. 「그런데 당신을 담당했던 예제쁘프 신문관은 잔인한 녀석이었더군요! 그런 녀석이 다 있었다니. 지금은 해고되었어요.」(아마 그는 지금 옆방에서 나를 욕하고 있을지도…….) 「저는 스메르시의 해군 지부에 있었는데, 거기에는 그런 사람은 없었어요!」(너희한테서 류민이 나왔어. 레프신도 리빈도 너희한테서 나왔다고.) 그렇지만 나는 순박하게 그렇겠지요, 하며 그에게 머리를 끄덕였다. 그는 1944년에 내가 스딸린에 대해 쓴 해학에 웃음까지 지었다. 「참, 이것은 바로 지적했군요!」 조서에 딸려 있는 죄를 입증하는 증거물 중에서 전선에서 쓴 나의 단편 소설을 보고 칭찬했다. 「이 속에는 반소비에뜨적인 것은 하나도 없더군요! 원하신다면 가져가도 좋아요. 발표하는 게 어떨까요?」 그러나 나는 환자처럼 기어드는 목소리로 거절했다. 「아닙니다, 저는 이미 오래전부터 문학에 대해서는 잊어버리고 있었어요. 만일 제가 앞으로 몇 년을 더 산다면 물리학을 공부해 볼까 합니다.」(이것이 지금의 유행이다! 앞으로 우리는 이렇게 대답해야 한다.)

매를 아끼면 버릇이 나빠진다는 말이 있지 않은가. 감옥은 나름대로의 지혜를 우리한테 가르쳐 주었다. 체까-GB 앞에서 어떻게 해야 하는지를.

제7장
사회에 나온 죄수들

이 책에는 〈체포〉라는 장이 있었다. 이제는 〈석방〉이라는 장이 필요하지 않겠는가?

날벼락을 맞듯이 체포된 사람들(〈제58조〉에 대해서만 말하겠다)의 5분의 1, 아니 8분의 1이라도 살아생전에 〈석방〉을 맛볼 수 있었는지 모르겠다.

어쨌든 석방이라는 것을 모르는 사람은 없을 것이다. 이것은 세계 문학에서도 충분히 그렸고, 수많은 영화에도 표현되어 있다 — 어두운 감옥 문을 열고, 밝은 햇빛이 비추는 날, 환희에 춤추는 군중, 가족과의 포옹.

그런데 기쁨을 모르는 수용소군도의 하늘 아래에서의 〈석방〉에는 저주가 걸려 있어서, 사회에 나온 죄수 머리 위의 하늘은 한층 더 우울해진다.

날벼락 같은 체포와 석방의 차이점이란, 석방은 우물쭈물하며 조금도 서두르지 않는다는 것뿐이다(이제 와서 법률이 서두를 필요가 무엇이겠는가). 이 점을 제외하면, 석방은 체포와 똑같은 것이며, 어떤 상태에서 다른 상태로의 불쾌한 이동을 의미하며, 똑같이 가슴이 아프고, 여태까지의 인생이 일그러지고 사물을 보는 눈도 혼란해져서 앞날을 예측할 수 없게 된다.

만일 체포가 물을 단숨에 얼려 버리는 혹한이었다면, 석방은 두 혹한 사이 약간의 해빙에 지나지 않는다.

두 체포 사이의.

왜냐하면 이 나라에서는 석방이 있으면, 그 뒤에는 언제나 반드시 체포가 잇따르게 마련이다.

흐루쇼프 시대가 오기까지 40년간, 석방이란 2개의 체포 사이의 상태에 지나지 않았다.

그것은 2개의 섬 사이에 던져진 구명보트였다. 하나의 수용소에서 다른 수용소로 가는 동안에, 이것을 이용하여 물에서 버둥거려 보라는 것이었다.

첫 번째 날부터 마지막 날까지의 사이가 〈형기〉이며, 한 수용소 구내를 나가서 다른 수용소 구내에 들어가기까지의 사이가 〈석방〉인 것이다.

한 시인[1]이 〈모든 사람이 부러워할 것〉이라고 찬양한 그 침침한 올리브색의 국내 신분증이, 신분증법 제39조에 의해 커다란 검은 스탬프로 더럽혀졌다. 그 때문에 어떤 도시에서도 주민 등록을 할 수 없으며, 좋은 일자리에 채용되지 않는다. 수용소에서는 그 대신 배급식이 나오지만 이제는 그것도 없다.

당신이 가진 이동의 자유라는 것은 환상에 불과하다……

이 불행한 사람들은 〈석방된 사람들〉이 아니라, 〈유형을 빼앗긴 사람들〉이라고 부르지 않으면 안 된다. 운명으로 정해져 있던 행복한 유형을 빼앗긴 이 사람들은 동료인 옛 죄수들이 많은 끄라스노야르스끄의 밀림이나 까자흐스딴의 사막으로는 가고 싶지 않았다! 아니, 그들은 학대받던 〈자유 사회〉의

---

[1] 시를 써서 소비에뜨 국내 신분증을 찬양한 마야꼬프스끼를 말함 ─ 옮긴이주.

한가운데로 가고 있지만 그곳에서는 모두가 그들을 피할 것이며, 낙인찍힌 그들은 스스로 새로운 형무소를 향한 후보자가 되는 것이다.

나딸리야 이바노브나 스똘랴로바는 1945년 4월 27일에 까르 수용소에서 석방되었다. 국내 신분증을 교부받아야 했기 때문에 곧 그 지방을 떠날 수는 없었다. 그녀에게는 빵 배급권도 없었고 머무를 곳도 없었고 일이라고는 장작을 패는 일밖에 없었다. 수용소의 친구들이 모아 준 몇 루블을 쓰고 나서, 스똘랴로바는 수용소로 돌아가 경비병들에게 짐을 가지러 왔다고 거짓말을 하고서는(그 지역의 오랜 관습이었다) 자기의 막사로 뛰어들었다! 재회의 기쁨은 대단했다! 친구들은 그녀를 둘러싸고 취사장에서 수프를 날라다 주었고(참 맛있구나!), 웃으면서 사회의 불편한 생활 이야기를 들었다. 여기가 훨씬 편하다는 결론이었다. 점호 시간이 되었다. 한 사람이 남았다! ……당직자가 나무랐으나, 다음 날 아침까지(다음 날은 5월 1일이었다) 수용소 구내에서 밤을 보내고, 아침에는 나가라고 했다!

스똘랴로바는 수용소에서 매우 열심히 일했었다. (그녀는 상당히 젊은 나이에 파리에서 소련으로 오자마자 곧 투옥되었다. 그녀는 되도록 빨리 사회로 나가 조국의 진정한 모습을 보고 싶다고 했었다!) 〈일을 잘해서〉 그녀는 특전을 받아 석방되었다. 즉, 특정한 거주 지역을 지정받지 않았다. 거주 지역을 지정받은 사람들은 경찰이 그들을 어디로도 추방하지 못하기 때문에, 어떻게든 일자리를 얻을 수 있었다. 그런데 〈깨끗한〉 석방 증명서를 받게 된 스똘랴로바는 박해받는 몸이 되었다. 어디를 가도 경찰에서 주민 등록을 해주지 않았다. 모스끄바의 지인 가족이 차를 대접해 주었으나, 아무도 자고

가라고 하는 사람이 없었다. 그 때문에 그녀는 역에서 밤을 지새우지 않으면 안 되었다. (경찰은 야간에 역 구내를 돌아보며 사람들이 자지 못하도록, 잠든 사람들을 깨워서 밤이 새기 전에 모두 밖으로 쫓아내어 길 청소를 시켰다. 하지만 문제는 그것뿐이 아니었다. 석방된 죄수는 누구나 큰 역을 통과할 때 자기한테 가까이 오는 경찰을 보기만 하면, 가슴이 철렁 내려앉는다. 〈얼마나 엄한 눈초리인가!〉 상대도 물론 죄수를 보고 알아차린다! 「증명서를 보여 주시오!」 석방 증명서를 빼앗기기라도 하면, 또다시 죄수로 되돌아간다. 우리 나라에는 권리도, 법률도, 아니 심지어 인간도 없었다. 있는 것은 증명서뿐이었다! 그런데 이제 여기서 경찰에게 증명서를 빼앗길지 모른다 — 그렇다, 그것이 우리가 느끼는 감정이었다······.) 스똘랴로바는 루가에 가서 장갑 짜는 일을 하려고 했다. 근로자를 위한 장갑도 아니고, 독일군 포로들을 위한 장갑이었다! 그러나 그녀는 채용되지 않았을 뿐만 아니라, 그곳 책임자는 그녀를 모두 있는 앞에서 모욕을 주기 시작했다. 「이 여자가 우리 직장에 숨어들려고 했다! 이것들의 수법에 걸려들지 않아! 우리는 셰이닌의 소설을 읽었다고!」(아, 그 살찐 셰이닌 녀석! 죽지도 않고!)

주민 등록 없이는 취직하지 못한다. 취직하지 못하면 주민 등록을 못 한다. 이런 악순환이다. 빵 배급권도 없었다. 예전의 죄수들은 내무부가 자기들의 취직을 알선하지 않으면 안 된다는 규정을 알지 못했다. 규정을 알고 있더라도 실제로 알선을 부탁하는 것을 두려워했다. 그러다가 다시 〈투옥〉될지 모르니까······.

석방되었다고? 고생은 이제부터 시작이다.

내가 아직 학생이었을 때, 로스또프 대학에는 조금 이상한 N. A. 뜨리뽀노프라는 교수가 있었다. 그는 언제나 움츠리고, 늘 긴장하여 안절부절 못했다. 복도에서도 그를 부를 수가 없었다. 후에 알게 되었지만, 그는 이미 〈들어갔다 나온〉 사람이었던 것이다. 그 때문에 복도에서 누가 부르는 것은 보안 장교가 부르는 소리로 들렸던 것이다.

그리고 로스또프 의과 대학에, 전후에 이미 석방된 의사 한 사람이 있었는데, 그는 자기의 두 번째 투옥은 불가피하다고 생각하여 체포를 기다리지 않고 자살해 버렸다. 벌써 수용소 생활을 체험하고, 그것이 어떤 것인지 〈알고 있던〉 사람들이 그러한 방법을 선택했다는 것은 별로 이상하지가 않았다. 그러는 편이 고통이 더 적을 수도 있었기 때문이다.

〈너무 일찍〉 석방된 사람들은 불행했다! 아베니르 보리소프는 1946년에 석방되었다. 그는 어떤 큰 도시가 아니라, 자기의 고향 마을로 돌아갔다. 그러나 그의 오래된 친구들이나 동급생들은 그와 길에서 만나지 않도록, 또 멈춰서 이야기하지 않도록 애썼다. (그의 친구들은 최근까지 전선에서 용감히 싸운 젊은이들뿐이었는데!) 만일 도저히 말을 피할 수 없을 경우에는 되도록 무난한 말을 골라서 슬금슬금 도망치듯 했다. 이 몇 해 동안 그가 어떻게 지냈는지, 묻는 사람은 〈아무도 없었다〉. (아니, 우리는 중앙아프리카에 대해서보다 수용소 군도에 대해서 더 모르고 있다고 말할 수 있다!) (우리 사회가 얼마나 길들여져 있었는지, 우리의 후손은 언젠가 알게 될 날이 있을 것이다!) 그러던 어느 날 저녁, 대학 시절의 오랜 친구 한 사람이 차를 마시자며 그를 자기 집으로 초대했다. 얼마나 두터운 우정인가! 얼마나 따뜻한 마음인가! 친구 사이의 화해에는 숨은 온정이 필요하다! 아베니르가 옛날 사진을 보여 달라고 부탁하자, 친구가 앨범을 가져다주었다 ── 그 친구는 자기가 했던 일을 〈깜박 잊은〉 것이었다. 사모바르가 나오는 것도 기다리지 않고 아베니르가 벌떡 일어나 돌아가 버린 것을 알고 친구는 그저 놀랄 뿐이었다. 그러나 아베니르로서는 모든 사진에서 자기 얼굴만 잉크로 지워진 것을 보고, 어떻게 행동해야 했을까![2]

그 후에 아베니르는 출세하여, 아동 보호 시설의 소장이 되었다. 그는 전사한 군인들의 자식들을 돌보고 있었는데, 이 아이들은 부유한 부모를 둔 아이들이 소장을 교도관이라고 부르자, 너무나 분해서 울었다. [우리 나라에는 아이들에게 제대로 말의 뜻을 설명해 주는 사람도 없었다. 교도관(쭈렘시끄)은 오히려 그들의 부모일 것이며, 아베니르는 죄수(쭈렘니끄)인 것이다. 아, 옛날의 러시아인들은 말에 대한 감각을 잃지 않고 있었는데!]

또한 까르쩰은 1943년에는 〈제58조〉였으나 폐결핵 때문에 〈노동 불능으로 인정되어〉, 수용소에서 나왔다. 국내 신분증에 검은색의 부적격 표시가 있어서 어느 도시에서도 살 수 없었고 직업도 가질 수 없었다. 마치 산송장과 같았다. 모두 그를 피했다. 그 무렵에 징병 위원회가 열렸으나 병사도 부족했고, 그 작업도 꼼꼼하지 않았다. 까르쩰은 보기에도 폐결핵을 앓는다는 것을 알 수 있었으나, 스스로 건강하다고 말해서 전장에 나가게 되었다. 어차피 죽을 거라면 단번에, 그리고 남들과 같은 조건에서 죽으리라고 생각했다. 그는 거의 전쟁이 끝

---

2 5년 후에 친구는, 그것은 자신의 아내가 칠했다고 말하며 그 책임을 아내에게 돌렸다. 그리고 10년 뒤(1961년)에 그 아내가 노동조합의 지구 위원장으로 있는 아베니르에게 와서 소치의 요양소 여행증을 부탁했다. 그녀는 옛 우정을 들먹였다.

날 때까지 전쟁터에서 지냈다. 그리고 병원에 입원했을 때, 〈제3부서〉는 그제야 겨우 이 헌신적인 병사가 인민의 적이라는 것을 알게 되었다. 1949년에 그는 두 번째 체포 후보자 명단에 올랐으나, 군대에 있던 친절한 몇몇 사람이 그를 도와주었다.

스딸린 시대의 가장 좋은 〈석방〉은 수용소 문을 나와, 그곳에 남는 것이었다. 그러한 사람들은 이미 작업 현장에서도 알려져 있어서, 이내 채용되었다. 이미 조사가 끝난 사람들이기 때문에, 내무부의 직원들도 그들을 길에서 만나면 의심하지 않고 사람으로 대우했다.

하지만 완전히 그렇다고 할 수는 없었다. 1938년에 쁘로호로프뿌스또베르는 석방된 후에도 BAM 수용소에서 자유 고용인 기사로 남았다. 보안부장인 로젠블리뜨가 그에게 이렇게 말했다. 「자네는 석방되었지만, 밧줄에 끌려다니는 인생이라는 것을 잊지 말아야 되네. 작은 과실이 있어도, 자네는 바로 죄수로 돌아가게 되니까. 〈그때는 재판도 필요 없어.〉 그러니까 아주 조심해야 하며 자신이 완전한 자유 시민이라고 생각해서는 안 돼.」

이리하여 수용소에 남아서, 형무소를 자유의 형태로 스스로 선택한 영리한 죄수들은 지금도 먼 오지나 니로쁘 지구나 나림 지구에 수십만 명이나 된다. 만약 그들이 다시 투옥되어야 한다고 해도 모든 것이 훨씬 쉬웠다. 수용소가 바로 옆에 있으니까.

그런데 꼴리마 지방에서는 그 선택권도 없었다. 사람들은 그곳에 〈붙잡혀〉 버리기 때문이었다. 석방되는 동시에 죄수는 〈앞으로 극동 건설에서 일하겠다〉라는 취지의 서약서에 〈자발적〉으로 서명하는 것이다. (꼴리마 지방에서는 본토로 가기 위한 허가서를 받는 것이 석방보다도 더 어려웠다.) N. V. 수로프쩨바는 불행하게도 자기의 형기를 끝내 버렸다. 어제까지는 아동 유형지에서 일했는데 — 그곳은 따뜻하고 식사도 제대로 나왔다 — 오늘은 일자리가 없어서 농사일을 하러 나갔다. 어제까지는 침상과 배급식이 보장되었는데, 오늘은 배급식도 없었다. 잠자리도 없었다. 그 때문에 그녀는 반쯤 쓰러지고 마루가 썩은 오막살이로 가지 않을 수 없었다(꼴리마 지방에 한정되어 있었기 때문이다!). 다행스럽게도 아동 유형지의 친구들이 도와주었다. 친구들은 사회에 있는 그녀에게 그 후에도 오랫동안 배급식을 〈돌려주었던〉 것이다. 그녀는 자기가 처한 새로운 입장에 대한 느낌을 〈자유로운 상태의 억압〉이라고 표현했다. 차차 그녀는 자립하게 되었고, 이윽고…… 자기 집을 가지게 되었다! 이제 그녀는 개도 들어가기를 꺼릴 오두막 앞에 자랑스럽게 서 있다(도판 1).

(이러한 사정은 저주받은 꼴리마 지방에서만의 것이라는 인식을 독자에게 주지 않기 위해, 보르꾸따로 옮겨서 그곳의 자유인을 임시 막사를 보기로 하자. 자유인, 즉 옛 죄수가 살고 있던 오두막의 전형적인 모습을 볼 수 있다.)(도판 2)

따라서 M. P. 야꾸보비치의 석방은 가장 나쁜 상태의 석방이라고는 말할 수 없다. 까라간다 근교의 형무소가 불구자의 집 — 찌호노프의 집 — 으로 개조되어, 그는 그 집으로 〈석방〉되고, 그곳에서 감시당하고 그 땅을 떠나도록 허가되지 않았다.

룻꼬프스끼는 어디에서도 받아들여지지 못하고(〈나는 수용소 생활에 뒤지지 않는 경험을 맛보았다〉) 꾸스따나이 근방의 미개척지로 떠났다(〈그리고 그곳에서 온갖 종류의 사람들과 만났다〉) I. V. 시베뜨는 노릴스끄에서 매우 심한 눈보라

때 열차 편성 작업을 하다가 청력을 잃고 말았다. 그 후에는 보일러공이 되어, 하루 12시간씩 일했다. 그러나 그것을 증명할 증명서는 없었다! 사회 보장과에서는 어깨를 으쓱하며 〈증인들을 데려오시오〉라고 할 뿐이었다. 증인이라고는 바다 코끼리뿐인데…… I. S. 까르뿌니치는 꼴리마 지방에서 20년을 근무하고, 쇠약해져 환자가 되었다. 그러나 60세가 된 그는 〈급료를 받는 정식 근로 25년〉을 충족하지 못했다는 이유로 노후 연금을 받지 못했다. 사람은 수용소에 오래 있을수록 병에 걸려 직업 경력이 적어지므로, 노후 연금을 받을 가능성이 희박해졌다.

당연히 우리 나라에는 영국과 같은 〈죄수 지원 협회〉가 없었다. 이런 어리석은 단체는 상상하기에도 두려운 일이었다.[3]

나에게 이렇게까지 이야기하는 사람도 있었다. 〈이반 제니소비치의 수용소에서의 하루는 사회에 있어서의 하루와 다를 바가 없다〉라고.

하지만 잠시 기다려 보시오! 그 후에 자유의 태양이 떠오르지 않았던가? 〈이런 것은 이제 다시는 되풀이하지 말자!〉라고 말하며 학대받는 사람들한테도 손을 내민 것이 아니겠는가? 당 대회의 단상에서는 사람들이 눈물마저 흘리지 않았던가?

---

3 정치범이 아닌 범죄자들도 마찬가지 대우였다. A. I. 부를라께는 지구 공산당 위원회에서 〈우리는 인사부가 아닙니다〉, 검사국에서는 〈우리는 그런 일을 하지 않습니다〉, 시청에서는 〈호출할 때까지 기다리십시오〉라는 말을 들었다. 그는 5개월 동안이나 실업 상태로 있어야 했다(1964년). P. R. 예고로프는 노보로시스끄에서(1965년) 24시간 이내로 이 도시에서 떠나겠다는 내용의 서약서를 받았다. 시의 집행 위원회에서 그는 수용소에서 받은 〈우수한 노동 성적에 대한 표창장〉을 보여 주었으나 웃음거리가 되었을 뿐이다. 시의 공산당 위원회의 서기는 그를 추방하려고 했다. 결국 그는 뇌물을 주고 노보로시스끄에 남게 되었다.

주꼬프는(꼬브로프에서) 이렇게 쓰고 있었다. 〈나는 내 두 발로 일어선 것이 아니라 무릎으로 일어섰을 뿐이다.〉 그러나 〈수용소 죄수였다는 표시는 지금도 우리한테 붙어 있어서, 인원 감축이 있으면 우선 우리가 맨 먼저 해고당한다〉. P. G. 찌호노프는 이렇게 말했다. 〈나는 명예 회복이 되어 지금은 연구소에서 근무하지만, 이곳은 수용소의 연장일 뿐이다. 수용소장을 하고 있던 바보들이 지금도 우리들 위에 있으니까.〉 G. F. 뽀뽀프는 이렇게 말했다. 〈어떤 말을 하더라도, 어떤 것을 쓰더라도, 내가 투옥되었다는 것을 동료들이 알게 되면, 아주 뜻밖의 일이라는 듯이 돌아서 버렸다.〉

악마는 강하다! 우리 조국의 상황은 이렇다. 폭정의 길로 1~2미터 정도 몰아붙이려면 그저 눈썹을 찌푸리고 헛기침을 하면 된다. 그러나 조금이라도 자유의 방향으로 끌고 가려면, 1백 마리의 소를 매달아서 그 소들을 각각 채찍으로 때리지 않으면 안 된다. 〈어디로 끌고 가는지 잘 보아야 한다! 어디로 끌고 가는지!〉

그럼 명예 회복의 형태란 어떤 것인가? 노파 C.에게 불친절한 호출장이 왔다. 〈내일 아침 오전 10시까지 경찰에 출두할 것.〉 이것뿐이었다! 호출 전날 밤에, 그녀의 딸이 호출장을 들고 경찰에게 달려갔다. 「어머니에게 무슨 일이 일어난 건지 궁금해서 왔어요. 이게 무슨 일이죠? 어머니한테 어떻게 설명하면 될까요?」「아니, 걱정할 것 없어요. 이것은 〈좋은 소식〉입니다. 돌아가신 남편의 명예 회복에 관한 일 때문에 그래요.」(그것이 그녀에게 슬픈 소식일지도 모르지 않는가? 자선을 베푸는 사람은 그런 것을 전혀 고려하지 않는다.)

우리 나라에서 〈자비〉의 형태가 이 정도라면, 잔학의 형태는 대체 어떨지 알 수 있을 것이다!

명예 회복은 눈사태와 같았다! 그러나 결점이 없는 우리 사회는 그 눈사태에도 무덤덤했다. 그 눈사태는 눈썹만 찌푸리면 되는 길이 아니라, 1백 마리의 소를 매달아야 하는 방향으로 쏟아졌기 때문이었다.

〈명예 회복은 쇼에 지나지 않는다!〉당의 고관들은 솔직하게 말할 것이다. 〈너무 많은 사람이 명예 회복되었다!〉

볼제마르 자린(로스또프-나-도누)은 15년을 복역하고 뒤에 8년간은 얌전하게 침묵을 지키고 있었다. 그런데 1960년에 그는 수용소 생활이 얼마나 지독한 것인지 동료한테 이야기했다. 그는 기소되었고 KGB의 소령은 자린에게 이렇게 말했다. 〈명예 회복은 무죄를 의미하는 것이 아니야. 다만 그 죄상이 대단한 것은 아니라는 것뿐이지. 죄는 절대로 없어지지 않는다고!〉

그리고 같은 1960년 리가에서 뻬뜨로빠블로프스끼는 3개월 동안이나 동료들의 비난을 받아야 했다. 그의 아버지가 총살당한 것을 숨겼다는 이유에서였다. ……1937년에 말이다!

꼬모고르는 이런 의심을 했다. 〈오늘은 누가 옳고, 누가 잘못했는가? 추악한 얼굴이 느닷없이 평등이나 형제애를 지껄일 때, 우리는 어디로 몸을 숨겨야 하나?〉

마르껠로프는 명예 회복 후에 어찌어찌해서 공업 보장회 의장으로, 간단히 말해서 협동조합의 지구 위원회 의장이 되었다. 그러나 협동조합은 이 인민이 선출한 대표를 그 집무실에 단 1분이라도 혼자 있게 하지 않았다! 당 사무국 서기인 바예프가 동시에 〈인사부장까지도 겸임하고 있었는데〉, 그는 만일의 경우를 대비하여 마르껠로프의 지구 위원회와 관계가 있는 우편물들은 모조리 자기한테로 돌려서 보고 있었다. 「지구 위원회 재선에 관한 서류가 당신한테 잘못 가지 않았소?」「아, 그런 서류가 한 달 전에 이미 온 것 같소.」「그 서류가 꼭 필요하오!」「여기 있소. 대신 여기서 빨리 읽으시오. 내 집무 시간이 이제 끝나니까.」「하지만 이것은 나한테 온 거요. 내일 돌려주겠소!」「무슨 소리요, 이것은 〈공식 서류〉잖소!」 당신이 마르껠로프의 입장이 되어서 바예프라는 바보 밑에서 일한다고 상상해 보라. 게다가 당신의 급료와 주민 등록이 그 바보에게 달려 있다. 그래, 이 자유의 공기를 가슴 가득히 들이마셔 보라!

여교사 제예바는 〈도덕적 타락〉을 이유로 해고되었다. 그녀는 석방된 죄수와 결혼했기 때문에…… 〈교사의 권위를 실추〉시켰다는 것이다(그녀는 수용소에서 그를 가르쳤던 것이다)!

그리고 이것은 스딸린 시대가 아니라, 흐루쇼프 시대의 사건이었다.

당신의 과거를 확실하게 보여 줄 수 있는 것은 단 한 가지, 〈증명서〉뿐이었다.

그것은 세로 12센티미터, 가로 18센티미터의 그다지 크지 않은 종잇조각이었다. 살아남은 사람한테는 명예 회복 증명서며, 죽은 사람한테는 사망 증명서였다. 사망 일자는 나와 있지 않다. 사망 장소에는 커다란 Z자가 쓰여 있다(옥중에서 사망했다는 뜻). 병명은 백 장을 넘겨봐도 모두 똑같이 판에 박힌 것이다(그 날에 해당하는 〈오늘의 병〉).[4] 때로는 증인들의 성이 기재되어 있었다(가명으로).

진짜 증인은 모두 침묵을 지키고 있었다.

우리는…… 침묵을 지키고 있다.

---

4 젊은 여인 C.는 순진한 아가씨로, 40장의 증명서 다발을 다 보여 달라고 부탁했다. 그 40장 모두에는 같은 필적으로 같은 간에 대한 병명이 쓰여 있었다! 그리고 이런 것도 쓰여 있었다. 〈당신의 남편(알렉산드르 뻬뜨로비치 말랴프꼬비소쯔끼)은 재판을 받기 이전에 사망하였기에 명예 회복이 불가능함.〉

그렇다면 다음 세대는 대체 어디에서 그 진실을 알게 되겠는가? 모든 것이 감춰지고, 굳게 닫혀 보이지 않게 되었다.

베르보프스끼는 이렇게 호소했다. 〈젊은이들까지도 명예 회복이 된 사람들을 의혹과 경멸의 눈으로 보고 있다.〉

하지만 젊은이들 모두가 그렇다는 것은 아니다. 대부분의 젊은이들은 우리들이 명예 회복이 되었는지 아닌지, 1천2백만 명이나 되는 사람들이 지금도 〈투옥되어〉 있는지 아닌지, 그런 것에는 관심이 없다. 그들은 이 둘 사이에서 아무런 상호 관계를 찾아내지 못한다. 그들은 그저 자유롭게, 테이프 리코더를 가지고 곱슬머리 여자 친구들과 노는 것으로 만족한다.

물고기는 어부와 싸우지 않고 그저 그물에서 빠져나가려고 할 뿐이다. 젊은이들이 살아가는 방법도 그것과 같았다.

◆

같은 병도 사람에 의해 그 증세가 각기 다른 것처럼 석방도 또 그것을 자세히 조사해 보면 사람에 따라 그 체험도 여러 가지였다.

우선, 그것은 육체적으로도 달랐다. 어떤 사람들은 수용소에서 살아남기 위해 너무나 많은 노력을 기울였다. 그들은 철인처럼 수용소 형기를 참고, 10년 동안 몸이 필요로 하는 것을 섭취하지 않고 몸을 아끼지 않고 일했다. 헐벗은 상태로 혹한에서 일해도 감기 하나 들지 않았다. 그러나 형기가 끝나자, 외부에서의 초인적인 압박이 약해지자 내적인 긴장도 풀렸다. 급격한 압력의 차이가 이러한 사람들을 망쳐 버렸던 것이다. 거인인 출뻬뇨프는 벌채 작업을 하는 7년 동안 감기 한번 앓지 않았는데, 사회에서는 여러 병에 걸렸다. G. A. 소로낀은 이렇게 말했다. 〈내 수용소 친구들이 부러워했던 정신적

건강을 명예 회복 후에 차츰 잃어버려서 신경증이 되고 정신병을 앓게 되었다⋯⋯.〉이고리 까미노프는 〈자유로운 몸이 되자 나는 약해지고, 타락하여 사회생활이 더 어렵게 생각되었다〉라고 말했다.

이런 옛말이 있다 — 어려울 때는 참고 견디지만, 즐거울 때는 술을 퍼마시게 된다. 어떤 사람은 한 해에 치아가 전부 빠져 버렸다. 어떤 사람은 금방 늙어 버렸다. 또 어떤 사람은 집으로 돌아가자마자 쇠약해져서, 소진해 죽고 말았다.

하지만 그 밖의 사람들은 석방됨으로써 비로소 일어서게 되었다. 그래서 그들은 겨우 젊음을 찾고, 등을 폈던 것이다. (예를 들면, 내가 처음에 유형지에서 찍은 사진보다 지금이 훨씬 젊게 보인다.) 갑자기 깨닫게 되었다. 자유로운 상태라면 사회생활이 얼마나 편한가! 거기에서, 즉 수용소군도에서는 중력이 전혀 다른 세계 같아서 발이 코끼리처럼 무거웠으나, 여기서는 참새 다리처럼 가벼웠다. 사회의 사람들한테 아주 어려운 문제로 보였던 것이 우리한테는 쉬운 일이었다. 우리에게는 〈예전에는 더 괴로웠지!〉라는 편리한 척도가 있었다. 〈예전에는 더 괴로웠지! 예전에는 더 괴로웠어!〉라는 말에 싫증을 느끼지 않고 되풀이했다.

그런데 한 인간의 미래를 더 명확하게 알게 해주는 것은 석방 때 느낀 〈마음속의 변화〉다. 이 변화는 여러 가지 형태로 나타난다. 위병소의 출입구에 서면, 비로소 감옥인 동시에 고향을 떠난다는 감회가 솟구친다. 자신은 여기서 정신적으로 거듭났고, 그 감춰진 마음의 일부는 영구히 여기에 남기고 가는데, 당신의 발만이 〈사회〉라는 말도 없고 반향도 없는 공간을 향해 가는 것이다.

인간의 성격은 수용소에서 분명해지지만, 석방 때도 분명해진다! 이미 이 책에서 만난 베라 알렉세예브나 꼬르네예바는 1951년에 특수 수용소를 떠날 때, 이런 감상을 가졌다. 〈나의 등 뒤에서 5미터나 높은 문이 닫혔다. 나는 사회로 나올 때 울고 있었다. 나도 믿을 수가 없었다. 왜 울었을까? ……내가 가장 소중하게 여긴 것과 이별한다는 느낌, 또 불행을 나누던 친구들과 떨어진다는 느낌이었다. 문이 닫혔다. 그리고 모든 것이 끝났다. 나는 이미 여기에 모인 사람들과는 만날 수 없으며 편지를 주고받을 수도 없다. 《마치 나는 저세상으로 가버리는 것 같았다……》》

〈저세상으로!〉 석방은 일종의 죽음이다. 우리는 정말 석방되었는가? 아니, 우리는 저세상에서 아주 새로운 생활을 시작하기 위하여 죽은 것이다. 그것은 다분히 환상 같은 것이다. 우리는 그곳에서 사물을 재인식해야 하는데, 하나하나 손으로 더듬어 확인하지 않으면 안 된다.

〈산 사람들의 세상〉으로의 석방은 전혀 다르게 생각되었다. 뿌시낀이 묘사했듯이 〈그때 형제들은 당신에게 칼을 돌려줄 것이다〉. 하지만 이런 행복은 대부분의 죄수 세대에게 극히 드문 일이었다.

석방된 사람들에게 자유는 진짜가 아니라 훔친 것으로 느껴졌다. 그렇게 느낀 사람은 이 훔친 자유의 한 조각을 걸머지고, 재빨리 고독으로 도망쳤다. 〈또 수용소에 있었을 때부터 우리 대부분은, 나의 친구들이나 나 자신도, 만일 살아서 자유롭게 된다면 도시나 마을에서가 아니라 숲속 깊은 곳에서 살아갈 것을 생각하고 있었다. 산지기나 산림 순시원이 되어, 혹은 목동이 되어, 되도록 사람들을 피해, 정치를 피해, 이 뜬세상을 피해 살아가려고 했다〉(V. V. 뽀스뺄로프). 아베니르 보리소프는 사회로 나와 처음에는 남과의 접촉을 피하여 자연으로 도망쳤다. 〈나는 자작나무나 미루나무를 하나씩 껴안고 키스하고 싶은 기분이었다. 낙엽의 소리(나는 가을에 석방되었다)가 음악으로 들려서 눈에 눈물이 고였다. 나는 몇 시간이나 고요에 귀 기울이며 독서에 잠길 수 있어서, 하루에 5백 그램의 빵밖에 받지 못하는 것도 아랑곳하지 않았다. 모든 일이 쉽고 편안해 보였다. 하루가 1시간처럼 지났고, 살아갈 의욕이 가슴에 가득했다. 만일 세상에 행복이 있다면, 그것은 죄수가 석방되어서 1년 동안일 것이다!〉

이런 사람들은 오랫동안 아무것도 〈가지고〉 싶어 하지 않는다. 그들은 재산이라는 것은 쉽게 타 버리거나 잃게 된다는 것을 알고 있기 때문이다. 그들은 미신 때문에 새로운 것은 피하고, 헌 옷을 입고, 망가진 가구를 쓰고 있었다. 내 오랜 친구 중 한 명의 가구는 너무 불안해서 앉을 수도, 기댈 수도 없었다. 그들은 그걸 가지고 농담을 하며 웃었다. 「이렇게 살 수밖에 없지 뭐, 한 수용소에서 다른 수용소로 옮기기 전에 잠깐 사는 거니까.」(그의 아내도 역시 투옥된 경험이 있는 사람이었다.)

L. 꼬뻴레프는 1955년에 모스끄바로 돌아와 이렇게 말했다. 〈안락하게 살고 있는 사람과 교제하기 어렵다! 그러니까 나는 예전의 수용소 동료, 어딘지 부자유를 느끼고 있는 사람들과 만났다.〉

즉 〈출세〉할 생각을 버린 사람만이 인간적으로 재미있었다. 출세를 바라는 사람은 두렵고 지루했다.

하지만 사람은 여러 가지였다. 많은 사람들이 사회로의 이동을 아주 달리 받아들이고 있었다(특히 체까-KGB가 조금 눈을 감은 것처럼 보였던 시기에). 만세! 나는 자유다! 이제는 다시는 잡히지 말아야지! 잃어버린 것을 어떻게든 되찾아야지!

어떤 사람은 직장의 직위를 되찾고, 어떤 사람은 칭호를 되찾고(학자나 군인의 경우), 어떤 사람은 급료나 저금을 되찾았다(우리 나라에서는 돈에 대해 이야기하는 것을 천박하다고 말하지만, 어쨌든 다들 뒤에서는 돈을 세어 두고 있다). 어떤 사람은 아이들을 되찾았다. 또 어떤 사람은…… 발렌찐 M.은 형무소에서 사회로 나가면 〈여자를 만나는 것〉으로 보상받겠다고 우리에게 맹세하고 그것을 이루었다. 그는 몇 년간 계속 낮에는 직장에서 일하고, 밤에는 여자와 보냈다. 주말이 아닌 평일에도 그랬다. 게다가 여자도 계속 바뀌었다. 그는 하루에 네댓 시간밖에 수면을 취하지 않아, 여위어서 늙어 버렸다.

어떤 사람은 식사로, 어떤 사람은 가구로, 어떤 사람은 옷으로 보상받았다(그들의 단추가 어떻게 잘려 나갔는지, 그들의 좋은 옷이 목욕실에서 어떻게 망가졌는지도 금방 잊어버린 것이다). 〈물건을 다시 사는 것〉이 아주 즐거운 일이 되었다.

실제로 이렇게 많은 것을 잃고, 이렇게 많은 것이 인생에서 빠져나갔는데, 어찌 이 사람들을 나무랄 수 있겠는가?

자유로운 사회에 대한 서로 다른 2개의 감각은, 과거를 다르게 바라보는 2개의 방법과 연관되어 있다.

당신은 무서운 세월을 보냈다. 당신은 흉악범도 아니고, 손버릇이 나쁜 사기꾼도 아니니까, 형무소나 수용소의 생활을 잊으려고 노력하지 않을 것이다. 그것은 부끄러운 일이 아니다. 아니, 그것보다도 형무소 생활이 삶의 경험을 풍부하게 했다고 생각하는 편이 좋지 않겠는가? 오히려 그것을 자랑으로 생각하는 것이 낫지 않겠는가?

그러나 얼마나 많은 사람들이(약하지도 않고 바보도 아닌, 그런 짓을 할 것 같지 않은 사람들이!) 〈잊으려고〉 노력하고 있는 것인가! 되도록 빨리 잊으려는 것이다! 깨끗이 잊으려고 한다! 마치 아무 일도 없었다는 듯이 잊으려는 것이다!

Y. G. 벤젤시쩨인 ―〈되도록 회상하지 않으려 한다. 이것은 일종의 보신 반응인 것이다.〉쁘론만 ―〈정직하게 말하면 과거를 회상하고 싶지 않기 때문에 옛 수용소 죄수들과는 만나고 싶지 않았다.〉 S. A. 레소비끄 ―〈수용소에서 돌아와서, 나는 나의 과거를 생각하지 않으려고 노력했다. 그리고 거의 성공했다!〉(그녀가 『이반 제니소비치의 하루』를 읽기 전까지.) S. A. 본다린 ― (나는 벌써 이전부터, 그가 1945년에 나보다도 조금 전에 나와 같은 루비얀까의 감방에 투옥되었던 것을 알고 있었다. 나는, 그도 나도 감방에 함께 있던 사람들의 이름을 열거할 수가 없었다. 이러한 사이인데, 그는 이런 회답을 보내왔다.)〈나는, 거기에서 함께 있었던 사람들을 잊으려고 노력하고 있어요.〉(물론, 그 후에는 나는 그와의 서신 왕래를 중단해 버렸다.)

정통파 공산당원들이 옛 수용소 시대의 친구들을 잊으려고 하는 것은 나도 이해할 수 있다. 그들은 혼자서 백 명의 적을 상대했던 것이 지겨웠을 테고, 추억이 너무나 괴로웠을 것이다. 게다가 그들로서는 교양 없고 지저분한 사람들과의 접촉이 불필요했던 것이다. 아니, 그리고 그들이 만약 과거를 잊거나 용서하지 않는다면 어떻게 충성파라고 할 수 있겠는가? 그들은 그것만을 바라며, 1년에 네 번씩 탄원서를 냈던 것이다 ― 나를 되돌아가게 해주십시오! 나를 되돌아가게 해주십시오! 나는 전에도 잘해 왔고 앞으로도 잘할 수 있습니다![5] 되돌아 간다는 것은 그들한테 대체 무엇을 의미하는가? 우선 당원증을 재교부받는 일이다. 직원 명단에 재등록되어, 근속 연한을 인정받고, 공헌을 인정받는 것이다.

5 그들은 그 상태로 1956년으로 갔다. 마치 낡은 옷장에서 1930년대의 공기를 가지고 와, 자기가 체포되던 시대의 분위기 속에서 일을 계속하려고 했다.

무죄가 되고, 당원증을 다시 돌려받은
나의 머리 위에는 따뜻한 햇살과 바람이 불어온다.

수용소의 체험이라는 것은 되도록 빨리 씻어 버려야 할 독소다. 수용소의 체험 속에는 체에 걸러 보아도, 씻어 보아도, 귀금속은 전혀 없었다고 그들은 생각했던 것이다.

예를 들어, 레닌그라뜨 출신의 고참 볼셰비끼인 바실리예프의 경우, 그는 두 번이나 10년씩 투옥되었다(게다가 두 번씩이나 5년간의 〈시민권 정지〉를 받았다). 그는 러시아 공화국의 개인 노후 연금을 지급받게 되었다. 〈나에게는 충분한 보상입니다. 나는 나의 당과 인민을 칭송하고 싶습니다.〉 (이것은 대단한 것이다! 아니, 이만한 칭송은 신을 찬양하는 구약 성서의 욥기 정도가 아닌가. 역병에 대해서도, 페스트에 대해서도, 기근에 대해서도, 죽음에 대해서도, 굴욕에 대해서도, 〈주님〉에게 영광이 있으라! 〈주님〉에게 영광이 있으라!) 그러나 이 바실리예프는 결코 일없이 매일매일을 보내지는 않았고, 그저 소비자만이 아니었다. 〈나는 무위도식하는 사람을 박멸하는 위원회의 위원으로 지내고 있습니다.〉 즉, 그는 자기의 노쇠한 힘이 허락하는 한, 오늘의 최대의 무법과 싸우고 있는 것이다! 이것이 충성파의 진면목이었다!

또 밀고자들이 회상을 꺼리고, 옛날에 알았던 사람과 만나기를 바라지 않는 것도 이해할 수 있다. 이들은 비난이나 폭로가 두렵기 때문이다.

그러나 나머지 사람들은? 그것은 너무나 지독한 노예 상태가 아닌가? 다시 한번 또 붙잡히지 않기 위해 스스로 하게 된 맹세였는가? 〈저주받은 수용소의 과거는 악몽처럼 깨끗이 잊어버리는 것이 좋다〉라고, 다른 사람과는 달리 총탄에 의한

도판 1 오두막 앞에 서 있는 나제즈다 수로프쩨바

도판 2 자유인을 위한 임시 막사

도판 3 1968년의 마리야 까다쯔까야

도판 4 젊은 시절의 마리야 까다쯔까야와 남편

도판 5 네도프가 만든 조각상

도판 6 보르꾸따의 쓰레기 더미 속에 쓰러져 있는 스딸린 동상

상처를 지니고 투옥되었던 나스쩬까 V.는 두 주먹으로 관자놀이를 누르면서 말했다. 고전학자인 A. D.는 직업상 언제나 고대사의 장면을 머릿속에서 평가하면서, 어찌하여 자기는 〈잊지 않으면 안 된다〉라고 말하고 있을까? 그러고도 그는 대체 인류사를 어떻게 바라보고 있을까?

예브게니야 D.는 1965년, 아직 결혼하기 전인 1921년에 루비얀까로 투옥되었던 이야기를 나에게 하면서 마지막으로 이렇게 첨언했다. 〈그래도 죽은 남편에게는 그 일을 끝내 말하지 않았어요. 나는《잊고 있었으니까.》》 잊었다고? 일생을 함께 산 가장 가까운 사람에게도 이야기하지 않았다고? 그러니 우리는 아직 더 들어가 있어야 하는지도 모르겠다!

그러나 그렇게 엄하게 탓할 일은 못되지 않을까? 어쩌면 그것이 인간인지도 모르지 않는가? 속담에도 있듯이, 〈행복하면 모든 슬픔은 잊기 쉬워진다.〉〈배부르게 먹을수록 기억은 멀어진다.〉 그렇다, 이게 바로 인간이다! 몸매와 함께, 과거의 기억도 잃어버리는 것이다……

나의 동급생으로, 나와 함께 어린아이 같은 비판을 하다가 함께 투옥된 친구인 니꼴라이 V.는 자기가 체험한 것을 모두 저주스러운 것, 바보스러운 창피한 실패로 받아들였다. 그래서 그는 가장 안전한 학문에 주력하여 그 방면에 힘썼다. 1959년에 빠스쩨르나끄가 비난의 와중에서도 아직 건재하고 있었을 때, 나는 그에게 빠스쩨르나끄의 이야기를 시작했다. 그러자 그는 뿌리쳤다.「그런 낡은 이야기는 그만둬! 그것보다도 내가 대학 강좌에서 어떤 〈투쟁〉을 하고 있는지나 들어줘!」(그는 출세하기 위하여, 언제나 누구와 싸우고 있었다.) 군법 회의는 그에게 수용소 10년 형을 주었다. 어쩌면 그에게는 매한 대면 족하지 않았겠는가?

또 그리고리 M.도 석방되자 전과가 삭제되고 명예 회복이 되어 당원증을 돌려받았다. (그가 그사이에 여호와나 마호메트의 교리에 공명했는지 알 수 없지 않겠는가? 그러나 이전의 신념을 그대로 유지하고 있는지 조사하지는 않았다. 〈자, 자네 당원증이야!〉하면서 내줄 뿐이었다.) 까자흐스딴에서 자기 고향 Z로 돌아가는 길이었던 그가 내가 살고 있던 도시를 지나가게 되어서 나는 역까지 그를 만나러 갔다. 그는 무엇을 생각하고 있을까? 잠깐, 어쩌면 그는 〈비밀〉이나 〈특별〉이나 〈특수〉한 곳으로 돌아가는 걸 바라고 있을지도 모른다. 우리의 이야기는 어딘지 모르게 단절된 느낌이었다. 그는 다시는 편지를 보내지 않았다……

또 F. 레쯔의 경우. 그는 오늘날, 주택 관리 사무소 소장으로 있으며, 또 경찰 보조 청년단원이다. 그는 현재의 자기 생활에 대해 열심히 이야기해 주었다. 그리고 옛날의 생활을 잊지 않고 ── 꼴리마 지방에서 지낸 18년간을 어떻게 잊을 수가 있겠는가? ── 꼴리마 지방에 대한 이야기도 조금 했다. 그러나 그는 〈실제로 그런 일이 있었던가? 그런 일이 있을 수 없지 않은가?〉하고 자문하고 있었다. 옛날의 일은 말끔히 그의 주변에서 사라져 버렸다. 그는 무사히 생활하며, 모든 것에 만족하고 있었다.

도적이 손을 씻듯이, 사이비 정치범은 과거를 〈잊는〉 것이다. 이 손을 씻은 사람들로서는 이 세계는 다시 편리한 것으로 되며, 아프거나 억압을 느끼지 않았다. 예전에는 〈모두가 투옥된〉 것처럼 생각되었는데, 지금은 아무도 투옥되지 않았다는 기분이다. 그들은 전에 맛보았던 노동절이나 10월 혁명 기념일의 즐거운 의미를 재인식했다. 이제 그런 날들은 더 이상 우리가 특별히 조롱받으며 혹한 속에서 신체검사를 받거나, 특별히 대량으로 수용소 내의 형무소로 들어가던 날이 아니다. 꼭 그런 특별한 날이 아니어도 좋았다. 만일 가족 중 누군가가 낮에 직장 상사로부터 칭찬을 받았다면, 그것만으로도 그날은 〈빨간 날〉이 되며 저녁 식사는 축제가 되는 것이다.

집에 있을 때만은 예전의 죄수가 불만을 털어놓을 때가 있다. 집에서만은 때때로 자기가 죄수였다는 것을 〈기억하고〉, 자신을 더 위로하고 소중히 여긴다. 그러나 일단 밖으로 나가면, 훌쩍 〈잊어버리는〉 것이다.

그렇지만 그다지 엄하게 문책하지는 않겠다. 지겨운 체험을 당하고 자기 〈자아〉로 돌아와, 자기의 옛날의 많은 버릇이나 습관으로(설사 그것이 좋지 않더라도) 돌아오게 되는 것은 인간의 일반적인 성질인 것이다. 그러니까 우리의 개성, 우리의 유전자가 안정되어 있는 것이다. 아마 그렇지 않다면 인간은 인간이 아닐 것이다. 이미 그 잃어버린 언어를 인용한 적이 있는[6] 그 따라스 셰프첸꼬는 10년 후에, 기꺼이 이렇게 썼다. 〈나는 내면적으로는 전혀 변하지 않았다. 나는 그 무서운 체험에도 불구하고 내 신념이 강철 손톱에 뜯겨 나가지 않은 것에 대하여, 전능한 창조주께 마음속으로 감사하고 있다.〉

그런데 대체 〈어떻게 잊어야〉 하는 것일까? 잊는다는 것은 어디서 배울 수 있을까?

〈천만에!〉 하고 M. I. 깔리니나가 쓰고 있다. 〈무엇이든지 잊을 수가 없으며, 무엇이든지 살아가는 데 잘되지가 않는다. 내가 이런 성질의 여자라는 것이 나 자신한테도 괴로운 일이다. 직장에서도 잘하려고 생각하면 되고, 생활에서도 마찬가지이지만, 마음속에는 도저히 침착하지 못한 것이 있어서, 도저히 마음이 편치가 않다. 석방된 사람들이 무엇이든지 잊어

6 제3부 제19장 참조.

버리고, 행복한 생활을 하고 있다고 당신은 쓰지 않겠지?〉

라이사 라주찌나 ─ 〈나쁜 일을 생각하지 않는 것이 좋다고요? 하지만, 만일 회상할 좋은 일이《하나도 없을 때에는?》

따마라 쁘릿꼬바 ─ 〈나는 12년간 투옥되었고, 사회에서도 11년을 살았습니다. 그런데《왜 살고 있는지 모르겠습니다.》그리고 도대체 정의는 어디 있습니까?〉

유럽에서는 이미 2세기에 걸쳐서 〈평등의 정신〉을 토론해 왔으나, 우리 인간들은 서로 얼마나 다른지! 같은 인생을 살면서, 우리의 마음에 남는 것이 이렇게 다를 수 있을까! 11년간을 아무것도 잊지 않고 있는 사람이 있는가 하면, 다음 날에 죄다 잊어버리는 사람도 있다.

이반 도브랴77 ─ 〈모든 것이 과거의 것으로 보이지만, 실제는 다르다. 명예 회복은 되었으나 안전은 없다. 편안한 꿈을 꾸는 때는 별로 없고, 언제나 수용소 구내의 꿈뿐이다. 울면서 뛰어오르거나 공포에 질려 있을 때 잠에서 깬다.〉

안스 베른시쩨인은 이미 11년이나 지났는데, 지금도 수용소의 꿈밖에 꾸지 않는다. 나 자신도 처음 5년 동안은, 꿈속에서는 언제나 죄수며, 한 번도 자유인이 된 적이 없었다. 또 우리는 〈선실〉이나 〈병실〉이라는 낱말을 좀처럼 발음할 수 있게 되지 않고 항상 〈감방〉이라는 말이 입에서 튀어나온다.

샤비린 ─ 〈지금도 셰퍼드를 보면 오싹한다.〉

출뻬뇨프는 숲속을 걸을 때, 그 신선한 공기를 마셔도 결코 즐겁지가 않다. 〈어디를 보나《좋은》소나무가 나란히 있었다. 가지가 적어서 잘라 내 불태우지 않아도 되고, 작업량에 넣기 충분하다고 생각했다……〉

만일 당신이 밀쩨보 마을에서 살고 있고, 그곳 인구의 약 절반이 수용소를 체험했다면 ─ 특히 그 대부분이 도적질을 했기 때문이라면 — 당신은 어찌하여 과거를 잊을 수가 있겠는가? 랴잔 역에 가면, 텃밭의 울타리 기둥이 3개가 빠져 있는 것을 보게 된다. 하지만 아무도 그것을 고치려 하지 않는다. 그 까닭은 그 구멍 앞에서 스똘리삔 차량이 멈춰 서서 — 오늘도 멈춰 서 있다! — 호송차를 뒤로 그 구멍에 대 놓고, 죄수들이 그 구멍으로 나오게 하기 때문이다(사람의 눈이 많은 역 구내에서 죄수들을 연행하는 것보다는 이쪽이 편리했다). 당신한테 전 소련 무지 보급 협회[7]에서 강의를 해달라는 초대장이 왔는데(1957년), 하필이면 그 초대가 제2 교정 노동 시설, 즉 형무소 부속의 여성 노동 시설이었다. 그 위병소에 가면 들여다보는 구멍 맞은편에 낯익은 교도관의 모자가 보인다. 그곳에서 당신이 교육계와 함께 형무소의 뜰을 지나가면, 남루한 복장에 힘없는 여자들이 이쪽에 아첨하듯이 인사한다. 그래, 당신이 정치부장실에서 쉴 때 — 그가 당신을 지루하지 않게 하기 위해 여러 이야기를 하는 동안에 — 여자들을 감방에서 내쫓거나, 자고 있는데 두들겨 깨우거나, 개인용 취사장에서 반합을 빼앗거나 하면서 〈자, 강의가 있으니까, 빨리 나가!〉라는 명령을 하며 강당으로 몰았다. 이윽고 그들은 겨우 강당에 모여서 만원이 되었다. 강당도 복도도 습기가 많았으나, 감방 안은 더욱 습기가 많았을 것이다. 가련한 여자 일꾼들은 당신의 강의를 듣고 있는 동안, 괴로운 듯 크게 기침을 하고 있었다. 그것은 마른기침이 되거나 가슴을 찢을 듯한 기침이 되기도 한다. 그들의 복장은 여자라기보다는 여자의 캐리커처 같았다. 젊은 여자들인데도 각이 지고 앙상하며, 마치 노파와도 같았다. 모두가 지쳐 있고, 당신의 강의가 끝나기만을 기다리고 있었다. 당신은 부끄러웠다. 할 수만 있다면,

7 저자가 전 소련 정치·과학 지식 보급 협회를 비꼬아 말함 — 옮긴이주.

당신은 연기가 되어 사라지고 싶었다. 당신은 이런 〈과학 기술의 성과〉에 대한 이야기보다는 〈여성들이여! 대체 언제까지 당신들은 이대로 참을 겁니까?〉라고 외치고 싶었다. 당신은 한눈에 몇 명의 생기 있고, 옷을 잘 입은 여자들을 보았다. 그들은 점퍼까지 입고 있었다. 그들은 특권수들이다. 그녀들의 모습에 시선을 맞추고, 다른 여자들의 기침 소리를 듣지 않는다면 훌륭히 강의할 수 있을 것이다. 그들은 한눈을 팔지 않고 귀를 기울였다……. 하지만 알았다. 그들은 당신의 말을 듣고 있는 것도 아니고, 우주에 대해서도 전혀 관심이 없었다. 그들은 오랫동안 남자를 보지 못했기 때문에 당신을 쳐다보고 있는 것이다……. 그래서 당신은 언뜻 이렇게 상상해 본다 ── 만일 지금이라도 나에게서 신분증을 빼앗아 간다면, 나는 여기에 남지 않으면 안 된다. 그리하여 내가 잘 알고 있는 거리나 무궤도 전차의 정류소에서 불과 몇 미터밖에 떨어져 있지 않은 이 벽이, 벽이 아니라 형기의 세월이 되는 것이다……. 아니야, 아니야, 나는 이제 가야 해! 40꼬뻬이까를 내고 무궤도 전차로 우리 집으로 돌아가, 맛있는 식사를 하는 거야. 하지만 그들은 모두 여기에 남아 있는 거야. 여전히 기침을 하면서. 몇 해 동안이나 기침을 하면서.

나는 나의 체포 기념일을 〈죄수의 날〉로 정했다. 그날 아침에는 빵을 650그램으로 자르고, 각설탕 2개를 넣은 컵에 더운 물을 넣었다. 점심에는 야채수프와 묽은 죽 한 국자분을 만들었다. 그러자 나는 곧 예전의 나로 되돌아가 버린다. 저녁이 되면, 나는 빵 부스러기를 입에 집어넣거나, 접시를 핥는다. 수용소 시대의 느낌이 생생하게 되살아났다!

그리고 또 나는 죄수 번호가 쓰인 헝겊을 끄집어내 본다. 지금도 소중하게 간직하고 있다. 이것은 나만 그런 게 아니다.

여기저기서 여러 사람들이 그것을 가장 성스러운 물건처럼 남에게 보여 주었다.

언젠가 내가 노보슬로보쯔까야 거리를 걷고 있었는데, 부띠르끼 형무소가 나왔다! 차입물 접수실이 있었다. 나는 안으로 들어갔다. 여성들이 잔뜩 있었고, 남자들도 보였다. 차입물을 전하기도 하고, 지껄이기도 했다. 여기에서 우리한테 차입을 보냈던 것이다! 참으로 재미있었다. 나는 무심코 차입 접수 규칙을 읽기 시작했다. 그런데 얼굴이 큰 상사 하나가 솔개눈으로 나를 바라보며 접근해 왔다. 「여보시오, 무슨 용건이오?」 내가 차입하러 온 사람이 아니라, 놀려 대기 위해 온 것으로 생각했던 것이다. 그것은 나의 몸에서 아직도 죄수의 냄새가 빠지지 않아서였다!

우리는 죽은 사람을 찾아가야 할까? 죽은 〈동료들〉을, 자기도 총검에 찔려서 그 속에서 잠들고 있었을지도 모르는 그 동료들을 찾아보는 것은? A. Y. 올레니예프는 자신도 이미 노인이었으나, 1965년에 찾아가 보았다. 배낭을 메고, 지팡이를 짚은 그는 전에 있던 위생부까지 가서, 거기에서 또 동료들을 매장한 산(께르끼 마을 가까이)으로 올라갔다. 그 산은 도처에 사람 뼈와 두개골이 굴러다녔고, 현지 사람들은 그 산을 〈해골의 산〉이라 부르고 있었다.

1년의 반은 밤이고, 반은 낮이라는 먼 북방의 도시에 갈랴 V.라는 여자가 있었다. 그녀는 이 넓은 세상에서 외톨이로 혼자 살았다. 그녀가 살고 있는 〈집〉이라는 것은 시끄럽고 더러운 방 한구석이었다. 그녀의 휴식은 책을 가지고 식당에 가서, 그곳에서 포도주를 주문하고, 포도주를 마시거나 담배를 피우면서, 〈러시아에 대한 회상에 잠기는 일〉이었다. 그녀가 제일 좋아하는 친구는 악단원과 수위들이었다. 「〈그곳에서〉 돌아온 많은 사람들이 자신의 과거를 감추고 싶어 하지만, 나는 그런 나의 과거를 자랑스럽게 생각해요.」

여기저기에서 1년에 한 번, 예전 죄수들인 동료들과 모임을 열고, 술을 마시고는 옛 생활을 회상하고 있었다. 「이상한 것은.」V. P. 골리찐이 말했다. 「옛날의 생활이 그냥 어둡고 괴로운 것이 아니라, 오히려 여러 가지로 그리워집디다.」

이것 역시 인간의 성질 중 하나일 것이다. 하지만 나쁜 성질이라고 할 수는 없다.

「나의 죄수 번호의 머리글자는 〈예리〉[8]였어.」V. L. 긴즈부르끄는 즐거운 듯이 말했다. 「그런데 내 국내 신분증 번호가 〈ZK〉[9]로 시작하지 뭐야.」

그 문자를 읽기만 해도 마음이 따스해진다. 아니, 솔직하게 말해서 아무리 많은 편지를 받아도 예전 죄수들의 편지는 무심코 지나칠 수 없을 만큼 눈에 띈다! 얼마나 비범한 생명력인가! 또 목표가 명확한 때는 얼마나 힘차게 밀어붙이는가! 우리 시대에 전혀 우는 소리 없이, 낙관주의에 젖은 편지를 받는다면, 그것은 예전 죄수가 보낸 편지였다. 모든 것을 체험한 그들은 어떤 일에 직면하여도 의기소침하지 않았다.

나는 이 힘찬 종족에 소속되어 있는 것을 자랑스럽게 생각하고 있다! 우리는 종족은 아니었으나 종족이 되었다! 서로가 모두 두려워하던 사회의 황혼이나 분산 상태 속에서, 우리 스스로 놀라울 정도로 강하게 단결되어 있었다. 사회에 나오자,

---

8 키릴 알파벳의 한 글자(ы). 보통 독립적으로 사용하지 않고 머리글자로도 쓰지 않는 글자지만 죄수가 너무 많아서 사용한 것이다. 제5부 제3장 참조 — 옮긴이주.

9 Z/K(제까)는 수용소군도에서 죄수들을 부르는 약어. 제3부 제19장 참조 — 옮긴이주.

정통파 공산당원들이나 밀고자들은 자발적으로 우리에게서 이탈해 갔다. 우리는 서로 의지하기 위해 이야기할 필요도 없었다. 우리는 서로를 시험할 필요도 없었다. 우리는 만나서, 서로 눈을 바라보며 몇 마디 건네면 다음은 설명이 필요하지 않았다. 그것만으로 이제 도울 용의가 있었다. 우리는 어디나 동료가 있었다. 게다가 그들은 수백만에 달했다!

쇠창살은 물건이나 사람을 재는 새로운 척도를 우리에게 주었다. 편안히 살고 있는 사람의 눈을 가리고 있는 일상의 먼지를 우리의 눈에서 닦아 준다. 그래서 우리는 아주 예상도 할 수 없는 결론에 도달하게 된다!

N. 스똘랴로바는 1934년에 파리에서 자발적으로 이 덫이 놓인 나라로 와서, 그 인생의 중간을 모두 빼앗겼으나, 그녀는 이 나라에 온 것을 조금도 후회하지 않고, 괴로워하지도 않는다. 〈주위 사람들의 조언이나 내 이성의 목소리를 거역하면서까지 러시아로 온 것은 옳았다! 나는 러시아를 전혀 모르면서 그 본질을 마음으로 간파했던 것이다.〉

한때는 혈기 있고, 운이 좋고, 성급했던, 내전 시대의 여단장이었던 I. S. 까르뿌니치브라벤이, 〈특별부장〉이 보내온 명단을 제대로 읽지도 않고 명단 아래쪽에, 그것도 소문자로, 뭉툭한 연필로 대충, 약자를 표시하는 점도 찍지 않고, 〈vm〉이라고 썼다(그것은 전원에게 〈최고 조치〉를 의미했다). 그 후에 가슴에 마름모꼴 휘장을 달고 있었으나, 드디어 20년과 반년을 꼴리마 지방에서 보내게 되었다. 그리고 그는 숲속의 작은 마을에서 살면서 밭에 물을 주거나, 닭을 돌보거나, 목공소에서 물건을 만들기도 했다. 그는 명예 회복원도 내지 않고 보로실로프를 매도하면서, 라디오 방송이나 신문 기사에 대하여 격분하며 그 반론을 노트에 쓰고 있었다. 그런데 세월이 지나서 이 작은 마을의 철학자는 책 속에서 다음과 같은 경구를 옮겨 썼다.

〈인류를 사랑하는 것만으로는 충분하지 않다. 우선 사람들을 참고 견디는 것을 배워야 한다.〉 그리고 죽기 전에 다음과 같은 말을 써서 남겼는데, 그것을 보면 신비하지 않는가, 그 똘스또이의 재현이 아닐까 하는 생각이 들었다.

〈나는 세상의 모든 것을 내 기준에 따라 판단하고 살았다. 그러나 지금은 다른 사람이 되어서, 이제는 스스로 판단하지 못한다.〉

놀라운 사람인 V. P. 따르노프스끼는 형기가 끝나도, 그대로 꼴리마 지방에 남아 있었다. 그는 시를 쓰고 있었으나, 아무한테도 보내지 않았다. 그는 이렇게 썼다.

> 나는 그 먼 땅에 보내졌다.
> 그리고 신에게 복종하며 침묵으로 살았다.
> 카인을 만난다 해도
> 나는 그를 죽이지 않을 것이다.[10]

다만 유감스러운 것은, 우리는 모두가 아무런 업적도 남기지 못하고 한 명씩 죽어 간다는 것이다.

◆

죄수들이 사회에 나왔을 때 그들을 기다리고 있는 것은 여러 만남이었다. 아버지와 아들의 만남. 남편과 아내의 만남.

---

10 공정을 기하기 위하여, 그의 후일을 기술하기로 한다. 그는 꼴리마 지방을 떠나서 불행한 결혼을 했다. 그리고 그때까지 지니고 있던 고결한 마음의 평정을 상실하고, 어떻게 하면 마음의 자유를 되찾을지 알지 못하게 되었다.

그러한 만남이 좋은 결과로 끝나는 일은 그다지 없었다. 우리가 없었던 10년이나 15년 동안 자란 자식들은 우리와 보조를 맞출 수가 없었다. 때로는 전혀 타인으로, 때로는 적으로까지 성장했다. 또 충실하게 남편을 기다린 여자들 중에서도 보상을 받는 사람은 적었다. 너무나 긴 이별의 생활이 계속되었기 때문에, 인간이 아주 변해 버리고, 그대로 있는 것이라고는 성(姓)뿐이었다. 두 남녀 사이에는 너무나 다른 인생 경험이 가로놓여 있었다. 그 때문에 두 사람은 다시 합치기 어렵게 되었다.

이런 주제는 영화나 소설에서는 어울리지만 이 책에서는 실을 공간이 부족하다.

여기에는 마리야 까다쯔까야의 이야기만 소개하기로 하겠다(도판 3, 4).

〈처음 10년간은 남편도 6백 통의 편지를 보내왔다. 다음 10년간에는 단지 1통뿐이었다. 게다가 그 편지는 내가 살아갈 희망을 저버릴 만한 것이었다. 19년 만에 처음 받은 휴가를 이용하여, 그는 우리한테가 아니라, 친척한테로 갔다. 나와 내 아들에게는 지나치는 길에 나흘간 들른 것뿐이었다. 그가 타고 올 예정이던 열차가 그날 운행 중지가 되었다. 한잠도 못 이룬 밤이 밝자, 나는 조금 누워서 쉬고 있었다. 초인종이 울렸다. 「마리야 베네직또브나를 만나고 싶소.」 귀에 익은 목소리였다. 코트를 입고 모자를 쓴 중년의 뚱뚱한 사나이가 들어왔다. 아무 말 없이 집 안으로 터벅터벅 들어왔다. 나는 잠에 취해서 내가 남편을 기다리고 있었다는 것조차 잊었던 모양이다. 우리는 그대로 멈춰 서 있었다. 「나를 못 알아보겠어?」 「네.」 나의 머릿속에서는 그가 친척의 한 사람으로 생각되고 있었다. 나에게는 친척이 많았고, 오래 만나지 못한 사람도 여럿 있었다. 문득 그의 닫힌 입술을 보는 순간 나는 내가 남편을 기다리고 있었다는 것을 떠올렸고, 그대로 기절해 버렸다. 여기에 아이가 돌아왔지만, 아이는 병을 앓고 있었다. 이리하여 우리 세 사람은 한 집에서 밖에 나가 보지도 않고 나흘 동안을 지냈다. 남편과 아이는 아주 조심스러웠고, 나도 남편도 별로 말이 없었다. 다만 일상적인 말뿐이었다. 남편은 자기의 생활을 이야기했으나, 우리가 자기 없이 어떻게 살아 왔는지에 대해서는 전혀 흥미를 보이지 않았다. 남편은 다시 시베리아로 돌아갔고, 떠날 때 나의 눈을 보지 않았다. 나는 그에게 《나의 남편은 알프스에서 전사했다》라고 말했다(이탈리아에 있었던 그녀의 남편은 연합군에 의해 해방되었던 것이다).》

그러나 즐거운 만남도 있었다.

교도관이라든가 수용소 시대의 상사를 만나게 되기도 한다. 뜻밖에도 쩨베르진스끄 여행자 야영지에서 체육 교관을 하고 있는 슬라바가 노릴스끄 수용소의 교도관이었다는 것을 알게 되었다. 또한 레닌그라뜨 종합 식품점에서 미샤 박스뜨는 낯 익은 얼굴을 보았다. 상대방도 그를 알아보았다. 그는 수용소 분소장 구사끄 대위였다. 지금은 사복을 입고 있었다. 「잠깐 기다려! 어디서 봤지? 아 그렇지, 생각났다. 일을 하도 못해서 내가 네 소포를 빼앗은 적이 있었잖아!」(잘 기억하고 있군! 그 놈은 자기들이 영구히 우리의 위에 있는 것이 당연하다는 것 처럼 생각하고, 지금은 일시적인 휴식으로밖에 생각하지 않는 것이다!)

부대장 루디꼬 대령과도 만날 수 있었다(벨스끼의 경험). 그는 자기한테 시끄러운 일이 생기지 않도록 서둘러 당신의 체포에 동의했던 사람이었다. 그도 역시 사복 차림이었으며, 귀족처럼 모피 모자를 쓰고, 학자인 체하며 존경을 받고 있었다.

신문관과도 만날 수도 있었다. 자기를 때리고, 빈대가 득실 거리는 독방에 집어넣었던 신문관과. 지금은 그도 고액의 연 금을 받고 있었다. 예를 들어, 위대한 바빌로프를 취조하여 죽 인 흐바뜨처럼 고리끼 거리[11]에서 살고 있었다. 하지만 그런 사람과는 만나고 싶지가 않았다. 만나게 되면, 그는 아무렇지 도 않지만 결국 이쪽이 충격을 받게 되는 것이다.

그리고 또 자기를 밀고한 자와도 만나게 된다. 당신을 투옥 하고, 자신은 출세하고 있는 밀고자와. 그런데 그의 머리 위에 는 천벌도 내리지 않았다. 자기 고향으로 돌아가는 사람들은 반드시 자기의 밀고자를 만나게 마련이다. 흥분해서 이렇게 말하는 사람들도 있다. 「그런 녀석이 있다면 당장 고소하라 고! 그게 아니라면 최소한 사회적으로 폭로해!」(우리는 그게 최소한이 아니라 최대한이라는 것을 모두 알고 있다……). 명 예 회복된 사람들은 이렇게 대답할 뿐이다. 「아니, 그런 것을 하지 않아도…… 이대로 됐어…….」

왜냐하면 그런 소송은 1백 마리의 소로 끌고 가야 하는 방 향이기 때문이다.

「그놈들은 인생이 주는 벌을 받을 거야!」 아베니르 보리소 프가 어깨를 들썩이며 말했다.

그로서는 그것을 기대하는 수밖에 없었다.

작곡가 K.는 쇼스따꼬비치한테 말했다. 「언젠가 나를 투옥 한 것은, 작곡가 동맹원 중 한 명인 L.이라는 여자였습니다.」 「서면으로 고발하세요. 우리가 그녀를 당장 동맹에서 추방할 테니까!」 쇼스따꼬비치가 분개하여 제안했다. (그러나 그것 은 무리한 이야기다!) K.는 상대방을 만류하며 두 손을 내저

11 모스끄바에 있는 고급 주택가 — 옮긴이주.

었다. 「아니, 됐어요. 나는 수염을 붙잡혀, 온 방 안을 끌려다니는 노릇은 두 번 다시 하고 싶지가 않습니다.」

하지만 이것을 단순한 복수의 문제라고만 볼 수 있을 것인가? G. 뽈레프는 이렇게 불만을 토했다. 「나를 집어넣은 녀석이 내가 출소하니까, 나를 다시 추방하려고 하잖아. 내가 가족을 버리고 고향을 떠나지 않았으면 틀림없이 쫓아냈을 거야!」

그렇지! 이거야말로 우리 나라다운 이야기다! 〈이것이 소비에뜨적인 이야기다!〉

도대체 무엇이 악몽이며, 무엇이 신기루인가 ― 과거인가? 아니면 현재인가?

1955년에 에프로임손이 리센꼬를 고발하는 죄상을 산더미같이 검찰 총장 대리인 살린한테 가지고 갔다. 살린은 말했다. 「우리는 이런 것을 수사할 권한이 없으니까, 공산당 중앙 위원회로 가보시오.」

대체 언제부터 그들의 그런 권한이 없어졌는가? 아니면, 왜 일찍이 그렇게 되지 않았는가?

출뻬뇨프를 몽골식 움막 형무소에 집어넣었던 로조프스끼와 세료긴, 이 두 위증인은 지금도 잘살고 있다. 같은 부대 사람으로, 같이 알고 있던 사람을 데리고 출뻬뇨프가 모스끄바 시 소비에뜨의 건물이 있는, 세료긴이 근무하는 생활 서비스 사무소를 찾아갔다. 「소개하겠소. 이분은 우리 할힌골의 용사요. 알고 있지요?」「아니, 모르겠는데요.」「출뻬뇨프라는 사람을 알지 않소?」「아니, 모르겠어요. 전쟁 때문에 정신이 혼란해졌거든요.」「그럼, 이분의 운명이 어떻게 되었는지도 모르겠군?」「네, 전혀 몰라요.」「제기랄, 네놈은 비열한 놈이야, 비열한 놈이라고.」

할 말이 없다. 세료긴이 등록되어 있는 지구 공산당 위원회에서는 이런 반응이었다. 「그럴 리가 없소! 그는 아주 성실하게 일하고 있는데.」

성실하게 일하고 있었다…….

모든 것이 그대로이고, 모든 사람이 그대로인 것이다. 천둥이 조금 울렸지만, 비가 거의 내리지 않고 지나가 버렸던 것이다.

너무나 모든 것이 그대로였으므로, 북방 민족 언어 연구자[12]인 Y. A. 끄레이노비치는 자기가 근무하던 예전의 연구소의 예전의 국으로 돌아와, 자기를 〈배신〉하고, 자기를 증오하던 사람들과 함께 연구소에서 코트를 벗고, 함께 회의를 열고 있었다.

아니, 이것은 아우슈비츠의 희생자들이 예전 지배자들과 함께 잡화점을 공동 경영하는 것이 아닌가.

거물급 밀고자는 문학계에도 있었다. Y. 엘스베르끄는 몇 사람을 망하게 했을까? 레슈체프스끼는? 그들에 대해서는 모두 알고 있으나 아무도 손쓰지 못한다. 이 두 사람을 작가 동맹에서 추방하려고 했으나 헛일이었다. 더욱이 직장에서도 추방하지 못한다. 그래, 물론 당에서도.

우리 나라의 형법이 작성되었을 때(1926년), 중상(中傷)에 의한 살인은 칼에 의한 살인보다도 5분의 1이나 형이 가볍고, 용서할 수 있는 죄라고 생각했다. (프롤레타리아 독재하에서 중상이라는 부르주아의 수단을 사용하는 자가 있으리라고는 상상할 수가 없었기 때문이다!) 제95조에 의하면 (a) 흉악 범

---

12 그에 대해서는 대략 이렇게 설명할 수 있다 ─ 옛날의 나로드니끼는 자유로운 유형 덕분에 유명한 언어학자가 되었으며, 끄레이노비치도 스딸린 시대의 수용소 덕택으로 그러했다. 그는 꼴리마 지방에서도 유까기르어를 공부하려고 했다.

죄를 허위로 밀고하거나 진술하는 데 (b) 개인적인 동기에 의해 (c) 인위적 증거를 만들어서 행했을 경우는 자유 박탈……〈최대 2년 형〉이다. 경우에 따라서는 불과 6개월이다.

이 조항을 작성한 사람은 아주 바보든가, 아니면 선견지명이 있는 사람일 것이다.

선견지명이 있는 사람이라고 나는 생각한다.

아니, 그뿐만 아니라 〈시효〉도 있었다. 만일 당신이 허위의 죄상으로 탄핵받게 되었을 경우에는(제58조에 의해) 시효가 없었다. 하지만 만일 당신이 죄상을 허위로 만들어 낸 사람이라면 〈시효가 있었다〉. 즉 당신은 보호받을 수 있다는 것이다.

안나 체보따르뜨까치 일가의 사건은 모두가 허위 진술에 의하여 꾸며진 것이었다. 1944년에 안나와 아버지와 두 형제는 정치적인 의도를 가지고 한 여성을 살해했다고 체포되었다. 남자 셋은 형무소에서 매 맞아 죽었다(자백하지 않았기 때문이다). 안나는 10년을 살았다. 그런데 살해당했다고 한 여성이 실제로 멀쩡하게 살아 있음이 밝혀졌다! 그러나 〈또 10년간〉, 안나는 명예 회복을 청원했으나 인정되지 않았다. 1964년에도 검사국에서의 회답은 〈귀하에 대한 판결은 정당한 것이며, 재심의 이유가 없음〉이라고 했다. 겨우 명예 회복이 되었을 때, 지칠 줄 모르는 스끄리쁘니꼬바는 안나를 대신하여 위증인들의 기소를 청구하는 청원서를 냈다. 소비에뜨 연방 검사 쩨레호프[13]는 이런 답장을 보냈다. 〈이 건은《시효》때문에 불가능…….〉

1920년대에는, 무려 40년 전에 제정 시대의 재판에 의해 사형이 선고된 나로드니끼의 처형을 집행한 무식한 농부들을 찾아내어, 끌고 가서 총살해 버렸다. 그 농부들은 〈우리의 동

---

13 그는 갈란스꼬프와 긴즈부르끄의 구속 사건을 담당하고 있는 검사였다.

지〉가 아니었기 때문이다. 그런데 밀고자들은 우리와 피를 나눈 동지인 것이다.

예전 죄수들이 석방되어 쫓겨난 사회란 이런 것이었다. 이처럼 모두가 알고 있는 죄가 밝혀지지 않고, 그대로 방치된 예가 세계 역사에 있겠는가?

이런 곳에서 어떤 좋은 것을 기대할 수 있겠는가? 이 악취 속에서 무엇이 성장하겠는가?

〈수용소군도〉라는 사악한 구상이 얼마나 훌륭한 결실을 맺었는지 보란 말이다!

제7부
스딸린 사후

……그들은 또한 자기들이 행한 살인을 회개치 아니하더라.

—「요한의 묵시록」9장 21절

제1장

이제 와서 되돌아보니

물론, 우리는 〈언젠가〉 우리들의 이야기를 말하게 될 것이라는 희망을 버리지 않았다. 어차피 역사에 일어난 일은 언젠가는 그 모든 진실이 밝혀질 것이니까. 하지만 그렇게 되려면 시간이 걸리고, 우리 대부분이 죽은 후일 것이라고 생각되었다. 또 그러려면 상황이 완전히 바뀌어야 한다고 생각하기도 했다. 나 자신도 〈수용소군도〉의 연대기 작가로 자부하고 계속 쓰고 있었으나, 이것이 생전에 발표되리라고는 거의 생각하지 않았다.

역사의 흐름이란 항상 예측할 수 없는 사태로 우리를 놀라게 한다. 이것은 가장 선견지명이 있는 사람들한테도 마찬가지였다. 그것이 어떻게 일어나는지 우리로서는 전혀 예상할 수 없었다. 눈에 보이는 아무런 이유도 없이 느닷없이 진동하며, 조금이기는 하지만 여태껏 굳게 닫혀 있던 심연의 문이 잠시 열려 그 문이 다시 오랫동안 닫히기 전에, 그 틈새에서 두세 마리 진실의 새가 밖으로 날아갈 수 있었던 것이다.

나의 많은 선배들은 글을 끝까지 쓸 수도 없었고, 보존할 수도 없었으며, 힘들게 버텼으나, 마지막까지 버티지는 못했다! 그러나 나는 운 좋게도 그럴 수 있었다. 그 문이 다시 닫히기 전에, 나는 처음으로 한 줌의 진실을 그 틈 사이로 내밀 수가 있었다.

그리고 반물질로 싸인 물질처럼, 그 진실은 밖으로 날아오르자마자 폭발했다!

진실이 폭발하자, 마치 격류처럼 사람들로부터 편지가 쇄도했다. 그것은 예상한 대로였다. 특히 신문 기사의 격류도 일어났다. 그것은 분함과 증오를 감추고 하는 수없이 칭찬하는 기사들이었다. 공식적인 찬사가 너무 많이 나올수록 나는 씁쓸해졌다.

우리 나라의 모든 신문이 수용소에 대해 쓴 소설[1]이 나왔다는 것을 일제히 알리고, 게다가 신문쟁이들이 앞다투어 이 소설을 내놓고 칭찬하고 있는 것을 알았을 때, 예전 죄수들은 〈또 거짓말이다! 그 교활한 거짓말쟁이들은 언제나 그렇지!〉 하고 생각했다. 우리 나라의 신문이 그 통상의 예를 벗어나 갑자기 진실을 칭찬하는 일은 아무래도 상상할 수가 없었다! 일부 예전 죄수들은 나의 소설을 읽으려고도 하지 않았을 정도였다.

그런데 읽기 시작하자 일제히 하나의 신음 소리가 터져 나왔다. 그것은 기쁨의 신음 소리며, 아픔의 신음 소리였다. 그리고 편지가 쇄도하기 시작했다. 그 편지들을 나는 소중하게 간직하고 있다. 우리 나라 사람들이 사회 문제에 관해 발언할 기회는 너무나 적었다. 예전 죄수들은 더욱 그랬다. 그들은 이때까지 여러 번이나 절망하고, 여러 번 속았으나, 그러나 이번 만은 겨우 진실의 시대가 도래해서, 자기의 의견을 당당하게 발언하고, 문장으로 쓸 수 있다고 믿었던 것이다!

그러나 물론 이번에도 속고 있었다……

〈진실은 승리했다. 하지만 너무 늦었다!〉라고 그들은 쓰고

1 『이반 제니소비치의 하루』를 말함 ── 옮긴이주.

있었다.

그래, 그것은 너무 늦었다. 진실은 조금도 승리하지 못했다…….

특히 냉철한 사람들은 편지 뒤에 서명을 하지 않았다(〈내게 남아 있는 여생과 건강을 소중히 하고 싶습니다〉). 신문들이 들떠서 칭찬하고 있는 와중에 이런 질문을 한 사람도 있었다. 〈볼꼬보이[2]가 어떻게 이 소설의 출판을 허락한 거죠? 저는 놀랐습니다. 그리고 당신이 투옥된 것은 아닌지 걱정되네요. 빨리 답장해 주세요.〉 혹은 이런 것도 있었다. 〈왜 당신이 뜨바르도프스끼와 함께 투옥되지 않았는지 모르겠습니다.〉

그것은 아마 그들의 덫이 고장이 나 잘 작동되지 않아서 그랬을 것이다. 그렇다면 볼꼬보이 일당은 대체 어찌하면 좋았을까? 역시 펜을 잡아야 했다! 역시 편지를 쓰는 일이었다! 아니면, 신문에 반론 기사를 실어야 한다. 게다가 그들은 꽤 글을 쓸 수 있는 녀석들이었다.

이 두 번째 편지의 흐름에서 우리는 그들의 이름, 그리고 그들이 스스로에게 붙인 칭호를 알 수가 있었다. 이때까지 우리는 그들에게 알맞은 칭호를 찾느라 고생하고, 〈수용소의 지배자〉라든가 〈수용소 관리〉 등으로 불러왔으나, 그것은 잘못이었다. 그것은 〈실무 직원〉이었다! 얼마나 멋있는 말인가! 〈체끼스뜨〉라는 말은 다소 정확성이 없으니까, 그들은 〈실무 직원〉이라는 말을 선택했다.

그들은 이렇게 쓰고 있었다.

> 이반 제니소비치는 아첨꾼이다. (V. V. 올레이니끄, 악쭈빈스끄)

2 『이반 제니소비치의 하루』에 등장하는 교도관 — 옮긴이주.

슈호프에게는 동정심도 존경심도 생기지 않는다. (Y. 마뜨베예프, 모스끄바)

슈호프가 받은 판결은 정당한 것이다……. 사회에서 죄수들에게 맡길 일은 없다. (V. I. 실린, 스베르들로프스끄)

비겁한 마음을 가진 이 쓸모없는 인간에 대한 〈판결은 너무 약했다〉. 조국 전쟁에서의 수상쩍은 행동을 한 인물은…… 조금도 동정할 수가 없다. (E. A. 이그나또비치, 끼모프스끄)

슈호프는 교활하고 잔인한 들개다. 그는 어쩔 수 없는 이기주의자며, 단지 배부르게 먹는 것밖에 생각하지 않는 사람이다. (V. D. 우스뻰스끼, 모스끄바)[3]

저자는 가장 충성심이 있었던 사람들이 1937년에 파멸된 광경을 묘사하는 대신에, 주로 이기주의자들이 투옥된 1941년을 선택했다.[4] 1937년에는 슈호프와 같은 사람은 없었다.[5] 모두 비통한 표정을 하고, 〈무엇 때문에?〉인가 생각하면서, 말없이 죽어 갔던 것이다.[6] (P. A. 빤꼬프, 끄라마또르스끄)

---

3 이 연금 수령자 우스뻰스끼는 사제였던 자기 아버지를 살해하고, 그것을 발판으로 수용소에서 출세한 그 우스뻰스끼가 아닐까?

4 그가 이기주의자라고 한 것은 평범한 사람들, 공산당원이 아닌 사람들, 전쟁 포로들이었다.

5 놀라겠지만, 많이 있었다! ……〈당신의 동료〉보다는 훨씬 많았다.

6 얼마나 지적으로 깊은 생각인가! 하지만 그들은 결코 가만히 있지 않았다. 끊임없이 후회하고, 자비를 간청하며 죽어 갔다.

수용소의 규율에 대하여는 이렇게 썼다.

일하지 않는 자에게 왜 많은 음식을 주겠는가? 그들에게는 소모하지 않은 체력이 남았다……. 내가 보기에 범죄자들에 대한 대우는 너무 부드러웠다. (S. I. 골로빈, 아끄몰린스끄)

식사의 배급량에 관해 말할 때 한 가지 사실을 잊으면 안 된다. 〈그는 요양소에 있는 것이 아니다.〉 그들은 진실한 노동에 의해 자기의 죄를 보상하지 않으면 안 된다. (바주노프 상사, 오이먀꼰, 55세, 수용소 근무로 늙었음)

수용소의 경우는, 다른 어떤 소비에뜨 관청보다도 권력의 남용이 적었다(!). 단언하지만, 지금의 수용소는 〈그때보다 훨씬 엄해졌다〉. (V. 까라하노프, 모스끄바 근교)

이 소설은 내무치안부[7]에 근무하고 있는 일반 병사, 하사관, 장교들을 모독했다. 인민은 역사의 창조자인데 그 인민이 대체 어떻게 그려져 있는가? 〈돌대가리〉, 〈멍청이〉, 〈바보〉로 그려져 있다. (바주노프)

법을 집행하는 우리도 역시 인간이다. 우리도 용감히 싸웠다. 언제나 쓰러진 사람을 사살한 것도 아니고, 우리의 근무도 위험했다. (그리고리 뜨로피모비치 젤레즈냐끄)[8]

7 내무부(MVD)는 1962년부터 내무치안부(MOOP)로 명칭이 변경되었으나, 1968년부터는 다시 내무부가 되었다 — 옮긴이주.
8 젤레즈냐끄는 나를 기억하고 있다고 주장하며 이렇게 썼다. 〈그(솔제니쩬)는 쇠고랑이 채워진 채 도착하였고, 악명 높은 말썽꾼이었다. 후에는 제스

소설 속의 하루는 죄수들의 부정적 태도로 일관되어서, 당국의 역할이 전혀 그려져 있지 않다……. 그러나 수용소에 죄수들을 감금하는 것은 〈개인숭배 시대에 일어난 모든 일의 원인인 것이 아니라〉 단지 판결의 집행이었을 따름이다. (A. I. 그리고리예프)

경비병들은 누가 무엇 때문에 투옥되었는지 알지 못했다.[9] (까라하노프)

솔제니찐은 수용소의 〈일〉을 마치 당 지도부가 없었던 것처럼 묘사하고 있다. 〈현재〉와 마찬가지로 이전에도 그곳에 당 조직이 존재하여, 〈양심에 따라 사업을 지도하고 있었다〉.

실무 직원들은 지도 요강, 지령서, 명령서에 따라 행동한 데 지나지 않았다. 당시에 일하던 사람들은 오늘에도 일하고 있다(!).[10] (아마 10퍼센트 정도는 새로운 사람일지도 모른다.) 그리고 뛰어난 성과를 달성하였기에, 그들은 여러 번 장려상을 받고, 우수한 직원으로 인정받고 있다.

내무치안부 직원 전체가 매우 분개하고 있다……. 이 작품에 스며 있는 분노는 놀라울 뿐이다……. 그들은 고의적으로 인민을 내무부와 반목시키고 있다!…… 내무치안부

까즈간 수용소로 호송되었는데, 거기서 꾸즈네쪼프와 함께 반란을 주모한 것도 그였다.〉
9 우리는 ―〈우리는 단지 명령에 따랐을 뿐이다.〉〈우리는 알지 못했다.〉
10 이것은 아주 중요한 증언이다!

직원이 모독되고 있는데, 어찌하여 우리 〈기관〉은 가만히 있는가? 〈치욕스러운 일이다!〉 (안나 필리뽀브나 자하로바, 이르꾸쯔끄주, 1950년부터 내무부에서 근무, 1956년부터 당원!)

여보시오, 여보시오! 〈그것은 치욕스러운 일이다!〉 — 이것이 그들의 진심에서 나온 외침이다! 45년간이나 수용소군도의 주민을 괴롭혀 온 것은 명예로운데, 소설을 출판한 것은 치욕스럽다는 것이다!

이런 쓰레기 같은 책은 아직 본 적이 없다……. 그리고 이것은 나의 의견만이 아니다. 나에게는 동료가 많다. 우리는 〈군단〉을 이루고 있다.[11]

그러니까 단적으로 말해서 〈솔제니찐의 소설은 모든 도서관이나 도서실에서 몰수하지 않으면 안 된다〉. (A. 꾸즈민, 오룔)

그대로 되었다. 다만 좀 시간이 걸렸을 뿐이다.

이 책은 출판할 것이 아니라, 증거 자료로 KGB에 넘겨야 한다. (익명,[12] 10월 혁명과 동년생)

11 말 그대로 군단이다. 다만 서두르는 바람에 복음서를 확인하는 것을 깜빡했을 뿐이다. 물론 복음서에서 이 표현은 〈악마의 군단〉을 뜻한다…….
12 만일에 대비하여 자기 이름을 감췄다. 바람 방향이 어떻게 변할지 모르니까!

거의 그대로 되었다. 10월 혁명과 동년생인 그의 예상이 맞았던 것이다.

그리고 또 한 사람의 〈익명〉이 있었다. 이번에는 시인이었다.

러시아여, 듣는가!
우리의 영혼에는 티끌 하나 없고
우리에 양심에는 오점 하나 없어라!

다시 또 〈저주받을 익명〉이다! 총을 들고 사람을 죽인 자인지, 아니면 사람을 죽이도록 명령을 내렸을 뿐인지, 아니면 극히 흔한 정통파 공산당원인지? 알 수 있었으면 좋으련만. 여하튼 익명이었다! 오점 하나 없는 익명…….

그리고 마지막으로, 넓은 철학적 시점도 있었다.

역사는 한 번도 과거를 필요로 하지 않았다(!). 사회주의의 역사는 더욱 그렇다. (A. 꾸즈민)

역사는 과거를 필요로 하지 않는다! 충성파들이 생각했던 것과 같다. 그렇다면, 역사는 무엇을 필요로 하는가? 미래인가? 그런데 〈이런 사람들이〉 우리의 역사를 쓰고 있었다!

이런 모든 그들에게, 한 덩어리가 된 그들의 무지에 대하여 대체 어떤 반론을 하면 될까? 이제 그들에게 어떤 설명을 하면 되겠는가?

진실이라는 것은 언제나 부끄러움이 많고 얌전해서, 거짓이 뻔뻔스럽게 날뛰는 사이에도 잠자코 있게 마련이다.

국내에서 자유로운 정보 교환이 오랫동안 없었다면, 온 국민들 사이에는, 수백만 명 사이에는 의사가 통하지 않게 된다.

우리는 실제로 전혀 다른 언어로 지껄이고 있어서 이미 〈단일 국민이 아닌 것〉이다.

◆

그래도 돌파구는 생겼다! 아주 견고하고, 절대 허물어지지 않고, 영구적인 거짓의 벽으로 생각되던 것에 구멍이 생기자, 정보가 새어 나와 버렸기 때문이다. 어제까지 우리 나라에는 어떠한 수용소도, 어떠한 수용소군도도 없었다고 했는데, 오늘 보니까 수용소가, 그것도 파시스트식의 수용소(!)가 전 국민의, 아니 전 세계 사람들의 눈에 띄었다.

어찌 된 것일까? 오랜 세월을 뛰어난 재주로 왜곡해 온 고수들이여! 예부터의 칭송자들이여! 설마 이대로 지나쳐 버릴 수는 없겠지? 당신들은 두려워졌는가? 당신들은 굴복하겠는가?

아니, 물론 그렇지 않을 것이다! 왜곡의 고수들은 우선 먼저 그 구멍 속으로 뛰어들었다! 그들은 몇 해 전부터 그것을 기다렸다는 듯이, 그 속으로 뛰어들어 자기의 잿빛 날개가 달린 몸으로 구멍을 막고, 기뻐하고 — 그렇지, 기뻐하면서! — 오두방정을 치며 놀란 사람들의 눈에서 수용소군도의 모습을 감추려고 했다.

그들의 첫 외침 소리는 본능적인 것이었다 — 〈이런 일은 다시는 되풀이되지 않는다! 당에 영광을! 이런 일은 두 번 다시 되풀이되지 않는다!〉

아, 얼마나 머리가 좋은 변신의 고수인가! 〈이런 일은 다시는 되풀이되지 않는다〉라고 하는 것은 당연한 말이면서, 〈오늘〉은 그런 일이 없다는 것을 의미하고 있다! 앞으로도 없을 것이다. 물론, 오늘날에는 전혀 존재하지 않는다는 것이다!

그들이 구멍 속에서 너무나 교묘하게 그 나래를 흔들었기 때문에, 수용소군도는 모습을 보이자마자 신기루처럼 사라져 버렸다. 존재하지 않게 되었다. 앞으로도 존재하지 않을 것이며, 설사 있었다 해도 그것은 이미 과거의 일이다……. 게다가, 그것은 〈개인숭배〉 시대의 일이었던 것이다!(아니, 이 〈개인숭배〉라는 놈은 너무나 편리한 말이다! 그것을 말하기만 하면 무엇인가 설명한 것 같았다.) 현실에 남아 있는 것은 구멍을 메우고 있는 것, 그리고 앞으로도 영원할 것 같은 〈당에 영광이 있으라!〉였다. (그들의 외침은 처음에는 〈이제 다시는 되풀이하지 않겠다〉였는데, 차츰 수용소군도를 찬양하는 것처럼 들리게 되었다. 이것들이 합치면서 차츰 식별할 수 없게 된다. 아직 소설이 실린 잡지를 받지 못했는데 도처에서 〈당에 영광이 있으라!〉라는 환성이 들렸다. 또 그들이 볼꼬보이가 채찍질하는 대목까지 읽지도 않았는데, 사방에서 〈당에 영광이 있으라!〉라는 소리가 우레와 같이 울렸다.)

　이리하여 끄레믈의 벽을 수호하는 거짓 천사들이 최초의 위기에 훌륭하게 응급 처치를 했던 것이다.

　하지만 구멍은 여전히 남아 있었다. 따라서 오두방정은 멈출 수 없었다.

　그들의 제2의 목표는 슬쩍 바꿔치기 하는 것이다! 마술사가 보자기 속에서 닭을 오렌지로 슬쩍 바꾸어 놓듯이, 소설에 묘사된 수용소군도를 통째로 슬쩍 바꿔서, 관객한테는 전혀 별개의 것, 더 품질이 좋은 것을 보여 주는 마술이었다. 처음에는 이런 시도가 매우 신중했다(작가는 왕이나 마찬가지라고 생각되었기 때문이었다). 계속 소설을 칭찬하면서 슬쩍 바꿔치는 마술을 하지 않으면 안 되었다. 하지만 I. 치체로프는 이 일을 훌륭히 처리하여 기초적인 길을 놓는 데 성공했다.

그는 충분히 칭찬을 하고 나서, 〈증인들의 눈으로 본〉 수용소군도의 이야기를 시작했다. 즉 수용소에 있었던 공산당원들의 이야기를 시작했던 것이다. 특히 그들은 〈……당비는 납부하지 않았지만, 밤에는 비밀 당 집회를 열어, 정치 뉴스를 검토했다……. 낮은 목소리로 「인터내셔널」을 노래 부른 것이 밀고자에게 밀고당해 징벌 감방에 투옥되었다……. 반데라파나 블라소프 병사들은 진짜 공산당원들을 학대하여, 수용소 당국과 함께(!) 그들을 불구자로 만들었다……. 그러나 솔제니찐은 일체 이런 것을 다루지 않았다. 이 무서운 생활의 특정한 계기들을 그는 규명하지 못했다〉.[13]

그런데 치체로프는 수용소에도 있어 본 적도 없으면서 규명했다는 것이다! 대단하지 않은가! 수용소라는 것은 소비에뜨 정권이 만든 것도, 당이 만든 것도 아니라는 말인가! (아마 재판소도 소비에뜨의 것은 아닐 것이다.) 수용소를 주도한 것은 당국과 〈함께〉 블라소프 병사와 반데라파 녀석들이었다는 것이다. (뜻밖이다! 우리는 자하로프의 말을 믿는데, 수용소 당국자들은 당원증을 가지고 있었다. 언제나!)

그리고 모스끄바의 신문들은 모든 기사를 다 싣고 있는 것은 아니다! 우리 랴잔시의 작가 N. 슌지끄는 노보스찌 통신사와의 인터뷰에서 서방측을 향한 발언 중에 수용소군도의 평가에 대하여 다음과 같은 제안을 했으나 채택되지 않았다. (어쩌면 노보스찌 통신사도 〈가담한 것은〉 아닐까?)

〈이런 수용소를 만들게 한 국제 부르주아지에게 저주 있으라!〉

멋진 생각이야! 하지만 채택되지 않았다…….

바꾸어 말하면 이 수용소는 외국의 것, 이질의 것이며, 우

13 『모스꼬프스까야 쁘라브다』, 1962년 12월 8일 자.

리 나라의 것이 아니었다. 베리야가 만든 것인지, 블라소프 병사가 만든 것인지, 독일인이 만든 것인지는 몰라도, 그 속에서 〈우리의 동료들〉이 갇혀서 고생만 했던 것이다. 게다가 〈우리의 동료들〉이라는 것은 국민 전체가 아니라 — 아니, 국민 전체에 대해 쓰려면, 신문 지면으로는 도저히 부족하니까 — 공산당원들을 말한다.

우리와 함께 수용소군도의 생활을 자세히 보았던 독자는 낮은 목소리로 「인터내셔널」을 부를 만한 장소도, 시간도 없었다는 것을 알고 있겠지? 벌채 작업 후에 겨우 걸으면서 노래를 부를 힘이 남아 있었겠는가? 노래를 부를 수 있었다면 하루 종일 소지품 보관소에서 아무것도 하지 않고 지낼 수 있는 놈들이었을 것이다!

그리고 야간 당 집회에서는 〈무엇을〉 토론했을까? (역시 소지품 보관소나 위생부 사람들일 것이다. 그러나 그렇게 되면 주간 집회가 되는데, 어떻게 야간에 집회를 했다는 말인가?) 공산당 중앙 위원회에 대해 불신을 표명하기 위해서인가? 정신이 나가지 않고서는 그럴 리가 없다! 베리야에 대한 불신인가? 아니, 그것은 절대로 안 된다. 그는 공산당 중앙 위원회의 정치위원이니까! 〈기관〉에 대한 불신은? 아니, 그것도 안 된다. 그것은 다른 누구도 아닌 제르진스끼가 창설한 것이니까! 우리 나라의 소비에뜨 재판소에 대한 불신은? 그것은 당에 대한 불신과 같은 것이 되니까, 입 밖에 내서도 안 된다. (잘못은 〈자기 혼자〉에게 일어났던 것이다. 그러니까 친구를 신중하게 사귀지 않으면 안 된다. 그들의 판결은 옳았다!)

이 오두방정을 납득할 수 없었던 평범한 운전수 A. G. Z.가 내 앞으로 이런 것을 써 보냈다.

〈모두가 이반 제니소비치와 같은 사람은 아니었다고요? 그럼, 어떤 사람이었나요? 복종하지 않았던 사람이었나요? 혹시 수용소에 공산당원들이 지휘하던《저항 부대》가 활동하고 있었나요? 하지만 그렇게 되면, 그 부대는《대체 누구와 싸웠나요》? 당인가요, 정부인가요?〉

그것은 언어도단이다! 〈저항 부대〉 따위는 있을 수 없었다. 그러면 집회에서 무슨 토론을 했을까? 당비를 내지 않았던 일을? 그것은 아니었다. 정치 뉴스를 토의하기 위해서였나? 그것 때문이라면 일부러 집회를 가질 필요가 없지 않은가? 충실한 당원 둘이 모이면(누가 충실한 당원인지 생각해 보지 않으면 안 되지만……), 그리고 속삭이는 소리로……. 수용소에서 당 집회의 의제가 있다면 그것은 오직 하나 — 어떻게 하면 모든 특권수의 지위를 〈우리의 동료들〉이 차지하여 살아남을 수 있겠는가라는 것이다. 그래서 동료가 아닌 녀석들, 즉 공산당원이 아닌 녀석들을 벌채 작업의 추위 속에서 죽이며, 구리 광산의 독가스실에서 질식시키는 것이다!

그 밖에 그들의 의제가 될 만한 것은 그다지 없었다.

이리하여 아직 1962년에 나의 소설이 독자의 손에 닿기도 전에 그들은 수용소군도를 슬쩍 바꿔치는 마술의 방향을 정했던 것이다. 그리고 소설의 작가가 왕도 아니고, 방패도 전혀 없고, 그저 신기루라는 것을 점차 깨닫게 되자, 왜곡의 고수들은 점차 대담해졌다.

그들은 소설을 살펴보면서, 〈왜 우리가 이것을 두려워했지? 그리고 왜 우리는 이것을 칭찬했을까(노예근성이었을지도 모른다)?〉 하는 기분이었다. 〈그(솔제니쩐)는 인간 묘사에 성공하지 못했다……. 그는 인간의 마음속을…… 들여다보기를 두려워했다.〉[14] 그 주인공을 잘 살펴보면 그야말로 〈이상적인 비주인공이다!〉 슈호프는 〈혼자〉며 〈인민으로부터 동떨어진 존재〉이기도 하다. 그는 쓸모없는 인물로 밥통이며, 싸우지도 않았다! 그들을 제일 분개시킨 것은 〈어찌하여 슈호프는 싸우지 않았는가?〉라는 것이었다. 수용소 제도를 타도할 것인가, 아니면 총을 들고 싸울 것인가 등에 대해서는 아무것도 쓰지 않았는데, 〈어찌하여 그들은 싸우지〉 않았는가 하고 물을 뿐이다(나한테는 이미 껜기르 수용소의 반란을 그린 원고가 준비되었으나 나는 그 원고를 발표할 용기가 없었다……).

자기는 투쟁의 1그램도 나타내지 못하면서, 우리한테는 톤 단위의 투쟁을 요구하고 있었다!

항상 그랬다. 전투가 끝나면 갑자기 많은 용감한 자들이 나타나게 된다.

〈정직하게 말해서 슈호프의 이해는 너무나 자질구레했다. 그리고 개인숭배의 가장 무서운 비극은 가시철사 울타리 속으로 진보적인 소비에뜨 사람들이, 우리 나라의 가장 뛰어난 사람들이, 우리 시대의 참된 영웅들이 들어오게 된 것이다.〉 그들도 〈때로는 야채수프를 더 얻으려고 했지만…… 그것은 노예근성을 발휘하여 얻은 것은 아니었다.〉[15] (그렇다면 나는 묻고 싶다. 무엇을 발휘했을까? 어떻게 얻었을까?

〈솔제니찐은 수용소의 어려운 조건에 중점을 두었다. 그는 《세상의 엄격한 진실을 이탈하고 있다.》 세상의 진실이란 것은 《투쟁의 불길 속에서 단련된 사람들》, 《레닌의 당이 길러낸 사람들》이 남아 있다는 것이다. 그들은…… 무엇을 했는가? 투쟁을 전개했는가? 아니, 그들은 이 폭정의 암흑시대가 언젠가는 끝난다고 《믿어 의심치 않았다.》〉

14 『까자흐스딴스까야 쁘라브다』, 1964년 10월 6일 자. 외교관 A. 구젠꼬의 편지.

15 『까자흐스딴스까야 쁘라브다』, 1964년 8월 27일 자.

〈일부 작가들은 굶주리는 고통을 절실하게 묘사하고 있었다. 그러나《사고의 고통》이 굶주림보다 백배나 괴롭다는 것을 부정할 사람이 있을까?〉[16] (특히 자기 자신이 그것을 체험하지 않았을 경우.)

이리하여 제22회 당 대회도 같은 것으로 일관했다. 누구를 위하여 기념비를 세우려고 했는가? 죽은 공산당원을 위해서였다! 죽은 평범한 이반들을 위해서는? 아니, 그들은 문제가 아니다. 그들은 조금도 불쌍하지 않다. (『이반 제니소비치의 하루』의 나쁜 점은, 평범한 이반을 묘사했다는 것이다.)

이미 2년 동안이나 그들은 지칠 줄을 모르고 오두방정을 떨고 있었다. 또한 전설에서 거미줄을 치는 자는 그것을 치고 있었다. 예를 들면 『이즈베스찌야』[17]는 투쟁 방법을 가르쳐 주고 있었다. 그것은 수용소에서 〈탈옥하는 것〉이었다! (동료 탈옥수들이 이 기사의 필자인 N. 예르밀로비치의 주소를 몰랐던 것이 유감이다! 그한테 몸을 숨길걸 그랬지! 하지만 이 충고는 좋지 않았다. 탈옥은 내무부의 권위를 떨어뜨리는 것이 아닌가!) 그래, 이 충고에 따라 탈옥했다면, 그 후에는 어찌하면 좋은가?

알렉세이라는 인물이 『이즈베스찌야』에 어떤 이야기를 썼는데, 어찌 된 일인지 주인공의 이름이 없었다. 그 이야기에 의하면, 1944년 봄에 어떤 죄수가 리빈스끄 수용소에서 탈옥하여 전선으로 도망쳤다. 그리하여 당장에 정치 지도원인 소령이 〈흔쾌히〉 (의혹을 털어 버리듯이 머리를 심하게 흔들고) 그의 입대를 인정했다. 그 소령의 이름도 쓰지 않았다. 더욱이 보통 부대도 아니고, 연대의 정찰대로 입대를 허락했던 것이

---

16 『끄라스노야르스끼 라보치』, 1964년 9월 27일 자.
17 1964년 4월 25일 자.

다! 그뿐만 아니라, 바로 정찰하러 내보냈다! (전장의 경험이 있는 사람이라면 알겠지만, 이 소령은 자기의 계급장을 소중히 하지 않았을까? 자기의 당원증을 소중히 하지 않았을까? 또 1941년이라면 몰라도 1944년에 그런 위험한 일을 하다니? 보고 제도가 확실히 정착되고, 〈스메르시〉가 있었는데?) 이 예전 죄수가 공로를 세우고 적기 훈장을 받고(서류상의 수속은 어떻게 했나?), 전쟁 후에는 〈서둘러 퇴역했다〉.

또 한 가지 이야기에는 성명이 제대로 나와 있었다 ── 독일인 공산당원 크사버 슈바르츠뮐러. 1933년에 나치 독일에서 우리 나라로 망명했으나, 1941년에 독일인이라서 체포되었다(이것은 사실일 것이다). 그럼 이제 우리는 수용소에서의 진짜 공산당원의 투쟁이 어떤 것인지를 알게 될 것이다! 공식 통지서에 의하면, 그는 치스또뽈에서 1942년 6월 4일에 사망했다(수용소에 들어와 첫걸음에 쓰러졌다. 이것은 사실일 것이다. 특히 외국인이었으니까). 1956년에 사후 명예 회복이 되었다. 대체 그는 어디서 투쟁했는가? 실은 1962년에 〈그를 리가에서 본 사람이 있다(어떤 여자)는 소문〉이 있었다. 〈즉, 그는 탈옥했던 것이다!〉 〈수용소의 사망 증명서〉(갈기갈기 찢긴 증명서)를 서둘러 조사해 봤더니, 어쩐지 〈거기에는 사진이 붙어 있지 않았다!〉 죽은 수용소 죄수의 〈사진을 찍지 않는다는 것은〉 있을 수 없었다! 그런 일은 여태껏 한 번도 없었던 일이었다. 그래서 분명한 것은 그가 도망쳐서 그새 줄곧 투쟁을 계속했다는 것이다! 어떻게 싸웠을까? 분명치 않다. 누구와 싸웠을까? 그것도 분명치 않다. 그런데 이제까지 왜 공개하지 않았을까? 알 수 없는 일이다.

가장 권위 있는 정부 기관지가 이런 동화 같은 이야기를 싣고 있었다!

이러한 전설의 거미줄로서, 모습을 드러낸 수용소군도를 우리의 눈에서 감추려는 것이다!

『이즈베스찌야』 지상에 실린 또 하나의 전설이 있다. 최근에 자식이 자기 아버지의 사후 명예 회복에 대해 알았다. 그때 그가 먼저 느낀 것은 무엇이겠는가? 무고한 아버지를 살해한 데 대한 분노였을까? 아니, 〈기쁨〉이었다. 안도였다. 아버지가 당 앞에 죄를 짓지 않았다는 것은 행복인 것이다!

각자가 조금씩 실을 뽑아내어 거미줄을 쳤던 것이다. 그것을 하나씩 포개서, 아직도 분명한 그 구멍을 막아서, 수용소군도도 잘 보이지 않게 되었다.

그리하여 그 거미줄을 꼬거나 짜거나 하고 있는 사이에, 그 방정맞은 푸드덕거림이 구멍 속에서 요란해지는 동안에, 그 배후에서, 즉 벽 건너편에서 이 일의 중요한 역할을 맡은 석공이 발판을 만들면서 위로 기어오르고 있었다. 그들은 어느 정도의 작가거나, 또 재난을 맞아 스스로 수용소에 갇혔던 경험을 가진 사람이 아니면 안 된다. 그렇지 않고서는 어떤 바보라도 그들의 말을 믿지 않게 되니까. 그 발판을 만들고 있었던 것은 보리스 지야꼬프, 게오르기 셸레스뜨, 갈리나 세레브랴꼬바 그리고 알단세묘노프였다.

그들은 위세가 대단했고, 처음부터 그 구멍을 겨누었다. 발판이 만들어지기 전부터 뛰어올라 그 구멍에 시멘트를 이겨서 던졌으나 거기까지는 닿지 않았다.

세레브랴꼬바는 이미 준비된 석판을 가져와서 구멍을 덮으려고 했다. 그 석판은 너무 커서 남을 정도였다. 그녀는 공산당원들에 대한 취조가 너무 엄한 것을 묘사한 장편 소설, 눈알을 뽑거나 발로 짓밟는 이야기를 소설에 집어넣었다. 하지만 그 돌은 구멍에 맞지 않아서, 오히려 새 구멍을 만들 수 있다는 설명을 듣고, 그녀는 물러섰다.

또한 체까의 대대장이었던 셀레스뜨는, 그 이전부터 『이즈베스찌야』에 『금덩이』라는 소설을 가져갔으나 그 주제가 해금되지 않았기 때문에 실리지 않고 있었다. 이제 구멍이 생기기 12일 전에, 그것을 이미 예상한 사람들이 있었고 『이즈베스찌야』는 셀레스뜨의 소설을 반창고처럼 붙였다. 그러나 반창고는 폭발을 견디지 못했다. 그것은 처음부터 없었던 것처럼 찢겨 나가고 말았다.

또 폭발의 연기가 사라지기 전에 지야꼬프가 『특권수의 수기』를 구멍 속으로 던지기 시작했다. 그런데 락신의 비평이 벽돌이 되어서 그의 머리 위에 떨어지고 말았다. 지야꼬프가 수용소에서 자기의 목숨을 구하는 것밖에 생각하지 않았다는 것이 폭로되고 말았다.

그들은 이렇게 해서는 안 된다는 것을 깨달았다. 좀 더 건실하게 하지 않으면 안 되었다. 그래서 발판을 만들기로 했다.

그 발판은 1년 반이 걸렸다. 그사이에도 신문 기사들이 날개를 퍼덕이고 있었다. 그러나 발판을 만들어 크레인을 설치하자, 일제히 구멍을 메우는 작업이 시작되었다. 1964년 7월에는 지야꼬프의 『체험기』와, 알단세묘노프의 『절벽 위의 동상』이 출판되고, 9월에는 『꼴리마의 수기』가 간행되었다. 같은 해에 마가단에서는 뱟낀의 책도 나왔다.[18]

이것으로 만사가 잘되었다. 구멍을 아주 막아 버렸다. 그리고 덮어놓은 장소의 표면에는 아주 다른 그림을 그렸다. 종려나무, 대추야자, 수영복을 입은 원주민들의 그림이다. 이것이 군도인가? 군도 같아 보였다. 하지만 아니었다. 그들은 슬쩍 바꿔친 것이다……

18 V. 뱟낀, 『인간은 다시 태어난다』.

나도 충성파에 대한 이야기를 했는데[19] 만일 나와 그들과의 차이가 문학적인 것뿐이라면, 그 책들에 대한 비평을 쓸 필요가 없다.

그러나 그들이 수용소군도에 대해 거짓 이야기를 썼기에, 나는 그들의 거짓 장식이 어디에 있는지 지적하지 않으면 안 된다. 더욱이 나의 책을 처음부터 여기까지 읽은 독자라면, 스스로 그 거짓을 쉽게 알아볼 수 있을 것이다.

우선 그들이 하고 있는 첫 번째 거짓이자 가장 큰 거짓은 〈그들의〉 수용소군도에는 인민이, 우리 나라의 이반들이 투옥되어 있지 않다는 것이다. 각자 생각한 것인지, 아니면 모두 협의를 했는지, 여하튼 그들은 모두 거짓말을 하며, 죄수들을 다음과 같이 크게 나누었다. (1) 성실한 공산당원들(그 속에는 예외적인 하위분류 ─ 비당원인 열렬한 공산주의자들도 있다) (2) 백위군 병사들, 블라소프 병사들, 독일에게 협조했던 놈들, 반데라파들(어중이떠중이들이다).

그러나 그런 사람들을 전부 합쳐도, 수용소의 10퍼센트 내지 15퍼센트밖에 되지 않는다. 나머지 85퍼센트는 농민들, 지식인들, 노동자들과 〈제58조〉들이었다. 그리고 실타래 하나 훔쳤기 때문에, 떨어진 이삭을 주웠기 때문에 투옥된 많은 불행한 사람들이었다. 그들은 이런 책에는 실리지 않았다. 사라져 버린 것이다! 사라진 것은 작가들이 〈정말 고통을 받는 자기 인민한테 마음을 쓰지 않았기 때문〉이다! 그들에게는 이 민중이 벌채 작업에서 돌아온 후에, 낮은 목소리로 「인터내셔널」을 부르지 않았기 때문에 전혀 존재하지 않았던 것이다. 셀레스뜨의 책에는 몇 명의 〈여자〉 신자들에 대해 언급하고 (결코 남자 신자들은 아니었다. 그는 남성 수용소에서 한 번

19 제3부 제11장 참조.

도 그들과 만난 적이 없었다!) 단 한 사람의 〈해충〉(문자 그대로 해충으로 되어 있었다)이 나오고, 단 한 사람의 경범죄자가 나왔을 뿐이다. 주변 지역의 소수 민족도 모조리 탈락되어 있었다. 지야꼬프라면 그 투옥된 시기로 보아서 발트해 연안의 여러 민족과 만났을 것이다. 그러나 한 사람도 등장시키지 않았다! (서부 우끄라이나 출신들도 묵살해 버리려 했지만 그들은 너무 활발하고 눈에 띄었다.)

그들의 책에서는 수용소 인구의 전 스펙트럼이 탈락되어 버려서, 양극단의 선밖에 남지 않았다! 그러나 〈도식〉에는 그것으로 충분하며, 그것이 없이는 안 된다.

알단세묘노프의 경우, 작업반 중에서 유일한 배신자는 누구인가? 그것은 유일한 〈농민〉인 제뱟낀이었다. 셸레스뜨가 쓴 『금덩이』 속에서 바보는 누구인가? 그것은 유일한 〈농민〉인 골루보프였다. 이것이 그들의 인민에 대한 견해였다!

그들의 두 번째 거짓은 〈수용소에서의 노동이 전혀 없다〉는 것이다. 그들의 주인공들은 통상 본격적인 노동에서 해방된 특권수들로 매일 소지품 보관소에서 지내든가, 경리계 책상에 앉아 있거나, 위생부에서 지내고 있기 때문이다. (세레브랴꼬바의 소설 속에서는 12명이 〈공산주의적이라고 불리는〉 한 병실에 있었다. 대체 누가 그들을 이렇게 모았는가? 어찌하여 모두가 공산당원인가? 무슨 연고가 없이 휴양하러 들어온 것은 아니지 않겠는가?) 만일 노동이 있었다면 그것은 조금도 무섭지 않은, 피곤하지 않은, 사람을 죽이지 않아도 되는 그런 간단한 작업이었다. 실제로 이 10시간 내지 12시간의 노동이야말로 최대의 흡혈귀였다. 이 노동만이 수용소군도의 매일을, 그 전 기간에 걸쳐 지배하고 있는 것이었다.

그들의 세 번째 거짓은, 수용소에서는 〈굶주림이 지배하고 있지 않았다〉는 것이며, 매일 수십 명의 펠라그라 환자와 영양실조 환자의 목숨을 빼앗아 가지 않는다는 것이다. 아무도 오물통에서 쓰레기를 뒤지는 자가 없다는 것이다. 아무도 〈어찌하면 오늘 밤까지 죽지 않고 살 수 있을까〉라고 생각하는 자가 없다는 것이다. (〈교정 노동 수용소는 규율이 약한 수용소다〉라고 지야꼬프는 멋대로 쓰고 있었다. 그런 규율이 약한 수용소에 당신이 갇혀 있었다면!)

이 세 가지 거짓만 있으면, 수용소군도의 현실을 왜곡하는 데 충분하다. 그래서 현실의 모습이 사라지고 진짜 삼차원의 세계가 사라져 버린 것이다. 이제는 작가의 일반적인 세계관과 그 개인의 공상에 의해 어떤 것이라도 쓸 수 있고, 블록으로 조립할 수도 있고, 그릴 수도 있으며, 자수할 수도, 짤 수도 있었다. 이 고안된 세계에서는 어떤 일이라도 가능하다. 이번에는 주인공들의 차원이 높은 사고(이 폭정은 언제 끝날까? 우리는 언제 지도부에 호출될까?)에 많은 페이지를 할애할 수도 있고, 그들의 당에 대한 충성을 묘사할 수도 있고, 시간이 지남에 따라서 당이 모든 것을 정상화하는가를 그릴 수도 있었다. 국채 신청(상점에서 물건 살 돈을 가지고 있기보다도 국채를 신청하는 것이다)할 때의 기쁨을 그릴 수도 있었다. 언제나 조용한 형무소를 대화로 채울 수 있다. (루비얀까의 이발사가 제일 먼저 지야꼬프가 공산당원인가 묻는다…… 말도 안 돼!) 죄수 점호 때 전혀 없었던 질문이 생긴다. (〈소속된 당은? 직책이 무엇인가?〉) 눈물이 날 정도로 우스운 이야기를 만들 수도 있다. 어떤 자유 고용인이 당원인 죄수를 중상했다고 해서 자유 고용인 담당 정치국 서기에게 상신서를 제출했다! 어떤 바보가 그 말을 믿는다고 생각하는가(지야꼬프)? 혹은 호송병들에게 연행되고 있는 대열 속의 죄수가(끼로프와 공로를 같이 세운 고상한 삐뜨라꼬프) 대열을 레닌 동상 쪽으로 인도해 가서, 전원에게 모자를 벗도록 했다. 호송병들까지도! 그렇게 되면 자동소총은 어느 손으로 잡겠는가(알단세묘노프)?

뱃낀의 소설 속에서는 도적들이 정렬장에서 기꺼이 레닌한테 경의를 표하면서 모자를 벗는다. 정말 잠꼬대 같은 소리다(만일 사실이라 해도 레닌에게는 그다지 명예롭지 못한 이야기다).

셀레스뜨의 소설『금덩이』는 처음부터 끝까지 우스운 이야기다. 발견한 금덩이를 수용소에 내놓을 것인가, 내놓지 않을 것인가? 잘못하면 총살이다! 그러니까 이 문제를 해결하기 위해서는 대단한 〈용기〉가 필요하다. (그 〈문제〉 자체가 총살감이다!) 그래서 그들은 〈내주기로 했다〉. 하지만 장군은 그 작업반의 수사를 지시했다. 만일 내주지 않았다면 어떻게 되었을까? 작가 자신이 이웃 〈라트비아인 작업반〉의 이야기를 하고 있으나, 그 작업반은 작업 현장에서도 막사에서도 수사를 받았던 것이다. 문제는 조국을 지지하든가, 아니면 하지 않는 것이 아니라, 이 금덩이로 4명의 목숨을 위험하게 하지 않는가 하는 것이었다. 이 상황은 그들의 공산주의와 애국주의를 뒷받침하기 위해 생각해 낸 것이었다(호송하지 않는 사람들은 별도의 문제였다. 알단세묘노프의 소설에서는 경찰의 소령도, 석유공업 인민 위원 대리도 금덩이를 훔치고 있었다).

그러나 셀레스뜨는 역시 시대의 추세를 바르게 파악하지 못했다. 그는 너무나 거칠고, 증오스럽게 수용소의 지배자들을 묘사했다. 정통파 공산당원한테는 있을 수 없는 일이었다. 또 알단세묘노프는 어떻게 보아도 〈악인〉인 금 채굴소장에 대해 이렇게 썼다. 〈그는 유능한 지도자였다!〉 그가 말하는 바에 의하면, 소장이 좋으면 작업도 쉬워지고, 생활도 자유롭게 된다는 것이다.[20] 뱃낀도 같은 것을 쓰고 있었다. 그의 소설에는 꼴리마 지방의 사형 집행인인 극동 건설소장 까르쁘 빠블로프가 자기가 하고 있던 무서운 일을 〈알지 못한다〉라든가, 〈이해할 수 없다〉거나 혹은 이미 재교육되었다고 했다.

이러한 저자들은 스스로 묘사한 그 거짓 장식을 현실과 비슷하게 하기 위해 진짜 요소도 조금 첨가하지 않으면 안 되었다. 알단세묘노프의 경우 — 호송병이 채굴한 금을 빼앗아 자기 것으로 만든다. 작업 출동 거부자에게는 권리도 법도 무시하고 제재를 가한다. 영하 52도에서도 일한다. 도적들은 수용소에서 잘 지내고 있다. 페니실린은 당국을 위해 〈남겨 둔다〉. 지야꼬프의 경우 — 호송병의 난폭한 태도. 따이셰뜨에서의 열차 주변 정경. 죄수들한테서 죄수 번호를 떼어 버리는 조치를 취하지 못하여 승객들이 죄수들에게 음식이나 담배를 던져 주었으나, 그들을 호송병들이 주워서 자기들이 가졌다. 축제 전날의 묘사도 있다.

그렇지만 저자들은 이런 묘사들을 신용을 얻기 위해서만 사용하지 않았다.

그리고 그들이 가장 말하고자 한 것은 다음과 같은 것이다. 우선 비평가들의 말을 빌려 보자.

〈『이반 제니소비치의 하루』에서는 수용소의 경비진은 거의

---

20 알단세묘노프는 자유인 소장들의 생활을 잘 알고 있고, 그 분위기에 젖은 적이 있으며, 죄수들의 생활은 그다지 알지 못했다는 인상을 받았다. 그는 도처에서 바보짓을 했다. 그가 말하기를 침례교 신자들은 〈일하지 않았고〉, 따따르인 호송병은 따따르인 죄수에게 음식을 주었다. 〈그 때문에〉, 다른 죄수들은 그 따따르인 죄수를 밀고자라고 생각했다! 그러나 이런 결론에 도달하는 것은 불가능하다. 호송병들은 매일 교대했고, 한 밀고자를 맡아서 돌봐 주는 일은 없었기 때문에 죄수들이 그렇게 생각할 리가 없었다.

가 짐승과 같은 사람들이다. 그것에 대해 지야꼬프는 그 속에도 많은 고민하는 사람들이 있었다고 쓰고 있다.)[21] (그러나 그들은 아무런 결론도 짓지 못했다.)

〈지야꼬프는 엄격한 생활의 진실을 지키고 있었다……. 그에게 있어서 수용소의 무법 상태는…… 배경에 지나지 않는다. 그가 말하고자 하는 것은 소비에뜨의 인간이 폭정에도 굴복하지 않았다는 것이다……. 지야꼬프는 정직한 체끼스뜨들도 놓치지 않았다. 그들이 하고 있는 일은 영웅 행위였다. 바로 영웅 행위인 것이다.)[22]

(그 영웅 행위라는 것은, 공산당원들을 좋은 지위에 있게 하는 것이다. 특히 죄수인 공산당원 꼬노꼬찐의 경우도 〈영웅 행위〉로 되어 있었다. 그는 〈정신없이 죄상을 추궁당하고…… 자유를 박탈당하고…… 그래도 약사로서 계속 일했다)! 즉 자기가 위생부에서 〈일반 작업〉으로 끌려가지 않도록 한 것이 영웅 행위인 것이다.)[23]

지야꼬프의 책은 어떤 결말로 끝나는가? 〈모든 고통은 사라졌다.〉 (그는 죽은 사람을 회상하지는 않는다.) 〈모든 좋은 일이 돌아왔다.〉 〈아무것도 빼앗긴 것은 없다.〉

알단세묘노프의 경우에는 〈과거에 어떤 일이 있었더라도, 우리는 한을 품지 않는다〉. 당에 영예를 — 당이 수용소를 제거했다! (시 형식의 에필로그)

그래, 〈정말〉 제거되었는가? 또 무엇이 남아 있는가? 그런데 그 수용소는 누가 만들었는가? ……그들은 말이 없었다.

21 『쭈멘스까야 쁘라브다』, 1964년 8월 13일 자.
22 볼긴, 「혁명의 병사들」, 『끄라스노야르스끼 라보치』, 1964년 9월 27일 자.
23 M. 차르니, 「공산주의자는 최후까지 공산주의자다」, 『문학 신문』, 1964년 9월 10일 자.

죄수 A. K. K.는 이런 의문을 보냈다. 〈베리야 시절에 소비에뜨 정권이 있었는가, 없었는가? 어찌하여 소비에뜨 정권은 그를 막지 않았는가?〉 그에게 어떻게 대답할 것인가?

혹은 P. R. M.의 이런 질문에 대해서는 어떤가? 〈인민이 전권을 잡고 있는데, 어찌하여 인민이 인민을 학대하는 사태가 되었는가?〉

이 저자들은 배급식 걱정도 없고, 일하지도 않고, 오직 〈차원이 높은 사고〉만 하고 있었으니까 대답할 수 있을 것이다!

아무 대답이 없었다······.[24]

이것으로 끝이다. 구멍이 닫히고, 위에서부터 페인트를 칠하고(고르바또프 장군이 마지막 색칠을 했다), 그리고 끄레믈의 〈벽〉에 생긴 구멍은 없어져 버렸다! 아니, 수용소군도 자체가 있었다고 해도 환상, 비현실적인 것으로 변해 버리고, 조그맣게 줄어들어 전혀 주의를 끌지 못하게 되었다.

또 무엇을 했던가? 만일에 대비하여 신문 기자들이 다시 페인트를 칠했다. 예를 들어 미하일 베레스찐스끼는 지칠 줄 모

---

24 이들 작품에서 〈개인적인〉 태도에 관해 말한다면, 가장 온건한 것은 셀레스뜨다. 그도 역시 조금은 고생을 겪었으니까(예를 들어 그의 주인공 자보르스끼처럼 형기의 대부분을 무사히 보내고도). 그의 몇 개의 단편 소설에는 수용소의 사실적인 일면이 어느 정도 나오고 있다. 가장 불쾌한 태도는 지야꼬프의 경우다. 그것은 고가의 모피 모자라거나(〈특수 수용소〉에서!) 화장수라거나, 소지품 보관소에 있으면서 〈추웠다〉고 불평했기 때문이 아니다. 자기의 수용소에서의 성공을 감추기 위해 뻔한 거짓말을 했기 때문이다. (〈수용소에서의 역할은 분담하는 것이 아니다. 그것은 죄상이나 형기로 결정되는 것이다.〉아니, 그게 아니라 〈보안 장교〉가 정하는 것이다!)『특권수의 수기』를 다시 썼을 때는 위생부로 가고 싶었던 동기를 왜곡했다. 자기를 대담한 사나이로 보이기 위해 교도관이나 보안 장교에게 매우 난폭한 말투였다고 썼고, 문화 교육부장에 대해서도 면전에서 그를 욕했다고 쓸 지경이었다. 그렇지만 그는 그 후의 음악회에서 사회자를 했던 것이다. (혹시 그들 앞에서 기어다니지나 않았을까?)

르는 『문학 신문』(문학 이외에는 아무것도 놓치지 않는 신문이다)의 요청으로, 예르쪼보 역까지 다녀왔다. 실은 그 자신도 투옥된 적이 있었다. 그러나 그는 이 섬들의 〈새로운〉 지배자들에게 깊이 감동했었다. 〈오늘의 교정 노동 기관이나 금고지에서 일하고 있는 사람은, 그 볼꼬보이와는 전혀 다른 사람들이다……[25] 지금 여기서 일하는 사람들은 참된 공산주의자들이다.〉

〈엄하기는 하지만, 마음이 선량하고, 정의감이 강한 사람들이다. 그들이 날개가 없는 천사라고 생각해서는 안 된다……(아마 그런 견해도 있을 것이다). 유감스럽지만 가시철사를 둘러친 울타리와 경비용 망루가 지금도 필요할 것이다. 그렇지만 〈장교들은 들어오는 《인원》이 점차 적어지고 있다고 《웃는 얼굴로》 말하고 있다.〉[26] (이대로라면, 노후 연금을 받지 못하니까, 전직하지 않으면 안 돼서 웃는 것일까?)

이렇게 작은 포켓용 수용소군도가 되어 버렸다. 작은 사탕처럼 녹고 있었다.

구멍은 메우는 작업은 끝났다. 그러나 그 발판으로 아직 많은 녀석들이 흙손이나 붓이나 시멘트 반죽을 넣은 양동이를 들고 올라왔다.

그러자 그들한테 외쳤다.

「이제 됐어! 내려가라고! 아무것도 생각하지 마! 정말로 잊는 거야! 어떤 수용소군도도, 그것이 좋건 나쁘건, 없었던 거야! 입을 열지 마! 다 잊는 거야!」

최초의 반응은 불안한 오두방정이었다.

제2의 반응은 완전히 그 구멍을 메우는 일이었다.

25 A. 자하로프의 증언을 상기하면 된다. 예전과 똑같은 사람들이다!
26 『문학 신문』, 1964년 9월 5일 자. (강조는 솔제니찐)

제3의 반응은 망각이었다.

수용소군도에 대해 〈사회〉의 알 권리는 그 출발점인 1953년의 시점으로 되돌아갔다.

그리하여 다시 작가들이 교정에 얽힌 이야기를 안심하고 쓰게 되었다. 혹은 경비견이 정신없이 인간을 물어 죽이는 영화를 다시 촬영할 수 있게 되었다.

마치 아무 일도 없었다는 듯이, 〈벽〉에 구멍이 없었다는 듯이.

이윽고 이런 방향 전환(어떤 방향으로 이야기하나 했더니, 이내 다른 방향으로 바뀌는 것)에 지쳐 버린 젊은이들은 이제 되돌아보지도 않고 어떤 〈개인숭배〉도 없었고, 악몽도 없었을 것이며 그것은 단지 지껄이는 이야기일 뿐이라고 생각하게 될 것이다. 그리하여 춤추러 나갈 것이다.

이 말은 참 맞는 말이다 ─ 매 맞을 때 고함을 질러라! 나중에 아무리 고함을 쳐도 믿는 사람은 없다.

◆

흐루쇼프가 눈물을 흘리면서 『이반 제니소비치의 하루』의 출판을 허가했을 때, 그는 이 소설은 스딸린 시대의 수용소의 이야기며, 결코 〈그의 시대의 이야기가 아니다〉라고, 그의 시대에는 그런 것은 존재하지 않는다고 굳게 믿고 있었다.

뜨바르도프스끼 또한, 최고 책임자의 허가를 얻기 위하여 분주했을 때, 이 소설은 과거의 이야기로, 이미 없어진 일의 이야기였다고 마음속으로부터 믿고 있었다.

뜨바르도프스끼의 경우는 이해할 수 있다. 그를 둘러싼 수도의 시끄러운 세계가 웅성대고 있었으니까. 〈지금은 해빙 시대다! 이제는 체포되는 일이 없어졌다. 이미 두 차례의 정화 대회가 열렸다. 지금은 무의 세계에서 사람들이 돌아와 있다.

그것도 많은 사람들이!〉 이런 명예 회복이라는 아름다운 장밋빛 안개 너머로 수용소군도는 자취를 감추고 전혀 보이지 않게 되었기 때문이다.

그러나 나도(심지어 나마저도!) 그것에 휘말려 버리고 말았다. 그것은 이해할 수 없는 일이었다. 나 역시 뜨바르도프스끼를 속이려는 생각은 없었다! 나 자신도 과거에 얽힌 소설을 내놓은 것이라고 마음속으로 믿고 있었던 것이다! 나의 혓바닥은 야채수프의 맛을 잊었는가? 아니, 나는 절대 잊지 않으리라고 맹세했었다. 나는 개의 조련사들의 습성을 간파하고 있지 않았는가? 수용소군도의 연대기 작가이기를 바라던 내가, 그것이 우리 나라의 분신이며, 없어서는 안 되는 존재라는 것을 이해하고 있었을 게 아닌가? 나에 대해서만은,

〈배부르게 먹을수록 기억은 멀어진다.〉

이런 법칙이 적용되지 않을 거라는 자신이 있지 않았는가?

그러나 나는 통통해졌다. 틀에 박혀 버렸다. 믿어 버렸다……. 수도의 관대한 마음씨를 믿어 버렸다. 나 자신의 새로운 생활을 위하여 믿었던 것이다. 또 〈저쪽에서〉 돌아온 새 친구들의 이런 말을 신용해 버렸다 ─ 부드러워졌어! 규율이 완화되었어! 석방되고 있어, 모두 석방되고 있어! 수용소 구내마다 폐쇄되어 가고 있어! 내무부 직원이 차차 잘리고 있어…….

아니, 우리는 쓰레기와 같다! 우리는 쓰레기의 법칙에 지배되고 있다. 공통의 슬픔을 분간할 능력을 잃지 않기 위해 우리들이 체험하지 않으면 안 될 불행에는 한계가 없다. 우리들이 자기 자신 안에 있는 이 쓰레기를 이기지 않는 한, 이 지상에는 그것이 민주주의건, 전체주의건 어떤 제도도 공정한 것이 못 된다.

그리하여 나로서는 〈현재의〉 죄수들로부터 편지가 쏟아질

것이라고는, 즉 제3의 편지의 사태는 예상하지 못했다.

구겨진 종이에 뭉뚝한 연필로 쓰인 편지는, 우연히 주운 사람이 봉투에 넣어 주고 행선지를 적어 주었다. 결국 〈정규 경로를 통하지 않고〉 도착한 편지 속에서, 오늘의 수용소군도가 나에게 노기에 찬 항의를 하고 있었다.

이 편지들은 여러 사람의 목에서 나왔지만 하나의 외침이었다. 그들은 이렇게 외치고 있었다. 〈우리들의 일은 어찌 되는가!!??〉

나의 소설에 얽힌 신문의 소동은 사회나 외국을 마음대로 농락하기 위해, 〈이것은 과거의 일로, 이제 다시는 되풀이되지 않는 것〉이라는 취지에서였다.

그래서 죄수들이 떠들어 댔다. 〈우리들은 《지금 투옥되고》, 또 전과 마찬가지 조건으로 붙잡혀 있는데, 《이제 다시는 되풀이되지 않는다》는 것은 무엇인가?〉

〈이반 제니소비치의 시대 이후, 아무것도 달라지지 않았다.〉 그들은 목소리를 맞추어 여러 장소에서 편지를 보냈다.

〈아무것도 달라지지 않았기 때문에, 어느 죄수나 당신의 책을 읽으면 슬프고 화가 치밀 것이다.〉

〈스딸린 시대에 제정된 25년의 형기에 관한 법률이 지금도 유효하다면, 도대체 무엇이 달라졌는가?〉

〈우리가 다시 아무런 죄도 없이 투옥되었는데, 대체 지금은 누구의 《개인숭배》 시대라는 말인가?〉

〈검은 안개가 우리를 감싸고 있어서, 아무도 우리를 보지 못하고 있다.〉

〈어찌하여 볼꼬보이와 같은 사람이 처벌되지 않았는가? ……그와 같은 사람이 지금도 우리의 교육자로 되어 있다.〉

〈제일 밑바닥 교도관에서부터 관리국장에 이르기까지, 모

두가 절실하게 수용소의 존속을 바라고 있다. 어떤 하잘것없
는 일이라도 그것을 구실로 하여 교도관들은 사건을 꾸며 내
고, 보안 장교들은 조서를 더럽히고 있다……. 우리 25년 형 죄
수들은 버터를 바른 빵이며, 그 빵을 우리한테 도덕 교육을 시
키고 있는 부도덕한 사람들이 먹고 있는 것이다. 식민지 지배
자들이 인디언들이나 흑인들을 결함 인간으로 취급한 것과 똑
같다. 우리한테 불리하게 여론을 선동하는 것은 극히 간단한
일이다. 「쇠창살 속의 인간」,[27]과 같은 기사를 쓰는 것이다…….
내일은 인민이 집회를 열어, 우리를 불 속에서 태워 버릴 것
이다.〉

그렇다, 바로 그대로였다.

〈당신에게 우리 입장은 뒷전이야!〉 바냐 알렉세예프는 나
를 아연케 했다.

그리하여 이런 편지를 받고 여태껏 내가 영웅이었다고 생
각하던 나는, 내가 나빴다는 것을 알았다. 10년 동안 나는 수

27 『소베쯔까야 로시야』, 1960년 8월 27일 자. 까슈꼬프와 몬찬스까야. 「쇠
창살 속의 인간」. 정부가 부추겨서 쓰게 된 이 기사가 존속한 기간은 길지 않
았다(1955~1960년). 수용소군도의 완화 시대에 종지부를 찍었던 것이다. 저
자들의 의견에 의하면, 수용소에서는 〈자선 조건〉이 갖추어졌고, 거기서는
〈형벌을 잊게 되었다〉. 또 〈죄수들이 자기들의 의무를 다하려고 하지 않는다〉,
〈당국의 권리가 죄수의 권리에 비해 대폭적으로 적었다〉(?), 그들은 수용소가
〈무료 숙박소〉라고 주장하고 있다(어찌 된 노릇인지 속옷, 이발, 면회실 사용
대금을 징수하지 않았다). 그들은 수용소에서의 노동이 주 40시간밖에 되지
않고, 또 〈죄수에게는 노동이 의무가 아니다〉(??)라는 말을 듣고, 크게 분개하
고 있었다. 그들은 경범죄자가 옥중 생활을 〈두려워하게 하기 위해서〉, 〈엄하
고 괴로운 조건〉을 만드는 것(중노동, 자리를 깔지 않은 판자 침상, 사복의 착
용 금지, 〈과자를 파는 매점을 없애는 것〉 등등)을 호소하여, 형기 전 석방 제
도를 폐지할 것(규칙을 어기면 더 오래도록 억류할 것!)을 호소했던 것이다.
그리고 또한 〈형기를 끝내고 난 후에 죄수는 자비를 기대하면 안 된다〉라고 제
안하고 있었다.

용소군도에서 살아온 감각을 잃어버렸다.

〈그들〉한테는, 즉 〈오늘의〉 죄수들한테는 만일 그 계속이 없다면, 즉 〈그들〉의 이야기를 하지 않는다면 나의 책은 진실한 책이 아니고, 나의 진실은 진짜 진실이 아닌 것이다. 실상이 바뀌도록 그들의 이야기를 하지 않으면 안 된다! 만일 진실을 말하지 않고, 사태의 변화를 일으키지 않는다면, 그 말은 무엇 때문에 있어야 하는가? 시골 밤에 멀리서 개가 짓는 소리에 지나지 않는 것 아닌가?

(나는 이런 생각을 우리 나라의 근대화주의자에게 제시하고 싶었다. 〈바로 이것이〉 우리 나라의 인민들이 문학을 이해하고 있는 방식이었다. 그 버릇은 좀체 고쳐지지 않았다. 아니, 고칠 필요가 있기는 한 걸까?)

그래서 나는 정신을 차렸다. 그러고는 명예 회복이라는 향기로운 장밋빛 안개를 뚫고, 나는 수용소군도의 예부터의 절벽을, 망루로 둘러싸인 그 잿빛 윤곽을 구분할 수 있었다.

우리 나라 사회의 상태는 물리학에서 말하는 〈장(場)〉으로 잘 설명할 수 있다. 이 〈장〉의 모든 역선(力線)은 자유에서 폭정을 향해 뻗어 있었다. 이 역선은 지극히 안정되어 있어서 돌처럼 움직이지 않는다. 이 역선은 흩뜨리거나, 딴 데로 돌리거나 굽히기 어렵다. 밖에서 들어온 어떤 충격이나 물체도 매우 간단히 폭정의 극으로 흘러가 자유의 극으로는 거의 접근할 수 없었다. 접근하려면 1만 마리의 소로 끌지 않으면 안 된다.

이제 와서 나의 책이 해를 미친다고 공인되고 그 출판이 잘못되었다며(〈문학에 있어서 주의주의가 낳은 후유증〉), 이미 공공 도서관에서 몰수된 지금, 이반 제니소비치의 이름이나 나의 이름, 혹은 수용소군도를 입 밖에 내기만 하여도 돌이킬 수 없는 반역으로 간주되고 있다. 하지만 그때, 흐루쇼프가 나

243

와 악수하며 갈채의 폭풍 속에서 나를 예술계 엘리트라 자칭하는 그 3백 명쯤의 사람들한테 소개했을 때, 모스끄바에서 내가 〈언론의 인기인이 되어〉 특파원들이 나의 호텔 방 앞에서 웅성대고 있을 때, 당과 정부가 이러한 책을 〈지지하고 있다〉고 공표했을 때, 최고 재판소의 군법 회의가 나의 명예를 회복시킨 것을 자랑스럽게(지금은 후회하겠지만) 여기고 그곳의 법학자들인 대령들이 이 책은 수용소에서도 〈읽지 않으면 안 된다!〉고 연단에서 연설했을 때, 바로 그때에도 이 소리도 없고, 이름도 없는, 〈장〉의 힘이 눈에는 보이지 않았지만 완강히 버티면서 나의 책을 멈추게 했다! 〈그때〉 멈추어 버리고 말았다! 나의 책이 합법적인 방법으로 들어간 수용소는 거의 없었고, 죄수들은 문화 교육부의 도서관에서 나의 책을 빌려 읽을 수가 없었다. 나의 책은 도서관에서 몰수되어 버렸다. 사회에서 소포로 보낸 경우도 몰수되고 말았다. 사회인이 옷속에 몰래 감춰서 수용소로 들어가, 죄수들에게 5루블에 팔기도 했다. 소문에 의하면 20루블에도 팔렸다고 했다(이것은 흐루쇼프 시대의 돈이다! 더욱이 그런 엄청난 돈을 죄수들한테서 받았던 것이다! 수용소 주변의 양심 없는 세계를 안다면 별로 놀랄 일도 아니지만). 죄수들은 칼을 들여오듯이 신체검사를 거쳐서 나의 책을 수용소로 들여왔었다. 낮에는 감춰 두었다가 밤에 읽었다. 어느 북우랄 지방의 수용소에서는 오래 가지고 있기 위해 철제 표지를 붙였다고 한다.

모두가 받아들인 이 책의 금지는 수용소 세계뿐만 아니라 수용소 주변의 세계에도 확대되었다! 북방 철도 연변의 비스역에서 〈자유인〉인 마리야 아세예바라는 여성이 『문학 신문』 앞으로 이 소설에 대한 호의적인 감상문을 써서 보냈다. 그녀는 그것을 우체통에 넣었는지, 아니면 조심하지 않고 책상에

놓아두었는지, 여하튼 그 감상문을 쓰고 5시간도 되기 전에 당 조직 서기 V. G. 시시낀에 의해 정치적 도발이라는 죄상으로(잘도 죄명을 붙였다!) 당장 체포되고 말았다.[28]

찌라스뽈의 제2 교정 노동 시설에서 죄수 조각가 G. 네도프는 그가 있던 특권수들의 작업장에서 점토로 죄수를 모델로 한 소조를 만들었다(도판 5). 그것을 규율 담당인 솔로잔낀 대위가 발견했다. 「네가 이 소조를 만들었지? 누가 이 따위 것을 만들라고 했어? 이것은 〈반혁명〉 행위이야!」 대위는 그 소조의 두 다리를 잡아서 둘로 찢어서 마루에 던졌다. 「이반 제니소비치의 책을 너무 열심히 읽었군!」 (그러나 둘로 찢긴 소조를 더 짓밟지는 않았다. 그래서 네도프는 그것을 간직했다.) 솔로잔낀이 말해서 네도프는 수용소장인 바까예프한테 불려 갔으나, 그 전에 그는 문화 교육부에서 몇 부의 신문을 얻었다. 「재판에 회부할 테다! 너는 사람들에게 소비에뜨 정권에 대한 반감을 조장했어!」 바까예프가 고함을 질렀다. (그들은 그 소조가 어떤 영향을 끼칠지 잘 알고 있었다!) 「하지만 소장님…… 니끼따 세르게예비치(흐루쇼프)는 이런 말씀을 하셨습니다…… 일리초프 동지도…….」 「지금 우리와 대등한 말투로 말하는 건가!」 바까예프의 숨이 넘어갈 뻔했다. 6개월이 지난 후 네도프는 간직해 두었던 둘로 찢긴 소조를 끄집어내어 붙이고 배빗 메탈의 주물로 만들어, 자유 고용인을 통하여 사회로 내보냈다.

제2 교정 노동 시설에서는 이 소설의 수색이 시작되었다. 주거 구역에서 전면적인 수색이 실시되었다. 소설은 찾아내지 못했다. 어느 날 네도프는 복수하기로 마음먹었다. 그날 밤 쩨베껠랸이 쓴 『화강암은 녹지 않는다』라는 책을 가지고, 방

28 이 사건이 어떻게 끝났는지 나도 모른다.

에 있는 사람들 뒤에 숨어서(밀고자들 보는 앞에서 자기는 동료들의 뒤에 앉아 있었다), 그러나 창문을 통해 밖에서는 이 모습이 눈에 띌 만한 자리에 앉았다. 이내 그는 〈밀고〉되었다. 교도관 셋이 쳐들어왔다(네 번째는 창문 밖에서 감시하면서, 네도프가 누구한테 책을 넘기지나 않는지 보고 있었다). 그들은 재빨리 책을 빼앗아 교도관실로 가져가 금고에 넣었다. 교도관 치지끄가 커다란 열쇠 뭉치를 들고 두 손을 허리에 대면서 위협했다. 「책을 찾아냈다! 이번에야말로 처넣고 말 테다!」 그러나 그다음 날 아침, 장교가 그 책을 보고 말했다. 「에잇, 바보 녀석들! ……돌려줘!」

죄수들은 〈당과 정부가 공인한 책〉을 읽고 있었던 것이다.

◆

1964년 12월부의 소련 정부의 성명서에는 다음과 같은 것이 쓰여 있었다. 〈터무니없이 사악한 짓을 했던 사람들은 어떠한 경우에도, 어떠한 사정이 있어도, 공정한 처벌을 면할 수가 없다…… 일부 민족을 모조리 말살하려던 파시스트 살인자들의 나쁜 짓은 유례를 찾을 수 없는 것이었다.〉

이것은 전쟁 범죄가 있은 후 20년이 지나고 서독이 시효를 적용하려고 한 데에 반대하여 발표했던 성명서였다.

하지만 그들은 똑같이 〈일부 민족을 송두리째 근절하려고〉 했음에도 불구하고, 〈자기 자신〉을 단죄하려고는 하지 않았다.

우리 나라에서는 도망친 서독의 전쟁 범죄자들을 처벌해야 하는 중요성에 대해서는 많은 기사가 발표되어 있다. 아니, 그러한 기사에 관해서는 전문가까지 있을 정도였다. 예를 들면 레프 긴즈부르끄가 그렇다. 그는 이렇게 썼다(이것은 우리가 유추해서 보게 하려는 의도라고 말하는 사람이 있었다) ── 대량 살육이 당연한 일이었으며, 또한 도덕적이었다고 생각하기 위해서, 대체 나치는 어떤 도덕 교육을 했는가? 이제 와서, 이 법의 입안자들은 그 판결을 실행한 것은 자기는 아니라고 말하며, 자기를 정당화하려고 한다! 한편 실행자들은, 법을 만든 게 자신들이 아니라고 스스로를 정당화한다!

이러한 변명은 우리한테도 처음은 아니다. 우리는 방금 전에 우리 나라의 〈실무 직원들〉이 쓴 문장을 읽어 보았다. 〈죄수들의 수용은 재판소의 판결문에 따라 실행하는 것이다……. 경비병들은 누가 무엇 때문에 투옥되었는지 알지 못했다.〉

만일 당신들이 인간이라면, 그것을 〈물어봐야 하지 않는가〉! 자기가 경비하고 있는 인간에 대하여 시민으로서, 인간으로서의 관점을 가지지 않는 당신들이야말로 악당인 것이다. 나치에게도 물론 지령서가 있었을 것 아닌가? 나치의 경우에도 아리안 인종을 구하고 있다고 믿었던 것 아닌가?

또 우리 나라의 신문관들은 말을 더듬거리지 않고(그들은 처음에는 말을 더듬거렸으나 이제는 그렇지 않다) 반문해 올 것이다 — 그럼 왜 죄수들은 그렇게 진술했는가? 우리가 고문했을 때 의연한 태도로 견뎌 내야 하지 않았는가! 그럼 왜 밀고자는 거짓 정보를 제공했는가? 우리는 그들의 진술을 증거로 삼은 것뿐이다!

그들이 침착성을 잃은 짧은 시기가 있었다. 이미 우리가 언급했던 MGB 중장 V. N. 일린이 스똘부노프스끼(고르바또프 장군의 신문관으로 장군도 언급하는 사람이다)에 대해 이렇게 말했다. 「아, 큰일이야! 지금 그에게 큰일이 있을지도 몰라. 많은 연금을 받을 사람인데.」 같은 이유로, 모두 적발되는 것은 아닌지 걱정되어서 A. F. 자하로바가 펜을 들었다. 그녀는 지야꼬프가 〈비방했다〉는 리호셰르스또프 대위(!)를 열렬히 변호하며 이렇게 썼다. 〈그는 지금도 대위이며, 당 조직의 서기를 하며(!), 농업 노동 시설에서《일하고 있다》. 이런 것을 썼기 때문에, 그는 이제 와서 매우《일하기 어려운》입장이 되었다! 리호셰르스또프가《취조를 받고》, 자칫하면 책임《까지》지게 되는 것이 아닌지 하는 이야기도 있었다![29] 대체 무엇 때문에?! 단지 말만이라면 몰라도, 할 수 없었을지도 모른다. 그런 짓을 하다가는 내무치안부 직원들이 공포에 질릴지도 모른다.《상부에서 내린 모든 지령에 따랐기 때문에》취조를 받게 되다니? 이제 와서 그가 그 지령을 내린 사람들의 책임까지 져야 하는가? 그것은 불공평하다! 사고가 났을 때 전철수가 잘못했다는 논법이다!〉

그러나 혼란은 이내 수습되었다. 〈책임〉은 아무도 지지 않게 되었다. 〈취조〉도 받지 않았다.

단지 몇몇 부문에서 인원이 감축되었을 뿐이다. 아마 잠시 열이 식기를 기다려서 다시 확장하는 것이다! 그러는 동안 연금까지 아직 연수가 모자라는, 혹은 연금을 타기 위해서는 좀 더 일하지 않으면 안 되는 직원들은 작가, 신문 기자, 편집자, 반종교 활동가, 사상 일꾼 등이 되었다. 또 어떤 사람들은 기업의 책임자가 되었다. 장갑을 바꿔 끼고서 그들은 여전히 우리의 선도자였다. 아니, 그러는 편이 안전한 것이었다. (또 연금 생활을 보내고 싶은 자는 그 무사하고 행복한 생활을 즐기면 되는 것이다. 예를 들어 퇴역 중령 후르젠꼬의 경우. 중령이니까 높은 계급이다! 대대장이라도 했던가? 아니, 1937년에 보통 교도관에서부터 시작했다. 단식 투쟁 참가자들을 억지로 식사하게 만들 때 그는 그들의 입에 고무호스를 밀어 넣

29 그녀는 〈재판에 회부한다〉라는 것은 생각하려고도 하지 않았다. 말하기조차 두려운 것이었다.

었다.)

한편, 그사이에 고문서관에서는 서두르지 않고 고문서를 찬찬히 훑어보며 필요 없는 서류를 모조리 처분했다. 총살자의 명단, 징벌 격리 감방이나 규율 강화 막사로 보내는 송장, 수용소 내 취조 자료, 밀고자들의 밀고서, 〈실무 직원들〉이나 호송병들에 관한 필요 없는 서류 등을 모두 처분했다. 위생부에도, 경리부에도, 어디서나 필요 없게 된 서류나, 불필요한 증거들이 남아 있었다…….

우리는 말없는 유령처럼 연회석에 앉는다.
우리가 살아 있었을 때는 그 자리에 가까이 가지도 못했다.
이제 우리는 말을 못 하는 망자가 되었지만
당신들은 망자가 된 우리를 아직도 무서워한다!
(빅또리야 G., 꼴리마 지방의 여자 죄수)

사실은 전철수만의 책임이겠는가? 그럼 〈운행부〉는 어떤가? 교도관이나 실무 직원이나 신문관보다 〈높은 데 있는 녀석〉은? 집게손가락밖에 움직이지 않았던 놈은? 연단에서 몇 마디 연설밖에 하지 않았던 녀석은……?

이제 다시 한번 되풀이할까? ─ 〈터무니없이 사악한 짓을 했던 사람들은…… 어떤 일이 있어도…… 공정한 처벌을…… 일부 민족을 모조리 말살하려던…… 유례없는 짓…….〉

쉿! 조용히! 1965년 8월에 이데올로기 회의(우리를 인도할 방향을 결정하는 비밀회의)의 연단에서 이런 말이 선언되었다. 《인민의 적》이라는 유익하고도 올바른 개념을 《부활시킬 시기》가 왔다!〉

제2장
위정자는 바뀌지만 수용소군도는 남는다

〈특수 수용소〉는 만년의 스탈린이 고안한 가장 사랑스러운 작품이라고 생각해야 할 것이다. 수많은 교육 제도나 징벌 제도를 모색한 후에, 겨우 성숙된 완성품이 나오게 된 것이다. 즉, 똑같은 죄수 번호를 붙인 말라빠진 사람들의 조직은 심리적으로는 이미 조국이라는 모체에서 제거되었으며, 입구는 있으나 출구는 없고, 오직 적들만 삼키고, 죄수들이 만든 물건과 시체만을 배출하는 제도인 것이다. 만일 〈선견지명이 있는 건축가〉가 이 위대한 제도의 파탄을 보았다면, 그 창설자로서의 아픔은 상상을 초월할 것이다. 이 제도는 일찍이 그의 생존 중에 동요하여 작은 폭발을 일으켰고, 금이 가기 시작했다. 그러나 아마 그것을 그에게 보고하지는 못했을 것이다. 처음에는 안정적이었던 특수 수용소 제도는 급속하게 내부로부터 달아올라 몇 해 동안에 늙은 마그마가 가득 찬 화산이 되었다. 만약 이 〈거장〉이 1년이나 1년 반을 더 살았다면, 이러한 작은 폭발도 감출 수는 없었을 것이다. 그리고 그의 피곤한 늙은 머리에 새로운 문제의 해결이 무겁게 놓이게 되었을 것이다. 즉, 그가 그토록 좋아하는 영감과 계획들을 단념하고, 다시 수용소를 뒤섞든가, 아니면 알파벳을 붙인 죄수들을 차례로 총살하든가 했을 것이다.

그렇지만 이 〈위대한 사상가〉는 그런 일이 일어나기 전에 통곡 속에서 죽어 버렸다(도판 6).

죽어 버리면서, 곧 그 경직된 손으로 아직 혈색이 좋은 에너지와 의지가 넘치는 자기 동료 — 너무나 광범위하고, 복잡하고, 해결할 수 없는 부서인 내무부의 장관 — 를 요란한 소리와 함께 재빨리 끌어내리고 말았다.

그리하여 이 수용소군도의 우두머리의 실각은 비극적으로 특수 수용소의 붕괴를 재촉했다. (이것은 역사적으로 보아 돌이킬 수 없는 잘못이었다! 우리의 〈내밀부〉는 건드리지 말았어야 했다! 푸른 견장에 흙칠은 하지 말았어야 했다!)

20세기 수용소학의 가장 위대한 발견이었던 죄수 번호의 헝겊이 서둘러 뜯어져 버려지고, 잊히게 되었다! 이제 그것만으로도 특수 수용소는 그때까지의 엄격함을 잃어버렸다. 또한 막사의 창문에서 쇠창살이 떼어지고 그 문에서는 자물쇠가 사라졌다. 그 결과 교정 노동 수용소에 비하여 특수 수용소가 가지고 있던 즐거운 형무소적인 특징이 없어져 버렸다. (쇠창살의 경우는 조금 서둘렀다! 하지만 늦어도 안 된다. 이런 시대가 되었으니까, 과거는 떨쳐 버려야 한다!)

제아무리 유감스러워도, 반란자들 앞에서 끄덕도 하지 않던 에끼바스뚜스 석조 수용소 내의 형무소도, 지금은 수속을 거쳐서 부숴야 했다…….[1] 아니, 그것만이 아니었다. 느닷없이 그 흉악한 범죄를 무시하고 15년이나 25년 형기의 오스트리아인, 헝가리인, 폴란드인, 루마니아인 들을 모두 석방해 버리고, 그것으로 죄수들의 마음에서 판결의 중압감을 파괴해 버렸다. 특수 수용소의 죄수들은 편지가 제한되어서 자기들

[1] 80년대에 그곳에 박물관을 열 가능성은 사라졌다.

은 죽은 것이나 같다고 느껴 왔으나, 그 제한도 철폐되었다. 그리고 면회까지 허가하게 되었다! 면회라니! 그것은 무서워서 입 밖에 낼 수도 없는 말이었다(반란을 일으킨 껜기르 수용 분소에서도 전용 면회실을 만들기 시작했다). 그 막을 수 없는 자유화의 물결은 최근까지 특수 수용소였던 수용소까지 흘러들어서 죄수들은 머리를 기르는 것까지 허가되었다(그 때문에 취사장에서는 알루미늄제 식기가 없어지게 되었다. 알루미늄 빗을 만들었기 때문이다). 또 예금 계좌나 특수 수용소에서 사용되고 있는 보니 대신에 군도 주민들이 보통 지폐를 가질 수 있도록 허가되고, 수용소 밖의 사람들과 마찬가지로 그것으로 사용할 수 있게 되었다.

당국이 다름 아닌 자기 자신을 부양해 온 제도를, 몇십 년에 걸쳐서 엮어 오고, 묶고, 꼬아 온 제도를 이렇게 간단히 생각도 없이 부숴 버리다니!

그런데 이 교정하기 어려운 범인들이, 이렇게 부드럽게 변한 제도에서 조금이라도 교정되었는가? 아니다! 그 반대였다! 자기의 타락과 배은망덕을 드러내고, 근본적으로 잘못된, 부끄럽고 무의미한 〈베리야 일파〉라는 말을 쓰기 시작했던 것이다. 그리고 무슨 마음에 들지 않는 일이 있을 때마다 그들은 얌전한 호송병들이나, 참을성이 있는 교도관들이나, 또한 자기의 친절한 후견인들인 수용소 당국을 이런 말로 몰아붙였다. 그것은 〈실무 직원들〉의 마음을 상하게 할 뿐만 아니라, 베리야 실각 후에는 위험성이 있는 말이었다. 왜냐하면 그것은 누구에 대한 고발의 기점이 된다는 것도 생각하게 되었기 때문이다.

그래서 껜기르 수용 분소(이미 반란자들은 제거되고, 새로운 에끼바스뚜스 수용소의 죄수들로 보충되었지만)의 한 소장이 연단에 올라가 이런 연설을 해야 했다. 「여러분(1954년부터 1956년까지의 짧은 기간에는 죄수들을 〈여러분〉이라고 불러도 되었다)! 여러분은 상대방을 〈베리야 일파〉라고 부름으로써 교도관들과 호송병들의 마음을 상하게 하고 있소! 우리는 여러분들이 그러지 않기를 바라오.」 이런 호소에 대하여 키가 작은 V. G. 블라소프가 대답했다. 「당신들은 불과 몇 개월 동안에 마음이 상했다고 하지만, 나는 18년 동안 경비들로부터 〈파시스트〉라는 말 이외에는 불리지 않았어요. 우리도 마음의 상처를 받았다고요.」 그리하여 소령은 〈파시스트〉라고 부르지 않기로 약속했다. 교환 조건인 것이다.

나쁜 결과를 가져온 이 파괴적인 개혁 후에, 특수 수용소의 독자적인 역사는 1954년에 끝났다고 생각된다. 그 후에는 특수 수용소를 교정 노동 수용소와 구분하지 않아도 되었다.

1954년부터 1956년에 걸쳐 휘저어 놓았던 수용소군도의 여러 곳에서 1920년대의 경범죄자용 유치장을 제외하면 수용소군도 역사상 가장 특혜적인 시기, 즉 미증유의 완화 시대인 가장 자유로운 시대가 찾아왔다.

지령서가 하나하나 완화를 받아들이자, 당국은 앞다투어 수용소에서 되도록 넓은 자유화를 실시하였다. 여성의 벌채 작업도 폐지되었다! 분명히 벌채 작업은 여성들한테 중노동이었다는 것이 인정되었다(특히 그때까지 30년간 그것이 계속된 것은 조금도 중노동이 아니라는 증명일 텐데 말이다). 형기의 3분의 2를 복역한 죄수가 가석방된다는 제도도 부활되었다. 어느 수용소든 진짜 지폐를 지불하게 되었고, 죄수들이 매점으로 몰려갔다. 그리고 매점의 이용 제한이 없어졌다. 죄수들을 호송하지 않게 되고 보니 그 제한을 할 수도 없는 노릇이었다. 또 죄수는 그 돈으로 마을에서도 물건을 살 수 있었다.

모든 막사에 라디오를 달고, 신문이나 벽신문이 사방에 나붙고 각 작업반마다 선전원을 배치했다. 강연자들(심지어 대령들도 있었다!)이 와서 수용소 죄수들에게 여러 가지 주제로 강연을 했다. 알렉세이 똘스또이가 역사를 왜곡했다는 주제의 강연도 있었으나, 수용소 당국은 청중 동원에 고생했다. 곤봉을 사용하여 동원시켜서는 안 되기 때문에 간접적인 방법이나 설득 공작을 해야 했다. 또 동원된 청중은 떠들기만 하고 강연자의 말에는 전혀 귀를 기울이지 않았다. 수용소 죄수들에게 국채의 신청도 허락했으나, 충성파 이외에는 아무도 그것에 감동하지 않았다. 그 때문에 교육계들은 10루블(흐루쇼프 시대의 1루블)이라도 끌어내기 위해 한 사람씩 죄수의 손을 붙잡아 신청소로 끌고 가지 않으면 안 되었다. 일요일에는 남녀 수용소 구내의 공동 연극이 상연되었다. 여기에 모두가 즐겁게 모였다. 남자들은 매점에서 넥타이를 사기도 했다.

수용소군도의 풍요로운 유산들도 많이 부활되었다. 예를 들어 대규모의 운하 건설 시대에 있었던 열렬한 자주 활동이 부활되었다. 〈활동가 회의〉가 창설되고, 마치 지구 위원회처럼 그 속에는 교육 생산과, 대중문화과, 생활과가 설치되었으며 그 주요한 과제로는 생산성 향상과 규율 강화였다. 동지(同志) 재판이 부활되고, 그 권한은 견책 처분, 벌금 부과, 규율 강화나 〈3분의 2〉 규칙의 부적용 등이었다.

이러한 조치도 예전에는 수용소 당국으로서는 대단히 편리한 것이었다. 하지만 그것은 특수 수용소의 살인과 반란을 아직 체험하지 못한 수용소의 경우에만 그랬다. 그렇게 되지 않은 경우도 있었다. 최초의 의장이 살해되고(껜기르), 두 번째는 몰매를 맞아 이제는 아무도 〈활동가 회의〉에 들어가겠다는 사람이 없어졌다(해군 중령 부르꼬프스끼는 당시에 〈활동가 회의〉에서 활동하고 있었으며, 그는 뚜렷한 목적을 가지고 자신의 주장을 내세웠다. 그러나 그는 아주 조심성이 있었다. 끊임없이 칼의 위협에 있으면서 반데라파 사람들의 작업반 회의에 출석하여 자기 행동에 대한 비판에 귀를 기울였다).

하지만 자유화의 용서 없는 공세는 수용소 제도의 기둥을 차례로 쓰러뜨렸다. 〈규율 완화 수용 지점〉이 설치되었다. (심지어 껜기르에서도 이러한 것이 있었다!) 작업으로 갈 때 호송이 없어, 어떤 길을 다녀도, 어떤 시간에 출근해도 좋아서 수용소 구내에서는 사실상 자는 것뿐이었다(그 때문에 모두가 되도록 빨리 출근하고, 되도록 늦게 돌아오도록 했다). 일요일에는 죄수들의 3분의 1이 오전에, 3분의 1은 오후에 거리로 외출이 허락되고, 나머지 3분의 1만이 외출의 혜택을 받지 못했다.[2]

만일 독자가 수용소 지도부의 입장이라면, 이런 질문이 생길 것이다. 대체 이런 조건에서 제대로 일할 수 있겠는가? 어떤 성공을 기대할 수 있겠는가?

1962년에 나와 시베리아 철도 여행에 함께 갔던 내무부 장교는 1954년까지의 수용소 시대를 이렇게 설명해 주었다. 「완전한 무질서였소! 일하고 싶지 않은 사람은 작업하러 나가지도 않았죠. 자기 돈으로 텔레비전을 살 정도였으니까요.[3]

---

2 이것은 어디서나 그런 완화가 실시되고 있다는 것은 아니었다. 브라쯔끄 근처의 안조바에는 〈전국 징벌 수용 지점〉과 같은 징벌 수용 지점도 또 있었다. 그곳에는 오제르 수용소의 그 피에 굶주린 이신 대위도 근무하고 있었다. 1955년 여름에는 4백 명 정도의 징벌 죄수들이 수용되어 있었다(쩬노도 포함하여). 그러나 수용소의 주인은 교도관들이 아니라 죄수들이었다.

3 만일 일하지 않았다면 어떻게 돈을 가졌을까? 북방 지역에서, 그것도 1955년이라는 시대에 어떻게 텔레비전이 있었겠는가? 어쨌든 나는 그의 말을 막지 않고 듣기만 했다.

이 잠시 동안의 좋지 않았던 시대에 대해 그는 아주 어두운 회상을 하고 있었다.

왜냐하면 교육하는 입장의 사람이 죄수 앞에서 그 채찍도, 규율 강화 막사도, 굶긴다는 무기도 가지지 않고 오로지 죄수한테 부탁하는 것만으로 잘될 수가 없다!

그러나 이것만으로는 부족하게 보였을 것이다! 또한 〈수용소 밖에서의 거주〉라는 제도도 수용소군도를 뒤흔들었다. 죄수들은 이미 수용소 밖에서 생활하도록 되어서 집을 가질 수도, 가정을 가질 수도 있게 되었고, 자유 고용인과 똑같이 급료까지 지불받도록 되었다. 그리고 그것도 급료의 전액이었다(이미 수용소 구내 유지비도, 호송대나 수용소 당국의 인건비도 공제하지 않게 되었다). 수용소와의 연계는 2주에 한 번만 확인을 받는 것뿐이었다.

이미 끝났다!······ 이 세상의 끝이든가, 수용소군도의 끝이든가, 혹은 양쪽 다의 끝이든가, 여하튼 끝이었다! 그런데 사법 기관은 이 〈수용소 밖에서의 거주〉 제도를 공산주의 체제의 가장 인도주의적이며 가장 새로운 발견이라고 칭찬하고 있었다![4]

이렇게 타격을 준 후에는, 이제 수용소를 해산하는 길밖에 없다고 생각되었다. 위대한 수용소군도를 폐지하고, 수십만의 〈실무 직원들〉을 그 가족과 가축과 함께 해고하여 쫓아서 길가에 내몰아 그들의 근무 연수, 계급, 충실한 근무를 일거에 무너뜨리지 않으면 안 된다!

그리고 그것은 이미 시작된 것처럼 보였다. 수용소에 여러

---

4 그런데 체호프도 이미 『사할린섬』에서 쓰고 있었던 일이다(〈모범수의 석방〉에 대해서도, 〈기한 전의 가석방 제도〉에 대해서도). 그에 의하면, 교정되어 가고 있는 부류의 죄수들에게 집을 짓거나 결혼하도록 허락되었다.

가지 〈최고 회의의 위원회〉가, 아니 간단히 말해서 〈죄수를 줄이는 위원회〉가 찾아가 수용소 지도부를 젖히고 본부 막사에서 회의를 열고는 체포 영장을 발행할 때 그랬듯이 가볍고 무책임하게 석방 서류를 발행하기 시작했다.

실무 직원들 전체의 머리 위에 죽음의 위험이 닥쳐왔다. 그들은 무엇인가 해야만 했다! 〈싸우지〉 않으면 안 되었다!

◆

소련에서는 아무리 중요한 사회적 사건이 일어나도 두 가지 길밖에는 없었다 ── 묵살되거나, 아니면 왜곡되거나. 우리나라에서 일어난 큰 사건 중에서 이 두 가지의 길을 벗어난 것은 하나도 없었다.

수용소군도의 존재도 또 그 예외는 아니었다. 그 존재 기간의 대부분은 그 존재 자체가 묵살되어 왔다. 이따금 그것에 대하여 무엇인가 썼다면, 그것은 새빨간 거짓말이었다. 대규모의 운하 건설 시대이든, 1956년의 죄수 감축 위원회의 일이든, 새빨간 거짓말이었다.

특히 이 위원회의 경우에는 신문의 비방도, 외적인 필요성도 없었음에도, 우리 자신이 그 감상적인 거짓말을 도와주었던 것이다. 우리는 감동하지 않고는 있을 수 없었다. 무엇보다 그때 이전까지는 변호사도 우리의 적이었는데, 이제는 검사까지 우리를 변호할 지경이었다! 우리는 〈자유로운 사회〉를 애타게 그리워했고, 새로운 생활의 시작을 수용소의 변화로 확인하고 있었다. 이윽고 갑자기 마법사와 같은 전권을 가진 위원회가 찾아와, 우리 한 사람씩 5분에서 10분간 면담을 하고, 열차 승차권과 국내 신분증을 주는 것이었다(일부 사람들은 모스끄바에 주민 등록이 있는 국내 신분증을 줄 정도였다)! 우리, 앙상하게 메마르고 언제나 감기가 들어 있어서 쌕쌕거리는 죄수가 마음에서 우러나오는 찬사 이외에 어떤 말을 할 수 있었겠는가?

그렇지만 그 들뜬 기쁨에, 짐 가방에 자기의 넝마를 넣고 달리고 있는 자신을 억제하고, 좀 냉정했다면 이렇게 생각할 수 있었다 ── 스딸린이 범한 죄악 행위의 뒤처리가 대체 이것으로 되는가? 위원회는 모두의 앞에 나와 모자를 벗고 이렇게 사죄해야 한다.

〈형제들! 우리는 최고 회의에서 여러분들한테 사죄하기 위해 파견되어 왔습니다. 몇 년, 몇십 년을 여러분들은 죄도 없이 여기서 고생해 왔습니다만, 그사이 우리는 호화스러운 상들리에가 있는 홀에 모여 있었으나, 한 번도 당신들의 일을 생각하지 않았습니다. 우리는《식인종》의 비인간적인 정령을 유감스럽게도 채택하여 왔습니다. 우리는 그의 살인의 공범자들입니다. 제발, 늦기는 했으나 우리를 용서해 주십시오. 문은 열려 있습니다. 당신들은 이미 자유로운 몸입니다. 자, 저기 광장에 비행기가 차례로 날아와서, 당신들을 위해 의료품, 식품, 따뜻한 의류를 실어 왔습니다. 비행기에는 의사들도 타고 있습니다.〉

어찌 되었든 석방하는 것은 틀림이 없었으나, 현실적으로는 잘못된 방법으로 이루어져서 그 의미가 빗나가고 있었다. 죄수 감축 위원회는 얌전한 청소부이며, 스딸린의 토사물을 깨끗이 청소할 뿐이었다. 그것은 우리 사회의 새로운 도덕 기반을 세우는 것은 아니었다.

다음으로, 내가 전적으로 동의하고 있는 A. 스끄리쁘니꼬바의 생각을 말하기로 하겠다. 죄수들은 한 사람씩(언제나 그렇듯 죄수들을 뭉치지 못하게 하는 것이 중요하다!) 위원회

방으로 호출된다. 그 〈사건〉의 본질에 관한 몇 마디의 질문이 있게 된다. 그 질문은 호의적이며, 아주 정중했으나 그 목적은 〈죄수에게 죄를 인정하게 하는 것이다〉. (죄가 있는 것은 최고 회의가 아니라, 또다시 불운한 죄수인 것이다!) 그는 말문이 막히고 머리를 숙여서, 용서하는 사람의 입장이 아니라 용서받는 사람의 입장이 되지 않으면 안 된다! 즉, 이전에는 고문으로도 자백하지 않았던 것을 지금은 자유로 유혹하면서 강요하는 것이다. 왜 그런 짓을 해야만 했던가? 그것은 중요한 일이다 —— 죄수들은 두려운 마음을 갖고 사회로 돌아가지 않으면 안 된다! 이윽고 거의 대부분의 사람이 유죄로 갇혔다는 조서를 〈역사〉에 남길 수도 있으며, 알려진 것처럼 잔인한 무법 행위가 없었다는 것을 증명할 수도 있었다. (어쩌면 재정적인 계산도 있었을지 모른다. 명예 회복이 없다면 명예 회복에 따르는 보상 문제도 없을 것이다.)[5] 〈이러한〉 방식의 석방은 수용소 제도 그 자체를 파괴하지도 않고, 〈새로운 사람의 입소〉에 지장을 주지도 않았다(1956년부터 1957년에도 입소는 중단되지 않았다). 또 새로운 사람들을 석방시켜야 한다는 의무를 지지 않아도 되었다.

그럼, 이해할 수 없는 자존심 때문에 위원회에서 자기의 죄를 인정하지 않았던 사람들은 대체 어떻게 되었을까? 그들은 그대로 〈수용소에 남겨졌다〉. 이러한 사람도 적지 않았다(1956년에 두브로프 수용소에서 죄를 인정하지 않는 여성들을 모아

---

5 그런데 1955년 초에는, 투옥 기간 전반에 걸쳐서 보상한다는 계획안이 있었다. 그것은 당연한 일이었으며, 동유럽에서도 그렇게 실시되었다. 하지만 동유럽의 경우는 그 인원수와 연수가 적었다! 우리 나라에서는 다 미리 계산해 보고 놀랐다. 〈이것을 실시하면 국가가 파산하겠다!〉 그래서 2개월의 보상을 실시하도록 했다.

서 께메르 수용소로 옮겨 놓았다).

스끄리쁘니꼬바는 이렇게 말했다. 어떤 서부 우끄라이나 지방 출신의 여인이 반데라파의 남편 때문에 10년 형을 받았으나, 위원회에서 자신이 〈비적〉인 남편 때문에 투옥되었다는 것을 시인하도록 강요당했다. 「아니, 인정할 수 없어요.」「인정하면 풀려납니다!」「아니, 인정하지 못해요. 남편은 비적이 아니라, 우끄라이나 민족주의 동맹의 일원이에요.」「인정하지 못하겠다면, 갇혀 있어야죠!」(이 위원회 의장은 솔로비요프였다.) 그리고 불과 며칠 후 북방에서 돌아온 남편이 면회하러 왔다. 그는 25년의 형기였으나, 깨끗이 자기를 비적으로 인정했기 때문에 석방되었다. 그는 아내의 불굴의 정신을 높게 평가하지 않고, 오히려 화를 냈다. 「내가 악마라고 하고, 꼬리며 발굽도 보았다고 하면 될 것을. 당신도 없이 나 혼자서 어떻게 아이들을 돌보면서 일하겠어?」

스끄리쁘니꼬바가 자기의 죄를 인정하지 않았기 때문에, 3년 동안이나 갇혀 있었다는 것도 반드시 기억해 두어야 할 일이다.

수용소군도에서는 자유 시대조차 검사의 망토를 걸치고 찾아왔던 것이다.

그러나 실무 직원들의 혼란에는 그만한 이유가 있었다. 1955년부터 1956년에 걸쳐서 수용소군도의 하늘에는 이때까지 없었던 별자리의 이동이 있었다. 군도로서는 그 해는 시련의 해였으며, 자칫하다간 파멸의 해가 되기 쉬웠다!

만일 최고의 권력을 쥐고 있는 사람들이 자기 나라의 모든 정보를 가지고, 그것이 그들의 고민의 씨가 되어, 또한 그들의 자기의 〈교리〉에만이라도 충실하게, 〈자기 이해〉와는 관계없는 공정한 입장으로 자기의 모든 것을 바치겠다는 노력을 했다면, 이 시기를 돌이켜 보며 그 치부를 보고 울어야 했을 것이 아니겠는가? 이와 같은 피투성이 주머니를 등에 지고 누가 〈공산주의 왕국〉으로 가겠는가? 아니, 그 피가 흘러서 그들의 등을 새빨갛게 물들이고 있지 않는가! 그들은 정치범들을 석방했다 — 하지만 수백만의 정치범들과 경범죄자들을 낳은 것은 누구인가? 우리의 〈생산 관계〉 탓인가? 〈환경〉 탓인가? 우리들 자신의 탓인가? ……어쩌면 〈당신들〉 탓이 아닌가?

그렇다면 우주 계획 같은 것은 취소해야 하지 않는가! 수카르노 대통령의 해군이나 콰메 은크루마의 친위대를 돕는 것은 중지해야 한다! 잠시 앉아서 곰곰이 생각할 일이다. 우리는 어찌하면 좋을까? 세계에서 가장 뛰어난 법률을 어찌하여 수백만이나 되는 우리 나라 시민은 거부하고 있는가? 어찌하여 그들은 이 죽음이 의미하는 멍에에 목을 밀어 넣었는가? 게다가 멍에가 견디기 어려울수록 어찌하여 더 많은 목을 밀어 넣었는가? 이 흐름을 단절하기 위해 어찌하면 좋은가? 어쩌면 우리 나라 법률이 잘못된 것은 아닐까? (고삐를 당기고 있는 〈학교 제도〉, 황폐한 〈농촌〉, 또 계급 구분이 없이 〈불공평한 제도〉로 칭해지고 있는 모든 것들도 이제 다시 생각해야 한다.) 그리고 이미 쓰러진 사람들을 어떻게 사회로 복귀시킬 것인가? 그것을 위해서는 간단히 보로실로프 은사를 내릴 것이 아니라, 그 희생된 각자의 사건을 그 개인적인 내면까지 조심스럽게 조사하지 않으면 안 된다.

그런데 수용소군도는 〈폐지〉하는 것인가, 아닌가? 아니면 군도는 〈영구적〉인 것인가? 그것은 우리 나라의 체내에서 이미 40년이나 썩어 오지 않았는가, 그것으로 충분하지 않은가?

아니, 그렇지 않다! 아직 충분하지 않다! 대뇌 피질의 주름을 긴장시키는 것도 귀찮고, 마음에도 전혀 와닿는 것이 없다.

수용소군도는 앞으로 50년을 더 존속해도 된다. 우리는 그 동안 아스완 댐의 건설이나 아랍 민족의 재통일에 힘을 기울이는 것이다!

니끼따 흐루쇼프의 10년에 걸친 통치 시대에는, 그때까지 우리가 익숙해져 온 물리의 법칙이 갑자기 그 효력을 잃은 것처럼 보였다. 물체가 이상하게도 장의 힘이나 중력에 저항하여 움직이게 되었다. 만일 역사가들이 이 시대의 연구를 시작한다면, 단기간에 이 사나이의 손에 집중된 권한의 크기와, 그 권한을 장난감처럼 가지고 놀다가 드디어 싫증이 나서 내동댕이친 것에 놀라게 될 것이다. 우리 나라 역사에서 스딸린에 이어 절대 권한을 가진 그는 끄릴로프의 우화에 등장하는 곰이 들판에서 아무런 목적도 이익도 없이 그저 통나무를 굴리듯이 그 권한을 휘둘렀다. 그는 3배, 5배 강력하게 나라의 해방을 밀고 나가야 했으나, 자기의 과제를 이해하지 못하고, 놀이처럼 도중에 그만두고 말았다. 그는 우주 개발을 위하여, 옥수수 재배를 위하여, 쿠바 미사일을 위하여, 베를린 문제의 최후통첩을 위하여, 교회를 박해하기 위하여, 주 공산당 위원회를 분할하기 위하여, 추상 예술과의 투쟁을 위하여, 그것을 그만두고 말았다.

그는 언제나 시작한 일을 마지막까지 끝내지 못했다. 자유의 문제에 대해서 특히 그랬다! 그와 인텔리겐치아가 반목하게 만드는 것? 그것은 세상에서 제일 간단한 일이었다. 스딸린의 수용소를 파멸시킨 그 손으로, 이제 다시 그 수용소를 강화하는 것? 그것도 쉽게 달성했다! 그런데 그것이 〈언제〉였던가?

1956년에, 즉 제20차 전당 대회의 해에 수용소 규율 강화에 관한 첫 번째 명령이 이미 나왔다! 그것은 1957년에 계속되었으나 그해야말로 흐루쇼프가 절대적인 권한을 완전히 독점한 해였다.

그런데 〈실무 직원들〉 계층은 또 만족하지 못했다. 자기들의 승리를 예측한 그들은 이번에는 반격으로 기울었다 ─ 이래서는 안 되겠다! 수용소 제도는 소비에뜨 정권의 기반인데 그것을 없애다니!

그 주요한 움직임은 물론 비공개로 진행되었다. 그것은 연회 석상에서, 비행기, 살롱에서, 별장의 뱃놀이 때 진행되었으나, 그 행동은 때로는 외부로도 새어 나갔다. 예를 들어 최고 회의에서 B. I. 삼소노프의 연설이 있었다(1958년 12월) ─ 죄수들은 〈너무 잘〉 지내고 있다. 그들은 식사에 만족(!)하고 있다(식사는 언제나 불만족스러워야 한다는 듯 들린다). 그들의 처우는 〈너무나 좋다〉(자기의 지난 죄과를 인정하지 않았던 국회에서도, 물론 아무도 삼소노프에게 반론하는 자가 없었다). 「쇠창살 속의 인간」(1960년)이라는 기사의 형식을 취하기도 했다.

그리하여 그는 이 압력에 굴복하고 말았다. 아무것도 이해하지 못하고, 이 5년간에 범죄 건수가 증가하지 않았다는 것을(만일 증가했다면, 그 원인은 국가 체제에서 찾아야 한다) 고려하지 않고, 자기가 취한 이 새로운 조치를 공산주의의 빛나는 도래라는 자기 신념과 견주어 보지도 않고, 이 문제를 자세히 검토하지도 않고, 아니, 자기 눈으로 확인하는 일도 없이 〈일생을 여행으로 보낸〉 그 황제는, 못을 조달하는 서류에 쉽사리 서명했던 것이다. 재빨리 그 못을 사용하여 사형대가 만들어졌고, 그 형태와 강도는 이전의 것과 조금도 다르지 않았다.

그리하여 이 모든 것이 니끼따가 자유의 마차를 하늘 높이 구름 속으로 들어 올리려고 최후의 몸부림을 시도했던 〈바로 그 해〉, 1961년에 일어났다. 다름 아닌 이 1961년에, 즉 제 22차 당 대회가 있은 해에 수용소에서의 〈교정된 죄수들(즉, 밀고자들)에 대한, 또 교도관들에 대한 테러 행위(이런 일은 한 번도 없었다)에 대하여〉 사형을 적용하는 정령이 나왔던 것이다. 또한 최고 재판소 총회에 의해(1961년 6월) 〈4개 범주의 수용소 규율〉이 결정되었다. 그것은 이미 스딸린 시대의 것이 아니라 흐루쇼프 시대의 규율이었다.

니끼따는 스딸린 시대의 형무소 폭정을 새로 규탄하기 위하여 당 대회의 연단에 오르면서 자기 자신의 제도를 조금씩 조이는 조치를 취하기 시작했다. 그리고 그의 눈에는 이러한 것이 조금도 모순되는 것으로 보이지 않았다…….

오늘의 수용소는 제22차 당 대회 전에 당이 결정한 그대로다. 그 후 6년 동안 수용소는 조금도 변하지 않았다.

스딸린 시대의 수용소와의 차이는 그 규율에 있는 것이 아니라 죄수들의 구성에 있었다. 이미 1백만 명에 이르는 〈제58조〉는 없어졌다. 그러나 이전과 같이 몇백만 명이나 되는 사람들이 투옥되었다. 그 대부분은 이전과 마찬가지로 법을 어긴 힘 없는 희생자들이다. 그들은 단지 이 제도의 존속과 유지를 위해 갇혀 있는 것이다.

위정자들은 바뀌어도, 수용소군도는 남아 있는 것이다.

수용소군도가 남아 있는 것은 〈바로 이 국가 체제〉가 그것 없이는 존재하지 못하기 때문이다. 수용소군도를 없애는 순간, 이 국가 체제 역시 스스로 사라질 것이다.

◆

끝이 없는 이야기는 없다. 어떤 이야기도 어디서인가 끝이 나야 하는 것이다. 우리는 빈약하고 불충분한 자료를 가지고 수용소군도의 역사를, 그 탄생을 축하하는 핏빛 일제 사격에서부터 명예 회복의 장밋빛 안개까지 뒤쫓아 왔다. 우리는 흐루쇼프 시대의 수용소 강화와 새로운 형법 제정 전야에 해당하는 이 자랑스러운 완화와 해산의 시기에서 이 이야기를 끝맺기로 한다. 이제부터는 다른 역사서가 나타날 것이다. 불행하게도 흐루쇼프 시대와 흐루쇼프 이후의 수용소에 대해서는 우리보다는 더 잘 아는 사람들이 쓴 역사서가 나타날 것이다.

아니, 그런 역사서는 이미 나타났다. 그것은 S. 까라반스끼[6]와 아나똘리 마르첸꼬[7]의 저서다. 더욱 많은 역사서가 나올 것이다. 왜냐하면, 이제 곧 러시아에는 자유로운 언론의 시대가 오게 될 것이기 때문이다!

예를 들면, 마르첸꼬의 책은 여러 가지를 체험했던 고참 수용소 죄수의 마음마저도 고통과 공포로 흔들어 놓을 정도였다. 거기에 묘사되고 있는 현대적인 감옥은 나의 증인들이 말하던 〈신형〉 형무소보다 더 신형이었다. 우리는 이 책에 의해 그 〈뿔〉이, 즉 금고의 두 번째 뿔이(제1부 제12장 참조) 더욱 높게 뻗어서 더 깊숙이 죄수의 목을 찌르고 있다는 것을 알 수 있다. 블라지미르 중앙 형무소의 2개 동의 건물을, 즉 제정 시대의 건물과 소비에뜨 시대의 건물을 비교하며 마르첸꼬는 구체적인 예를 들면서 제정 시대와 유사한 점과 다른 점을 설명하고 있다. 제정 시대의 건물은 건조하며 따스한 데 비하여, 소비에뜨 시대의 건물은 습기가 많고 춥다(감방 속에서 귀가 얼기도 한다! 언제나 윗도리를 벗지 못한다). 제정 시대의 창문은 소비에뜨제 벽돌로 막혀서 4분의 1밖에 남아 있지 않았다. 게다가 창살까지 달렸다!

6 S. 까라반스끼, 『청원』(지하 출판, 1966).
7 A. 마르첸꼬, 『나의 증언』(지하 출판, 1967).

그러나 마르첸꼬는 현재 전국에서 모아 온 정치범들을 수용하고 있는 두브로프 수용소에 대해서만 쓰고 있다. 나에게는 경범죄자들이 수용되어 있는 여기저기의 수용소에서의 자료가 모여 있다. 나는 이런 편지를 보내준 사람들한테 의무가 있어서 침묵할 수는 없다. 또한 경범죄자들 모두에게도 의무가 있다. 이 두꺼운 책 속에서 그들에게 할애한 지면은 너무나 적었기 때문이다.

따라서 현대의 수용소 상황에 대해 내가 알고 있는 가장 중요한 것을 말하기로 하겠다.

아니, 그것은 〈수용소〉가 아니다. 〈수용소〉라는 것은 없다. 이것이 흐루쇼프 시대의 가장 새로운 점이다! 이 악몽 같은 스딸린 시대의 유산에서 우리는 해방되었던 것이다! 돼지를 생선으로 개명하여, 지금은 수용소를 우리 나라에서는 〈꼴로니야〉라고 부른다(본국의 식민지라는 의미에서). 수용소군도의 토착민들은 꼴로니야에 있는 것이다. 당연하지 않은가? 그렇게 되면 수용소군도도 GULAG가 아니라 GUITK로 된다(기억력이 좋은 독자라면, 이전에 이 이름이 있었던 것을 알 것이다). 첨언한다면, 현재의 우리 나라에는 내무부는 없으나 그 대신에 내무치안부가 있고, 법적 기반도 확고하게 마련되어 있었기 때문에 흥분해서 떠들 만한 일은 아무것도 없었다.[8]

8 재미있는 것은, 이 부서는 자신의 활동이 아무리 공공연하게 칭송을 받아도 내면적으로는 고뇌했기 때문에 오랫동안 같은 껍데기를 쓰고 있을 수 없었다는 점이다. 무슨 고민의 씨앗이 있는지는 몰라도 항상 새로운 껍데기를 쓰지 않으면 안 되었다. 이렇게 하여 내무치안부(MOOP)라는 새로운 명칭이 나왔다. 아주 새롭고 듣지 못하던 명칭이 아닌가? 하지만 교활한 말은 반드시 스스로를 속여서 그 본질을 폭로하는 법이다. 이 부서는 결국 내무부(MVD)이며, 즉 제정 시대의 〈보안과〉와 같은 것이 아닌가? 이것이 명칭의 숙명인 것이다! 어디로 도망칠 수 있겠는가?

이리하여 1961년 여름부터는 다음과 같은 규율이 도입되었다. 〈일반 규율〉, 〈강화 규율〉, 〈특수 규율〉(1922년 이래, 우리 나라에서는 〈특수〉 없이는 안 되었다……). 이 규율의 선택은 심의를 행한 재판소에 의해 〈범죄의 성격이나 정도, 또는 범죄자의 성격에 따라서〉 결정되고 있다. 그러나 더욱 간단하고 손쉬운 방법도 있다. 각 공화국의 최고 재판소 총회는 형법 각 조항의 목록을 작성하고, 그 목록을 보게 되면 어떠한 범죄자를 어떤 부류에 넣을 것인가가 분명해진다. 이것은 앞으로의 이야기며, 즉 앞으로 갇히게 될 죄수들의 이야기다. 그런데 수용소군도의 살아 있는 주민, 즉 흐루쇼프의 손에 의한 당 대회에서의 개혁에 의해 〈수용소 밖에서의 거주〉나 호송 없는 상태나 완화된 규율하에 있는 죄수들은 대체 어떻게 되었는가? 그들의 경우는 현지의 인민 재판소가 각 조항의 목록에 따라서 심리하고(혹은 현지 보안 장교들의 청원에 의하여) 4개 범주의 규율로 나누게 되었다.[9]

이러한 경기도 갑판 위에 있을 때는 재미있고 긴장감이 있는 법이다! 키를 오른쪽으로 잔뜩 꺾어라! 키를 왼쪽으로 꺾어라! 그러나 아무 소리도 들리지 않는 어두운 선창에 갇혀 있는 죄수의 마음은 어떠할까? 3~4년 전에는 집을 짓고, 가정을 가지고, 아이를 낳고, 다가오는 공산주의의 태양이 당신을 따뜻이 감쌀 것이라고 생각하며 잘 살고 있었다. 그들은 아무런 나쁜 짓을 하지 않았는데도 느닷없이 개 짓는 소리나 호송병들에게 체포되어 조서를 쓰게 되고, 가족은 아직 완성되지 않은 집에 남겨 둔 채, 자기만 새로 고문을 받기 위해 끌려가는 것이다. 〈신문관 나리, 저는 좋은 생활 태도로 살았는데

9 각 죄수의 〈교정도〉는 어떻게 고려되었는가? 전혀 고려되지 않았다 — 우리는 컴퓨터가 아닌 것이다! 모든 것을 계산에 넣을 수는 없다!

왜 이러시나요? 제 성실한 노동은요?〉 좋은 생활 태도 따위는 개나 줘버려! 성실한 노동 따위는 아무짝에도 쓸모없다고!

아니, 이 지상에서 정말 책임 있는 정권이라면 이런 급회전 이나 도약을 할 수 있단 말인가? 그렇다면 그것은 신생 아프리카 제국의 경우일 것이다⋯⋯.

이 1961년 개혁의 표면상의 이유 말고 실제의 목적은 무엇이었을까? (표면상의 목적은 〈보다 효과적인 교정을 달성하는 것〉이었다.) 나의 생각으로는 그것은 이러했다. 〈실무 직원들〉에게 있어서 참기 어려웠던 죄수들의 물질적 독립과 인격적인 독립을 빼앗는 것과, 〈실무 직원〉의 집게손가락의 움직임 하나가 죄수의 위장을 떨리게 하는 것이다. 즉, 죄수를 지배하여 순종하는 인간으로 만드는 것이다. 그러기 위해서는 호송이 없는 상태(오지를 개척하는 사람들한테 극히 자연스러운 생활 형태인 것이다!)를 그만두고, 전원을 수용소 구내에 넣어서 식사 제공을 불충분하게 하고 그 수입과 소포를 빼앗는 것이다.

수용소에서의 소포의 의미는 식사뿐만이 아니었다. 그것은 정신적인 지원이며 대단한 기쁨이었다. 자신은 잊히지 않았고, 고독하지 않고, 자기를 걱정해 주는 사람이 있다는 의미였다! 소포를 펼칠 때는 손이 떨렸다. 특수 수용소에 있었을 때, 우리는 얼마든지 소포를 받을 수 있었다(중량의 제한은 8킬로그램으로 우편법의 제한이기도 했다). 모두가 소포를 받은 것은 아니며, 일정하지도 않았으나 소포는 수용소 〈전체〉의 식량 사정을 향상시켰다. 현재는 5킬로그램이라는 소포의 중량 제한이 도입되고 그 개수도 엄하게 정해져 있다. 즉, 죄수의 규율에 따라서 1년에 6, 4, 3, 2개 이내로 되어 있다! 즉, 특권이 많은 일반 규율의 죄수까지도 두 달에 한 번 5킬로그램의 소포밖에 받을 수 없다. 그 속에는 포장의 무게도 있고, 자 칫하면 옷이 들어 있을 수도 있어서, 실질적으로 한 달에 받 을 수 있는 〈여러 가지〉 종류의 식품은 2킬로그램까지다! 특 수 규율의 사람이 되면 한 달에 불과 6백 그램이다…….

그래도 이 소포를 받기만 한다면……! 이런 작은 소포도 〈형기의 반 이상을 지나야만〉 받을 수 있게 되는 것이다. 게다 가 〈위반 사항〉이 있어서는 안 된다(보안 장교, 교육계, 교도 관 놈들의 마음에 들어야 한다)! 또한 생산 계획의 백 퍼센트 수행이 있어야 한다! 꼴로니아의 〈사회 활동〉에 반드시 참가 해야 한다(마르첸꼬가 묘사하고 있는 빈약한 연주회에 참가 하는 일, 쇠약해서 서 있지도 못하는데 운동회에 참가하는 일. 더 지독한 것은 교도관들의 하수인이 되는 것이다).

이러한 소포를 받고도 음식이 목으로 잘 넘어가지 않았다! 친척이 모아 준 그 작은 나무 상자를 받기 위하여 자기의 마 음을 팔지 않으면 안 된다!

독자여, 눈을 뜨라! 〈역사〉는 이미 끝났다. 역사는 이미 다 써버렸다. 내가 하는 이야기는 〈지금〉, 〈오늘〉의 일이다. 우리 나라 상점의 선반 위에 많은 식품이 놓여 있을 때(설사 수도 에서만이라도), 당신은 정말 그렇게 믿고, 우리 인민은 먹을 것이 충분하다고 외국인에게 대답한다. 그럴 때 죄를 지은 우 리 동포들은(대부분은 〈아무런 죄도 없다〉. 우리 나라의 사법 이 강력하다는 것은 충분히 알고 있겠지!) 이렇게 〈굶주리는 것으로 교정되는 것〉이다! 그들은 빵에 대한 꿈밖에 꾸지 않 는다!

(수용소 지배자들의 폭정에는 끝이 없었고 확인하는 기구 도 없었다! 사정을 모르는 순박한 친척이 신문이나 약을 넣은 봉투를 보내기도 한다. 그 봉투도 소포로 간주되고 만다! 이

러한 예는 너무 많아서, 여러 곳에서 호소가 있었다. 규율 담당관은 카메라 눈을 장치한 로봇처럼 일하고 있다. 어떠한 것이라도 그 앞을 지나가면, 하나로 간주한다! 그러니까 바로 그 뒤에 도착한 소포는 당장 반송되어 버린다.)

또 면회 때도 먹을 수 있는 것은 아무것도 죄수에게 주지 못하도록 엄하게 살핀다! 교도관들은 그것을 방지하는 것이야말로 자기의 명예이며 자기의 풍부한 경험이라고 자부하고 있다. 그 때문에 방문한 〈자유인 여성들을 면회하기 전에 온몸을 더듬어 몸수색을 했다〉! (어쨌든 헌법에는 그런 것이 금지되어 있지 않았다! 싫다면 면회를 하지 않고 가면 된다는 것이다.)

더욱이 엄격하게 수색하는 이유는 꼴로니야로 〈돈을 가져오기〉 때문이다. 친척이 어떻게 돈을 보내와도, 모든 돈은 〈석방 때까지〉 그 죄수의 계좌에 예금해 둔다(즉, 국가는 이자를 지불하지 않고, 죄수의 돈을 10년이나 25년 동안 빌리고 있다). 또 죄수가 아무리 빌어도, 그 돈은 그의 수중에 들어가지 않는다.

〈독립 채산제〉란 이런 것이다. 즉 죄수는 자유 고용인과 동일한 노동에 대하여 그 70퍼센트의 보수밖에 받지 못한다(그것은 웬일일까? 그가 만든 제품에서 이상한 냄새라도 나는가? 만일, 이것이 서구였다면 착취와 차별이 되었을 것이다). 그 나머지 보수 중에서 50퍼센트는 꼴로니야를 위해 공제되었다(수용소 구내의 유지비, 〈실무 직원〉과 경비견을 위한 비용). 그 나머지에서 또 식비와 의류비를 제한다(생선 대가리가 들어 있는 수프를 먹고 있는데). 그리고 마지막에 남은 금액은 〈석방 때까지〉 죄수의 계좌에 들어가 있게 된다. 죄수가 수용소의 〈매점〉에서 한 달에 쓸 수 있는 돈은 규율별로 10, 7,

5, 3루블이다(그러나 랴잔주의 깔리깟끼에서 온 편지에는 모든 비용이 공제된 후에는 5루블도 남지 않아서 매점에서 물건을 살 수가 없었다고 불평이 적혀 있다). 다음은 정부 기관지 『이즈베스찌야』에 실린 이야기다(이것은 아직 좋은 시대였던 1960년 3월의 이야기다. 루블은 전혀 가치 없는 스딸린 시대의 것이었다). 레닌그라뜨 출신의 아가씨 이리나 빠삐나는 손가락에 피가 맺히도록 나뭇둥걸을 파내거나, 돌을 옮기거나, 화차의 짐을 나르는 작업을 하거나, 장작을 패는 일을 했는데 그녀의 한 달 수입은 10루블이었다.

그리고 또 점원들의 무관심한 태도와 함께, 매점 자체도 〈규율 강화〉로서의 존재가 되었다. 꼴로니야 규율(즉, 〈식민지 규율〉이 되는데, 이것은 〈수용소 규율〉을 대신하는 바른말이다. 언어학자들이여, 군도의 섬이 스스로 〈꼴로니야〉로 개명한 이상, 어떻게 해야 좋을까?)의 모든 것을 뒤집는 성질에 의해, 특권이었던 매점이 형벌의 매점으로 변해 버린 것이다. 즉, 죄수의 가장 상처받기 쉬운 급소가 되어 버렸다. 시베리아 지방이나 아르한겔스끄 지방의 꼴로니야에서 오는 거의 대부분의 편지에도 그런 것이 쓰여 있었다. 매점을 처벌의 방법으로 이용하고 있다고! 아무리 작은 과실이 있어도 이내 매점 이용이 금지되었다! 기상 시간이 3분 늦었다고 해서 매점 이용이 3개월간 금지되었다(이것을 죄수들 말로 한다면, 〈밥주머니의 타격〉이 된다). 저녁 순찰 때까지 편지를 다 쓰지 못하면, 매점 이용이 1개월 금지된다. 또 〈말투가 나쁘다〉는 이유로 금지되기도 했다. 우스찌-빔의 엄격 규율 꼴로니야에서 이런 편지가 왔었다. 〈매일같이 1, 2, 3개월이라는 매점 이용 금지에 관한 일련의 명령서가 공표되고 있었습니다. 4명당 1명꼴로 위반하고 있었죠. 경리부가 그달의 지불 수속을 잊으면, 즉 명단에 올라 있는 것을 못 보고 지나가면, 그때서야 매점 이용 금지가 풀리는 겁니다.〉 (암에 걸렸을 때는 상황이 조금 다르다. 곧바로 제거하지 않으면 암은 사라지는 법이 없으니까.)

고참 죄수로서는 별로 놀랄 일이 아니다. 이미 이런 무법 상태는 익숙하니까.

또 이런 편지도 있었다. 〈작업상의 성과〉를 올렸을 경우, 추가로 한 달에 2루블을 더 지불받게 된다. 그러나 이 돈을 받기 위해서는 작업 현장에서 영웅적인 수훈을 세워야 한다.

한번 생각해 보라. 우리 나라에서는 얼마나 노동을 높이 평가하고 있는지 ― 노동에서 걸출한 성과를 올리게 되면 한 달에 2루블이나 지불받다니!

노릴스끄 사건도 생각난다. 특히 이것은 규율 완화의 시대였던 1957년의 일이었다. 어떤 죄수들이 회계 담당자인 보로닌의 애견을 잡아먹자, 그 보복 조치로 수용소 전체가 7개월이나(!) 급료를 빼앗겼다.

이것은 매우 있을 법한, 극히 〈군도〉다운 이야기다.

마르크스주의 역사가라면 틀림없이 이렇게 반론할 것이다 ― 그것은 웃음거리일 뿐인데 여기서 꼭 끄집어낼 필요가 있나요? 당신 스스로 말했듯이, 위반자는 4명에 1명뿐이잖아요. 그것은 모범수일 경우라면 엄격 규율의 경우라 할지라도 한 달에 3루블은 틀림없이 보장된다는 말인 셈이죠 ― 그 돈은 대체로 버터 1킬로그램에 해당하고요!

아니, 그렇지 않다! 이 역사가는 〈복권〉에 당첨되어(그는 올바른 논문밖에 쓰지 않았으니까) 수용소에 들어가 본 적도 없는 사람이다. 매점에 빵이나 싸구려 과자나 마가린이 있으면 좋은데, 실제로는 한 달에 빵은 두세 번밖에 없다. 게다가 과자는 비싼 것밖에 없었고 버터나 사탕은 전혀 없었다! 혹시 점원이 열심히 일하면(그런 일은 절대 없지만), 지도부가 그에게 〈조언〉을 하게 된다. 치약, 칫솔, 비누, 편지봉투(이것은 거의 없었다. 편지지는 아예 없었다 — 이것으로 탄원서를 쓰니까!), 고급 담배 — 이것들이 매점에서 팔고 있는 물건들이다. 게다가, 독자여, 이곳은 사회처럼 매일 아침 개점하여, 오늘 20꼬뻬이까의 물건을 사고, 내일도 20꼬뻬이까의 물건을 살 수 있는 그런 상점이 아니라는 것을 잊지 않기 바란다. 수용소의 매점은 이렇다 — 한 달에 이틀밖에 열지 않는 상점이다. 줄을 3시간이나 서야 한다. 자기 차례가 와서 안으로 들어가면(복도에서 순번을 기다리는 동료가 빨리 사라고 당신을 독촉하고 있다), 자기가 쓸 수 있는 돈을 전부 쓰는 것이다. 왜냐하면, 자기한테는 1루블도 없고, 모든 돈은 서류로 되어 있으니까. 거기에 기입되어 있는 금액 전부로 한꺼번에 담배 10갑, 치약 4개를 사는 것이다.

그리하여 가련한 죄수에게는 배급식밖에 남지 않는다. 그것은 꼴로니야 주민의 식사 노르마다(그런데 그 꼴로니야는 북극권에 있는 것이다) — 빵 7백 그램, 설탕 13그램, 고깃기름 19그램, 소고기 50그램, 생선 85그램(이것은 숫자뿐이다! 소고기도 생선도 실제 받는 것은 상태가 지독하게 나쁜 것이니까 절반은 버리지 않으면 안 된다). 이것은 숫자만의 이야기며, 밥통 속에는 이런 것이 있지도 않았다. 우스찌-네라의 수프는 〈집단 농장의 가축도 먹지 못할 음식이다〉. 노릴스끄에서는 〈지금도 쌀겨와 부드럽게 도정한 보리가 주식이 되고 있다〉. 또한 징벌 죄수의 식사 노르마도 있다 — 빵 4백 그램과 하루 한 번 따뜻한 수프.

더욱이 북방 지역에서는, 〈특수 중노동에 종사하고 있는 사람들〉은 추가식을 받고 있었다. 그러나 군도의 관습을 알고 있는 우리는 그 명단에 오르는 것이 얼마나 큰일인지(중노동 모두가 〈특수 중노동〉은 아니다). 또 〈추가 배급식〉은 오히려 죄수를 파멸시키는 것을 알고 있다……. 예를 들어, 삐추긴은 한창 일할 때는 한 철에 40킬로그램의 사금을 채굴하거나 하루에 7백 개에서 8백 개의 침목을 지어 나르기도 해서 금고 13년째에는 노동 불능자가 되어 버렸다. 그리하여 〈감소 배급식〉이 되어 버렸다. 설마 그의 위가 줄어들었다는 말인가?

그렇다면 한 가지 물어볼 것이 있다 ─ 이 삐추긴 혼자서 채굴한 40킬로그램의 금으로 몇 명의 외교관을 부양했는가? 네팔의 대사관 정도라면 그 전원일 것이다! 그럼 그들한테도 〈감소 배급식〉을 제공했는가?

여러 곳에서 이런 편지가 왔었다 ─ 전면적인 기아로 언제나 굶주림에 시달려 왔다는 내용이다. 〈많은 사람들이 위궤양을 앓고, 결핵에 걸렸습니다.〉 〈젊은이는 결핵과 위궤양을 앓고 있습니다.〉(이르꾸쯔끄주) 〈결핵 환자가 너무 많아요.〉(랴잔주)

또한 자기의 것을 끓여 먹거나 구워 먹는 것을 금지시켰다. 특수 수용소에서는 허가되긴 했지만, 끓이거나 구울 것이 없는 게 문제였다.

〈굶주림〉이야말로 예부터의 방책인 것이다. 그것에 의하여 현재의 죄수들의 순종을 달성할 수 있다.

그리고 여기에 더해서 〈노동〉도 있었다. 더 많아진 노르마 작업인 것이다. 이런 이후에 〈생산성〉(인간의 근육에 의한)이 〈향상〉되었다. 특히 노동 시간은 8시간이다. 예전과 다름이 없는 작업반이다 ─ 죄수가 죄수를 지배하고 있었다. 또 우스찌-네라와 같은 일할 것이 없는 곳도 있었다. 〈20명 정도가

《우정》이라는 집단 농장 건설에 다니며 언 땅을 파고 있었다. 나머지 280명은 일이 없으니까 놀고 있었다.〉 깔리깟끼의 경우는 반대였다 ── 〈3분의 2〉의 가석방을 적용한다고 약속을 하고, 제2 그룹의 노동 불능자들을 작업하도록 설득했다. 여기서 손이나 다리가 없는 사람들이 제3 그룹의 노동 불능자들이 해야 할 작업에 착수하여 제3 그룹은 일반 작업으로 몰아냈다.

그러나 전원에게 일거리가 부족할 경우, 또는 노동 시간이 짧을 경우, 또 유감스럽게도 일요일에 일하지 않을 경우, 노동이라는 마법사가 이 사회의 쓰레기들을 교정하지 못할 경우에는 하나의 〈마법사〉인 〈규율〉이 있었다!

오이먀꼰 지방이나 노릴스끄 지방의 특수 규율이나 강화 규율의 죄수들이 보내온 편지에 의하면, 어떤 사람이라도 스웨터든 재킷이든 따스한 모자든 또 모피 외투든 모두 빼앗아 버린다! (이것은 1963년의 일이다! 10월 혁명으로부터 46년째 되는 해였다!) 〈따뜻한 내의도 주지 않고, 따뜻한 옷은 일체 입어서는 안 되는 것이다. 그렇지 않으면 징벌 감방에 쓸어 넣게 된다.〉(끄라스 수용소, 레쇼띠) 〈내의 이외는 모조리 빼앗긴다. 지급된 것이라고는 얄팍한 무명 상의, 솜을 넣은 방한용 속옷, 작업복, 모피가 달려 있지 않은 스딸린식 모자였다. 이것은 오이먀꼰 지방의 인지기르까의 이야기로, 그곳에서의 작업 중지는 영하 51도 이하의 날뿐이었다.〉

그렇다, 어떻게 잊을 수가 있겠는가? 〈굶주림〉 다음으로 생명체를 잘 지배할 수 있게 하는 것은 무엇인가? 그것은 물론 〈추위〉다. 〈추위〉인 것이다.

특히 높은 교육 효과가 있는 것은, 새로운 수용소의 속담에 의하면 〈OOR과 소령〉이 있는 특수 규율이다(OOR이란 특별 위험 상습범이라는 의미로, 현지 재판소의 낙인이다).[10] 우선 첫째로 줄무늬 죄수복이 채택되었다. 매트리스 천으로 만든 것 같은 바지, 모자, 재킷에는 파란색과 흰색의 넓은 줄무늬가 있다. 이것은 우리 나라의 형무소학 사상가들이나 〈새로운 사회〉의 법학자들이 고안한 것이다. 자기 나라의 범죄자에게 어릿광대의 흉내를 내게 하는 이 착상은, 10월 혁명부터 40년이나 지나온 시점에서의 일이다! 20세기의 3분의 2가 지났을 때였다! 공산주의로 진입하기 직전이었다! (모든 편지에서 분명한 것은, 이 줄무늬 죄수복이 굶주림과 추위의 규율보다도 현재의 25년 형 죄수들에게는 가장 참을 수 없는 것 같았다.)

그리고 또 〈특수 규율〉이란 이런 것이었다 ― 막사의 창문에는 쇠창살이 끼워져 있고 문은 자물쇠로 잠겨 있었다. 막사는 붕괴되고 있는데 많은 벽돌 건물인 규율 강화 막사가 만들어졌다(치피리[11] 이외에는 수용소에서 위반하는 일이 없어졌다. 논쟁도 싸움도 트럼프 도박도 사라졌다). 수용소 구내의 이동은 대열을 짓지 않으면 안 되었다. 게다가 가슴을 펴지 않으면 안 된다. 그렇지 않다가는 들어갈 수도 없었고, 나갈 수도 없었다. 만일 교도관이 대열 속에서 담배 피우는 자를 보게 되면, 그 뚱뚱한 몸을 민첩하게 움직여서 희생자한테 덤벼들어, 그를 땅바닥에 눕혀서 담배를 빼앗고 감방에 집어넣는다. 만일 작업하러 나가지 않을 경우에도 침상에 누워서는 안 된다. 침상은 전시품처럼 생각하고, 소등 때까지 그곳에 손을 대도 안 된다. 1963년 6월에는 막사 주위에서 죄수들이 자

---

10 언급할 기회가 없어서 이야기하지 못한 지난 시대의 약어들이 아직도 있다 ― OLZIR이란 무엇인가?! 그것은 조국을 배신한 자들의 아내들을 위한 특수 수용소였다(그러한 것도 있었다).

11 찻잎을 졸여 아주 독하게 만든 일종의 환각제 ― 옮긴이주.

지 않게 하려고, 그곳의 잔디를 모조리 제초하도록 명령했다. 제초되지 않는 곳에는 입간판을 세웠다 ── 〈취침 금지〉(이르꾸쯔끄주).

이미 알고 있는 이야기다! 어디서 읽었던가? 이런 수용소의 이야기를 최근에 어디선가 읽지 않았던가? 그렇다, 베리야 시대의 〈특수 수용소〉가 아닌가? 〈특수〉 ── 〈특수〉…….

솔리깜스끄 지방의 특수 규율에서는 〈조그마한 소동으로 이내 식사 배식 창구에서 자동소총의 총구가 나왔다〉.

그리고 물론 어디서나 무제한 징벌 격리 감방에 쓸어 넣는다. I.는 혼자서 판석(하나가 120킬로그램)을 트럭에 실어 넣도록 명령을 받았다. 그는 거부했다. 그 때문에 그는 7일 동안 그곳에 들어가 있었다.

1964년에 모르도비야 지방의 수용소에서 어떤 젊은 죄수가 1955년에 제네바에서 금고지에서 강제 노동을 금지하는 협정이 조인된 것을 알았다. 그래서 그는 작업을 거부했다! 그는 그 행위 때문에 6개월이나 독방에 들어가 있었다.

이런 모든 것이 〈대량 살육〉이라고 까라반스끼가 쓰고 있다.

아니, 그렇다 해도 좌파 노동당원들은 이것과는 다르게 부르고 있지 않은가? (아니, 이제 좌파 노동당원들은 그냥 두도록 하자. 만일 그들이 우리에게 불만을 가진다면, 우리에게 명예로운 일이니까…….)

그런데 왜 이렇게 우울한 이야기뿐일까? 공정을 기하기 위하여, 따브다 사관 학교를 졸업한 젊은 내무부 〈실무 직원〉의 평가를 들어 보자(1962년). 〈이전에는(1961년까지) 강연 때는 10명의 교도관을 동원했지만, 죄수들을 어찌할 수가 없었다. 지금은 파리 날갯짓 소리가 들릴 만큼 조용해졌다. 죄수들은 서로 조심하고 있었다. 더 규율이 엄해질까 두려워하고 있었다.《작업》은 훨씬 쉽게 되었다. 특히 정령(총살에 관한 것)이 나온 후에는. 이미 두 사람의 죄수한테《적용되었다》. 전에는 칼을 손에 쥐고 위병소로 자수하기도 했다 ─ 나는 악당을 죽였으니까 벌해 달라고. ……이래서는 도저히 일할 수가 없었다.〉

물론 공기는 이전보다 깨끗해졌다. 꼴로니야 학교의 여교사도 그것을 인정했다. 〈정치 학습 때 웃기라도 하면 가석방이 되지 않는다. 자기가《활동가》라면 설마 쓰레기 속의 쓰레기라 해도 남이 담배꽁초를 버리지 않게, 혹은 모자를 벗도록 잘 주의시켜야 했다. 그렇게 하면 자기 일도 편하게 되며, 평가도 좋아지고, 후에 석방될 때도, 주민 등록을 할 때도 도움을 받게 된다.〉

〈집단 회의〉, 〈내부 질서부(SVP)〉(마르첸꼬의 책에 의하면, 〈수캐가 산책 나왔다〉[12]고 죄수들 사이에서 개칭되었다) ─ 이것은 경찰 보좌 청년단원과 같은 것으로, 그들은 붉은 완장을 차고 있었다. 〈위반하는 것을 놓치지 마라! 교도관들을 도와라!〉가 그들의 목표였다. 〈집단 회의〉는 처벌을 청원할 수 있었다. 3분의 2 제도의 적용을 받아 가석방이 되려면 반드시 내부 질서부의 도움을 받아야 했다. 그렇지 않고는 가석방이 되지 않았다. 가석방의 여지가 없는 조항의 사람들은 관계가 없었으니까 교도관들을 도울 필요가 없었다. I. A. 알렉세예프가 쓰고 있는 바에 의하면 〈대부분의 사람들은《느린 사형》을 선호하고, 결코 그 회의나 부에 가입하려고 하지 않았다〉.

이제 이렇게 해서 공기도 깨끗하게 되었다. 수용소에서 〈사회적 활동〉이 가능해진 것이다! 이것은 미덕(아부 근성, 밀고, 이웃에 대한 혐오)을 조장하는 교육이다 ─ 교정의 하늘로 뻗

12 SVP와 머리글자가 동일함 ─ 옮긴이주.

는 맑은 사다리다! 그러나 사다리는 참으로 미끄러운 것이다!

여기 찌라스뽈의 제2 교정 노동 꼴로니야의 올루호프(공산 당원으로 상점의 지배인이었으나, 직권 남용으로 갇힌 사람)가 호소하고 있다 — 모범 노동자 대회에서 연설하여 누군가를 폭로하건, 〈조국의 방황하는 아들들에게 성실한 노동을 하도록 호소〉했는데, 회의장이 떠나가도록 박수를 받았다. 그러나 자기 자리로 돌아오자 죄수 하나가 가까이 와서 말했다. 「이놈아, 네가 만일 10년 전에 그따위 연설을 했다가는 아마 연단 위에서 뒈졌을 거야. 지금은 법이 방해하고 있는 걸 다행으로 알아. 너 같은 녀석을 죽이면, 나도 총살되잖아.」

모든 것이 변증법적으로 관련되어 있고, 대립물의 통일이 작용하고 있다는 것을 독자도 느끼고 있는가? 한쪽에서는 활발한 사회적 활동이, 다른 한쪽에서는 총살에 관한 정령이 그렇다. (그런데 독자 여러분은 〈형기의 길이〉가 느껴지는가? 〈10년 전〉의 죄수가 여전히 갇혀 있다. 한 시대가 지나가 버려서 이제는 그 흔적도 없었으나, 그는 여전히 갇혀 있는 것이다……)

같은 올루호프가 전에 소령이었으며 지금은 죄수인 이사예프의 이야기를 알려 준다(몰도바공화국, 제4 교정 노동 꼴로니야). 이사예프는 〈규율 위반자들을 참을 수가 없어서, 《집단 회의》에서 특정 죄수들을 비난했다〉. 즉, 그들의 처벌과 특전의 폐지를 요구했다. 그래서 어떻게 되었는가? 〈어젯밤에는 고급 장화 한 짝이 없어졌다. 그는 하는 수 없이 나머지 한 짝만 신었으나, 다음 날 밤에는 그 한 짝도 없어졌다.〉 현재 쫓기고 있는 계급의 적은 이런 값어치 없는 투쟁을 계속하고 있는 것이다!

물론 사회생활은 날이 선 칼과 같아서 잘 다루어야 한다. 때로는 죄수들을 아주 타락시키는 경우도 있었다. 예를 들면,

바냐 알렉세예프의 경우가 그렇다.

첫 번째 전 수용소 집회를 20시에 열도록 했다. 그러나 관현악단이 22시까지 연주를 계속하여 장교들이 무대에 진을 치고 있어, 좀처럼 집회가 열리지 않았다. 알렉세예프는 관현악단에게 〈쉬라고〉 부탁하고 당국자들에게 언제 집회가 열리는지를 물었다. 열리지 않는다는 대답이었다. 알렉세예프는 「그렇다면 우리 죄수 스스로, 〈생활과 시간에 대해〉라는 주제로 집회를 가지겠습니다.」 죄수들은 찬성의 의사 표시로 소리를 질렀고 장교들은 무대에서 뛰어내렸다. 알렉세예프는 노트를 들고 연단으로 올라가 개인숭배에서부터 이야기를 시작했다. 그런데 몇 사람의 장교들이 그에게 덤벼들어 연단을 들어내고 전구를 빼고 무대에 올라온 죄수들을 쫓아냈다. 교도관들이 알렉세예프를 체포하라고 명령하자, 알렉세예프가 말했다. 「교도관님들, 당신들은 공산 청년 동맹원이잖아요. 당신들도 들었겠지만 나는 진실을 말했을 뿐입니다. 그런데 당신들은 누구를 체포하려는 겁니까? 그것은 레닌주의의 양심에 저항하는 거라고요.」 물론, 레닌주의의 양심이라도 체포했을 것이지만, 까프까스인 죄수들이 알렉세예프를 자기들의 막사에 숨겨 주어서 체포는 하룻밤 연기되었다. 그 후에 그는 감방에 들어갔고, 감방에 있을 때 그의 연설이 반소비에뜨적이라고 인정되었다. 〈집단 회의〉는 알렉세예프가 반소비에뜨 선전을 했으므로 격리해야 한다고 당국에 청원했다. 그 청원에 따라서 당국은 인민 재판소에 서류를 돌렸고, 알렉세예프는 〈격리 형무소〉 3년의 판결을 받았다.

죄수들을 옳은 방향으로 인도하기 위해서는 현재의 꼴로니야에서 매주 실시되고 있는 〈정치 학습〉이 아주 중요한 의미를 가졌다. 정치 학습은 대장들(한 부대의 인원은 2백 명 내지

250명), 즉 장교들이 했다. 매번 특정한 주제가 선택된다. 예를 들면 우리 체제의 휴머니즘, 우리 체제의 장점, 사회주의 쿠바의 성과, 식민지 아프리카의 각성. 이런 문제는 곧 사람들의 흥미를 끌고, 꼴로니야의 규율을 보다 더 철저하게 하고, 노동 의욕의 촉진에 도움이 된다(물론, 전원이 바르게 이해하고 있는 것은 아니다). 이르꾸쯔끄에서의 편지에는 〈굶주리고 있는 수용소에서, 우리는 국내에는 식료품이 풍족하다는 말을 들었습니다. 여기저기서 기계화가 진행되고 있다는 말을 들었으나, 우리는 작업 현장에서 곡괭이와 삽과 들것밖에는 보지 못했고, 자기의 근력밖에 사용하지 못했습니다〉라고 쓰여 있었다.

그 집회에 앞서 바냐 알렉세예프는 이미 어떤 정치 학습에서 다음과 같은 일을 저질렀다. 그는 발언을 요구하고 말했다. 〈당신들은 내무부의 장교며 우리는 죄수입니다. 우리는 다 같이 개인숭배 시대의 범죄자들이며, 함께 인민의 적이니까 자기의 헌신적인 노동에 의해, 소비에뜨 인민의 용서를 얻어야 합니다. 소령님, 우리는 공산주의의 길로 가지 않으면 안 된다는 것을 정중하게 제안합니다!〉 그의 조서에는 이렇게 적혀 있었다. 〈불건전한 반소비에뜨적 감정.〉

우스찌-빔 수용소에서 보내온 알렉세예프의 편지는 길고 종이가 닳아서 글자가 잘 보이지 않아 그것을 읽는 데 6시간이나 걸렸다. 이 편지에는 무엇이든지 쓰여 있었다! 특히 이런 생각을 쓰고 있었다. 〈꼴로니야, 즉《노예 예비군 저장소》에는 지금 누가 갇혀 있는가? 사회에서 튀어나온 용감하고 타협을 모르는 인민의 한 계층이다……. 만일 이론으로 무장한다면 위험하게 될 이 용감한 젊은이들을《관료 집단》이 인생의 밑바닥으로 떨어뜨려 버렸다. 죄수들은 이 튀어나온 프롤레

타리아트의 어린이며 교정 노동 수용소의 재산인 것이다.〉

만일 바르게 이용한다면 〈라디오〉도 아주 중요한 것이다 (음악 프로그램도 아니고, 연애 드라마도 아니고, 교육 프로그램이다). 규율에 의해 할당이 다르듯이, 라디오의 경우도 방송 시간이 다르다. 특수 규율은 하루에 두세 시간, 일반 규율은 하루 종일이다.[13]

또 학교도 있다(당연한 일이다! 우리는 그들을 사회로 복귀시키려고 하고 있으니까), 다만, 〈모든 것은 형식뿐이며, 그저 존재하기만 하면 된다…… 죄수들은 곤봉을 가지고 해나갔다. 공부하려는 의욕이 규율 강화 막사에서는 사라져 버린다〉. 또 〈누더기를 걸치고 자유인 여교사를 맞는 것은 수치스러웠다〉.

살아 있는 여성과 만난다는 것은 죄수한테는 너무나 중대한 사건이었다.

말할 것도 없이 올바른 교육과 교정은, 더욱이 어른의 경우, 특히 몇십 년간 그것이 계속되고 있을 경우는 스딸린-베리야에 의한 전후의 〈남녀별 수용 방법〉에 의해서만 실시되었던 것이다. 게다가 수용소군도에서는 이 방법은 움직일 수 없게 되어 있었다. 인간 사회에는 남녀가 서로 영향을 주며 인격을 발전시키는 자극을 주도록 되어 있으나 수용소군도에서는 그것을 받아들일 수가 없었다. 만일 그렇게 되면 군도 주민들의 생활이 〈요양소 생활과 비슷해〉지는 것이다. 이미 하늘의 절반을 차지한 공산주의의 밝은 빛에 가까이 갈수록, 남성 범죄자들을 여성 범죄자들로부터 떼어 놓아, 그 격리에 의해 그들을 충분히 괴롭혀서 교정시키지 않으면 안 되었다.[14]

13 이제 이렇게 되면 특수 규율에서 도망쳐서 줄무늬 껍질이라도 쓰고 싶어진다!

282

이 정연한 꼴로니야의 교정 체제 위에는 (표현의 자유도 있는 것 같은 법질서가 확립된 지금의 시대에도) 사회의 감시 제도가 있다. 그렇다, 〈감시 위원회〉가 있는 것이다. 그 존재에 대해서 독자들이 잊지 않았기를 바란다. 그 위원회는 폐지되지 않았다.

감시 위원회는 〈현지의 기관〉으로 구성되어 있다. 그러나 실제 문제로 멀리 떨어진 오지나 자유 고용인들의 마을에서는 당국자들의 아내 이외에 누가 그 위원이 되거나, 될 수 있겠는가? 그것은 남편의 말에 충실한 여자들의 위원회에 지나지 않는다.

하지만 대도시에서는 이 제도가 가끔 예기치 못한 결과를 낳게 한다. 여자 공산당원인 갈리나 뻬뜨로브나 필리뽀바는 지구 공산당 위원회에서 오데사 형무소의 감시 위원회 위원이 되어 달라는 권고를 받았다. 그녀는 싫었다. 「나는 범죄자에게까지 할 일이 없어요!」 그래서 당 규약에 의해 그녀는 억지로 위원이 되었다. 그러자 그녀는 그 일에 아주 빠져들었다! 그녀는 형무소에 많은 무고한 사람들이 갇혀 있다는 것, 또 많은 사람들이 회개하고 있다는 것을 알았다. 그녀는 처음부터 당국자의 입회 없이 죄수들을 만나기도 했다(당국이 강경하게 반대한 일이었다). 일부 죄수들은 몇 달이나 그녀를 적의의 눈으로 보았으나, 후에는 부드러워졌다. 그녀는 형무소를 주 2, 3, 4회 방문하게 되고, 형무소 안에서 소등 시간까

14 내무치안부 장관인 찌꾸노프 자신이 나에게 이런 말을 했다(이제 곧 그와의 회견에 대한 이야기도 있을 것이다) ── 개인적인 면회 때는(문이 닫혀 있는 작은 집에서 사흘 동안) 아들을 찾아온 어머니가 〈아내를 대신했다〉. 고대의 이야기를 떠올린 어떤 딸은 아버지에게 자기 젖을 먹였다. 그러나 이 장관은 그 야만인들의 추잡한 행위를 나무라면서도, 그 독신 남성이 25년간이나 여성을 만나지 못한 괴로움은 전혀 생각하려고 하지 않았다.

지 남아 있었고, 휴가도 가지 않았다. 그래서 그녀를 파견한 사람들도 그녀가 그렇게 하는 것을 좋아하지 않았다. 그녀는 〈법원〉을 방문하여 25년 형기의 문제를 제기했다(형법에는 그런 형기가 이미 존재하지 않았는데, 죄수들에게 과하고 있었다). 석방된 사람의 취직 문제나 그들의 주거 문제도 제기했다. 상부에서는 전혀 알지 못했고(1963년에 러시아 공화국 금고 지구 관리 본부장인 장군이 우리 나라에는 25년 형이 전혀 없다고 강조했다. 그리고 가장 우스꽝스러운 것은 그 자신이 그것을 〈알지 못한〉 것 같았다!), 그래서 그것을 잘 알고 있는 사람들과도 만났다. 후자의 경우에는 심한 반격을 받았다. 그녀는 우끄라이나 관계 내각이나 당 관계에서 박해를 받고, 비난을 받게 되었다. 각종 청원서 때문에 감시 위원회가 해산되었다.

여하튼 수용소군도의 지배자들의 방해가 되지 않아야 했다! 〈실무 직원〉들의 방해가 되지 않아야 했다! 독자들도 그들 자신의 말을 듣지 않았는가 — 당시에 일하던 〈사람들〉이 지금도 일하고 있다는 것을. 10퍼센트 정도가 교체되었는지도 모르지만 말이다.

하지만 그들 자신들의 마음속에서는 변화가 일어나지 않았을까? 자기가 돌보고 있는 가련한 죄수들에게 애정을 느끼게 된 것은 아닐까? 그렇다, 어떤 신문이나 어떤 잡지나 애정을 가지고 있다고 쓰고 있었다. 나는 특별히 골라낸 것은 아니지만, 『문학 신문』 지상에서 예르쪼보 마을에 있는 현대의 친절한 수용소 교도관들에 대해 쓴 기사를 읽었다. 또 같은 『문학 신문』이 꼴로니야 소장의 발언을 싣고 있었다.[15]

〈교육자들을 나무라기는 쉬우나 그들을 돕는다는 것은 어

15 1964년 3월 3일 자.

려운 일이다. 더욱 어려운 것은 활발하고 교양 있는 지식인으로서(반드시 지식인이라야 한다), 호기심이 강하고 재능이 뛰어난 사람들을 찾아내는 일이다……. 그들을 위해서는, 좋은 생활 조건과 노동 조건을 갖추어야 한다……. 그들의 급료가 얼마나 적고, 노동 시간이 얼마나 긴지 나는 잘 알고 있다…….〉

이제 이 정도에서 이 문제는 끝맺기로 하자! 그렇게 되면 생활도 안정을 찾고, 예술에 집중할 수도 있고, 아니, 보다 안전한 학문에 몰두할 수도 있다. 그런데 수용소에서 〈비합법적으로〉 보내온 이 열렬하고 구겨져서 글도 흐릿하게 된 편지들이 마음에 걸린다! 이 은혜도 모르는 녀석들은 긴 노동 시간에 대해 마음을 아파하는 사람들에 대해 대체 어떻게 쓰고 있을까?

I.: 교육자에게 나의 고민을 말했더니, 상대방 외투의 잿빛 천에 부딪혀서 돌아왔습니다. 〈그래, 당신의 소는 잘 있습니까?〉 하고 묻고 싶은 충동을 느꼈어요. 그는 자기가 담당하는 죄수들보다는 그 소에 더 많은 시간과 정력이 쏟아부었으니까요(끄라스 수용소 레쇼띠).

L.: 교도관들은 다 얼뜨기들이고, 규율 담당관은 전형적인 볼꼬보이입니다. 교도관이 하는 말에 거역하면 당장에 감방에 가게 되고요.

K-n: 대장들은 우리와 대화할 때 야비한 말밖에 쓰지 않습니다. 예를 들면, 제기랄, 개새끼, 멍청이 같은 말 말입니다(예르쪼보 마을, 얼마나 그들에게 어울리는 말인가!).

K-y: 규율 담당관은 그 볼꼬보이의 동생과 같은 사나이였습니다. 그냥 채찍으로 때리는 것이 아니라 주먹을 휘둘렀어요. 그러고는 진짜 늑대처럼 노려보았습니다……. 대장은 예

전 보안 장교로, 전에는 밀고자로 도적놈을 시키고 밀고서 하나하나에 대해 마약으로 보수를 지불하던 놈입니다…… 예전에 때리거나, 괴롭히거나, 처형을 했던 놈들을 모조리 다른 수용소로 보내고 조금씩 높은 지위에 오른 것뿐이죠(이르꾸쯔 끄주).

I. G. P.: 꼴로니야 소장에게는 직속 조수만도 6명이 있습니다. 어느 건설 현장에서도 쓸모가 없는 녀석들이었죠…… 수용소의 멍청이들 모두가…… 지금도 일하면서 연금을 타기 위하여 근속 연한을 벌고 있습니다. 그런데 연수를 채우고도 근무를 그만두려고 하지 않았어요. 그들은 전혀 야위지 않았습니다. 죄수들을 인간으로 보지 않았으며, 그것은 지금도 마찬가지예요.

V. I. D.: 노릴스끄시의 사서함 288호에는 아무도 〈새로운 사람〉이 없습니다. 모두 여전히 베리야의 하수인들이었어요. 퇴직하여 연금 생활로 옮기는 사람 대신 역시 그들의 동료, 1956년에 추방된 사람들이 들어온답니다…… 그들은 근속 연한이 실제의 배가 되어, 높은 급료를 받으며, 긴 휴가를 얻고, 식량 사정도 좋았습니다. 1년이 2년으로 계산되기 때문에 그들은 서른다섯 살의 젊은 나이에 연금을 받게 됩니다…….

P.: 우리 지구에는 12명에서 13명의 건장한 젊은이가 있습니다. 그들은 거의 발꿈치까지 오는 가죽 외투를 입고, 모피 모자를 쓰고, 펠트 방한 장화를 신고 있었어요. 어찌하여 그들은 탄광이나 구리 광산, 혹은 불모지 개척을 나가지 않을까요, 왜 이곳에서의 일은 노인들에게 양보하지 않을까요? 아니, 그들은 볼가강에 있는 기선의 사슬로 끌어당겨도 절대로 그런 곳으로 가지 않습니다. 아마도 이 상부의 기생충들은 죄수들이 절대로 교정될 수 없다고 믿고 있을 거예요. 죄수들의 수

가 적어지면 그들의 인원도 줄어야 하니까요.

이리하여 죄수들은 여전히 당국자의 밭에 감자를 심고, 그 것에 물도 주고, 가축도 돌보고, 그들의 집에 들어갈 가구를 만들어주기도 했다.

그럼, 누구의 말이 옳은가? 누구를 믿을 것인가? — 사전 지식이 없는 독자라면 너무 혼란스러울 것이다.

물론, 신문이다! 독자여, 신문을 믿읍시다. 언제나 믿을 수 있는 것은 우리의 신문입니다.

◆

NKVD의 직원들은 힘 그 자체였다. 그들은 절대로 쉽게 양보하지 않는다. 이미 1956년을 견디고, 지금도 견디고 있으니까, 앞으로도 견딜 것이다.

교정 노동 기관만이 아니었다. 또 내무치안부만도 아니었다. 이미 보았듯이, 신문도, 최고 회의 대의원들도 그들을 기꺼이 지지하고 있었다.

왜냐하면 그들이야말로 기둥이었기 때문이다. 많은 사람의 기둥이었다.

그런데 그들이 가진 것은 힘만이 아니었다. 그들은 그 논증도 가지고 있었다. 따라서 그들과 토론한다는 것은 쉬운 일이 아니었다.

내가 그것을 시도해 본 적이 있었다.

나는 그럴 생각은 조금도 없었다. 다만 내가 쫓기는 것은 이런 편지 때문이었다. 내가 전혀 예상하지 못했던 현대의 군도 주민들이 보내온 편지였다. 그들은 나한테 기대를 보내고 있다 — 발언해 주기를! 옹호해 주기를! 인간으로 대접받게 해주기를!

그러면 나는 누구에게 말하겠는가? 나의 말에 귀를 기울여 줄 사람은 아무도 없는데…… 출판의 자유가 있다면, 그 편지들을 하나도 빠짐없이 발표했을 것이다. 그래서 모두 말하고 세상의 검토를 받았을 것이다!

그런데 나는 지금(1964년 1월) 남몰래 떨고 있는 탄원자가 되어 관청 복도를 걸어서, 통행 허가증 발급 부서의 창구 곁에 위축되어 서서, 당직 군인들이 눈썹을 찌푸리며 의심스럽다는 시선을 나한테 던지고 있는 것을 느꼈다. 작가 겸 사회 평론가인 나는, 바쁜 정부 고관들에게 30분이라도 나의 이야기를 들려줄 수 있으려면 사회적인 명예와 특별한 호의를 얻지 않으면 안 되는 것이다!

그러나 가장 곤란한 것은 그것이 아니었다. 나로서 가장 어려운 점은 예전에 에끼바스뚜스 수용소에서 있었던 반장 회의 때와 마찬가지로 그들에게 〈무엇을〉 말할 것인가, 〈어떤〉 말을 하면 될까 하는 것이었다.

내가 이 책에서 말한 실제로 생각했던 모든 것을 그대로 말한다는 것은 위험하기도 하며, 아무 효과도 없을 것이다. 아니, 그랬다가는 사태는 한 치도 진전되지 못하고, 아주 조용한 집무실에서, 사람들 모르게 나의 목이 달아나는 것을 의미하기 때문이다.

그렇다면 어떻게 말하는 것이 좋을까? 나는 거울처럼 닦인 대리석 문지방을 지나 집무실의 부드러운 융단을 밟으며 그에게 다가가면서 나의 몸을 칭칭 얽매야 했다. 나의 혓바닥에, 귀에, 눈꺼풀을 거쳐서 비단실로 나의 어깨에, 등 피부에, 배의 피부에 꿰매어야 했다. 또한 적어도 다음과 같은 것은 받아들여야 했다.

1. 과거, 현재, 미래에 걸쳐서 〈당〉에 영광이 있으라! (다시 말해 전반적으로 보아서, 그 형벌 정책은 잘못이 아니라는 것. 수용소군도의 필요성에 대해서 나는 의문을 가져서는 안 된다는 것이다. 〈대부분의 사람은 무죄로 갇혀 있다〉고 나는 단언할 수 없다는 것이다.)

2. 내가 만나는 고관들은 자기 일에 충실하며, 죄수들에게 마음을 쓰고 있다. 그들에게 성의가 없다거나, 냉담하거나, 사정을 모른다고 비난할 수 없다. (그들이 전력을 기울인 사업인데, 사정을 모를 리가 있겠는가!)

아니, 그것보다도, 〈이〉 내가 간여하게 된 동기가 수상쩍었다. 나는 대체 무엇인가? 일을 하는 데 아무 관계도 없는데, 어찌하여 내가 이런 일을 해야 하는가? 나에게는 무슨 더러운 흑심이 있는 것은 아닐까? 내가 아니라도 〈당〉은 모든 것을 알고 바르게 할 텐데, 내가 나서야 하는가?

나는 조금이라도 강하게 보이기 위해, 내가 레닌상 후보로 추천된 달에 만나기로 했다. 그리하여 장기의 〈졸〉처럼 뜻있게 전진했다. 어쩌면 〈차〉처럼 뛰어나갈지도 모르지 않겠는가?

〈소비에뜨 연방 최고 회의 입법 추진 위원회.〉 이 위원회는 이미 몇 년에 걸쳐서 새로운 교정 노동법, 즉 수용소군도의 장래 생활을 정할 법률을 만드는 데 종사하고 있었다. 그것은 한 번도 성문화되지 않았기 때문에 실제로는 존재하고 있으면서도 마치 전혀 존재하지 않았던 같은 1933년의 법률을 대신하게 될 것이었다. 그리하여 나는 수용소군도에서 자라난 사람으로 이 위원회와의 회견이 인정되고, 영특한 그들과 만나 나의 유치한 생각을 전할 수 있는 기회가 생겼다.

그들은 모두 8명이었다. 그중 4명은 놀라울 만큼 젊었다. 그 소년처럼 보이는 사람들은 대학을 갓 나왔거나, 아니면 나오지 않았을 것이다. 이들은 참으로 재빨리 권좌에 오른 것이다! 내가 겨우 들어간 대리석 궁전에서 그들은 아주 자유로웠다. 위원장은 이반 안드레예비치 바두힌, 어딘가 호인 같은 중년이었다. 만일 그에게 그런 권한이 있다면, 내일이라도 수용소군도를 해산시킬 듯이 보였다. 하지만 그의 역할은 회견하는 동안에 줄곧 떨어진 곳에 앉아서 잠자코 있는 것이었다. 여기서 가장 심술궂은 것은 두 노인이었다! 그리보예도프의 희곡에 등장하는 〈오차꼬프를 진압하고 따따르인들의 끄림 반도를 정복하던 시대의〉[16] 노인들이었다. 바로 그대로였다. 언젠가 예전에 배운 것에 굳어진 노인들이다. 단언할 수 있는 것은, 그들은 1953년 3월 5일 이후에는 신문도 펼쳐 보지 않았으리라는 것이다. 그들한테는 그 견해에 영향을 미칠 만한 사건은 하나도 일어나지 않았던 것이다! 그들 중의 하나는 짙은 푸른색 상의를 입고 있었다. 그것이 나의 눈에는 예까쩨리나 여제 시대의 궁정에서 입을 법한 옷으로 보였다. 또 그의 가슴을 절반이나 덮어 버릴 예까쩨리나 여제의 은색 별 훈장을 뗀 구멍까지 보이는 것 같았다. 두 노인은 내가 문지방을 들어설 때부터 나에게 적의에 찬 태도를 취했으나, 되도록 참으려고 했던 모양이다.

하고 싶은 말이 많을 때, 오히려 말하기 어려운 것이다. 게다가 나의 경우에는 실로 꽁꽁 묶여 있어서, 조금이라도 움직일 때마다 아픔을 느꼈다.

어쨌든 나는 장광설을 준비하고 있었고, 비단실을 무리하게 잡아당기지 않으려고 했다. 나는 우선 이렇게 서두를 끊었다.

---

16 그리보예도프의 희곡 「재치의 문제」(1824)에서 구시대적인 인물을 풍자한 대목. 오차꼬프는 1788년에, *끄림* 반도는 1783년에 러시아 제국에 의해 정복당했다 ── 옮긴이주.

수용소에 굶주림과 추위를 가져오지 않으면 수용소가 살 만한 곳이 되어 결국 〈요양소〉가 될 위험이 있다는 생각은 어디서 나왔는가? (나는 그들이 그렇게 생각했다고는 말하지 않았다.) 나는 그들이 개인적으로 그런 체험을 가지고 있지 않다는 것을 알고 있으면서, 굳이 금고형을 구성하고 있는 그 제약과 형벌의 울타리를 상상하도록 부탁했다. 즉, 사람이 태어난 고장에서 쫓겨나서, 함께 살고 싶지 않은 사람들과 살고 있다. 함께 살고 싶은 사람들(가족이나 친구들)과는 살 수 없다. 자기 아이들이 자라는 것을 볼 수가 없다. 그는 살면서 익숙한 환경을 빼앗기고, 자기의 집도, 자기의 물건도, 손목시계까지도 빼앗겼다. 그 명성도 빼앗기고 손상되었다. 그에게는 이동의 자유가 없다. 자기의 전문적인 일도 하지 못한다. 언제나 남들로부터 압력을 받는다. 때로는 적의를 가진 사람들로부터, 때로는 다른 인생 경험과 견해와 습관을 가진 죄수들로부터. 그는 마음을 순화시키는 이성과의 접촉을 빼앗기고 있다(생리적으로는 말할 것도 없고). 또한 의료 혜택에서도 더 이상 나쁠 수 없을 만큼 나빴다. 이래도 흑해의 요양지와 비슷한가? 어찌하여 〈요양소〉가 되는 것을 그렇게 두려워할 필요가 있는가?

아니, 이런 이야기는 그들에게는 전혀 통하지 않는다. 그들은 의자에 앉아 까딱도 하지 않았다.

그래서 나는 더 나아갔다. 우리는 결국 이 사람들을 사회로 〈복귀시키려고 하는 것〉 아닌가? 그렇다면 왜 우리는 그들에게 이렇게 지독한 생활을 강요하고 있는가? 어찌하여 각종 〈규율〉의 목적이 죄수들을 조직적으로 비하시키고, 육체적으로 쇠퇴하게 하는 것인가? 그들을 노동 불능자로 만들어서 국가적으로 어떤 이익이 있는가?

여기서 나는 말을 마쳤다. 이번에는 그들이 나의 잘못을 지적하고 설득했다. 나는 현재의 〈인원〉을 알지 못하고, 모든 것이 이전의 체험에서 비롯된 생각이었다. 나는 세상사에 뒤처져 있다(이것이 나의 약점이었다 — 실제로 나는 지금 그곳에 갇혀 있는 사람들과 〈만나지 못했다〉). 그곳에 격리되어 있는 재범자들에게는, 지금 내가 예를 든 것이 제약이 되지 않는다. 현재의 규율만이 그들을 교정할 수 있다(이것 역시 나의 약점이었다 — 이것은 그들의 전문이니까, 〈누가 갇혀 있는지〉는 나보다 잘 알고 있었다). 그들을 사회에 복귀시킨다고? ……그래, 물론이지, 물론 그렇고말고 — 노인들은 목각 인형처럼 끄떡였으나, 실제로는, 〈아니, 그따위 녀석들은 거기에서 죽는 편이 낫다. 그것이 우리에게도 당신들에게도 안심이다〉라고 말하는 것같이 들렸다.

그럼 규율에 대해서는? 오차꼬프 시대의 노인 중의 한 사람은 검사로 푸른 상의를 입고, 가슴에 별을 달고 있었으며, 그 희끗한 백발 곱슬머리에서, 수보로프 장군을 조금 닮아 보였다.

「우리는 엄격한 규율을 적용한 덕분에 벌써 〈그 성과를 올리고 있어요〉. 지금까지 〈연간 2천 건의 살인〉이 있었으나(다른 곳에서는 말할 수 없는 이런 숫자도 〈여기서는 말할 수 있다〉), 지금은 불과 수십 건밖에는 없어요.」

이것은 중요한 숫자다. 나는 몰래 기입해 두었다. 이것이 아마 내가 방문한 큰 수확인 것 같았다.

〈누가 갇혔는가?〉 물론 규율에 대해 논의하기 위해서는 누가 갇혔는지 알아야 했다. 그것을 위해서는 몇십 명의 심리학자나 법률학자 들을 동원시켜 수용소로 가서 자유롭게 죄수들과 이야기를 나누지 않으면 안 된다. 그렇게 되면 의논할 수도 있게 된다. 그런데 수용소에 있는 나의 편지 상대들은,

다름 아닌 그 부분의 것은 써 보내지 않았다 ── 그들이 무엇 때문에 투옥되었는지, 그들의 동료들은 무엇 때문인지를 써 보내지 않았다.[17]

여기서 총론을 끝내고, 각론으로 옮기기로 하겠다. 특히 위원회로서는 나 같은 것이 없더라도 모든 것이 분명했으며, 만사가 해결되고 있었다. 나 따위는 그들한테 필요하지 않았다. 다만 나를 호기심에서 관찰하려는 것뿐이었다.

그럼 소포는? 중량 5킬로그램까지며 그 횟수도 현행대로다. 나는 그 횟수를 적어도 두 배로 하고, 소포 자체의 중량도 8킬로그램까지 증량하도록 제안했다. 「그들은 굶주리고 있어요! 굶주림으로 사람을 교정할 수 있습니까?」

「굶주리고 있다니요?」 위원회 사람들이 한결같이 분개했다. 「우리 자신이 그곳에 가서 보았는데, 남은 것을 자동차로 수용소에서 실어 내고 있었어요!」 (당신들이 본 것은 교도관들의 돼지에게 주기 위한 먹이가 아니었을까?)

나는 어떻게 대답할 것인가? 〈당신들은 거짓말하고 있어! 그런 일은 있을 수 없어!〉라고 외칠 것인가? 그러나 어깨 너머로 등에 실로 꿰매어져 있는 혓바닥이 아팠다. 그들이 실정을 잘 파악하여 성의 있게 우리를 돌보고 있다는 암시의 조건을 내가 무너뜨려서는 안 된다. 우리 죄수가 보내 준 편지를 그들에게 보일 것인가? 아니, 그들에게는 그것이 아무런 의미

---

17 서로 다른 수많은 〈습관적 범죄자〉들을 대체 어떻게 상상할 수 있겠는가! 예를 들면, 따브진스끄 꼴로니아에, 여든일곱의 퇴역 장교가 투옥되었다. 제정 시대의 장교로 아마 백위군의 장교였을 것이다. 1962년경에는 〈두 번째 20년〉 중에서 18년의 복역을 마쳤다. 긴 턱수염을 기르고, 장갑 생산 공장의 검사원을 하고 있었다. 청춘의 신념에 대하여 40년의 징역은 너무 지나치지 않은가? ── 또 타인과 비슷하지 않은 운명의 사람이 얼마나 많은가! 〈모두〉를 위한 규율을 논하기 위해서는 〈한 사람씩〉 알아야 한다.

도 없으며, 그 닳아서 구겨진 종잇조각은 이 붉은 테이블보 위에서는 우스꽝스러운 종잇조각 이외에는 아무것도 아닐 것이다.

「하지만 소포의 개수가 늘어난다고 해서, 나라에 무슨 손해가 있겠습니까!」

「하지만 어떤 〈놈들〉이 그 소포를 받고 있는지 알고 있어요?」 그들은 반론한다. 「주로 부유한 가정의 사람들입니다(그들은 〈부유한〉이라는 표현을 사용했다. 현실 정치에서 이 표현을 빼고는 논의가 이루어지지 않는다). 그들은 사회에서 도적질을 하여 챙겨 두었던 녀석들입니다. 다시 말하면, 우리가 소포의 개수를 불리게 되면, 〈근로자 가정의 사람들〉을 불리한 입장에 처하게 하는 것이다 이겁니다!」

아, 비단실이 아프게 나의 살점을 잡아당기며 끊어지려고 한다! 도저히 반박할 수 없는 말이었다 ─ 근로자 계층의 이해는 무엇보다도 귀중한 것이다. 그들은 근로자 계층의 이익을 지키기 위해 여기에 앉아 있으니까.

나는 전혀 생각이 떠오르지 않았다. 그들에게 어떻게 반론해야 하는지 몰랐다. 〈나는 당신들의 말을 납득할 수 없어요〉라고 말할 것인가? 아니, 그만두자. 내가 그들의 상사라도 되는가?

「매점은요?」 나는 공세를 계속했다! 「일한 만큼 받는다는 사회주의적 원칙은 어찌 되었나요?」

「석방될 때의 자금을 저축해야 하니까요!」 그들은 반박했다. 「그렇지 않으면, 석방 때 죄수를 국비로 부양해야 합니다.」

나라의 이해가 가장 중요하다. 그러니까 이번에도 비단실로 매여 있는 나는 반론할 수가 없었다. 〈국고에서 돈을 꺼내〉 죄수의 급료를 올려 주어야 한다는 제안도 꺼내지 못했다.

「음, 그렇다면 모든 일요일을 신성한 휴일로 해야 합니다!」

「그것은 이미 그렇게 성문화되어 있고, 그렇게 하고 있습니다.」

「하지만 수용소 구내에서 일요일을 망치는 방법은 여러 가지가 있어요. 망치지 않도록 규정을 만들어 주십시오!」

「법전에 그렇게 세세한 규정까지 넣을 수는 없어요.」

하루 노동 시간은 8시간이었다. 나는 위축된 목소리로 7시간 노동 시간을 말하고 싶었으나, 내심으로는 나의 이야기가 염치없게 느껴졌다. 12시간 노동도, 10시간 노동도 아닌데, 만족해야 하지 않겠는가?

「편지를 주고받는 것은 죄수가 사회주의 사회에 적응하기 위한 하나의 수단입니다(나는 이런 논법에 익숙했다)! 편지는 제한하지 않는 것이 어떻습니까.」

하지만 그들은 다시 검토할 생각이 없었다. 그 횟수는 이미 정해져 있었고, 우리 때보다도 엄해졌다……. 그들은 〈개인적인 면회〉, 즉 사흘간의 면회도 포함하여 면회 횟수에 대해서 말해 주었다. 우리 때는 전혀 없었으니까 이것은 참을 수 있었다. 아니, 나로서는 이 횟수가 부드러워진 것같이 느껴져서 칭찬해 주고 싶은 충동을 겨우 억제했다.

나는 지쳐 버렸다. 모든 것이 매여 있어서, 조금도 움직일 수가 없었다. 나는 여기서 아무런 역할도 하지 못했다. 이제 돌아가야 했다.

아니, 이 밝고 축제 기분에 넘치는 방에서, 안락의자의 앉아서, 그들의 즐거운 대화를 듣고 있으니까, 수용소가 무서운 것이 아니라고 생각되고, 오히려 합리적인 것으로 보였다. 남는 음식도 자동차로 실어 낸다고 하지 않았나. 그리고 그 무서운 녀석들을 사회로 돌려보낸다니? 나는 도적의 두목들의 얼굴을 떠올렸다……. 내가 그곳을 나온 지 10년이 지났다. 이제 거기에는 〈어떤 사람들이〉 투옥되었을까? 나는 추측해 보았다. 우리 정치범 동료들은 석방된 것 같고, 여러 민족들도 석방된 것 같고…….

나에게 적의를 가지고 있는 또 한 사람의 노인이 단식 투쟁에 대한 나의 의견을 물었다. 고무호스에 의한 영양 공급이 수용소의 수프보다 영양적으로 좋은 것이라면, 그것에 찬성하지 않을 이유가 무엇이겠는가?[18]

하지만 나는 뒷짐을 지고 일어서서, 죄수에게는 자기 신념을 지키기 위한 유일한 방법으로 단식 투쟁의 권리가 필요할 뿐만 아니라, 아사할 권리도 있다고 큰 소리로 외쳤다.

그들은 내 주장을 미친 소리로 여기는 것 같았다. 하지만 나는 여전히 꽁꽁 매여 있었다. 나는 단식 투쟁과 전반적인 국민 여론의 관련성에 대해서는 아무 말도 하지 못했다.

나는 지쳐서 맥없이 그곳을 나왔다. 나의 신념이 약간 흔들리는 것 같은 느낌이 들었으나, 그들에게는 그런 기색이 조금도 보이지 않았다. 그들은 모든 것을 그들 마음대로 할 것이며, 소비에뜨 최고 회의는 만장일치로 그것을 승인할 것이다.

◆

〈내무치안부 장관 바짐 스쩨빠노비치 찌꾸노프.〉 얼마나 환상적인가? 나, 죄수 번호가 Shch 232인 보잘것없는 유형수가 수용소군도를 여하히 다스릴 것인가를 내무부 장관에게 가르치러 가는 것이다!

장관의 집무실 입구 가까이에는 대령들만 죽 늘어서 있었

---

18 마르첸꼬의 책에서 겨우 그들의 최신 방법을 알았다. 식도를 파괴하기 위해 뜨거운 물을 부었던 것이다.

다. 둥근 머리에 정돈된 희멀건 얼굴, 아주 경쾌해 보였다. 수석 비서관 방으로 들어서니 장관 집무실로 들어가는 문이 없었다. 그 대신 거울을 끼운 커다란 벽장이 놓여 있고, 유리문 안에는 주름이 많은 비단 커튼이 드리워져 있었다. 그리고 그 유리문은 말을 탄 기사가 두 사람이라도 다닐 수 있으리만큼 큰 것이었다. 그것은 장관 집무실의 대기실이었다. 집무실은 2백 명이라도 들어가도 될 만큼 넓은 장소였다.

장관 자신은 병적으로 비대하여, 아래턱이 크고, 턱으로 갈수록 넓어지는 사다리꼴 얼굴이었다. 회견 중 내내 그는 위엄 있는 얼굴을 하고 나의 말에는 전혀 흥미를 보이지 않고, 의무적으로 듣고 있다는 느낌이었다.

나는 그 〈요양소〉에 관한 장광설을 그대로 전부 옮겼다. 그리하여 또다시 일반적인 질문을 했다 ── 죄수들을 〈교정〉하는 것이 우리(그와 나!)의 공통의 목적이 아닌지? (〈교정〉에 관한 나의 생각은 제4부에서 이미 제시했다.) 그런데 왜 1961년의 전환이 필요했는가? 왜 4개의 규율을 적용했는가? 그리고 이미 앞에서 이야기한 지루한 문제를 되풀이하기 시작했다 ── 식사, 매점, 소포, 의복, 작업, 폭력, 그리고 〈실무 직원들〉의 태도에 대해. (나는 편지를 이곳에 가져오지는 않았다. 빼앗기게 될지도 모르니까. 다만 보낸 사람의 이름을 쓰지 않고 인용한 것을 가져왔다.) 나는 40분이나 1시간쯤, 어쨌든 길게 지껄였는데 그들이 나의 이야기를 경청하고 있는 데 나도 놀랐다.

그는 이따금 끼어들었는데, 그것은 나의 말에 곧바로 찬성하거나 반대하기 위해서였다. 심하게 반론하지는 않았다. 나는 아주 단단한 벽을 예상했으나, 그는 아주 부드러운 자세였다. 그는 많은 점에서 나한테 찬성이었다! 매점에서 물건을 사기 위한 금액을 증액해야 한다, 소포의 개수를 늘려야 한다,

또 입법 추진 위원회가 현재 하고 있는 것처럼 소포의 내용을 제약할 필요가 없다는 나의 의견에 찬성했던 것이다(그러나 이것은 그가 결정하는 것이 아니었다. 장관이 아니라, 새로운 교정 노동법이 결정하는 것이었다). 그는 또 죄수가 자기의 음식을 삶거나 굽는 것도 찬성했고(물론 죄수에게는 그럴 음식이 없긴 하다), 우편으로 받는 편지나 인쇄물의 수를 제한하지 말아야 한다는 것에도 찬성했다(하지만, 그것은 수용소 검열의 부담을 더하게 된다). 심지어 그는 어디로 가더라도 〈대열을 짓지 않으면 안 된다〉는 것에도 반대하였다(하지만 이 문제는 입 밖에 내는 것은 좋지 않다고 생각되었다. 왜냐하면 규율이라는 것은 허물어지기는 쉽지만 확립하기는 어렵기 때문이다). 수용소 구내의 잔디를 뽑을 필요가 없다는 의견에도 찬성이다(한편 두브로프 수용소의 기계 제작소 근처에서 죄수들이 밭을 갈아서, 공작 기계공들이 휴식 시간에 거기에서 흙을 만지며, 각자가 2~3제곱미터 면적에 토마토나 오이를 재배하는 것은 문제가 안 된다. 그런데 장관은 당장 그 밭을 없애도록 지시한 것을 자랑스럽게 생각하고 있다! 내가 〈인간과 흙과의 연결은 도덕적인 의미를 가진다〉고 말하자, 그는 〈개인 소유의 밭은 죄수에게 재산의 본능을 기르게 된다〉고 반론했다). 〈수용소 밖에서의 거주〉 후에 죄수들을 다시 가시철사 안으로 되돌렸다고 말하자, 그것은 지독한 일이었다고 그는 몸서리까지 쳤다(그때 당신은 어떤 지위에 있었는가, 그리고 그것과 어떻게 싸웠는가, 나는 묻고 싶었다). 그리고 무엇보다도 장관은 〈지금의 죄수들에게 놓여 있는 조건〉이 이반 제니소비치의 시대보다도 잔학하다는 것을 인정하고 있었다!

　그렇다면 나로서는 그를 설득할 필요도 없다! 그와 토론하느라 시간을 낭비할 필요가 없다(또 그로서도 아무런 직위도 없는 사람의 제안을 기록하지 않아도 된다).

그럼 나는 무엇을 제안해야 할까? 수용소군도를 모두 해산하고, 죄수들을 호송 없이 내버려둘 것인가? 그렇게 말할 수는 없다. 그것은 유토피아다. 게다가 가장 중요한 것은, 거대한 문제의 해결책은 한 개인에게 있지 않다는 것이다. 그 문제는 뱀처럼 여러 관할 기관을 돌아다녀서 결국 어디에도 속하지 않게 된다.

오히려 장관은 자신 있게 이렇게 주장한다 ─ 습관적 범죄자들에게는 줄무늬 죄수복이 필요하다(「놈들이 흉악범이라는 것은 알고 있지요?」). 또 내가 교도관이나 호송대를 비난하자, 그는 이내 불쾌해졌다. 「당신은 잘못 생각하고 있거나, 아니면 개인적인 체험에 의한 편견입니다.」 그의 말에 의하면, 교도관들을 모집하려고 해도, 이제는 〈특전이 없어졌기 때문에〉 아무도 가고 싶어 하지 않는다고 했다. (〈가고 싶지 않다는 것은 인민의 정신이 건전하다는 증거다!〉라고 나는 외치고 싶었으나, 그 견고한 비단실이 귀나 눈꺼풀이나 혀를 당기고 있었다. 더욱이 내가 간과한 것이 있었다. 〈가고 싶지 않은 것〉은 상사들이나 상병들뿐으로, 장교들이라면 피할 수 없다.) 그래서 병역 의무자를 사용하지 않을 수 없었다. 또 거꾸로 장관이 나에게 지적한 바에 의하면 무례한 태도를 보인 것은 죄수들이며, 교도관들은 예의 바르게 말했다고 했다.

쓸모없는 죄수들의 편지와 장관의 말이 이렇게 차이가 있을 경우, 대체 어느 쪽을 믿을 것인가? 그것은 분명했다. 죄수들이 거짓말을 하고 있는 것이다.

장관은 또 자기 자신이 직접 관찰한 것을 언급하기도 했다. 그는 수용소를 〈방문〉한 적이 있지만, 지금 나는 그렇지 못했다. 「당신도 한번 방문해 보는 것은 어떨까요? 이를테면 끄류꼬보와 두브로프 수용소 같은 곳에 말입니다.」(그가 서슴지 않고 이 두 수용소의 이름을 말하는 것은 분명, 그곳은 뽀쫌킨 수용소[19]일 것이다. 그렇다면 무슨 자격으로 가는가? 내무 치안부의 검찰관인가? 그렇게 되면, 나는 부끄러워서 죄수를 바라볼 수 없을 것이다……. 나는 거절했다……).

장관은 거꾸로 이런 의견을 말했다. 죄수들은 아주 둔감하여 모처럼 돌봐 주어도 모르는 체한다고 말했다. 마그니또고르스끄 꼴로니야로 가서 〈대우에 대한 불만은 없는가?〉라고 묻자, 죄수들은 독립 수용 지점장 앞에서 이구동성으로 큰 소리로 〈전혀 없습니다!〉라고 대답한다는 것이다.

또한 장관의 눈으로 본 〈수용소 교정의 잘된 점〉은,

— 기계공이 수용 지점장에게 칭찬을 받으면, 그것을 자랑으로 생각한다는 것.
— 수용소 죄수들은 자기들이 만든 제품(주전자)이 영웅적인 쿠바로 수출되는 것을 자랑으로 생각한다는 것.
— 수용소 내부 질서 회의의 보고와 선거 제도(〈수캐가 산책 나왔다〉).
— 두브로프 수용소에서는 꽃(나라가 제공한)이 많이 피었다는 것.

그의 주된 관심사는 모든 수용소에서 산업의 기초를 닦는 것이다. 장관의 생각에 의하면, 재미있는 일이 많아지면 그만큼

---

19 뽀쫌킨 마을에서 온 말. 뽀쫌킨 마을은 사정을 잘 모르는 황제를 속이기 위해 나무판자로 급조해서 그럴듯하게 꾸민 가짜 마을을 말한다 — 옮긴이주.

탈옥이 적어진다는 것이다.[20] (〈인간은 자유를 갈망하고 있다〉
고 하는 나의 반론을 그는 전혀 이해하지 못하는 것 같았다.)

나는 지쳐서 돌아왔고, 〈이것은 끝나지 않는다〉라는 확신
을 가지게 되었다. 나는 문제를 한 발짝도 전진시킬 수 없었
고, 그들은 늘 그렇듯 호두를 까기 위해 해머를 휘두를 각오
가 되어 있었다. 나는 인간의 이해가 이렇게 다를 수 있는가
하고 절망하여 돌아왔다. 죄수가 장관실의 주인이 되지 않는
한 장관을 이해할 수 없으며, 또 장관도 가시철사 안으로 들
어가 그 자신도 작은 밭이 짓밟히고, 자유 대신에 공작 기계
를 다루지 않고서는 죄수의 마음을 이해할 수 없는 것이다.

〈범죄 원인 연구소.〉 그것은 2명의 지식인 차장과 몇 명의
연구원들과의 흥미로운 대담이었다. 활기 있은 사람들로 각자
가 자기 의견을 가지고 서로 토론하고 있었다. 이야기가 끝나
자 차장 중 한 사람인 V. N. 꾸드랴프쩨프가 나를 복도까지 전
송하면서, 이렇게 비판했다. 「아니, 당신은 역시 모든 시점을
고려하지 않는군요. 똘스또이라면 그러지 않았을 텐데…….」
그리고 갑자기 나를 속이듯이, 어느 문 있는 데로 인도했다.
「우리의 이고리 이바노비치 까르뻬쯔 소장님을 소개하지요.」

이 방문은 예정된 것이 아니었다! 이미 우리의 토론은 끝났
으니까 그럴 필요는 없었다. 그럼 좋아, 인사라도 하지. 아니,
그럴 수 없었다! 소장은 내게 정중한 인사 따위를 할 리가 없
었다! 이 차장과 부장들이 이런 소장 밑에서 일하며, 이 소장
이 모든 연구를 지도하고 있다고는 도저히 믿을 수가 없었다.
(나는 더 놀라운 것을 나중에 알게 되었는데, 이 까르뻬쯔라

20 탈옥이 적어진 이유는, 마르첸꼬의 책에서 보듯이, 이제는 체포하는 것
이 아니라 그 자리에서 사살하기 때문이다.

는 사람은 〈국제 민주주의 법률가〉 협회의 부총재였다!)

그는 나를 보자 적의와 경멸에 찬 얼굴로 일어섰다(아마 5분 동안은 선 채로 이야기한 것 같았다). 그는 마치 오래전부터 내가 이 회견을 간청하여 겨우 허락한 듯한 얼굴이었다. 그의 얼굴에는 넘치는 행복, 엄하고 혐오에 찬 감정(그것은 나에 대해)이 떠 있었다. 그의 가슴에는 좋은 옷감의 신사복에 훈장처럼 큼직한 배지가 나사로 끼워져 있었다. 〈MVD(내무부)〉라는 글자를 수직으로 관통하는 검이 있었다. (이것은 아주 중요한 배지다. 그것을 패용한 자는 이전부터 특히 〈깨끗한 손, 열렬한 마음, 냉정한 머리〉를 증명하고 있기 때문이다.)

「그래 〈무슨 이야기〉지요? 한번 들어볼까요?」 그는 이마에 주름을 잡았다.

나는 그에게 아무 용건도 없었으나, 의례적으로 조금만 되풀이해 말했다.

「아, 그렇군요.」 민주주의 법학자는 알아들은 듯이 말을 계속했다. 「자유화 말입니까? 죄수들의 규율을 완화해 아기 다루듯 하는 것 말입니까?」

그때 나는 갑자기, 내가 대리석 마루나 거울 같은 문 뒤에서 구할 수 없었던 의문에 대한 완전한 해답을 단번에 얻을 수 있었다.

죄수들의 생활수준을 향상시킨다고? 〈그것은 안 된다!〉 그렇게 되면, 수용소 주변에서 살고 있는 자유인들이 죄수들보다도 〈나쁜〉 생활을 하게 되니까, 그런 것을 절대 허가해서는 안 된다.

소포의 횟수를 늘리고, 그 중량을 더한다고? 그것은 안 된다! 그렇게 되면, 수도에서 식료품을 사지 못하는 교도관들에게 나쁜 영향을 미치게 된다.

교도관들을 꾸짖고 교육시킨다고? 〈그것은 안 된다!〉 우리는 그들에게 〈의지하고 있다!〉 아무도 이런 일은 하려고 하지 않는다. 그리고 급료도 많이 주지 못하는 데다 특전도 폐지했다.

우리가 죄수한테서 사회주의적 원칙을 빼앗아 버렸다고? 아니, 그들이야말로 자기를 사회주의 사회에서 말살해 버렸다고!

하지만, 우리는 그들을 사회로 복귀시키려는 것 아닌가?

「복귀시킨다고요?」 검이 달린 배지의 소장이 놀라는 것이었다. 「수용소는 그래서 있는 것이 아닙니다. 수용소는 〈형벌〉입니다!」

「〈형벌〉입니다!」 그 말이 온 방 안에 울렸다.

형벌!

형벌인 것이다!!!

수직으로 선 검이 무언가를 자르고, 찌른다. 일단 찌르면 이제 빠지지 않는 것이다!

〈형벌〉인 것이다!!

수용소군도는 이미 존재했고, 수용소군도는 지금도 존재하고 있고, 수용소군도는 앞으로도 존재할 것이다!

그렇지 않으면, 우리의 〈진보적인 교리〉의 잘못을 대체 누구한테 덮어씌울 수 있겠는가? 인간은 반드시 틀에 맞게 자라지 않는다는 사실에 탓을 돌릴 것인가?

제3장

오늘의 법률

　독자가 이미 이 책에서 읽었듯이, 우리 나라에서는 스딸린 시대 초창기부터 〈정치범〉이란 없었다. 독자의 눈앞을 스쳐 간 수백만의 많은 사람들, 수백만의 〈제58조〉 모두가 단순한 〈형사범〉에 지나지 않는 것이다.

　언제나 즐겁고 떠들기 좋아하는 니끼따 세르게예비치(흐루쇼프)는 어떤 연단 위에서나 큰소리쳤다.「〈정치범〉이라니? 없어요! 우리한테는 절대 없어요!」

　그리하여 슬픔은 잊히고, 상처의 흉터는 흐려지고, 지방이 쌓이기 시작하니까 ─ 거의 그렇게 생각하게 되었다! 늙은 죄수마저도 그랬다. 게다가 수백만 명의 죄수들이 석방되어, 정치범들이 정말로 말끔히 없어진 것처럼 보였다. 우리도 돌아오고, 식구들도 돌아오고, 동료들도 돌아왔다. 우리 도시의 지식층이 보충되는 것처럼 보였다. 아침에 잠자리에서 일어나 보아도 집안 식구 중 아무도 잡혀가지도 않았고, 아는 사람들도 전화를 걸어 주고, 사라진 친구도 없었다. 우리가 그렇게 믿어서가 아니라, 실질적인 이유에서 〈지금은 정치범이 거의 갇혀 있지 않다〉고 받아들이게 되었다. 그러나 여전히, 바로 지금(1968년)도 몇백 명의 발트해 연안 출신들은 자신들의 고

304

향으로 돌아가는 것을 허락받지 못한다. 또 끄림반도 따따르 인들의 저주를 벗겨 주지 않았다. 언젠가는 벗겨 주겠지……. 외견상으로는 평상시처럼(스딸린 시대도 그랬다) 아무 일도 없이 평온하여 추잡한 것은 보이지 않았다.

그리고 니끼따는 연단에서 되풀이하고 있었다. 「이러한 현상이나 사건은 당이나 나라에서도 절대로 되풀이되어서는 안 됩니다.」(1959년 5월 22일 — 이것은 노보체르까스끄 폭동 이전의 일이었다.) 「지금 우리 나라에서는 누구나 자유롭게 살고 있으며…… 자기의 현재나 장래에 대하여 아무런 불안도 가지고 있지 않습니다.」(1963년 3월 8일 — 이것은 이미 노보체르까스끄 폭동 후의 일이었다.)

노보체르까스끄! 러시아 역사에서 아주 중요한 의미를 가지는 도시이다. 내전 시대의 상처로는 충분하지 않다는 듯이, 이제 다시 싸움이 시작되었다.

노보체르까스끄! 하나의 도시를, 그 도시의 폭동을 말끔히 진압하여 어둠 속에 파묻어 버렸다! 전면적인 정보 부족의 암약은 흐루쇼프 시대에도 너무 짙어서 외국에서는 노보체르까스끄에 대해 알지 못했고, 서방 라디오가 그것에 대해 우리한테 설명하지 못했을 뿐만 아니라 그 소문조차 주변에서 지워져서 전혀 확산되지 않았다. 따라서 우리 나라의 국민 대부분이 그런 사건이 있었던 것조차 알지 못했다 — 노보체르까스끄, 1962년 2월 6일의 일이었다.

그러니 내가 수집할 수 있는 모든 정보를 여기에 공표할 수 있도록 허락해 달라.

그것은 러시아 현대사의 중요한 전환점이 되었다고 말해도 과언은 아닐 것이다. 1930년대에 일어난 이바노보 방직공들의 대규모 파업(그러나 평온하게 끝났지만)을 제외하고는 노보체르까스끄의 봉기는 41년 만에(끄론시따뜨와 땀보프의 폭동에서부터) 처음 있는 인민 의지의 표명이었다. 그것은 준비도 없이, 지도자도 없이, 계획도 없이 일어난 일이며 더 이상 이런 생활은 할 수 없다는 마음의 외침이었다.

6월 1일 금요일에는 친애하는 흐루쇼프에 의해 시행된 것 중 하나인 고기와 버터의 가격 인상 결정이 전국에 공표되었다. 그와 같은 날에, 이 계획과는 전혀 관련이 없는 또 하나의 경제 계획에 따라 노보체르까스끄에 있는 대규모 전기 기관차 공장에서는 30퍼센트 정도의 임금 인하가 발표되었다. 아침부터 2개의 현장(단조와 야금) 노동자들은 언제나처럼 양순하게 체제에 순응하고 있었으나, 어쩐지 일이 손에 잡히지 않았다. 그렇게 양면에서 타들어 갔다! 그들은 큰 소리로 이야기하며 흥분해 있어서 자연히 대중 집회가 되어 버렸다. 이것이 서구라면 특별한 일이 아니었겠지만 우리 나라에서는 예외적인 사건이었다. 기사들도 기사장들도 노동자들을 설득할 수가 없었다. 거기에 공장장 꾸로치낀이 찾아왔다. 〈이제부터 우리는 어떻게 살라는 것인가?〉라는 노동자들의 질문에 대해, 항상 배부르게 먹는 이 기생충은 이렇게 대답했다. 「지금까지는 빵에 고기를 넣었다면 이제부터는 잼이 든 것을 먹으면 돼!」 그와 그의 수행원들은 갈가리 찢길 뻔한 것을 겨우 면하고 도망칠 수 있었다(만일 그가 대답을 잘했다면 이 일은 수습되었을지도 모른다).

정오쯤에는 파업이 거대한 전기 기관차 공장 전체로 확산되어 버렸다(그들은 다른 공장으로도 대표들을 파견했으나 작업자들이 지지해 주지 않았다). 공장 근처에 모스끄바와 로스또프를 잇는 철도 선로가 지나고 있었다. 이 사건을 재빨리 모스끄바로 알리기 위한 것인지, 아니면 군대와 전차 부대의 도착을 방해하기 위해서인지 많은 여자들이 선로에 앉아서 열차를 멈추게 했다. 그러자 남자들이 이내 선로를 떼어 내고 장애물을 쌓기 시작했다. 이 파업의 규모는 러시아 노동 운동사에서 각별한 것이었다. 공장 건물에는 〈흐루쇼프 타도!〉, 〈흐루쇼프를 소시지로 만들자!〉라는 표어가 나붙었다.

그때쯤에는 공장 주변에(공장은 이웃 마을과 함께, 도시에서 뚜즐로프강을 지나서 3~4킬로미터 되는 곳에 있었다) 군대와 경찰이 집결하기 시작했다. 뚜즐로프강에 있는 다리에는 전차 부대가 접근하여 그곳을 점거했다. 그날 밤부터 다음 날 아침에 걸쳐 시내와 이 다리의 통행이 금지되었다. 마을은 밤에도 조용해지지 않았다. 밤에 30명가량의 노동자들, 즉 〈주모자들〉이 체포되어서 시 경찰서에 연행되었기 때문이었다.

6월 2일 아침부터는 시의 다른 기업에서도 파업에 들어갔다 (하지만 전부는 아니었다). 전기 기관차 공장에서는 자연히 대중 집회가 열리고, 시내 시위행진에서는 체포된 노동자들의 석방을 요구하는 결의를 했다. 레닌의 초상화와 평화의 구호를 내걸고, 여자와 어린아이가 섞여 있는 시위행진은(하지만 처음에는 3백 명 정도밖에 참가하지 않았다. 두려웠으니까!) 다리에 있는 전차 앞에서 멈추지 않고 시내로 들어갔다. 거기에 다른 기업의 노동자들, 호기심 많은 구경꾼들과 소년들이 합세하여 시위대는 눈덩이처럼 급속히 불어났다. 시내 여기저기에서 사람들이 통행 중인 트럭을 세워서 그 짐칸에 타고 연설을 했다. 시 전체가 소란했다. 전기 기관차 공장의 시위대는 중심가(모스꼬프스까야 거리)를 지났다. 일부 시위 참가자들은 체포된 동료들이 있다고 생각되는 경찰서의 닫혀 있는 문을 밀치고 안으로 들어가려고 했다. 거기에서 권총 사격을 받았다. 그 거리는 레닌 동상[1]으로 통하며, 다시 좁아져 둘로 갈려서 작은 공원을 양쪽에서 끼고 시 공산당 위원회(1918년 갈례진 장군이 자살한 예전의 까자끄 대장의 궁전이었다) 쪽으로 통하고 있었다. 거리거리마다 사람이 넘치고 있었으나, 특히 이 광장이 가장 심했다. 많은 소년들이 잘 보려고 공원 나무 위로 올라갔다.

그런데 당 위원회의 건물은 비어 있었다. 시 당국자들은 이미 로스또프로 도망쳐 버렸다.[2] 내부는 내전 시대에 퇴각했던 때처럼 창문 유리가 깨져 있었고 바닥에는 서류가 흩어져 있었다. 20명가량의 노동자들이 궁전으로 들어가 그 기다란 베란다에서 군중을 향해 제멋대로 연설하기 시작했다.

그것은 오전 11시경이었다. 경찰의 모습이 시내에서 말끔히 사라져 버리고, 군대가 점차 집결해 왔다(흥미로운 풍경이다. 아주 약한 충격에도 민간인 신분의 관리들은 군대 뒤로 숨어 버렸다). 군인들이 중앙 우체국, 방송국, 은행을 점거했다. 그 무렵에 노보체르까스끄시는 사방으로 군대에 포위되어 시 출입구가 이미 봉쇄되고 말았다(이 임무에는 로스또프시의 사관 학교들이 동원되었다. 일부는 로스또프 시내를 순찰하기 위해 남겨졌다). 시위대가 지나간 것과 똑같이 모스꼬프스까야 거리에 전차 부대가 나타나 천천히 당 위원회 방향으로 향했다. 그 전차에 소년들이 기어 올라가 입구를 막았다.

---

1 쓰러져서 재주조가 된 끌로뜨의 작품인 까자끄 대장 쁠라또노프의 기념 동상 대신에.

2 로스또프주 공산당 위원회 제1 서기 바소프는 북방 까프까스 군관구 사령관 쁠리예프와 함께 언젠가는 대량 학살의 범인으로 이름을 올리게 될지도 모른다. 그는 그사이에 노보체르까스끄에도 왔으나, 두려워서 도망쳐 버리고(소문에 의하면 너무나 당황해서 2층 베란다에서 뛰어내렸다고 한다) 로스또프로 돌아갔던 것이다. 노보체르까스끄 사건 직후 그는 사절단이 되어 영웅적인 쿠바로 떠났다.

전차가 공포를 쏘자 거리에 면한 집들이나 상점들의 유리 창문들이 소리를 내며 부서졌다. 소년들이 사방으로 흩어지고, 전차는 다시 서서히 움직였다.

그럼 대학생들은 어찌했는가? 노보체르까스끄는 대학생의 도시다! 대학생들은 대체 어디에 있었는가? ……공과 대학이나 여러 다른 대학의 학생, 몇 개 기술 학교의 학생들을 아침부터 기숙사나 대학 건물에 〈가두어 놓았던 것이다〉. 아주 현명한 학장들이었다! 하지만 학생들도 시민 의식이 높았다고는 할 수 없었다. 아마 그런 구실이 생겨서 기뻤을지도 모른다. 만약 이들이 현대의 서방 제국에서 학생 운동에 참가하고 있는 대학생들이었다면(혹은 옛날 러시아의 대학생들이었다면), 문을 자물쇠로 잠근 것으로는 막을 수 없었을 것이다.

당 위원회의 건물 내부에서는 어떤 싸움이 시작되어 연설자들이 계속 안으로 끌려 들어갔고, 베란다에서 군인이 모습을 보이더니, 점차 그 수가 불어나고 있었다. (스텝 수용소 관리국의 베란다에서도, 껜기르 수용 분소의 폭동 모습에서도 이런 광경을 보지 않았던가?) 자동소총을 가진 병사들의 부대가 궁전 근처의 작은 광장에서 군중의 후방으로, 작은 공원의 쇠창살 같은 울타리 쪽으로 밀고 가기 시작했다. (〈이 병사들〉은 모두 러시아인이 아니었다고 여러 사람들이 같은 증언을 하고 있다. 이들은 소수 민족 출신으로, 군관구의 반대쪽에서 실려 온 까프까스인들이었다. 그들은 이때까지 있던 현지 수비대 병사들과 교대했다. 그런데 그다음부터는 증언이 엇갈리고 있다. 앞에 서 있던 병사들이 발포 명령을 받았는지 안 받았는지, 그 명령을 받은 대위가 명령을 전달하는 대신 대열 앞에서 자살했는지 아닌지는 확실하지 않다.[3] 이 장교의 자살은 의심할 여지가 없는 사실이지만, 그에 대한 자세한 사정과 그 양심적인 영웅의 이름은 아무도 알지 못한다.) 군중은 뒤로 물러섰으나 아무도 불길한 일을 예상하지 못했다. 누가 구령을 했는지 알 수 없었으나,[4] 〈이 병사들〉은 자동소총을 들고 처음에는 머리 위를 향해 일제 사격을 시작했던 것이다.

아마도 뻴리예프[5] 장군은 즉시 군중을 향해 발포할 생각은 아니었을지 모르지만, 사태는 이미 제멋대로 움직이고 있었다. 머리 위를 겨누어 쏜 총탄이 하필 작은 공원의 수목에 맞아, 그곳에 있던 소년들이 나무 위에서 툭툭 떨어졌다. 군중들은 아마 미친 듯이 떠들기 시작했을 것이다. 그러자 병사들이 명령에 따라서인지, 피를 보고 미쳤는지, 아니면 공포에 질려서인지 이번에는 바로 군중을 향해 쏘기 시작했다. 심지어 덤덤탄을 사용했다.[6] (껜기르 수용 분소를 기억하는가? 위병소에서 16명이 부상당한 일을?) 군중은 혼란한 상태가 되어, 작은 공원의 양쪽 좁은 길을 밀치면서 도망쳤다. 그런데 〈도망치는 사람들의 등을 향해, 또 계속 발포했다〉. 작은 공원과 레닌 동상의 건너편에 있는 큰 광장, 구 뻴라또프스끼 대로에서 모스꼬프스까야 거리까지의 공간으로 도망쳐 가는 사람들의 모습이 보이지 않을 때까지 그 발포는 계속되었다(한 목격자의 이야기에 의하면, 광장은 시체 천지였다. 물론 부상자도 많았다). 여러 자료를 수집해 보면, 대개 70명에서 80명 정도가 살해당한 것으로 추정된다.[7] 병사들은 자동차나 버스를 찾아

3 일부 증언에 따르면, 군중에게 발포를 거부한 병사들은 시베리아로 유배되었다고 한다.

4 알고 있었던 것은 가까이에 있었던 사람들이었으나, 그들은 사살되거나 후에 체포되었을 것이다.

5 러시아어로 〈사수〉라는 뜻 — 옮긴이주.

6 〈덤덤탄으로 사살된 47명까지의 죽음〉은 분명히 확인되었다.

서는 세우고, 거기에 시체와 부상자를 싣고, 담장 건너에 있는 육군 병원으로 실어 갔다(그 후 하루 이틀 사이에 그 버스는 온통 피가 묻은 시트를 낀 채 달리고 있었다).

껜기르 수용 분소 때와 마찬가지로, 그날도 거리의 반란자들을 촬영하는 카메라가 있었다.

발포가 멈추고 공포가 사라지고 군중이 다시 광장으로 밀려 나오자, 〈또다시 발포했다〉.

그것은 정오부터 오후 1시까지의 일이었다.

주의 깊은 목격자라면 오후 2시에 이런 광경을 보았을 것이다. 당 위원회 앞의 광장에는 여러 형의 전차가 8대쯤 서 있었다. 그 앞에 병사들의 대열이 있었다. 광장에는 사람이 거의 없었고 몇 사람만 모여 있었는데, 그들은 주로 젊은이들이었다. 그들은 병사들을 보고 무엇인가 외치고 있었다. 광장의 아스팔트의 낮은 장소에는 피가 고여 있었다. 그렇게 피가 고일 수 있다는 것을 이때까지 생각해 보지도 못했다. 작은 공원의 벤치에도 피가 묻었고, 모래를 뿌린 그 작은 길에도, 석회석을 하얗게 칠한 나무줄기에도 피의 흔적이 있었다. 온 광장에 전차의 무한궤도 자국이 있었다. 당 위원회의 벽에는 시위대들이 가지고 있던 붉은 깃발이 세워져 있고, 그 깃대 위에는 적갈색의 피가 묻은 회색 모자가 걸려 있었다. 당 위원회 건물 전면에는 예전부터 걸려 있던 〈인민과 당은 하나다!〉라는 표어가 쓰여 있는 붉은 천이 여전히 걸려 있었다.

사람들은 병사들한테 가까이 다가서 조롱을 하거나 욕설을 퍼부었다. 〈어떻게 그렇게 할 수 있단 말인가?〉 〈대체 누구를

---

7 겨울 궁전 당시보다는 적었으나, 그 후에는 러시아 전 국토가 분노하여 매년 1월 9일을 〈피의 일요일〉로 기억하고 있는 데 비해, 6월 2일은 어떻게 기억할 것인가?

쏘는가?〉〈인민을 쏘지 않았는가!〉 병사들은 변명했다. 「그것
은 우리가 한 게 아니오! 우리는 이제 금방 여기에 왔소. 우리
는 아무것도 모르오.」

　　그야말로 우리 살인자들의 신속한 조치였다(둔하게 움직
이는 관료라고는 하지만). 즉, 〈그 병사들〉은 다른 곳으로 보
내고, 그 대신에 어떻게 된 것인지 전혀 모르는 러시아 병사
들을 데려온 것이다. 쁠리예프 장군은 일을 잘 처리했던 것이
다……

　　5시에서 6시경에는 광장이 점차 다시 사람들로 가득 찼다.
(노보체르까스끄의 사람들은 정말로 용감했다! 시의 라디오
에서는 끊임없이 〈시민 여러분, 선동에 넘어가지 마십시오.
각자 집으로 돌아가십시오!〉라고 흘러나왔다. 그곳에는 자동
소총을 가진 병사들이 있고, 아직 피를 닦아 내지도 않았는데,
사람들이 다시 밀려오고 있었다.) 고함 소리가 격해지며, 또
다시 자연스럽게 사람들이 모여 시위가 발생하였다. 시에서
당 중앙 위원회의 6명의 유력 인사들이 날아온 것은(아마 처
음 발포 때가 아닐지?) 이미 알려져 있었다. 그중에는 물론 미
꼬얀(부다페스트 사태와 같은 상황에 대한 전문가)도, 프롤
꼬즐로프도 있었다. (나머지 4명의 이름은 정확히 알려져 있
지 않다.) 그들은 요새와 같은 〈기갑 부대 학교〉의 건물, 옛날
의 사관 학교 본부에 머물러 있었다. 거기에서 전기 기관차
공장의 젊은 노동자들의 대표단이 그들한테로 사건의 개요를
설명하기 위해 파견되었다. 군중 속에서는 불만의 소리가 있
었다. 「미꼬얀을 이리로 내보내라! 그놈의 눈으로 이 피를 보
게 해라!」 그런데 미꼬얀은 나오지 않았다. 그런데 6시경에
감시 헬리콥터가 광장 위를 저공으로 날며 잘 살피고는 날아
가 버렸다.

곧 기갑 부대 학교에서 노동자들의 대표단이 돌아왔다. 이는 미리 약속한 것으로, 대표들은 병사들의 대열을 지나서 장교들의 호위를 받으며 당 위원회 베란다로 나왔다. 조용해졌다. 대표들은 군중을 향해 당 중앙 위원회 인사와 만나 〈피의 토요일〉에 대한 이야기를 나누었는데, 처음 발포로 아이들이 나무 위에서 떨어졌다는 이야기를 듣고는 〈꼬즐로프가 울었다〉고 말했다. (프롤 꼬즐로프는 레닌그라뜨 당내 도적들의 우두머리며, 가장 잔학한 스딸린주의자인데, 울었다니!) 당 중앙 위원회 인사들은 이 사건을 규명하고, 범인들을 엄벌에 처할 것을 약속했으니까(〈특수 수용소〉에서도 똑같이 약속했다), 지금은 시내의 혼란을 피하기 위해 모두 해산하여 집으로 돌아가야 한다고 호소했다.

그러나 시위는 해산되지 않았다! 밤이 되자, 사람은 더 불어났다. 필사적인 노보체르까스끄 사람들이여! (소문에 의하면, 중앙 위원회 정치국원들이 그날 밤에 〈시의 주민을 모조리 강제 이주시킬 것〉을 결정했다고 했다! 민족을 통째로 강제 이주시킨 마당에, 이런 일은 조금도 이상한 조치가 아니니까, 정말일 것이라고 생각되었다. 당시에도 이 미꼬얀은 역시 스딸린 측근의 한 사람이 아니었던가?)

밤 9시에 전차로 군중을 궁전에서 쫓아내려고 시도했으나, 전차의 엔진이 걸리는 순간에 사람들이 전차에 달라붙어서 출입구를 닫고 내다보는 창을 막았다. 전차는 멈추고 말았다. 자동소총을 가진 병사들은 서서 전차를 도우려고도 하지 않았다.

또 1시간 후에는 광장의 반대쪽에서 전차와 장갑차가 나타나고, 그 위에는 자동소총을 가진 병사들이 타고 있었다. (무엇보다 우리 군은 풍부한 실전 경험을 가지고 있었다! 우리

군은 파시스트에게 이겼으니까!) 전차와 장갑차 부대가 고속으로 달리면서(젊은이들은 보도에 서서 휘파람을 불고 있었다. 밤이 되자 대학생들도 해방되었다) 모스꼬쁘스까야 거리의 차도와 쁠라또쁘스끼 대로에서 사람들을 쫓아냈다.

자정이 다 된 한밤중에야 겨우 병사들이 하늘로 예광탄을 발사하자, 군중은 해산하기 시작했다.

(이것이야말로 인민 봉기의 힘이었다! 정치적 상황이 얼마나 급변하는지 보라! 전날 밤에는 야간 통행 금지령이 내려서 밖으로 나가기도 두려웠는데, 오늘 밤에는 모두 밖으로 나와 휘파람을 불고 있는 것이다. 이것이 반세기의 껍데기 밑에 숨어 있었던 것인가? 인민도 일변하고, 분위기도 일변했다.)

6월 3일에는 시의 라디오가 미꼬얀과 꼬즐로프의 연설을 방송했다. 꼬즐로프는 울고 있지 않았다. 범인(더 높은 자리에 있는)을 찾겠다는 약속도 없었다. 〈이 사건은 적에 의해 도발된 것이며, 그 적은 엄벌에 처하게 된다〉라는 이야기였다. (사람들은 이미 이 시점에서 광장으로 나가고 없었다.) 또한 미꼬얀은 〈덤덤탄은 소비에뜨군의 장비로 채용되어 있지 않다. 따라서 그것을 사용한 것은 적이다〉라고 말했다.

(그렇지만 그 적이란 대체 〈누구〉인가? 대체 어떤 낙하산을 타고 내려왔는가? 그리고 어디로 가버렸는가? 한 사람이라도 좋으니까 보고 싶다! 아, 우리는 얼마나 잘 속아 넘어가는 인민인가! 〈적〉이라는 말 한마디로 다 설명해 버리는 것이다. 중세의 〈악마〉와 같은 것이다.)[8]

---

8 노보체르까스끄의 여교사(!)가 1968년에 열차 안에서 아주 잘 안다는 듯이 이야기를 하고 있었다. 「군인들은 전혀 발포하지 않았어요. 한 번만 경고의 뜻으로 상공을 향해 쐈습니다. 쏜 것은 적의 후방 교란 부대로, 게다가 덤덤탄을 사용했답니다. 어디서 가져왔냐고요? 적은 어떤 것이라도 가지고 있

때를 놓치지 않고 상점에 버터, 소시지, 기타 등등의 식료
품이 넘쳐 들어왔다. 이런 식품은 아주 오랫동안 보이지 않던
것들, 수도에서만 볼 수 있는 것들이었다.

부상자 모두가 행방불명이 되고, 아무도 돌아온 사람이 없
었다. 거꾸로 부상자와 죽은 자들의 가족(당국은 물론 그 가족
을 찾고 있었다)은 〈시베리아로 강제 이주〉되었다. 많은 관련
자들, 확인되거나 사진에 찍힌 사람들도 같은 운명이 되었다.
시위 참가자들을 재판하는 일련의 비공개 재판이 진행되었
다. 두 건의 〈공개〉 재판도 있었다(방청권은 기업의 당 조직
책이나 당 위원회 직원들에게만 주었다). 한 재판에서는 9명
의 남성(총살형)과 2명의 여성(15년 형)이 재판을 받았다.

당 위원회의 인사는 그대로였다.

〈피의 토요일〉부터 일주일이 지난 다음 토요일에는, 라디
오에서 〈전기 기관차 공장의 노동자들은 7개년 계획을 기한
내에 완수할 것을 약속했다〉라고 방송했다.

……만일 황제가 얼간이가 아니었다면, 그도 1월 9일에 뻬
쩨르부르끄에서 깃발을 든 노동자들을 잡아 비적 행위의 죄를
물었을 것이다. 그랬으면 어떤 〈혁명 운동〉도 없었을 것이다.

노보체르까스끄 사건보다 1년 전인 1961년, 알렉산드로프
에서는 경찰이 체포한 사람을 때려죽인 일이 있었다. 게다가
그들은 사람들이 경찰서 앞을 지나 유해를 묘지로 옮기는 것
도 방해했다. 군중은 분노하여 그 경찰서를 태워 버렸다. 곧

어요. 그들은 군인들을 향해, 또 노동자들을 향해 마구 쐈습니다……. 노동자
들이 미친 듯이 병사들한테 덤벼들어, 아무런 죄도 없는 병사들을 때렸어요.
그 후에 미꼬얀은 거리를 걸어서 집집마다 돌아다니며, 사람들이 어떻게 살아
가는지 둘러보았지요. 여자들은 그에게 딸기를 대접했고요……」 지금은 〈이
런 이야기〉만이 역사에 남아 있는 것이다.

체포가 시작되었다(이와 비슷한 사건이 최근에 무롬에서도 일어났다). 지금 이렇게 체포된 사람들은 어떻게 처리해야 할 것인가? 스딸린 시대에는 바늘을 신문지에 찔렀다는 것만으로 재봉사가 제58조의 적용을 받았다. 그러나 이번에는 더 현명한 처치를 생각했다 ― 경찰서의 파괴는 정치적 행위로는 보지 않는 것이다. 그것은 일상적인 비적 행위가 되는 것이다. 〈군중 소동〉은 정치적인 것으로 보지 않는다는 취지의 〈지령서가 나온 것〉이다. (그렇다면 〈정치적〉이라는 것은 대체 어떤 것인가?)

그러니까 ― 〈정치범〉이란 있을 수 없었다.

그리고 또 소비에뜨 연방에서 끊긴 적이 없는 흐름도 계속 흐르고 있었다. 〈생명을 불어넣는 자비의 파도……〉나 그와 비슷한 은혜를 전혀 받지 못했던 범죄자들이었다. 이 10년간에 걸쳐서 이 멈추지 않는 흐름은 〈레닌의 규범이 파괴되었을 때〉도, 지켜졌을 때도, 마찬가지로 계속되고 있었다. 흐루쇼프 시대에는 그 흐름이 새로운 격랑이 되었다.

그것은 신도들의 흐름이었다. 교회의 폐쇄라는 새로운 잔학한 파도에 거역했던 사람들이었다. 수도원에서 쫓겨난 수도승들이었다(이 건에 관해서는 Π 라스노프 레비찐이 많은 정보를 제공해 주었다). 완고한 각종 파의 신자들, 특히 병역에 응하지 않은 사람들이었다. 이런 경우는 제국주의에 직접적인 방조가 되니까 지금과 같은 해빙 시대에도 일단 5년 형이 된다.

그러나 그들 역시 정치범에 속하지 않고, 〈종교범〉이 되며, 무엇보다도 그들은 〈재교육〉시키지 않으면 안 된다. 〈신앙만의 이유로〉 직장에서 쫓겨나야 한다. 공산 청년 동맹원들을 동원하여 신자의 집 창문 유리를 부숴야 한다. 행정적인 수단을 강구하여, 신자들을 반종교 강연에 출석시켜야 한다. 용접기로 교회의 문을 절단하고, 밧줄을 걸어서 교회 둥근 지붕을 트랙터로 끌어내리고, 소방 호스로 노파들을 쫓아낸다. (프랑스 공산당원들이여, 이것이 〈대화〉인가?)

근로자 대의원 소비에뜨에서 뽀차예프 수도원의 수도승들이 말한 바와 같이, 만일 〈우리가 소비에뜨 법률에 따르려고 한다면, 공산주의는 조금 기다려야 할 것이다〉.

〈재교육〉의 수단이 효과를 거두지 못하는 경우라야 〈법률〉이 필요해지는 것이다.

그러나 여기서 우리는 오늘날 우리 나라 〈법률〉의 다이아몬드처럼 빛나는 고귀함을 증명할 수 있다. 우리는 스딸린 시대와 같은 비공개 재판이나 궐석 재판은 하지 않는다. 아니 반공개 재판(한정된 방청인들의 입장이 허가된 경우)도 하지 않는다.

나는 지금 그 기록을 가지고 있는데, 그것은 돈바스 지방의 니끼또프까시에서 1964년 1월에 있었던 침례교 신자에 대한 재판의 기록이다.

이 재판은 다음과 같이 진행되었다. 방청하러 왔던 침례교 신자들을 신분 확인이라는 구실로 3일간 형무소에 집어넣었다(재판이 끝날 때까지, 또 위협할 목적으로). 피고인에게 꽃다발을 던진 사람은(자유 시민이다!) 10일간 구류되었다. 재판을 기록하고 있던 침례교 신자 한 사람도 같은 처분을 받았다. 그 기록은 빼앗겼다(하지만 또 하나의 기록이 살아남았다). 선발된 공산 청년 동맹원들이 다른 방청객들보다 한발 일찍 옆문으로 법정에 들어와, 맨 앞자리를 점령했다. 심리 때 방청석에서 야유가 있었다. 「저런 녀석들은 모두 석유를 붓고 불 질러야 해!」 재판장은 그것을 정당한 야유라고 막지 않았다. 심리의 상투적인 수단은 적의에 찬 이웃의 증언들이다. 떨고 있는 연소자들의 증언이었다. 즉, 증인석에 아홉 살에서 열 살쯤 되는 소녀 둘을 세우고(지금은 이 재판을 진행시키는 것만이 목적이었으며, 장차 이 소녀들이 어찌 되던 알 바 아니었다) 성경 구절을 쓴 소녀들의 작문 노트가 물적 증거로 제출되었다.

피고인의 한 사람인 바즈베이는 〈아홉〉 명의 아이를 가진 아버지였다. 그는 광부였지만 침례교 신자였기 때문에, 한 번도 탄광 위원회에서 원조를 받지 못했다. 그런데 그의 딸인 8학년 니나가 매수되어(탄광 위원회에서 50루블을 받았다), 후에 대학에 입학시켜 준다는 약속을 받고, 취조할 때 아버지에 대한 공상적인 진술을 하였다. 아버지가 시어 빠진 레몬수를 마시게 해서 그녀를 독살하려고 했다는 것이다. 신자들이 기도회를 열기 위해 숲속에 숨었을 때(그들은 마을에서 박해를 받고 있었다), 그곳에는 라디오 송신기가 있었고 그것은 높은 나무에 철사로 감겨 있었다고 진술했다. 그 이후에 니나는 거짓 진술을 한 것이 괴로워서, 머리가 이상해지고, 정신 병원의 광포 정신병자용 병실에 들어가게 되었다. 그런데도 증언을 얻기 위하여 그녀를 증인석에 서게 했다. 하지만 그녀는 먼저의 진술을 모두 뒤엎어 버렸다! 「내가 무엇을 말해야 하는지를 신문관이 가르쳐 주었어요.」 그러나 파렴치한 재판장은 이마의 땀을 닦으면서, 니나의 법정 증언을 무효로 하고, 취조할 때의 진술을 유효로 했다. (일반적으로 검사 측에 유리한 증언이 뒤집힐 경우 언제나 재판장의 수법은 심리를 무시하고 취조를 중요시하는 것이다. 「아니, 그럴 수가 있나? 당신의 진술에 의하면…… 취조할 때, 당신은 이런 진술을 했소……. 당신은 먼저의 진술을 뒤집을 수 없소! 그 점에 대해서도 책임을 물을 것이오!」)

재판장은 어떤 본질도, 어떤 진실도 인정하려 하지 않는다. 침례교 신자들이 박해를 받는 이유는, 나라에서 선발한 무신론자 선교사를 인정하지 않고 자신들의 동료 중에서 뽑힌 선교사를 요구했기 때문이다(침례교 종규에 의하면 신자는 누구나 선교사가 될 수 있다). 그들을 유죄로 하고, 그 아이들을 빼앗는다는 주 공산당 위원회의 기본 방침이 있었다. 그것은 틀림없이 실행될 것이다. 예를 들어 최고 회의 간부회가 손수 〈교육에서의 차별과의 투쟁에 관한〉 국제 조약에 조인(1962년 7월 2일)을 했어도 그러했다.[9]

그 조항에 의하면, 〈부모는 자기 자신의 신념에 의하여 아이들의 종교적, 도덕적 교육을 실시하지 않으면 안 된다〉라고 규정되어 있다. 바로 이것이 우리한테는 허용되지 않는다! 이 법정에서도, 사건을 해명하는 본질에 저촉하는 자가 있으면 반드시 재판장의 개입이 있고, 혼란하게 되어 결국은 묵살되는 것이다. 재판장의 논점의 수준은 〈우리가 공산주의 건설을 목표로 하고 있는데, 당신은 세상의 종말이 언제 온다는 얘기나 하고 있는가?〉라는 정도였다.

다음은 젊은 여성인 제냐 흘로뽀니나의 최후 진술에서 인용한 것이다. 〈나는 영화를 보러 가거나 춤을 추러 가는 대신에 성경을 읽거나, 기도를 했습니다. 단지 그 이유 때문에 당신들은 나의 자유를 박탈하려 합니다. 물론, 자유라는 것은 커다란 행복입니다. 그러나 죄에서 해방된다는 것은 더욱 큰 행복입니다. 레닌은 종교의 박해라는 부끄러운 현상은 터키와 러시아에밖에는 남아 있지 않다고 했습니다. 나는 터키에 가

---

9 무엇보다도 우리 나라는 미국 흑인을 옹호하는 조약에 조인했으나, 그것이 우리에게 무슨 필요가 있는가?

본 적도 없고 그 나라에 대해 알지도 못하지만 러시아에서의 상황은…….〉 여기서 그녀는 발언을 저지당했다.

그 판결은 이러했다. 2명은 수용소 5년, 2명은 수용소 4년, 아이가 많은 바즈베이는 수용소 3년이었다. 피고인들은 〈기꺼이〉 판결을 받아들이고 기도했다. 〈기업의 대표들〉은 불만스럽게 야유했다. 「형량이 적다! 더 해야 해!」(석유를 끼얹어 불살라야 해…….)

인내심이 강한 침례교 신자들은 체포된 자들을 기록하여 그 수를 계산했다. 그리고 〈죄수 친족회〉를 결성하고, 모든 박해에 대한 수기 회보를 발행하기 시작했다. 그 회보에서 알게 되었지만, 1962년에서 1964년 6월까지의 기간에 197명의 침례교 신자들이 형을 받았다. 그중 15명은 여성들이었다.[10] (모두의 이름이 열거되었다. 또 이제는 생활이 어려운 죄수들의 가족 숫자도 밝혀졌다. 442명이었다. 그중 341명은 취학 전 아동이었다.) 대부분은 유형 5년이었으나, 일부는 엄격 규율 수용소(형사범들의 소굴에 들어가지 않은 걸 다행으로 여겨야 할 것이다!) 5년 형에 추가적으로 유형 3년 내지 5년에 처해졌다. 하리꼬프주 올샤니 출신의 B. M. 즈도로베쯔는 신앙 때문에 엄격 규율 수용소 7년에 처하게 되었다. 76세의 Y. V. 아렌뜨가 투옥되고, 로조보이의 가족 전부가 투옥되었다(부모와 자식 모두). 예브게니 M. 시로힌은 조국 전쟁에서 제1급 상이군인으로 〈양쪽 눈을 모두 실명한 사람〉이었으나, 하리꼬프주 즈미예프스끼 지구 소꼴로프 마을에서 자기의 세 아이 류바, 나자, 라야에게 기독교적 교육을 했다고 해서 수용소

10 그러고 보니, 백 년 전에 나로드니끼 〈193명의 재판〉이 있었다. 그때는 대단한 소동으로 많은 사람들이 관심을 보였다! 그 사건은 교과서에도 실려 있다.

3년 형에 처해졌다. 또 재판의 결정에 의하여 아이 셋을 빼앗겨 버렸다.

침례교 신자 M. I. 브로도프스끼에 대한 재판에서는(니꼴라이시, 1966년 10월 6일) 난폭하게 위조된 서류가 사용되었다. 피고인은 이의를 제기했다. 「그것은 양심에 어긋나는 행위입니다!」 그러자 사람들이 위협적으로 대답했다. 「어차피 당신은 〈법률〉로 금지되고, 짓밟혀서 근절되고 말 것이오!」

〈법률〉이다. 그것은 〈재판 없는 처벌〉과는 뜻이 다르다. 물론 그 시대에도 〈규범은 지켜지고〉 있었지만.

나는 최근에 수용소에서 사회로 가지고 나온 S. 까라반스끼의 『청원』이라는, 읽는 사람의 마음을 서늘하게 하는 책을 접하게 되었다. 저자는 25년 형을 받았으나, 16년을(1944년에서 1960년까지) 복역하고 석방되어(아마 3분의 2 제도 덕분에), 결혼하고 대학에 들어갔다. 그러나 잠깐! 1965년에 그들은 다시 그에게 찾아와, 이렇게 말했다. 준비해라! 아직 9년 남았어.

이 지구상에서 우리 나라의 〈법률〉 이외에 대체 어디에 이런 일이 있을까? 〈25루블짜리〉를 철의 멍에처럼 목에 걸고, 그 형기의 끝은 1970년대가 된다! 그러자 느닷없이 새로운 형법이 나온다(1961년). 그것에 의하면, 형은 15년을 넘어서는 안 된다고 했다. 법학부 1학년이라도 이것으로 25년의 형기가 폐지된다는 것을 알 수 있다! 그런데 우리 나라에서는 폐지가 안 된다. 목이 쉬도록 호소해도, 거꾸로 서도, 폐지되지는 않는다. 우리 나라에서는 나머지를 다 살아야 한다!

그러한 사람들이 적지 않았다. 흐루쇼프 시대의 석방 유행병에 걸리지 않았던 사람들은 우리의 버려진 작업반 동료, 같은 감방에 있었던 동료, 중계 형무소에서 만났던 동료인 것이다. 우리는 우리의 부활한 인생 속에서 이제 오랜 옛날에 그들을 잊고 있었으나, 그들은 여전히 아무런 목적도 없이, 슬픈 얼굴로 그 제한된 땅을 기계적으로 계속 밟으면서 그 망루나 가시철사 사이를 계속 걷고 있는 것이다. 신문에 나오는 사진이 바뀌고, 연단에서의 연설이 바뀌고, 〈개인숭배〉와의 투쟁이 전개되고, 곧 중지되어도, 스딸린의 세례를 받은 이들 25년형 죄수들은 여전히 투옥되어 있었다……

까라반스끼는 그런 죄수들 중 일부의 경험을 담아 소름끼치는 책을 쓴 것이다.

자유를 애호하는 서방의 〈좌익〉 사상가들이여! 좌파 노동당원들이여! 미국, 독일, 프랑스의 진보적인 대학생들이여! 당신들한테는 이것으로는 아직 부족하겠지. 당신들은 나의 이 책만으로는 아직 이해하지 못할 것이다. 〈손을 뒤로 돌려라!〉는 명령이 있을 때, 당신 〈자신〉이 우리 나라의 수용소군도에 발을 들여놓을 때 비로소 모든 것을 한 번에 알게 될 것이다.

◆

그러나 실제로 스딸린 시대에 비하여 지금은 정치범이 현저히 적어졌다. 그 숫자는 이미 몇백만이 아니라 몇십만이 되었다.

이것은 〈법률〉이 좋아진 탓인가?

아니, 다만 배의 진로가 (일시적으로) 바뀐 데 지나지 않는다. 여전히 〈재판 유행병〉이 발생하여, 법률 관계자들의 두뇌의 부담을 경감시키고 있었다. 만약 신문을 읽을 줄 아는 사람이라면 신문이 그것을 지적하고 있음을 알 수 있을 것이다. 신문에서 난폭한 사람들에 대해 쓰면, 많은 사람들이 난폭죄로 투옥되었다. 신문에서 국가 재산을 훔치는 일에 대해 쓰면, 많은 사람들이 공금 횡령죄로 투옥되었다.

오늘날의 죄수들이 힘없는 목소리로 꼴로니야에서 호소하고 있다.

정의를 찾는 것은 어려운 일이다. 신문에 쓰여 있는 것과, 현실에 일어나는 것은 큰 차이가 있다. (V. I. D.)

나는 사회나 인민으로부터 쫓기는 사람이 되고 싶지 않다. 그런데 진리는 어디에 있는가? 여자 신문관의 말은 나의 말보다 더 신용받고 있다. 스물세 살의 아가씨가 대체 무엇을 알고, 이해할 수 있는가? 그녀는 자신이 한 인간에게 어떤 운명을 강요하고 있는지, 그것을 알고 있을까? (V. K.)

재심을 하지 않는 이유는, 자기들의 목을 조르지 않기 위해서다. (L.)

취조와 심리의 스딸린적 방법이 단지 정치 분야에서 형사 분야로 옮겨졌을 뿐이다. (G. S.)

이런 고통받는 죄수들의 호소를 잘 정리해 보자.

1. 재심은 불가능하다. (그렇지 않으면 법조계는 붕괴된다)
2. 이전에는 제58조로 난도질을 했던 것과 마찬가지로, 지금은 형사법 조항으로 같은 일을 하고 있다. (그렇지 않고서는 어떻게 먹고 살겠는가? 그렇지 않으면 수용소군도는 어찌 되는가?)

어떤 시민이 자기 마음에 들지 않는 다른 시민을 제거하려 한다면(물론, 직접 칼을 가지고 상대방의 옆구리를 찌르는 것이 아니라, 제대로 〈법적 절차를 밟아서〉) — 그것을 확실히 하기 위해서는 어떻게 하면 좋은가? 예전이라면, 제58조 10항에 적합한 내용의 밀고서를 쓰면 되었다. 지금은 미리 〈관계자들〉과 상의하지 않으면 안 된다(신문관, 경찰, 재판관 등의 관계자. 〈이러한〉 시민은 반드시 〈그 방면〉의 친구가 있었다) — 금년에는 어느 조항이 유행할 것인가? 어느 조항의 그물이 사용될 것인가? 어떤 조항이 필요할 것인가? 칼보다 조항으로 찌르는 것이 더 좋다.

예를 들어, 장기간에 걸쳐서 〈강간〉 조항이 맹위를 떨친 적이 있었다. 니끼따가 언젠가 화를 내며 12년 이상의 형으로 하라고 명령했기 때문이었다. 그래서 모든 곳에서 재판장들이 방망이를 두들겨서 12년의 형을 선고하게 되었다 — 멍청히 서 있어서는 안 되었으니까! 그런데 이 조항은 미묘하고 내밀한 점이 있어서, 그 점에서는 제58조 10항과 비슷했다. 거기서도 일대일이었는데, 여기서도 일대일이었다. 거기서도 조사할 수 없었는데, 여기서도 조사할 수 없었다. 사람들은 증언을 피했는데, 그것이야말로 재판소가 원하는 것이었다.

S.의 사건을 살펴보자. 경찰에 레닌그라뜨의 여자 2명이 불려 나왔다. 「남성들과 파티에 갔었나요?」 「예, 갔었어요.」 「육체관계가 있었나요?」 (그것에 관해서는 확실한 밀고서가 있으니까, 이미 알고 있는 일이었다.) 「음, 있었어요.」 「그렇다면 둘 중의 하나군요. 당신들은 자발적으로 육체관계를 가진 건가요, 아니면 자발적이 아니었던가요? 혹시 자발적이었다면, 당신들은 매춘 행위를 한 거니까 레닌그라뜨에서 교부한 국내 신분증을 반납하고 48시간 이내로 레닌그라뜨를 떠나지

않으면 안 됩니다! 만일 자발적이 〈아니라면〉, 강간 피해가 있었다는 신고서를 쓰시오!」 이 두 여자는 도저히 레닌그라뜨를 떠나고 싶지 않았다! 그래서 남자들은 12년 형을 선고받게 되었다.

다음은 나의 학교 동료인 M. Y. 뽀따뽀프 사건이다. 그 사건은 이웃집과의 싸움에서부터 시작되었다. 한쪽 이웃이 자기의 주거 면적을 넓히려고 했는데, 당원인 뽀따뽀프의 아내가 그 이웃이 부정하게 연금을 받고 있는 것을 밀고했다. 그래서 밀고당한 이가 복수하게 되었다! 자기한테 재난이 닥치리라고는 꿈에도 생각하지 못했던 얌전한 뽀따뽀프는 1962년 여름에 갑자기 신문관에게 호출되어서, 다시는 집으로 돌아가지 못했다. (독자 여러분도 잘 알아두기를! 우리 나라와 같은 법치 국가에서는 이런 일이 언제나 당신에게도 일어날 수 있다. 정말이다!) 뽀따뽀프가 이미 제58조로 9년간 복역했다는 사정이 취조를 편하게 했다(또한 1940년대에는 그가 같은 건으로 취조를 받고 있는 사람에 대한 위증을 거부했다는 사실도 있었다. 그것은 특히 신문관의 증오를 사게 된다). 신문관 바슈라는 노골적으로 그에게 말했다.「내 지금 기분으로는, 나의 머리카락 수만큼이나 오래 네놈을 집어넣고 싶다. 하지만 유감스럽게도, 지금은 옛날처럼 권한이 없어.」 아내가 달려와 남편을 도우려고 했으나, 바슈라가 상대하지 않았다.「당신이 당원이라도 나와는 관계없소! 그렇다면 당신도 잡아넣어 버리겠소!」(소비에뜨 연방 검찰 총장 대리인 N. 조긴은 이렇게 쓰고 있었다.[11] 〈기사나 르포르타주로 신문관의 일을 경멸하여 그의 낭만적인 면을 짓밟으려는 기도도 있었으나, 왜 그래야 했을까?〉)

11 『이즈베스찌야』, 1964년 9월 18일 자.

1962년 11월에 뽀따뽀프의 재판이 있었다. 그의 기소 이유는 (같은 아파트에 살고 있는) 열네 살짜리 집시의 딸 나자를 강간하고, 다섯 살 소녀 올랴를 희롱했다는 것이었다. 또 그러기 위해 텔레비전을 보여 준다면서 소녀들을 자기 집으로 끌어들였다는 것이다. 조서에는 성행위를 본 적조차 없는 여섯 살 소년 보바의 진술도 있었는데 정말 그럴싸하게, 자세히, 〈미샤 아저씨〉와 나자의 그러한 행위가 기술되어 있었다. 보바는 자기 키보다 아주 높은, 얼음이 얼어붙고, 게다가 커튼과 크리스마스트리로 시야가 가려져 있는 창문을 통해서 그 행위를 들여다보았다고 했다. (이 어린아이를 타락시키는 〈작문을 가르친 것〉에 대해서는 대체 누구를 재판할 것인가?) 〈강간당한〉 나자는 임신 6개월로, 그것을 감추고 있었으나, 그것이 〈바슈라 아저씨〉에게 필요하게 되어서 신고하게 된 것이다. 공판에는 우리 학교 교사들도 가게 되었으나, 법정에 들어가는 것은 허락되지 않았다. 하지만 우리는 재판소 복도에서 부모가 자기 자식인 〈증인들〉에게 증언이 틀리지 않도록 열심히 가르치고 있는 것을 목격했다! 교사들은 공동으로 재판소에 편지를 보냈다. 그 결과 그들은 한 사람씩 당 위원회에 호출되어, 소비에뜨 재판에 불신을 가졌다는 이유로 교직에서 해고시키겠다는 위협을 받았다. (당연한 조치다! 이러한 항의는 싹부터 뜯어내야 한다! 그렇지 않았다가는, 만일 국민이 사법 제도에 의문을 가지기 시작하면 재판도 할 수 없게 되기 때문이다.) 그러는 사이에 판결이 났다 ─ 엄격 규율 12년. 그것으로 모든 것이 끝났다. 이런 지방에서의 일에 대해서, 누가 항의할 수 있겠는가? 아무것도 할 수 없었다. 우리는 힘이 없었다. 잘못하다가는 우리도 일자리에서 쫓겨난다. 죄 없는 사람이 죽어 간다! 언제나 재판은 정당하고, 언제나 당 위원회는 정당했다(또 이들은 전화로 연결되어 있었다).

그리하여 잠잠했다. 〈언제나 잠잠하듯이.〉

그런데 여러 가지 사정에 의해, 이미 과거의 것이 되어 버린 이반 제니소비치의 거짓말 같은 고뇌를 그린 나의 소설이 마침 그 무렵에 출판되었다. 이제 나에게 당 위원회는 무서운 고양이 같은 존재가 아니었고, 나는 이 사건에 개입하여 항의문을 공화국 최고 회의 앞으로 썼다. 그리고 가장 중요한 것은 『이즈베스찌야』의 여성 통신원 O. 차이꼬프스까야를 합류시키는 데 성공했던 것이다. 이리하여 〈3년에 걸친〉 투쟁이 시작되었다.

우리의 둔감하고 폐쇄적인 재판은 마치 거대한 짐승처럼 건재하다. 자기 판결을 절대로 재검토할 일이 없고, 어떤 재판 관계자도 자기 뜻대로 법을 휘두를 수 있고, 자기 판결을 고칠 사람도 없다는 확신이야말로 이 거대한 짐승의 힘과 자신감의 원천이었다. 그러기 위해서는 비밀 공모가 있어야 한다 — 소장이 어디에 제출되더라도 반드시 공소된 곳으로 돌아가게 되어 있었다. 그리하여 사법 관계자(검사와 신문관)가 혹시 직권을 남용하더라도, 혹은 자기의 개인적 감정에 취하더라도, 또는 자기의 개인적 복수심을 가지더라도, 혹은 과실을 범하더라도, 아니면 무슨 실수였다 해도 그는 절대 처벌되지 않는다. 즉, 덮어 주는 것이다! 지켜 주는 것이다! 벽이 되어 지켜 준다! 법률 관계자들을 지키는 것 — 이것이 우리의 〈법〉이 하는 일이다.

신문을 시작했는데 기소를 하지 않는다면 어떻겠는가? 신문관이 공연한 일을 했다는 뜻이 되지 않겠는가? 심리를 진행했는데 판결을 내리지 않는다면? 신문관의 체면을 손상시키고, 재판소가 공연한 일을 했다는 뜻이 되지 않겠는가? 주 재판소가 인민 재판소의 판결을 재검토한다면? 그랬다가는 잘못된 판결 건수만 증가시키게 되지 않겠는가! 게다가 사법 관계자 동료들 사이에서 불화를 조성하게 된다. 무엇 때문에 그러겠는가? 밀고서에 의해 〈일단 시작된 신문〉은 반드시 〈판결〉로 끝나야 하고, 또한 〈재검토가 불가능한 판결〉로 끝나지 않으면 안 된다. 이렇게 해서 서로를 어려움에 처하지 않도록 도와주는 것이다! 또 당 위원회를 어렵게 하지 않도록, 시키는 대로 해야 한다. 그 대신, 자기가 어려울 때 도움을 받게 되는 것이다.

그리고 또 현대 재판에서 가장 중요한 것은 녹음기도 아니고, 속기사도 아닌, 전전 세기의 여학생처럼 천천히 글씨를 쓰는 비서와 그녀가 쓴 기록이다. 이 기록은 공판에서 공표되는 일도 없으며, 재판장이 그것을 훑어보고 인정하지 않는 한 아무도 그것을 볼 수가 없었다. 재판장이 인정하는 것만이 공판이며 심리가 된다. 공판에서 우리가 우리 귀로 들은 모든 것은 연기처럼 사라져 기록에는 남지 않는 것이다!

재판장의 지적인 시야에는 언제나 검게 번쩍이는 진리의 얼굴이 있다. 그것은 회의실에 있는 전화기다. 재판장은 이 신탁(神託)의 기계가 시키는 대로 실행해야 하며, 그렇게만 한다면 일이 잘못될 리는 없다.

그런데 우리의 이의 제기가 인정되었다. 이례적인 것이었다. 그래서 재심이 시작되었다. 벌써 2년이 지나고, 그 가련한 아이들도 조금은 크고, 위증의 증언에서 해방되어 모든 것을 잊고 싶었다. 그러나 그렇게는 되지 않았다. 그들은 또다시 부모나 새 신문관에게 걸려들었다 ─ 그래, 이렇게 말하지 않으면 안 돼. 이렇게. 그렇지 않으면 너희 엄마가 큰일 나게 돼. 미샤 아저씨가 유죄가 안 되면, 거꾸로 너희 엄마가 기소된다고.

그리하여 우리는 랴잔주 재판소의 공판에 출전했다. 변호사는 여전히 아무런 권한도 가지고 있지 않았다. 재판장은 내가 아무리 항의해도 무엇이든 각하시킬 수가 있었고, 그 각하는 이제 누구의 확인도 받지 않게 되었다. 다시 또 적의를 가진 이웃의 증언이 사용된다. 다시금 파렴치하게, 어린아이들의 증언이 이용되었다(바즈베이의 공판과 비교해 보라). 재판장은 〈사실대로 말하거라!〉라고도, 〈사실을 말하렴〉이라고도 하지 않고, 〈취조받을 때 말한 대로 말해!〉라고 했다. 피고인 측 증인들의 경우는 말을 저지시키고, 혼란하게 하고 위협했다. 「그런데 취조받을 때 당신은 이런 진술을 했는데…… 지금에 와서 자기의 진술을 뒤집을 권리가 있다고 생각하나요?」

여자 재판장 아브제예바는 마치 암사자가 새끼 양을 가지고 놀듯이, 배석한 여성들을 위협하고 있었다(마침, 백발의 노재판장들은 대체 어디로 가버렸는가? 약삭빠르고 교활한 여자들이 우리 나라 판사석을 점령해 버렸다). 그녀의 머리카락은 마치 갈기와 같았고, 말투는 남성답고 의연했다. 자기의 멋있는 말에 도취될 때는 목소리가 금속성으로 울렸다. 심리의 경과가 조금이라도 자기 뜻대로 되지 않으면, 그녀는 화를 내며 〈꼬리를 흔들고〉 얼굴이 빨개지면서 마음에 들지 않는 증인의 증언을 제지하고 우리 학교의 교사들을 위협하는 것이었다. 「소비에뜨 재판을 불신하다니요?」 「누가 아이들을 교사했다고, 그렇게 생각할 수 있어요? 〈그것은〉, 당신 자신들이 아이들에게 거짓을 가르치는 것이 아닌가요?」 「재판소 앞으로 보낸 공동으로 쓴 편지의 주모자는 누굽니까?」(사회주의 나라에서는 공동 행동의 생각조차 허락하지 않는다! 곧 누구야? 누구야? 누구야? 하며 찾게 된다). 이런 위압적인 여자 재판장이 있어 검사인 끄리보보이는(대체 누가 그런 성[12]을 선택하겠는가!) 아무 할 일도 없었다.

공판에서 기소 사항 모두가 허물어지고 말았다. 보바는 창문에서 아무것도 보지 못했다. 올랴는 아무도 자기를 희롱하지 않았다고 말해서, 모든 증언을 뒤엎었다. 범죄가 있었다는 날에 뽀따뽀프네 단칸방에는 앓고 있는 아내가 자리에 누워 있었으니까, 남편이 아내 앞에서 이웃 집시 아가씨를 강간할 리도 없었다. 또한 그전에 이 집시 아가씨는 그 집 방에서 무엇인가 훔쳐간 일이 있었다. 그리고 이 집시 아가씨는 나이 열넷에 이따금 외박을 하여 여러 남자와 동침했던 것이다. 하지만 소비에뜨의 신문관은 틀림이 없다! 그래, 소비에뜨의 재판소는 틀리지 않는다! 판결은 10년이다! 우리 법조계 사람들이여, 기뻐하라! 신문관들이여, 흔들리지 마라! 계속하는 것이다!

그런데 『이즈베스찌야』의 통신원이 개입했다! 그리고 러시아 공화국 최고 재판소가 개입하게 되었다! 이런 개입이 없었더라면, 대체 어떻게 되었을까……?

1년쯤 시비 판단의 투쟁이 계속되었다. 그리하여 최고 재판소가 겨우 결정을 내렸다 ─ 뽀따뽀프는 무죄며, 그런 방향으로 재판을 다시 하여 석방할 것! (그는 3년간이나 투옥되어 있었다…….) 그랬더라도 아이들에게 타락의 영향을 주고, 교사한 사람은 어찌 되었는가? 아무렇지도 않았다. 실패라면 실패였다. 아브제예바의 사자와 같은 가슴에 오점이라도 묻었는가? 아니다, 그녀는 여전히 인민이 선출한 훌륭한 사람이다. 스딸린적인 신문관 바슈라에 대해서는 어떤 결정이 내려

12 그의 성은 〈굽은 사람〉이라는 뜻 ─ 옮긴이주.

졌는가? 아니, 그는 같은 직장에서 계속 일하고 있었다. 그의 발톱은 잘리지도 않았다.

법조인들이여, 당신들은 기세를 꺾지 말고 번영을 계속하라! 우리는 당신들을 위해서 존재하니까! 하지만, 당신들은 우리를 위해 존재하는 것이 아니다! 〈정의〉는 당신들을 위해 깔아 놓은 부드러운 융단이다. 그저 당신들만 좋으면 되는 것이다!

이와 같이 입증이 끝난 사법제도의 안정은 경찰의 생활을 아주 편하게 했다. 그 덕분에 경찰은 주저하지 않고, 〈갈고리〉나 〈범죄 자루〉라고 알려져 있는 방법을 사용했다. 현지 경찰의 태만, 무능, 무지 때문에 시간이 지날수록 미결 사건이 하나, 둘, 셋 늘어난다. 그러나 보고를 잘하기 위해서는, 이런 범죄는 반드시 〈해결〉하지 않으면 안 된다(즉, 〈뚜껑을 덮어야 했다〉)! 그러기 위해서는 기회를 기다려야 한다. 그래서 경찰의 손에 누군가 순진하고, 온순한, 바보스러운 놈이 붙잡히면 모든 미결 사건을 그에게 덮어씌우는 것이다. 이것이 그가 이 한 해 동안 범한 범죄며, 그는 잡기 어려웠던 범죄자였다! 매질하거나 굶겨서 모든 범죄를 〈자백〉시키고, 진술서에 서명하게 해서, 그 범죄에 합당한 큰 형기를 부과하는 것이다. 그것에 의해 이 지구의 오점이 지워지는 것이다.

미결 사건이 남아 있지 않아서, 우리 사회는 한층 건전하게 되었다. 그리고 경찰들이 표창을 받게 되는 것이다.

또 기생충 같은 〈무위도식자〉들을 체포하고 재판에 회부하여 강제 이주시키라는 외침이 있은 해부터 사회는 더욱 건전해지고, 사법 제도는 더욱 강화되었다. 이 정령도 역시 사라진 제58조 10항의 대행을 할 정도였다. 마찬가지로 기소 사항

이 미묘하고, 물적 증거물도 없고, 게다가 반론하기도 어려웠기 때문이었다. (시인 이오시프 브로쯔끼에게도 적용할 수 있었다!)

이 〈무위도식자〉라는 말은, 그것에 손을 대자마자 이내 교묘하게 왜곡되어 버리는 것이다. 본래 무위도식자라는 말의 뜻은 높은 급료를 받고 아무 일도 하지 않는 사람들을 말했으나, 다름 아닌 그들이 재판관이나 행정관의 자리를 차지하고 있었기 때문에 하루의 일이 끝나고도 어디에서인가 돈벌이를 하려고 하는 가난한 일꾼들이나 손재간이 좋은 사람들에게 차례로 〈무위도식자〉라는 판결이 내려졌다. 마치 풍족한 사람들이 굶주린 사람들을 짓밟듯이! 또 두 사람의 파렴치한 아주베이파 기자들[13]은, 이렇게 말하고 있었다 — 무위도식자들은 모스끄바에서 너무 가까운 곳에 강제 이주되어 있다! 친척으로부터 소포나 송금을 받는 것이 허가되어 있다! 그 대우도 아주 엄격하지 않다! 〈새벽부터 밤까지 노동을 시키고 있지 않다.〉[14] 문자 그대로 〈새벽부터 밤까지〉라고 쓰여 있었다! 이제 공산주의의 새벽이 가까워졌는데?! 헌법에도 이런 노역은 인정되지 않고 있는데?!

우리는 언제나 수용소군도의 인원을 보충해 주는 몇 개의 중요한 〈흐름〉을 알 수 있다. (국가 재산을 횡령하는 사람들은 조금도 줄어들지 않았다.)

또한 시내를 돌아다니다가, 자기 본부에서 연행해 온 사람들을 때리고 이빨을 부러뜨리는 〈인민의 경찰 보좌 청년단원

13 1959년부터 1964년까지 『이즈베스쩨야』의 편집장을 역임한 알렉세이 이바노비치 아주베이(1924~1993)를 추종한 기자들을 말함. 아주베이는 흐루쇼프의 사위였다 — 옮긴이주.

14 『이즈베스쩨야』, 1964년 6월 23일.

들〉의 존재도 심상치가 않았다. 그들은 경찰에 의해 선출된 약탈 부대며, 돌격 부대였다. 그들에 대한 언급은 헌법에 전혀 없었고 그들은 법률의 구속을 받지 않았다.

보충 인원은 여전히 수용소군도에 보내지고 있었다. 오래전에 계급이 없어진 사회며, 하늘의 절반이 공산주의의 붉은 빛 속에 있었지만, 사람들은 범죄가 없어지지 않고 조금도 줄어들지 않는 것에 익숙해 버렸다. 1930년대에는 분명히 이런 약속이 있었던 것이다 — 아니, 괜찮아, 이제 몇 년만 기다려! 그런데 지금은 그런 약속마저 없어져 버렸다.

우리 나라의 법률은 힘 있고, 자유자재였으며, 지구상의 다른 나라에서 〈법률〉이라고 하는 것과는 전혀 달랐다.

바보 같은 로마인들은 〈법률은 소급력을 가지지 않는다〉라고 생각했다. 그러나 우리 나라에서는 소급력이 있다! 반동적인 옛날 속담에서도 〈법은 과거에 미치지 않는다〉라고 중얼대고 있으나, 우리 나라에서는 미치고 있다! 유행의 첨단을 달리는 정령이 나오면 법률은 그것을 이미 체포한 사람들에게 적용하고 싶어 몸이 근질거렸다. 그것도 가능했다! 외화법 위반자들과 수뢰자들의 경우가 그러했다. 예를 들어 끼예프에서 모스끄바로 명단이 보내졌고, 소급 적용하게 된 사람의 성에 표시를 했다(형의 범위를 확대하거나, 아니면 〈9그램〉에 해당하게 하기 위하여).

또 우리 나라의 법률은 미래를 내다보는 힘이 있다. 보통은 재판을 시작하지 않으면, 그 경과와 판결은 알 수 없다. 그런데 『사회주의적 법질서』라는 잡지에서 실제 재판이 진행되기도 〈전에〉 그 경과와 결과까지 발표했던 것이다. 어떻게 알았을까? 한번 생각해 보라.[15]

또 우리 나라의 법률은 전혀 〈위증죄를 모른다〉. 위증하는 것은 죄로 보지 않는다! 위증자들의 〈군단〉이 우리 사이에 있으며, 느긋하게 살아가고 있었다. 그들은 명예로운 노년을 향해 여생을 즐기고 있었다. 어떤 역사를 보아도 세상에서 위증자들을 소중하게 여기는 나라는 유독 우리 나라뿐일 것이다!

그리고 또, 우리 나라의 법률은 〈살인〉 재판관이나 〈살인〉 검사들을 처벌하지 않는다. 그들은 모두 명예로운 근무를 계속하며, 장기근속 후에 훌륭한 노년기를 맞게 되는 것이다.

또 우리 나라의 법률은 가슴 설레는 모든 창조적인 사고가 그렇듯이 갑작스러운 변화를 겪기도 한다. 방향을 갑자기 홱 트는 것이다. 어떤 해에는 범죄 건수를 급격히 떨구어야 한다! 되도록 체포를 적게 해라! 되도록 기소를 적게 해라! 범죄자들을 보호 관찰하에 석방해라! 그런데 반대로 말할 때도 있다. 악당들은 소멸되지 않는다! 〈보호 관찰 석방〉은 그만해라! 규율을 강화해라! 형을 엄하게 해라! 악당들을 처벌해라!

제아무리 폭풍이 몰아쳐 와도 법률의 배는 유유히 항해를 계속하고 있다. 〈최고 재판소 재판관〉들과 〈최고 검사국 검사〉들은 경험이 많아서, 어떤 파도에도 놀라지 않는다. 그들

15 『사회주의적 법질서』(소비에뜨 연방 검사국 기관지), 제1호, 1962년 1월. 인쇄되어 배부된 것은 1961년 12월 27일이다. 73~74페이지에 그리고리예프(그루즈다)의 논문 「나치의 사형 집행인들」이 실렸다. 그것은 타르투에서 있은 에스토니아 전범 재판에 대한 보고였다. 통신원은 증인 신문에 대해 쓰고, 재판장 책상에 놓여 있는 물적 증거물에 대해서도, 피고인의 신문에 대해서도(살인자는 냉소적으로 대답했다), 방청객들의 반응에 대해서도, 검사의 논고에 대해서도 쓰고 있었다. 그리고 사형 판결이 나왔다고 보고하고 있었다. 모두가 〈그대로였다〉. 그러나 그것은 1962년 1월 16일의 일이었다(1월 17일의 『쁘라브다』를 참조하라). 그때는 이미 잡지가 인쇄되어 판매되고 있었다. (재판이 연기되었다는 사실을 잡지사에서 연락받지 못했기 때문이었다. 그 통신원은 1년의 강제 노동에 처해졌다.)

은 〈총회〉를 열고, 〈지령서〉를 발송할 뿐이다. 이리하여 그 새로운 미친 듯한 방향 전환은 예전부터 요구되었던 것이며, 역사적 발전의 자연스러운 귀결이며, 〈유일하게 올바른 교리〉로 예언되었던 것이라고 설명된다.

어떤 방향 전환이 있어도 우리 나라의 법률의 배는 언제나 그것에 대응할 수 있었다. 만일 내일이라도, 다시 몇백만 명이라도 그 사상 때문에 투옥하라는 명령이 있어도, 혹은 민족을 모조리(다시 동일 민족이나, 또 다른 민족), 혹은 폭동을 일으킨 도시의 주민을 강제 이주시키거나, 그리고 다시 4개의 숫자로 된 죄수 번호를 붙이라는 명령이 나와도 법률의 배의 강력한 선체는 끄떡도 하지 않고, 그 선체가 찌그러지는 일도 없을 것이다.

시인 제르자빈이 말한 것은, 자기 스스로 체험해 보지 않으면 실감하지 못한다.

〈부당한 재판은 강도보다 흉악하다.〉

그것은 사실이다. 스딸린 시대와 마찬가지로, 이 책에서 다룬 모든 시대와 마찬가지로, 그것은 사실이다. 서로 모순되지 않는 많은 〈기본 규칙〉, 〈정령〉, 〈법률〉 들이 발표되고 인쇄되어 나왔으나, 우리 나라는 그것에 의해 움직이는 것이 아니다. 그것에 의해 체포되는 것이 아니다. 그것에 의해 재판하는 것이 아니다. 그것에 의해 평가받는 것이 아니다. 그 취조와 심리의 대상이 나라의 이익에도, 지배적 이데올로기에도, 어느 고관의 개인적 이해에도, 그 조용한 생활에도 저촉되지 않는 아주 적은 경우에만(아마 15퍼센트 정도?) 사법 당국자는 다음과 같은 특권을 이용할 수가 있다. 즉, 어디에도 전화하지 않고, 아무한테서도 지시받지 않고, 문제의 본질을 추구하고, 자기 양심에 의해 재판할 수 있는 것이다. 그렇지 않은 압도적으로 많은 경우에는 형사 재판이든 민사 재판이든 관계없이 집단 농장 의장, 마을 소비에뜨 의장, 작업 감독, 공장장, 주택 운영 사무소장, 경찰, 경찰서장, 병원장, 경제 주임, 각 행정 기관장, 특별부장, 인사부장, 당 지구 위원장 및 서기, 혹은 더 위에 있는 사람들의 중요한 이해가 얽히는 것이다. 그런 때에 는 어떤 경우에든 어느 조용한 집무실에서 다른 집무실로 전 화가 걸려 와서, 침착하고 조용한 목소리가 아주 우호적으로, 재판에 걸린 작은 인간인 당사자는 무슨 일인지 전혀 이해할 수 없는 고관들의 음모가 얽힌 그 사건의 〈해결 방법〉에 대해 충고하거나, 수정하거나, 방향을 제시한다. 하지만 오로지 신 문만 믿고 있는 독자는 정의감에 가슴을 설레면서 입정하여 주도면밀하게 논거를 준비하고 흥분하여 높은 목소리로 졸고 있는 무표정한 재판장 앞에서 논증하는 것이다. 그때 그는 그 판결문이 이미 쓰여 있는 것을 모르고 있다. 더 상고할 기관 이 〈없다는 것〉을, 부정부패와 사리사욕을 추구하는 무서운 판결을 고칠 시간도, 방법도 〈없다는 것〉을 모르고 있다.

그곳에 있는 것은 〈벽〉이다. 그 벽의 벽돌은 거짓이라는 모 르타르로 굳어 있다.

우리는 이 장의 제목을 〈오늘의 법률〉이라고 붙였으나, 〈법 률 없는 오늘〉이라고 부르는 것이 적절하겠다.

우리 나라의 공기에서는 여전히 간교한 비밀의 냄새가 나 며, 여전히 부정의 어둠에 뒤덮여 있다. 공장 굴뚝에서 뿜어 대는 연기보다 그 안개가 더 지독하다.

강철의 〈테〉가 둘러져 있는 거대한 국가가 우뚝 솟은 후에 벌 써 반세기 이상이 흘렀지만 테는 있어도, 법률은 없는 것이다.

후기

　이 책은 나 혼자 쓰려고 한 것이 아니다. 사실을 알고 있는 사람들에게 장(章)을 나누어서 쓰게 하고, 후에 편집 회의에서 서로의 글에 대해 조언하며 전체를 통일하려 했다.

　하지만 그런 기회는 주어지지 않았다. 내가 각 장을 써 달라고 의뢰했던 사람들은 그 일을 맡아 주지 않고, 대신에 구두 혹은 서면으로 이야기를 전해 주면서 나에게 일임했다. 바를람 샬라모프한테는 이 책 전체를 함께 쓰자고 제의했지만, 그는 거절했다.

　사실 이 일을 하려면 많은 사람들로 이루어진 사무실이 필요했다. 그 브레스뜨 요새를 취재할 때[1]처럼, 신문이나 라디오로 호소하고(〈공개해 주시오!〉), 통신원들이 필요했다.

　그렇지만 나는 그럴 수가 없었다. 뿐만 아니라 내 자신의 구상도, 편지도, 자료마저도 은닉하고 분산하여 보관하며, 모든 작업을 비밀리에 진행하지 않으면 안 되었다. 그리하여 이

---

　1 독소 전쟁이 시작되자마자 독일군의 공격을 받은 브레스뜨에서는 많은 사람들이 불리한 형세에도 불구하고 저항했다. 작가 세르게이 스미르노프는 이에 대한 글을 쓰기 위해 신문과 라디오 방송을 통해 호소했고, 수집된 자료를 바탕으로 1950년대에 2권의 책을 썼다 ── 옮긴이주.

작업을 할 때도 전혀 다른 작업을 하는 척해야 했다.

나는 이 책의 집필을 여러 번 포기했었다. 이러한 일을 나 혼자서 해야 하는 것인가 망설이기도 했다. 나의 역량으로 대체 가능하기는 한 것인가 하고 생각했다. 그렇지만 내가 모은 자료 이외에, 전국의 많은 죄수들이 나에게 편지를 보내왔을 때, 나는 이 모든 일이 나에게 맡겨졌으며, 어떤 일이 있어도 해내야 한다는 것을 깨닫게 되었다.

독자들에게 말해 둘 것이 있다. 이 책은 전체가, 즉 그 모든 부가 정리된 형태로 한 책상 위에 놓였던 적은 〈한 번도〉 없다! 이 『수용소군도』의 집필이 한창이었던 1965년 9월에 나의 원고는 습격을 받아 엉망진창이 되고, 소설 하나[2]가 몰수되었다. 그때 이미 쓴 『수용소군도』의 각 부와, 남은 부를 위한 자료를 여러 장소에 분산시켰으며 다시는 한 곳에 모이지 못했다. 그것은 위험이 두려워서였다. 더욱이 자료를 제공해 준 사람의 이름이 있었기 때문이다. 나는 언제나 무엇을 체크하고 무엇을 삭제할 것인지를 메모하기 위해 종이를 가지고 다녔다. 또 그 메모를 가지고 한 장소에서 다른 장소로 원고를 보관한 장소로 돌아다녔다. 다르게는 할 도리가 없었다. 이 초조함과 퇴고 부족이야말로 우리 나라의 박해받고 있는 문학의 특징인 것이다. 그래서 이 책도 이렇게 되어 버렸다.

내가 이 책의 집필을 끝낸 것은 이 책을 완성했다고 생각해서가 아니라, 내 삶의 시간을 더 이상 이 책에 쏟을 수 없다고 판단했기 때문이다.

나는 독자들이 이 책을 관용을 가지고 보아 주기를 바랄 뿐만 아니라, 이렇게 큰 소리로 외치고 싶다 ─ 그런 시기와 기회가 온다면, 이 사실을 잘 알고 있는 생존자들이 모두 모여

2 『연옥 속에서』를 말함 ─ 옮긴이주.

서, 이 책을 보충하는 해설서를 써주기 바란다. 필요하다면 정정하고, 필요하다면 보충하여 주기를 바란다(다만 부피가 너무 많이 늘어나지 않기 위하여 비슷한 것은 되풀이하지 말기로 하자). 그때 비로소 이 책은 완성될 것이다. 하느님의 도움이 있기를.

이렇게 끝까지 쓸 수 있었던 것을, 나는 경탄하고 있다. 이제는 글렀다고 여러 번 생각했기 때문이다.

나는 이 책을 기념할 만한 해에, 이중으로 기념할 만한 해에 끝냈다(이 두 기념일은 서로 연관되어 있다). 즉, 〈수용소군도〉를 창조해 낸 혁명 50주년, 그리고 가시철사 발명(1867년)의 1백 주년이 그것이다.

두 번째 기념일은 아마 아무도 모른 채 그냥 지나가게 될 것이다.

랴잔 ─ 은신처
1958년 4월 27일~1967년 2월 22일

1년 뒤에 덧붙인 후기

내가 작가 동맹 대회 앞으로 보낸 편지가 폭발을 일으켰다. 그 폭발 때문에 내가 죽지는 않았지만, 이제 글을 쓸 자유를 잃었고 내 원고가 있는 곳으로 돌아갈 수도 없으리라 생각되었다. 나는 그 편지로 인해 체포되었지만, 오히려 나의 입장은 화강암처럼 단단해졌다. 그래서 나는 이 책을 더욱 손질하고 다듬어야겠다고 생각했다.

이제 몇몇 친구들에게 이 책을 보여 주었다. 그리고 그들은 중대한 결함을 발견하고 도와주었다. 더 광범위한 사람들한테 읽힐 수는 없었다. 아니, 그렇게 되면 나로서는 이미 늦게 될 것이다.

1년 동안 나는 될 수 있는 한 수정하고, 가필했다. 그래도 불충분하다고 나를 책망하지는 말아 주었으면 한다. 보충에는 끝이 없다. 조금이라도 이 문제에 관계되거나 이 문제를 생각하는 사람이라면, 누구든지 보충할 수 있다. 때로는 그것이 귀중한 보충이 될 수 있을 것이다. 하지만 분량의 한계라는 것이 있다. 내 책은 이미 용량이 최대 한계치에 도달했다. 거기에 이 몇 알을 더 밀어 넣게 되면, 큰 바위가 무너질지 모른다.

나의 표현이 적절하지 못하거나, 어디인가 중복되거나, 혹은 연결이 좋지 않다면 용서해 주기 바란다. 이 1년 동안에도 조용히 앉아서 일할 수 없었으며, 더욱이 최근 몇 달간은 내 발밑의 땅과 내 책상 전체가 불길에 휩싸이는 상태였다. 그리하여 이 마지막 편집에서도 역시, 나는 〈한 번도〉 이 책 전체를 함께 갖추어 놓은 상태로 한 책상에 놓은 적이 없었다.

　이 책을 집필하고 가필하고, 보존하는 데 도움을 제공해 준 사람들 — 그들이 없었다면 이 책은 나올 수 없었을 것이다 — 의 완전한 명단을 공표한다는 것은 아직은 시기상조이다. 그들은 그 사정을 이해하고 있다. 그들에게 나의 경의를 바친다.

로즈제스뜨보-나-이스쩨

1968년 5월

세기적인 기록문학 —— 휴먼 다큐멘터리의 최고봉 『수용소군도』

서방 세계에 널리 알려진 러시아 망명 작가 나보꼬프는 『수용소군도』를 가리켜 〈극히 중요한 역사적인 문헌〉이라고 했다. 물론 『수용소군도』의 역사적 문헌으로서의 의의는 이미 세계적으로 공인된 사실이지만, 특히 남의 작품에 대해 좋게 평하기를 좋아하지 않는 나보꼬프 같은 작가가 이 작품의 역사적인 중요성을 그토록 강조했다는 사실은 특기할 만한 일이 아닐 수 없다.

그럼 여기서 『수용소군도』를 처음으로 대하는 독자를 위해서 이 작품이 어떤 작품이고, 또 어떻게 해서 나오게 되었는지 그 경위와 문학적 의의에 대해서 우선 살펴볼 필요가 있을 것 같다.

소련의 노벨 문학상 수상 작가 알렉산드르 이사예비치 솔제니찐은 1918년 러시아 남부의 온천지 끼슬로보쯔끄시에서 교사의 아들로 태어났다. 그는 로스또프 대학에서 수학을 전공했고 독소 전쟁이 발발하자 포병 중대장으로 참전하여 혁혁한 전공을 세운 결과 두 개의 훈장을 받기까지 했다. 그러나 종전을 눈앞에 둔 1945년 2월, 솔제니찐은 친구하고의 교신 속에서 스딸린을 비난했다는 죄로 깔리닌그라프 근처에서 체포되어 관등을 박탈당한 후 재판도 없이 8년 형을 선고받았다.

1956년 〈스딸린 격하 운동〉의 여파로 솔제니찐은 만 11년 만에 석방되고 그 이듬해인 1957년에 〈범죄 사실이 없음〉이 확인되어 시민으로서의 명예를 회복했다. 그 후 솔제니찐은 랴잔시에서 중학교 물리, 수학 교원으로 일하다가 처녀작 『이반 제니소비치의 하루』를 발표하여 소련 내외에 충격적인 반향을 불러일으키며 일약 세계적인 명성을 떨치게 되었다. 이 처녀작의 발표를 위해 『노비 미르』의 편집장 뜨바르도프스끼의 헌신적인 노력이 있었다는 것은 이미 널리 알려진 사실이다.

솔제니찐은 그 후 『암 병동』, 『연옥 속에서』 등 스딸린 시대의 암흑상을 고발하는 대작들을 완성했지만 소련 내에서는 발표되지 못하고 〈사미즈다뜨(지하 출판)〉에 의해 서방으로 새어나와 큰 호평을 받았다.

그러나 솔제니찐의 다른 어느 작품보다도 가장 많은 화제를 일으키고 논란의 대상이 된 것은 역시 〈고백적인 다큐멘터리〉─『수용소군도』라고 하지 않을 수 없다.

솔제니찐은 『수용소군도』를 1958년부터 쓰기 시작해서 1967년에 제1부와 제2부를 완성했으나 작품 속에 등장하는 증인들의 신변 보호를 위해서 출판을 미루어 오고 있었다. 어느 작품보다도 대담한 고발과 폭로로 일관되어 있는 이 작품은 솔제니찐 자신도 말했듯이, 그가 KGB에 의해 투옥되거나 살해될 경우 발간될 예정이었던 것이 분명하다.

그러나 1969년부터 모스끄바에서는 솔제니찐이 미증유의 고발 소설을 완성했다는 소문이 나돌기 시작했고 KGB는 원고 소재지를 찾아내기 위해 비밀리에 수색을 계속했다. 그러던 중 1973년 8월 그들은 마침내 솔제니찐의 원고를 위임받아 은닉하고 있던 엘리자베따 보로냔스까야라는 여인을 체포하기에 이르렀다. 그녀는 레닌그라뜨의 기관에 끌려가 5일간의 혹독한 신문에 견디다 못해 원고의 소재를 밝힌 다음 집에 돌아와서 목을 매어 자살하고 말았다. 이러한 비극적인 사건이 발생하자 솔제니찐은 스스로 기자 회견을 통해 『수용소군도』의 원고가 기관에 압수되고, 그 사건으로 취조를 받고 있던 보로냔스까야가 석방 직후 자택에서 목을 매어 자살했다는 사실을 발표했다.

솔제니찐의 본래의 계획은 이러했다. 즉 그는 『1914년 8월』의 후기에서도 말했듯이 젊을 때부터 〈러시아 혁명사〉를 쓰는 것이 자기 생애의 사명이라고 생각하고 있었지만, 그 후의 수용소 체험을 통해서 〈군도의 역사〉 역시 그것에 못지않게 중요한 것이라고 생각하게 되었다. 그도 그럴 것이 〈혁명〉이 없었으면 〈군도〉도 없었을 것이고, 러시아 혁명이 수용소군도를 낳는 결과를 가져왔기 때문이다. 앞에서도 말한 바와 같이 『수용소군도』 제1부와 제2부는 1967년에 완성되어 있었다. 그러나 그는 『1914년 8월』에 이은 『1916년 11월』 및 『1917년 3월』을 완성한 다음, 이들 작품과 함께 『수용소군도』를 1975년에 동시에 출판할 계획이었다. 그리하여 그것은 러시아 혁명의 정사(正史)와 외사(外史)가 될 예정이었던 것이다.

그러나 『수용소군도』의 원고가 기관의 손으로 넘어간 이상 솔제니찐으로서도 본래의 계획을 변경하지 않을 수 없었다. 솔제니찐은 1973년 9월 일부 서방 기자에게 자기의 미발표 작품 『수용소군도』가 KGB에 의해 압수당했다는 성명을 발표하고, 스위스에 있는 그의 법정 대리인 프리츠 헤프 박사에게 출판을 의뢰했다. 솔제니찐의 원고가 어떻게 헤프 박사에게 전달되었는지에 대해서는 아직도 정확한 설명이 없지만, 파리의 YMCA 출판사는 1973년 12월 세기적인 기록 문학 『수용소군도』를 러시아어판으로 출간하는 데 성공했다.

지금까지 솔제니찐 작품은 거의 대부분이 〈수용소〉를 테마로 한 자전적인 소설이었다. 여기 소개하는 『수용소군도』도 작가 자신의 실제 경험을 토대로 한 고백적인 기록 문학이라고 할 수 있다. 솔제니찐은 이 문제작에서 혁명 직후인 1918년부터 스딸린 격하 운동이 한창이던 1956년까지의 반세기에 걸친 피의 숙청과 공포의 테러 정치를 고발하고 있다. 작가 자신이 서문에서 말하고 있듯이 이 책에는 허구의 인물이나 허구의 사건은 존재하지 않는다.

지금까지 솔제니찐은 스딸린주의를 지옥으로 묘사하긴 했어도 그 자신이 직접 지옥이라고 말한 적은 없었다. 그러나 『수용소군도』는 솔제니찐 자신이 직접 등장하는 실명 작품인 동시에 그 속에는 227명이나 되는 다른 정치범들의 이야기와 기억과 편지들이 수록되어 있다. 따라서 이 작품은 과거의 어느 작품보다도 사실적이고 직설적이며, 용감하고 대담한 고발과 폭로로 일관되어 있는 셈이다.

솔제니찐은 이 속에서 뜨로쯔끼 사건, 산업당 사건, 예조프의 대숙청, 종교 박해, 유대인 의사 음모 사건 등 러시아인이라면 감히 소리를 내어 말하기조차 두려워하던 스딸린 시대의 죄상을 낱낱이 들추어내고 있다. 특히 1937년부터 1938년 사이 50만 명의 정치범들이 스딸린의 간악한 음모에 의하여 처형된 사실을 비롯하여, 지금까지 미궁으로 남아 있던 볼셰비끼 원로들 ── 지노비예프, 까메네프, 부하린, 끼로프 등 ── 의 비참한 말로를 속 시원히 파헤쳐 주고 있다. 솔제니찐은 이들 혁명 원로들이 하나같이 모두 비굴할 정도로 초라하게

346

최후를 맞았다고 말한다. 그 밖에도 소련의 형법, 신문, 고문, 사형, 법정에서의 심리 과정에 이르기까지 정확하고도 치밀한 고증하에 날카로운 분석을 내리고 있다. 특히 소수 민족에 대한 탄압을 서술하면서 여러 차례 한국을 언급한 것은 우리에게 많은 관심을 불러일으킨다. 솔제니찐은 서방으로 추방당한 해인 1974년에 『수용소군도』의 제3부와 제4부를 완성하고, 1976년에 제5, 6, 7부를 발표하여 이 세기적인 기록 문학을 완성했다.

제3부에서 제7부까지도 제1, 2부와 마찬가지로 1918년부터 1956년까지의 참상을 다룬 것인데, 제1, 2부가 수용소로 끌려가기까지의 과정을 다룬 데 반하여 제3부 이후는 주로 수용소 내에서의 생활을 다루고 있다. 솔제니찐은 제3부부터 정치범과 형사범과의 상호 관계, 전쟁 포로의 말로, 여자 죄수의 운명, 그리고 수용소에서의 탈주와 폭동 등을 주요한 주제로 다루고 있다.

19세기 러시아 문학의 빛나는 전통을 이어받은 솔제니찐은 그의 선배 작가들과 마찬가지로 고통받고 학대받는 러시아인들에게 무한한 애정을 품었다. 따라서 그의 문학 역시 작가 자신의 조국인 러시아의 불행한 운명, 그리고 그 자신이 몸담고 있는 소련 사회의 비극과 모순에 그 초점을 맞추고 있다. 그가 보여 주었던 적극적이고도 저돌적인 불굴의 탐색도 바로 이 숙명적인 비극의 뿌리를 찾으려는 데 그 목적이 있었던 것이다.

그러나 이 작품이 아무리 폭로와 고발로 일관되어 있다 해도 이 속에 담긴 솔제니찐 특유의 예술성을 간과해서는 안 될 것이다. 간결하고도 힘 있는 문장, 풍부한 속담과 격언, 수용소 특유의 은어와 유머, 파격적인 형식과 변화무쌍한 구어 등

은 그의 작품을 위대한 인간 기록으로 승화시키는 원동력이
되고 있다.

　『수용소군도』 전체를 우리나라에 처음으로 소개하게 된 것
을 역자로서 무척 기쁘게 생각한다. 2백자 원고지 1만 매가 넘
는 이 〈휴먼 다큐멘터리〉는 그 양으로 봐서도 똘스또이의『전
쟁과 평화』를 능가하는 〈역사의 산 증언서〉라고 할 수 있을
것이다. 번역 대본으로는 파리 YMCA 출판사에서 출간한 러
시아어판(1976)을 사용했음을 부기해 둔다.

1988년

김학수

알렉산드르 솔제니찐 연보

1918년 출생 12월 11일 까프까스 지역 끼슬로보쯔끄의 지식인 가정에서 태어남. 모스끄바 대학에서 철학을 공부한 아버지는 러시아 제국군의 장교였으며 솔제니찐이 태어나기 6개월 전에 사망했음. 어머니는 타자수로 일하면서 아들을 키움.

1936년 18세 모스끄바로 가서 공부하고 싶었으나 어머니의 건강이 좋지 않아 홀로 남겨 둘 수 없었고 재정 상태도 좋지 않아 로스또프 대학에서 수학을 공부하기로 함. 이때 공부한 수학은 적어도 두 번 솔제니찐을 죽음으로부터 구함. 8년간 대학 캠퍼스에서 수학자로 살아남을 수 있었고, 이후에도 수학과 물리를 가르치면서 글을 쓸 수 있었음.

1939~1941년 21~23세 물리와 수학을 가르치면서 모스끄바 철학·문학·역사학 대학의 통신 교육 과정을 이수함.

1940년 22세 나따샤 알렉세예브나 레셰또프스까야와 결혼함.

1941년 23세 2차 대전이 일어나기 며칠 전 로스또프 대학의 수학과를 졸업하고 6월에 입대. 1942년까지 건강이 좋지 않아 운전병으로 일하다가 수학 지식 덕분에 포병 중대로 전출됨.

1945년 27세 2월 동프로이센에서 포병 대위로 복무하다가 체포됨. 친구와 주고받은 편지에서 (비유적인 표현을 사용했음에도) 스딸린을 불경스럽게 표현했다는 이유에서였음. 형법 제58조 10항으로 기소된 솔제니쩐은 모스끄바의 루비얀까 형무소로 옮겨져 신문을 받음. 7월 7일 솔제니찐이 출석하지 않은 재판에서 NKVD 특별 심의회의 조사 후 수용소 8년 형이 선고됨.

1946년 28세 수용소 생활 초기는 여러 형태의 수용소에서 보냈는데, 이때의 생활을 희곡 『신출내기와 룸펜』에서 묘사함. 중간에는 마브리노 수용소의 과학 연구 시설로 전출되었는데 이 경험이 『연옥 속에서』의 기본이 됨.

1950년 32세 정치범만 수용하기 위해 새로 만든 특수 수용소로 보내짐. 까자흐스딴에 있는 에끼바스뚜스 수용소에서 광부, 석공, 주물공 등으로 일함. 이때의 생활이 『이반 제니소비치의 하루』의 배경이 됨. 그곳에서 얻은 종양은 수술을 받아도 나아지지 않았음.

1953년 35세 형기가 끝났으나 한 달 동안 어떤 재판도 결정도 없이 석방되지 않다가, 남부 까자흐스딴으로 유형을 가게 됨. 3월 5일 스딸린의 죽음이 공표되고 처음으로 외출이 허락되었으나 1956년 6월까지 유형 생활을 함.

1954년 36세 먹을 수도, 잘 수도 없을 정도로 종양이 심해졌고 거의 죽음 직전까지 이르러서야 따시껜뜨의 병원에 가서 치료를 받음. 이때의 경험이 나중에 『암 병동』과 단편 「오른손」에 영향을 줌.

1957년 39세 랴잔에 정착. 중학교에서 수학과 물리를 가르치며 기억에 의존하여 본격적인 집필 활동을 시작. 이 산문을 망명 생활 동안 들고 다니면서 계속 이어 나감.

1958년 40세 『수용소군도』 집필 시작.

1960년 42세 비밀스러운 저술 작업에 지쳐서 인쇄된 자신의 글을 평생 단 한 줄도 보지 못할 것이라 생각했고, 글을 썼다는 사실이 알려질까 두려워 가까운 사람에게조차 보여 주지 않음. 그러다가 『노비 미르』의 편집장이자 시인인 알렉산드르 뜨바르도프스끼에게 『이반 제니소비치의 하루』 원고를 보냄. 뜨바르도프스끼는 그 원고를 소련 공산당 중앙 위원회에 보내 출간을 호소했는데, 원고를 잃을 수도 있었기 때문에 당시에는 무척 위험한 일이었음.

1962년 ⁴⁴세　오랜 노력 덕택에 『노비 미르』 11월호에 『이반 제니소비치의 하루』를 발표하게 됨. 발표되자마자 삽시간에 9만 5천 부가 판매되고, 곧바로 10만 부가 증간됨. 각국의 특파원들은 모스끄바에서의 이 〈새로운 소동〉을 급전으로 보도했고, 여러 나라에서 소설의 번역권을 얻기 위한 경쟁이 벌어짐. 흐루쇼프의 재임 기간 동안에는 이 작품이 학교 수업에서 사용되기도 함. 소련 작가 동맹에 가입함.

1963년 ⁴⁵세　『마뜨료나의 집』 발표. 정부의 문학 관료들로부터 〈소련의 어두운 현실만을 파헤치는, 수용소밖에 모르는 작가〉라는 비난을 받기 시작함.

1965년 ⁴⁷세　소련 정부가 그의 희곡과 논문, 그리고 몇 년 전부터 금지해 온 소설 『연옥 속에서』의 간행을 중지시킴. 솔제니찐은 너무 일찍 작품을 공개했다며 자책함. 열정적으로 『수용소군도』 집필을 계속함.

1967년 ⁴⁹세　『수용소군도』 제1권(제1부, 제2부) 완성. 소련 작가 동맹 대회에 〈검열 폐지〉를 호소하는 편지를 보냈으나, 반동 작가라는 이유로 결국 1969년 작가 동맹에서 제명됨.

1968년 ⁵⁰세　『수용소군도』의 수정과 가필까지 마쳤으나 작품 속에 등장하는 사람들의 신변 보호를 위해 작품 출판을 미룸. 소련 내에서 출판이 금지된 『암 병동』과 『연옥 속에서』는 지하 출판에 의해 소련 국민에게 알려지고 서방으로 새어 나와 대호평을 받음.

1969년 ⁵¹세　모스끄바에서 솔제니찐이 미증유의 고발 작품을 완성했다는 소문이 돌기 시작. KGB는 원고 소재지를 찾아내기 위해 수색을 계속함.

1970년 ⁵²세　〈러시아 문학의 훌륭한 전통을 추구해 온 윤리적인 노력〉을 높이 평가받아 노벨 문학상 수상자로 결정됨. 상을 받으러 갔다가 소련으로 돌아오지 못할 것을 염려하여 시상식에 참석하지 못했고 국외로 추방된 뒤인 1974년에야 상을 받음.

1971년 53세 『붉은 수레바퀴』의 첫 번째 매듭 『1914년 8월』 완성.

1972년 54세 사순절, 러시아 총대주교에게 러시아 정교회의 어용화를 신랄하게 비판하는 공개서한을 보냄.

1973년 55세 8월 솔제니찐의 원고를 은닉하고 있던 옐리자베따 보로냔스까야가 기관원에게 체포됨. 그녀는 5일간의 혹독한 신문에 견디다 못해 원고 소재지를 밝힌 뒤 집에 돌아와 목을 매 자살함. 첼로 연주가 로스뜨로포비치와의 인연이 시작됨. 솔제니찐을 두둔했다는 이유로 그 역시 1974년부터 16년간 망명 생활을 함. 9월 일부 서방 기자에게 『수용소군도』가 압수당했다는 성명을 발표함. 스위스에 있는 법정 대리인인 프리츠 헤프 박사에게 출판을 의뢰함. 12월 파리의 YMCA 출판사에서 세기적인 기록 문학 『수용소군도』 제1권의 러시아어판 출간. 6개월 만에 60만 부가 판매되는 기록을 세움. 두 번째 아내 나딸리야 드미뜨리예브나 스베뜰로바와 결혼함. 이후 스베뜰로바와의 사이에서 세 아들을 낳음.

1974년 56세 2월 12일 『수용소군도』의 국외 출판을 이유로 체포되어 강제 추방되고 소련 시민권을 박탈당함. 서독으로 갔다가 스위스로 이주. KGB는 결국 『수용소군도』 원고를 찾아냈고, 1주일도 안 되어 솔제니찐의 후원자인 예브게니 예프뚜셴꼬에게 보복을 가함. 6월 『수용소군도』 제2권(제3부, 제4부) 완성. 제1권이 수용소로 끌려가기까지의 과정을 다룬 데 비해 제2권은 주로 수용소 내에서의 생활을 다룸.

1975년 57세 소비에뜨 작가 동맹의 내막과 검열 제도를 폭로한 『송아지와 떡갈나무』, 『취리히에서의 레닌』 등을 발표함. 6월 30일 워싱턴에서 행한 미국 노동 총연맹 초청 강연에서 소련을 통렬하게 비판하고 미국의 대소 유화 정책을 비난하는 주목할 만한 발언을 함.

1976년 58세 『수용소군도』 제3권(제5부, 제6부, 제7부) 완성. 6월 파리 YMCA 출판사에서 『수용소군도』 제3권 출판. 미국 버몬트주 캐번디시에 정착함. 그로부터 17년간 솔제니찐은 『붉은 수레바퀴』 집필 작업에 몰두하면서 몇몇 소품을 발표함.

1978년 60세 6월 하버드 대학교 졸업식 연설에서 서구 자유주의 국가의 타락을 맹렬히 비판함.

1985년 67세 『1916년 11월』 완성.

1989년 71세 『1917년 3월』 완성.

1990년 72세 고르바초프 등장 이래 뻬레스뜨로이까의 바람으로 러시아 작가들에 대한 재평가가 이루어지면서 복권됨.

1994년 76세 20년간의 망명 생활을 마치고 아내 나딸리야와 함께 러시아로 돌아감.

2006년 88세 1월 솔제니찐이 직접 각색한 『연옥 속에서』가 러시아에서 TV 영화로 제작됨.

2008년 타계 고령에도 왕성하게 활동하다가 8월 3일 심장마비로 영면.

열린책들 세계문학 263 **수용소군도 6**

옮긴이 김학수 1931년 평양에서 태어났다. 한국외국어대학교 노어과를 졸업하고 미국 인디애나 대학교 대학원 슬라브어문학과에서 석사 학위를 받았다. 한국외국어 대학교 교수와 동 대학 부설 소련 및 동구문제연구소 소장을 역임하고 미국 컬럼비아 대학교 풀브라이트 교환 교수, 고려대학교 문과 대학 교수 및 동 대학 부설 러시아문화연구소 소장, 한국 노어노문학회 회장을 지냈다. 옮긴 책으로는 솔제니찐의 『1914년 8월』, 『이반 제니소비치의 하루』, 뚜르게네프의 『사냥꾼의 수기』, 『첫사랑』, 똘스또이의 『인생의 길』, 『부활』, 『신과 인간의 아들』, 도스또예프스끼의 『죄와 벌』, 『카라마조프의 형제』 외 다수가 있다. 1989년 서울에서 영면했다.

지은이 알렉산드르 솔제니찐 **옮긴이** 김학수 **발행인** 홍지웅·홍예빈
발행처 주식회사 열린책들 **주소** 경기도 파주시 문발로 253 파주출판도시
전화 031-955-4000 **팩스** 031-955-4004 **홈페이지** www.openbooks.co.kr
Copyright (C) 주식회사 열린책들, 1988, 2020, *Printed in Korea.*
ISBN 978-89-329-1263-9 04890 **ISBN** 978-89-329-1499-2 (세트)
발행일 1988년 2월 1일 초판 1쇄 1990년 12월 10일 초판 6쇄 1995년 4월 15일 2판 1쇄 2017년 12월 10일 특별판 1쇄 2020년 11월 20일 세계문학판 1쇄

이 도서의 국립중앙도서관 출판예정도서목록(CIP)은 서지정보유통지원시스템 홈페이지(http://seoji.nl.go.kr)와 국가자료공동목록시스템(http://www.nl.go.kr/kolisnet)에서 이용하실 수 있습니다.(CIP제어번호:CIP2020046006)

열린책들 세계문학
Open Books World Literature

057 악령 전3권
표도르 도스또예프스끼 장편소설 | 박혜경 옮김 | 각 328, 408, 528면
실제 사건에 심리적·형이상학적 색채를 가미한 위대한 비극

- 1966년 동아일보 선정 〈한국 명사들의 추천 도서〉
- 피터 박스올 〈죽기 전에 읽어야 할 1001권의 책〉

060 의심스러운 싸움
존 스타인벡 장편소설 | 윤희기 옮김 | 340면
1930년대 대공황기 캘리포니아 농장 지대의 파업을 극적으로 그린 소설

- 1937년 캘리포니아 커먼웰스 클럽 금상
- 1962년 노벨 문학상 수상 작가

061 몽유병자들 전2권
헤르만 브로흐 장편소설 | 김경연 옮김 | 각 568, 544면
현대 문명의 병폐와 가치의 붕괴를 상징적, 비판적으로 해석한 박물 소설이자 모든 문학적 표현 수단의 총체

063 몰타의 매
대실 해밋 장편소설 | 고정아 옮김 | 304면
하드보일드 소설의 창시자 대실 해밋의 세계 최초 탐정 소설

- 2009년 『뉴스위크』 선정 〈세계 100대 명저〉
- 뉴욕 추리 전문 서점 블랙 오키드 선정 〈최고의 추리 소설 10〉

064 마야꼽프스끼 선집
블라지미르 마야꼽프스끼 선집 | 석영중 옮김 | 384면
20세기 러시아의 위대한 혁명 시인 마야꼽프스끼의 대표적인 시와 산문 모음집

065 드라큘라 전2권
브램 스토커 장편소설 | 이세욱 옮김 | 각 340, 344면
공포와 성(性)을 결합시킨 환상 문학의 고전

- 2003년 크리스티앙 쥐롱트 〈사람이 읽어야 할 모든 것 책〉
- 피터 박스올 〈죽기 전에 읽어야 할 1001권의 책〉

067 서부 전선 이상 없다
에리히 마리아 레마르크 장편소설 | 홍성광 옮김 | 336면
지극히 평범한 한 인간을 통해 전쟁의 본질을 보여 주는, 가장 위대한 전쟁 소설

- 미국 대학 위원회 선정 SAT 추천 도서
- 『타임』지가 뽑은 〈20세기 100선〉
- 피터 박스올 〈죽기 전에 읽어야 할 1001권의 책〉

068 적과 흑 전2권
스탕달 장편소설 | 임미경 옮김 | 각 432, 368면
〈출세〉를 향한 젊은이의 성공과 좌절을 통해 부조리한 사회 구조를 고발한 작품

- 2002년 노벨 연구소가 선정한 〈세계문학 100선〉
- 국립중앙도서관 선정 청소년 권장 도서 50선
- 서울대학교 권장 도서 100선

070 지상에서 영원으로 전3권
제임스 존스 장편소설 | 이종인 옮김 | 각 396, 380, 496면
제2차 세계 대전을 배경으로 두 쌍의 연인을 통해 하와이 주둔 미군 부대의 실상을 폭로한 자연주의 소설

- 1952년 전미 도서상
- 1998년 랜덤하우스 모던 라이브러리 선정 〈최고의 영문 소설 100〉

073 파우스트
요한 볼프강 폰 괴테 희곡 | 김인순 옮김 | 568면
진리를 찾는 파우스트를 통해 인간사의 모든 문제를 상징적으로 표현한 고전 중의 고전

- 2002년 노벨 연구소가 선정한 〈세계문학 100선〉
- 2003년 국립중앙도서관 선정 〈고전 100선〉
- 미국 대학 위원회 선정 SAT 추천 도서
- 서울대학교 권장 도서 100선
- 『뉴스위크』 선정 〈세상을 움직인 100권의 책〉

074 쾌걸 조로
존스턴 매컬리 장편소설 | 김훈 옮김 | 316면
마스크 뒤에 정체를 감추고 폭압에 맞서 싸우는 쾌걸 조로의 가슴 시원한 활약

075 거장과 마르가리따 전2권
미하일 불가꼬프 장편소설 | 홍대화 옮김 | 각 364, 328면
스딸린 치하의 소비에트 사회를 풍자하는 서늘한 공포와 유쾌한 웃음의 묘미

- 2006년 이고르 수히흐 교수 〈러시아 문학 20세기의 책 20권〉
- 피터 박스올 〈죽기 전에 읽어야 할 1001권의 책〉

077 순수의 시대
이디스 워튼 장편소설 | 고정아 옮김 | 448면
사랑과 결혼의 의미를 찾는 세 남녀의 이야기를 세밀하게 그려 낸 연애 소설의 고전

- 1998년 랜덤하우스 모던 라이브러리 선정 〈최고의 영문 소설 100〉
- 2009년 『뉴스위크』 선정 〈세계 100대 명저〉

078 검의 대가
아르투로 페레스 레베르테 장편소설 | 김수진 옮김 | 384면
1868년 마드리드, 역사적인 음모와 계략 그리고 화려한 검술이 엮어 내는 지적 미스터리

- 1993년 『리라』지 선정 〈10대 외국 소설가〉
- 1997년 코레오 그룹상
- 2000년 『뉴욕 타임스』 선정 〈올해의 포켓북〉

079 예브게니 오네긴
알렉산드르 뿌쉬낀 운문소설 | 석영중 옮김 | 328면
패러디의 소설이자 소설의 패러디, 러시아가 낳은 위대한 시인 뿌쉬낀의 장편 운문 소설

- 고려대학교 신상 〈교양 명저 60선〉
- 연세대학교 권장 도서 200권

각 권 8,800~15,800원